松本徹三

Tetsuzo MATSUMOTO

2022年
地軸大変動

早川書房

2022年　地軸大変動

本文イラスト：撫荒武吉

目次

プロローグ

二〇二一年は世界にとってあまり良い年ではなかった。この年に大いに生きる楽しみを享受した人たちも中にはいたかもしれないが、ほとんどの人が思うに任せぬ生活を余儀なくされた。それは主として、人々が「新型コロナ」と呼んだ疫病の蔓延《まんえん》のせいだったが、それだけでもなかった。それまでに積み上げられてきていた人々の間の不協和音が、この疫病で拡大した「格差」のために、危険なレベルにまで大きくなったことも一因だった。

そして、それを格段に大きいレベルにまで押し上げたのが、人類が初めて経験した「ネット社会」という環境だった。折から世界的に拡大したネット社会の中では、「同じ立場にいる人々」の間だけで議論が盛り上がって、その主張が次第に過激になっていく傾向があった。そうなると人々は、反対の立場にいる人々を、とんでもない馬鹿者か、不倶戴天《ふぐたいてん》の敵だとみなすようになる。こうして世界中のネット社会は、誇張された情報と、反対者に対する罵声で満ち溢れるようになり、これが次第に、同じ人間同士の間での「憎悪の連鎖」へと繋がっていく。

「新型コロナ」は、二〇一九年に中国の奥地で蝙蝠《こうもり》から人間に感染したものと言われているが、二〇二〇年になると世界的に広まり、この年だけで感染者は一億人、死者も二百万人近くにまで達した。二〇二一年になっても、変異種が出てきたためにこの勢いは止まらず、ワクチンが世界中に行き渡ってやっと終息の目途が見えてきたのは、年も終わりに近づいてきてからだった。皮肉なことに、コロナ禍は発生源の中国で最もうまく封じ込められた。中国は二〇二〇年にすでに世界の国の中で唯一GDPの増減をプラスに保ち、二〇二一年には他国を大きく引き離す経済成長を達成した。コロナを戦争に例えるなら、人命の損失も経済的な損失も米国と欧州諸国が際立っており、中国が勝者、欧米先進諸国が敗者だった。そして残念なことに、これは「独裁国の方が民主主義国より危機にうまく対応できる」ということを意味しているかのようにも見えた。

しかし、その中国にとっても、この両年が困難な年であったことには変わりはなかった。香港や新《シン》疆《チャン》ウィグル自治区での「人権侵害」は世界各国から強い批判を浴び、驚くべきレベルに達してきた中国の技術力と生産力は、その露骨な対外拡張姿勢と相まって、米国や日本のみならず欧州各国にも警戒心を目覚めさせた。すでに対中依存を鮮明にしていた途上国は多かったし、ロシアとの同盟関係も揺るぎなかったが、それでも「対中包囲網が着々と築かれつつある」という感触が、いつになく中国を緊張させていた。

仮にコロナの問題がなかったとしても、世界は不安定な状態にあった。中近東や北アフリカでの騒乱のために住むところを失った人々が、大挙して欧州に流れ込もうとし、その受け入れの可否を巡って欧州各国の国内世論は分裂した。この間隙を縫って、幾つかの国では極右勢力が台頭し、独裁的な権力を誇示する指導者も数多く現れた。米国でも同じ傾向が顕在化した。「綺麗事ばかりを並べる民主党」に苛立っていた白人貧困層の支持を得て、共和党支持層の裾野を広げたトランク大統領は、四年間の在任中に、露骨な「自国優先主義」と「白人至上主義」を推し進めた。これは、米国社会に深刻な亀裂を生み出し、民主党のバーデン氏が大統領に就任して「融和と団結」を訴えても、容易には回復しそうになかった。

ハーバード大学の認知心理学者スティーブン・ピンカー教授は、その著書『21世紀の啓蒙』の中で、豊富な統計データをベースに、「人類は理性と科学とヒューマニズムによって着実に社会に進歩をもたらしてきた」と論じて悲観論者をたしなめ、マイクロソフトの創業者であるビル・ゲイツ氏などもこれに大いに賛同した。第二次世界大戦が終わってから七十六年以上が過ぎた現在に至っても、大きな戦争が全く起こっていないことに読者の注意を喚起し、ピンカーは「人類はすでに飢餓と疫病と戦争の脅威を克服した」と謳ったのだ。しかし、これに懐疑的な人たちもいる。ナチスドイツが崩壊したのは、ヒトラーが戦略を誤ったからに過ぎず、米ソが全面核戦争を免れたのは、キューバに向かっていたソ連原潜の艦長たちが辛うじて正しい判断をしてくれたからに過ぎない。一歩間違えば、今日の世界は全く違ったものになっていたかもしれないのだ。

確かに科学技術の急速な発展は多くの良いものを社会にもたらした。しかし、理性とヒューマニズムが現在の世界を律しているかどうかには疑問符がつく。理性はしばしばポピュリズムにかき消され、ヒューマニズムは何らかの政治的な思惑を持った偽善者たちの隠れ蓑に使われがちだ。国連総会が「核廃絶」の決議をしたからと言って、核保有国にそれに従う気がない限り、ほとんど何の役にも立たない。それどころか、世界はたった一人の北朝鮮の若い指導者すら説得できず、「核拡散の防止」はすでに有名無実になっている。この七十六年間、確かに大国間の全面戦争はなかったが、それは、大国がそれぞれに保有する核兵器がもたらした「恐怖の均衡」ゆえに過ぎなかった。人間の「権力欲」や「闘争心」が消えてなくなったわけではない。それどころか、「追い詰められたテロリストのグループが安価になった小型の核兵器を持てばどうなるか」という恐怖に、現代の人々は直面している。

人類は確かに「飢餓」はほぼ克服した。しかし、飢餓すれすれのところにいる人口はむしろ増えている。その一方で先進諸国では、毎日膨大な量の食べ残された食料が廃棄されている。人類は確かに医療体制を大きく改善させた。しかし今回のコロナ禍を見ると、「疫病を根絶させた」とまではとても言えない。世界が一糸乱れず適切な防疫措置を講じていたら結果はもっと良かっただろうが、実際に起こったのは「情報の混乱」であり、「不徹底な対応」であり、「罵倒の応酬」だった。

「持続可能な世界」という課題が比較的最近になって語られるようになり、中でも「地球温暖化」の問題が大きな議論となった。しかし、現在進行中の「温暖化」を放置していれば、地球上の多くの場所で悲惨な状況が生み出されることはわかっているのに、対策は遅々として進んでいない。今後の地球温暖化防止の鍵を握るのは、いうまでもなくこれからの急速な経済発展の余地を残している発展途上国の動向だが、誰も侵すことのできない「主権」を持った各国が、それぞれに「国益」を守ろうとすれば、「有効で公正な解決策」を見出すのは極めて困難だろう。それどころか、もし性急にことを運ぼうとすれば、「提案されている様々な規制は、それによって利益を得る一部の先進国のみを利するのではないか」という疑惑さえ生みだしかねない。

スティーブン・ピンカー教授の主張は概《おおむ》ね正しいとしても、世界中の多くの人々は「現在の世界が正しくマネージされている」とは決して思ってはいないようだ。疫病の蔓延の長期化や、差別や貧困に怒った人たちの暴動、それに、もしもこれから実体経済から乖離して高くなりすぎた株価の暴落などが起こると、人々の心は暗くなり、そのような思いは一層強くなるだろう。

そして、これに拍車をかけているのが、「理想」の喪失なのではないだろうか。長い間、多くの人々が「民主主義」のために闘い、「より良い経済運営のあり方」について試行錯誤を繰り返してきた。そして数年前までは、「民主主義の旗手」を自任する米国が、技術革新と資本主義の力で他国を大きくリードする経済的な成功を収め、多くの途上国が目指すべき「一つの目標」を示したかに見えていた。しかし今や、その信任は大きく傷つき、当の米国人自身も自信を失いつつあるかのようだ。人々は多くのことに怒りながらも、自らの確固たる目標を一向に見出せずにいる。

こういう状況の中で、人々の心の中には、「やがて、何か人知を超えるものが、大きな変化をもたらす」ということを漠然と願う心理が、広がりつつあったのかもしれない。二〇二一年になって、これまでにない頻度で、これまでにない実在感を伴って、多くのＵＦＯ（未確認飛行物体）の目撃事例が出てきた時、一部の人たちは、それにこの心理を重ね合わせた。これまでと異なり、全ての目撃事例が、その物体の「形状」と「輝度」と「振るまい」について、概ね同じことを報告していたのだ。

最初の目撃は、世界の数ヵ所で年の初めに報告された。その後はばったりと途絶えたが、十二月の終わりになると、再び世界中で目撃報告があり、しかも、その数は例年の三倍以上にも達した。各国政府や学者たちは、相変わらず「いずれも錯覚の産物に過ぎない」という立場をとっていたが、一部の人たちは、「これは本物だ。地球に何か大きなことが起こる前兆に違いない」と囁き合った。

こういうような囁きを交わす時、人々は何故か良いことを予期する傾向がある。しかし本当は、それはとても悪いことかもしれないのだ。

第一部

遭遇

人がはじめから使命感を持って仕事をすることはそんなにない。

偶然が持ってきた仕事をしているうちに、これが自分の使命なのではないかと考え始めるのが普通だ。

一

「トシ？　間違っていたらごめんなさい。でも、もしかしたら、トシじゃない」

カラカスのホテルのバーで、通路脇の小さいテーブルの前の肘掛け椅子に身を沈め、特別に少し辛口にしてもらったダイキリを舐めながら物思いに耽《ふけ》っていた速水《はやみ》俊雄《としお》は、通路を通りかかった美しい白人女性にいきなり問いかけられて、少し驚いた。

この日、二〇二二年の二月三日は、彼の三十七歳の誕生日だったが、旅先のこの地ではそれを知る人もなく、祝ってくれる者も誰もいない。そもそも、少年時代を過ごしたこの街にも、もはや知っている人は誰もいないのだ。

この白人女性の長い髪は、艶やかな栗色で、濃紺にグレイの線をあしらった軽やかな細身のシルク地のスーツと、鈍い光沢を放つ程よいサイズの真珠のネックレスが、周囲のかりそめの喧騒から、彼女を少しだけ切り離してくれていた。

「スー？　あ、スーだ。驚いたなあ。こんなところで出会うなんて」

「奇遇ね。もう二十年近くにもなるかしら」

頭の中で少し計算してから、俊雄は答えた。

「十八年だよ。今でも敏腕弁護士なの？」

「私、商売替えしたのよ。今は合衆国のお仕事……。国務省よ。ちょっと待ってね」

そう言って女性は、連れの二人の若い白人男性に何ごとかをテキパキと指示し、それから嬉しそうに俊雄のテーブルの方に近づいてきた。


隣の椅子に黙って座るなり、彼女は言った。

「ちょっとぐらい時間ある？　もし大丈夫なら、少し昔話をしましょうよ」

俊雄は車待ちで、どうせ三十分ぐらいは時間を潰さなくてはならなかったので、もちろん大歓迎だった。ここはカラカスでも屈指の高級ホテル、ラ・カスティリャーナだ。彼はこんな高級ホテルに泊まれる身分ではない。しかし時間はすでに九時半を回っており、現在のカラカスはとても物騒なので、契約している車に迎えにきてもらわなければ安心して自分のホテルにも戻れない。


女性の名前はスーザン・マクブライド。米国国務省でいま頭角を現しつつある新進気鋭の中堅官僚で、次の次の国連大使の候補者としても名前が上がっているほどだった。しかも、彼女の父親のジョージ・マクブライドは、共和党選出の名うての上院議員で、バーデン政権が今とても気を使って付き合っている相手の一人だった。

「何もかもがどん詰まりのこの国の、しかもこんな難しい時期に、わざわざアメリカの国務省からお偉いさんがお出ましとは。まさかクーデターを画策しにきたのではないだろうね」
俊雄は、わざと声を潜めて、ウインクをしながら悪戯《いたずら》っぽく言った。

現実に、ベネズエラの状況は混迷を極めていた。

徹底した反米と急進的な社会主義革命で名を成したものの、政権末期には独裁の弊害があらわになっていたシャベッツの死後、彼の指名で後継者となったマローロ大統領も、前政権同様に経済政策の失敗を続け、今やベネズエラは、実に百六十九万パーセントという気違いじみたハイパーインフレに襲われ、破綻状態になっていた。百六十九万パーセントではない。百六十九「万」パーセントだ。要するに持っていた現金はみんなパーになったということだ。食料をはじめとして何もかもが欠乏しており、街に出ても庶民はほとんど何も買えない。

技術を身につけている人たちがこぞって国外へ逃げ出していってしまったので、多くの生産設備が満足には稼働しておらず、社会主義国家の金看板だった医療をはじめとする諸々のサービスも、方々でガタガタになっていた。だから、コロナ感染者の発見も治療もまともにできず、多くの人たちが命を落とした。

ベネズエラの経済危機が、「シャベッツ政権が推し進め、マローロ政権が引き継いだ、国家介入型の経済政策の失敗」にあることは明らかだった。

価格や為替レートを非現実的なレベルで固定した上で、外貨統制と、企業や農地の接収を行ったので、農業や製造業の投資が抑制され、生産は至る所で急速に縮小した。それでも、「石油で多額の外貨が稼げるのだから、そんなことは一向に構わない」と、政府は考えていたに違いない。全てを輸入品に依存すれば済むからだ。

しかし、経済は生き物だ。そのうちに石油価格は下落し、政府の管理に嫌気がさした技術者や経営幹部が離職してしまったので、産油量も以前の三分の一程度にまで減少していた。これでは輸入する生活必需品の対価も払えない。そのうちに外貨不足が深刻化して、対外債務の返済もままならなくなってきた。

シャベツ政権以来の際限のないバラマキに、民衆は一時は喝采したものの、良いことは長くは続かなかった。財政支出は非常識なまでに肥大し、財政赤字は天文学的な数字にまで膨れ上がっていた。本来ならここで財政を緊縮に向かわせねばならなかったのに、そんなことをしたら民衆は怒る。辻褄を合わせるために、政府は安易に貨幣増発を行った。要するに、輪転機をグルグル回してお金を刷ったのだ。そうすれば通貨価値が下落し続けるのは当然だったが、それが何と、百六十九万パーセントにまで達したというわけだ。

しかし、失敗を全く認めないマローロ大統領は、弱みを外に見せることをあくまで峻拒して、国境を閉ざし、外国からの援助物資などの受け取りも拒否してしまっていた。だから、事態は一向に改善しない。

国から逃げ出した膨大な数の難民は、隣国のコロンビアやブラジルで何とか職を得ようとしたが、コロナ禍が災いして、これもうまくいかない。誰が資金援助したかは知らないが、一部の人たちはコロンビアを経由してパナマ運河を渡り、中米の国々とメキシコ全土を徒歩で縦断して、遂に米国の国境まで到達、そこで入国許可を嘆願した。

たまりかねたマローロ政権の反対派が、国会議長のグァードを暫定大統領に指名して、外国の援助物資だけでも受け取ろうとしたが、軍と秘密警察を押さえているマローロ派が国境で妨害したので、結局何もできなかった。国民は失望し、グァード暫定大統領は急速に支持を失った。こんな状態がもう二年近くも続いている。

何故俊雄は、そんなベネズエラに、この時期にわざわざ来たのか？　それは取材のためだった。

彼は日系三世の米国人の父親とベネズエラ人の母親の間に生まれたが、現在は日本国籍をとり、東京をベースに、フリーのルポライターとして仕事をしている。今回の取材は、現在のベネズエラのハイパーインフレの実態を生々しく伝え、財政赤字が野放図に拡大している日本の国民に警告を与えるためのものだった。

俊雄は、「世界の悲惨な状況を体当たりで取材する独立ジャーナリスト」として、すでに日本では認められた存在だったのだが、普段は自分で企画書を作り、それを新聞社や雑誌社に売り込んでいる。しかし、今回は持ち込まれた案件だった。「左翼に批判的な論説」で独自色を出そうと、最近になって大きく舵を切り直した日本の大手新聞社「毎朝新聞」の企画で、そこの編集長の郷原昭三《ごうばらしょうぞう》と俊雄は懇意だった。

世界ではあまりよく知られてはいないが、日本の大手新聞社は全て伝統的にリベラル志向で、左翼的な傾向を持っていた。「伝統的」といっても、第二次世界大戦後のことだ。それまでは国粋主義と軍国主義一色だった論調を、一夜にして変える必要があったのだから、何らかの拠り所を求めざるを得ず、それが一気に「リベラル左翼」の方向に進んだのは理解できる。

カミカゼ攻撃に恐れを抱き、日本を狂信的な好戦国とみなしていた米国、特に占領軍の総司令官だったマッカーサー元帥は、日本人を何とかしてキリスト教徒に改宗させられないかと強く望んだが、これは全くの不発に終わった。それゆえ、「経済復興を果たすには、米国の言いなりになるしかない」と割り切っていた吉田茂などの保守政権に共感を持てなかった人たちは、「ソ連と中国で成功しつつある（と思われていた）共産主義」に大きく傾斜した。学者や言論界の人間が特にそうだった。彼らは「進歩的文化人」と呼ばれ、知的で純真な若者たちは、ほとんどがその影響下に入った。

このような大きな流れの中では、ソ連や毛沢東体制下の中国が経済的な破綻に向かいつつあり、東独は西独に、北朝鮮は韓国に、経済力で圧倒的な差をつけられたのを見せられても、経済にあまり関心のない大学教授やジャーナリストはすぐには転向しなかった。この流れが少しずつ変わってきたのは、つい最近のことで、俊雄に企画を持ち込んだ郷原昭三は、この新しい流れの先頭を走っており、俊雄とは多くの点で意見が一致していた。

俊雄が二つ返事でこの企画に乗ったのは、「長年考えてきた『母親探しを兼ねたベネズエラへの里帰り』の旅費を出してもらえる絶好のチャンス」と思ったのも確かだが、「この企画なら、依頼者の期待にそう良いレポートが書けるだろう」という自信があったこともある。

さて、シャベツ以来の極端な反米政策に我慢がならなくなっていた米国のトランク政権は、力ずくでもこの状況を変えようとしたが、今やこの国に莫大な債権を抱えるに至った中国とロシアが国連で拒否権を発動するのは目に見えているので、なかなか思うようには動けなかった。後を継いだバーデン政権にも名案はありそうにない。だから、巷《ちまた》では「CIAが秘密裏にクーデターを支援するのではないか」という噂が、まことしやかに流れていた。俊雄が声を潜めてあんなことを言ったのには、そういう背景があったのだ。

「その反対よ。キューバでもここでも、繰り返し失敗しているのに、またクーデターだなんて。絶対にそんなことがないようにしなければならないので、苦労しているところ」

少し眉を顰《ひそ》めてそう言ってから、スーザンは再び嬉しそうな表情に戻った。

「トシこそ、こんなところで何をしているの？　今もアーリントンポストの記者なの？」

「いや、とっくに辞めたよ。今は東京ベースのフリーライターなんだ」

「あ、私が思っていた通りね。やっぱりサムライに戻ったんだ」

「そう、弱きを助け、強きを挫《くじ》く！」

「でも、お母さんは確か中南米……そうだ、ベネズエラの人だと聞いていた」

「うん、そうなんだ。もうずっと音信不通なんだけどね」

彼女はこれで、何故彼がカラカスにいるのかやっとわかったようだった。

「それなら、こっちへ来ても、スペイン語はペラペラよね」

「うん。でも子供の時に覚えたから、ちょっと変な言葉らしいよ。ちゃんとしたインタビューなんかだと、恥ずかしくて使えない」

俊雄は、小学校の六年生の時にカラカスを離れて以来、二十五年近くもの間、一度も故国を訪れたことがなかった。高校では外国語にスペイン語をとり昔の記憶を補強したものの、大学では、片言程度しか喋れなかった日本語に本気で取り組んだので、スペイン語に磨きをかける暇はなかった。ルポライターになってからも、行くところといえばアフリカや中近東や東南アジアで、中南米は今回が初めてだった。


「その音信不通だったお母さんとは、今度は会えたの？」

「それが、まだなんだ。八方手は尽くしてみたんだけど、誰も彼女の消息を知らない」

そう言って、俊雄は少し顔を曇らせた。

「ベネズエラに行きさえすれば、色々なことが分かる」彼はこれまで何度も自分にそう言い聞かせてきたが、それが全くうまくいかない。彼の家族が昔住んでいたアパート近くの人たちはもちろん、彼女が一時期はシャベツ政権の仕事をしていたかもしれないということを手がかりに、シャベツの後を継いだマローロ政権に近い人たちにも、片っ端から会って聞いてみたが、彼女のことは誰も全く知らなかった。

今晩も、中国の通信機メーカーに勤める友人の伝手で、このホテルに泊まっていた中国人の技術者に会い、彼の会社がカラカス中に設置している顔認識機能付きの監視カメラから、何らかの情報が得られないだろうかという相談までしてみたが、「何だか、広い砂浜の中で特別な砂粒を探し出そうというような話ですね」と呆れられただけで、全く得るところはなかった。

郷原に頼まれたレポート自体はもうほとんど書けていた。郷原が期待しているストーリー自体は、出発前にすでにネットのスペイン語サイトで調べて、大半を書き上げてしまっており、「現地を見るのは、その確認のために必要なだけ」と割り切っていたが、その辺りのところは、ほぼ思惑通りにいった。

ハイパーインフレがどういうものであるかは、カラカスに入った翌日の夜にはもう十分体感できた。要するに、普通の金銭感覚というものは全て忘れる必要があるということだ。そして、ティッシュであれ、のど飴であれ、街に出て必要なものを買うのは不可能だということだ。「経済が破綻すれば、街は秩序を失い、街角にはゴミが溢れ、人々の顔から笑顔は消え、街で出会う貧しい身なりの子供たちは、一様に何かに怯《おび》えている」という、昔から何度も学び続けてきた「経済破綻の原則」も、あらためて再確認できた。荒れすさんだ街の情景も、十分写真に収めた。

もちろん、現地調査というものには、常に一般人にはわからない何がしかの苦労はつきものだ。まずは入国だ。コロナがほぼ終息に向かっている今もなお、この国に入国すること自体が未だに困難を極めていた。しかし、今回の彼の場合は、「まずメキシコに入り、そこからベネズエラの最大の友好国であるキューバに入り、キューバ政府にいる知人の友人に頼んでベネズエラへの入国ビザを取ってもらう」という手順を踏むことで、そこは何とかクリアできた。ジャーナリストだというと警戒される恐れがあったので、中国メーカーに勤める知人に頼んで、「日本から招いた通信システムの技術者だということにしてもらう」という慎重さも欠かさなかった。

到着してすぐにやったことは、運転手付きの車とボディガードを雇うことだったが、キューバで段取りをつけていたし、スペイン語に不自由のない俊雄にとっては、さして難しくはなかった。

それが済むと、真っ先に昔住んでいたあたりに行ってみたが、裕福な人たちの済む小綺麗なスクエアだった一帯は、すっかり荒れ果ててしまっていて、俊雄の記憶とはあまり合致しなかった。教会は昔のままだったが、よく家族で食事をしたイタリアンレストランは跡形もなかった。

時間をかけて界隈の個宅の一軒一軒をノックし、昔ご近所付き合いをしていた人たちの消息を求めたが、全ては徒労に終わった。このあたり一帯は、以前とは全く異なった種類の人々が住む街に変わってしまったようだ。

カラカスに着いてからすでに四日目が終わろうとしていたが、「母親探し」については全く進展がない。だから、「彼女の生まれ故郷だったという南部のギアナ高地まで足を延ばして、そこで何らかの手がかりを得る以外には、もう打つ手はないのではないか」と考え始めていたところだった。しかし、未だコロナ禍が完全には収まっていない現在、外国人がそんな奥地にまで足を延ばすのは簡単ではなさそうだった。

二

話は遡《さかのぼ》る。

俊雄の父親、日系三世の速水俊介《しゅんすけ》は、シカゴの大学で地質学を学び、一九七三年に米国の巨大な石油会社エネソンの前身であるスタンダードオイル・オブ・インディアナに就職した。エネソンの社員として彼は新しい油田を探索する使命を帯び、中近東などを転々としていたが、任地のクエートで不幸な交通事故に見舞われ、妻と二歳になっていた長女を失った。

俊介はしばらくは失意のどん底にあったが、三十四歳の時にカラカス支店の幹部に抜擢され、着任直後に、旅行代理店に勤めていたマリア・フェルナンディスという二十二歳の美しいメスティーサ(白人と現地人の混血)と出会った。

十二歳の差があったが、俊介は熱心に口説き、はじめは逡巡していたマリアも最後には結婚を承諾、翌年には俊雄が生まれた。もっとも、マリアが結婚を承諾したのには、俊介の誠実な性格もあっただろうが、それ以上に、「米国会社の駐在員の眩《まばゆ》いばかりに豊かな生活の誘惑」に抗しきれなかったのが、何と言っても大きかったものと思われる。
こうしてこの世に生を享《う》けた俊雄は、両親の深い愛情につつまれ、快活で礼儀正しい子供に育っていった。アメリカンスクールの小学校では、算数が得意な優等生として珍重され、地元の野球チームでも、米国のプロチームにスカウトされて一攫千金の機会を得ようと狙う現地人の少年たちと競い合って、日増しに逞しくなっていった。

しかし、俊介がカラカスに赴任してから五年が過ぎた頃になると、状況が変わってきた。拡大するばかりの凄まじい貧富の差に耐えきれなくなっていた民衆が大暴動を起こし、さらにその三年後には、キューバ革命を範として、陸軍中佐のウルグ・シャベッツがクーデターを試みるなど、世情は騒然としてきた。特に、ベネズエラを実質的に支配してきた米国の石油会社などの大資本は民衆の怨嗟《えんさ》の対象となっていたので、父と母がそのことを巡って何やらひそひそ話をしているのを、幼い俊雄も耳にすることが多かった。

シャベッツはクーデターに失敗して拘束されたが、降伏に際してテレビを通して民衆に語りかけた演説が、多くの国民の心を鷲掴みにした。二年を経ずして出所したシャベッツは、今度は平和的な手段で選挙によって権力を得るという戦略に転換し、全国を行脚して、いわゆる「第五共和国運動」を強力に推し進めた。シャベッツは、スペインからの独立を勝ち取り、農地改革を行って農民たちを貧困から救った「民族の英雄」シモン・ボリーバル将軍の後を継ぐものと自らを位置付けた。そして、彼の人気は日増しに高まっていった。

彼の主張は、とりも直さず「反米」であり「共産主義革命」であったから、先を読むことに敏感な米国の大企業は、彼がやがては大統領になるだろうと予測し、ベネズエラへの依存を断念する方向へと政策の舵を切り始めていた。

俊介の会社も例外ではなく、ある日突然、俊介は本社から即時帰国せよとの命令を受ける。この地に愛着を持っていた俊介は抵抗したが、もちろん個人的な要望が聞き入れられることはなかった。ところが、ここで大きな問題が生じた。やむなく米国への帰国準備を急ぐ夫に抵抗して、マリアは「自分はどんなことがあってもこの国を離れることはない」と言い張ったのだ。小学校六年生だった俊雄は、普段は優しい母が人が変わったような顔つきになり、父もただ困っておろおろするだけだったという状況を、今でも憶えている。

それには、彼女の兄、俊雄にとっては伯父にあたるパブロ・フェルナンディスの強い信念が大きく関わっていたことを、俊雄は後になって理解した。

パブロとマリアの兄妹は、南部ギアナ高地のカナイマという村で、この地を拠点として観光客向けのホテルと土産物屋を営んでいたドイツ系の父アルベルトと、村一番の美少女として有名だった先住民の母サラの間に生まれた。サラはこの地域の代表的な部族であるカラマコート族だったが、スペイン人の血も四分の一混ざっていたから、メスティーサだったと言える。アルベルトは元々のドイツ系の苗字は使わず、スペイン系だった母方の祖父のフェルナンディスという苗字に変えていた。

彼らの一家は、村でも一二を争う裕福な家だったが、パブロが十四歳、マリアが十一歳の時、父がヘリコプターの墜落事故で死んだために、一夜にして境遇は変わった。母は何とかして夫の事業を継承しようとしたが、夫の仲間の白人たちに騙され、一家は次第に困窮していった。

サラとマリアは、やむなく、それまで一家が所有していた土産物店で店員や下働きとして働き、パブロは十六歳で家を出て、中西部のバリナスで自動車の整備工になった。

バリナスは、スペインに対する独立戦争の時代から多くの愛国者の拠点となっており、その頃には民族主義者や共産主義者の活動も盛んだった。後に陸軍に入隊してクーデターを試み、遂には圧倒的多数の国民の支持を得て大統領に選ばれるに至るシャベツも、この地の生まれだった。

パブロが働いていた自動車修理の仕事場がたまたま生家の近くだったこともあり、シャベツは五歳下のパブロを可愛がり、ほとんどのベネズエラの少年たちが夢中になっていた野球の手ほどきもしてくれた。おかげで、パブロはプロにもなれるかもしれないというほどに野球の腕が上がり、同時に、シャベツが熱く語る民族主義や共産主義の議論にも参加するまでになった。

カラカスで大暴動が起こったのは、パブロが三十歳の時だった。陸軍が出動して群衆に発砲し、多くの死傷者が出た。陸軍中佐だったシャベツは、これにショックを受けてクーデターを企図したが、二日で鎮圧されて投獄された。この頃、パブロはバリナスからカラカスに出てきており、自動車関連の労働組合の先鋭的な幹部になっていたが、すでに熱狂的なシャベツ信者で、獄中の彼と再三面談し、お互いの絆を強めた。解放されたシャベツが全国を行脚して「第五共和国」運動を始めると、時をおかずしてパブロはその側近となり、寝食を共にするような間柄になった。

マリアは、母一人をカナイマにおいて十八歳でカラカスに出ると、レストランのウェイトレスとして働いたが、持ち前の美貌に磨きをかける一方で、コツコツと一人で勉強することも怠らなかった。この努力が実って、有名な旅行代理店に転職でき、それが米国の石油会社に勤める俊雄の父の俊介との出会いに繋がり、彼女の運命を大きく変えることになった。

パブロはまだバリナスにいたが、マリアの結婚式には、生まれて初めての大都会カラカスに出てきて、神妙に出席した。バリナスで「ベネズエラの敵」と教え込まれてきた米国の資本主義者たちが大勢いる結婚パーティーでは、パブロは居心地の悪さを隠せなかったが、それでも、大好きな妹がとても幸せそうだったので、そんなに悪い気持ちではなかった。

それから三年もすると、パブロはカラカスに移住し、マリアとも頻繁に会うようになった。彼女には見かけとは大違いの生真面目さがあり、勉強家でもあったので、パブロに勧められた本も読み、その頃のベネズエラの「とんでもない社会の矛盾」に、次第に心を痛めるようになっていた。夫の俊介も、仕事上は米国の石油会社の大幹部という立場だったが、この国の貧富の差の激しさをみると「このままではいけない」という気持ちが強くなり、妻や義兄の心情には、ある程度の理解を示していた。

兄が心酔していたシャベツのクーデターは失敗したが、鎮圧軍に降伏する際にテレビを通じて行った演説には、マリアは強く感動して涙を流した。一緒にテレビを見ていた俊介も、「この人は潔いね。なかなか立派じゃないか」と言ってくれた。

しかし、これを機に、マリアのシャベツへの心酔は兄のそれに近くなり、兄の組合関係の書類作りの仕事を手伝うまでになった。そうなると、さすがに夫との間には、かなりの距離感が生まれる。夫との間で口論になるようなことも、たまにはあった。

米国の本社から夫に帰国命令が出た時に、彼女があくまで「祖国に残る」と言って聞かなかったのには、こういう背景があったのだ。


その頃の俊雄はといえば、全く無邪気なものだった。父は出張が多くて家にいることが少なかったが、生活は豊かだったし、母は優しかった。母のことを、彼は今でも心の中では「ママ」と呼ぶ。英語のMOMや日本語のママとは違って、うしろの方の「マ」を上げて発音する。この言葉のニュアンスは、日本語のママとは随分違う。「母ちゃん」だろうと「おっかさん」だろうと「母上様」だろうと、みんなママだ。とにかく、無条件に特別な人なのだ。


時折家に来る「パブロ伯父さん」のことも、俊雄は大好きで、野球はこの伯父さんの手ほどきでメキメキ上達した。

パブロは、カラカスの強豪アマチュアチームで強肩強打の三塁手として鳴らしており、俊雄にいつもこう言っていた。

「トシ、サードベースのことを英語でどう言うか知ってるか？　ホットコーナーって言うんだ。ホット、つまり、カリエンテ（熱い）なんだよ！　敵の強打者の猛烈な打球がベースぎりぎりのライナーで飛んでくる。あわや逆転だ。しかし、俺はこれに飛びついてキャッチする。誰もまさか取れるなんて思っていないから、走者はみんな走り出している。キャッチしたら、倒れながらも一塁へ送球。ビューン！　ダブルプレイ。ゲームセットだ」

この話がとても気に入っていたので、俊雄は地元の少年野球チームでも三塁手を志願し、それ以後もずっと、中学でも高校でも、成人してからも、いつも三塁手だった。

ところが、ある日突然、何の前触れもなく、そう、彼にとっては全く不条理に、いつも甘えていた母と、有無を言わさず俊雄は引き離された。

母とは、ゆっくりとこれからのことを話し合う時間さえもなかった。そして、何が何だかわからないままに、生まれて初めて飛行機に乗り、気がつくと、寒さが骨身に染みるシカゴ郊外の小さな町で、父と二人だけのアパート暮らしを始めていた。

「何でこんなことになってしまったのだろう」と俊雄は思った。納得できる答えは見つからなかった。父は「しばらくの辛抱だよ」と言うばかりだ。だから彼はだんだんと、ほとんど絶望的な気持ちになっていった。弱虫だとは死んでも思われたくはなかったけれど、「ママがいないと何でこんなにも惨めな気持ちになるのか」と思った。そして子供なりに、「人間って、何なんだろう？　何のために生きているんだろう？」と、あらためて考えるようになった。

ベネズエラを離れるまで、俊雄はアメリカ国籍を敢えて取らず、ずっとベネズエラ人で通していた。だから、父親に連れられて生まれて初めてアメリカの土を踏んだ時も、アメリカ国籍を取るには少し時間がかかった。それもあってか、とりあえず通い出したその町の公立中学校では、「よそ者」として差別され、「言葉が変だ」と言われて苛《いじ》められた。そのうえ、不良グループから目をつけられたので、いつも逃げ回っていなければならなかった。カラカスの特別学級で磨きをかけていた「数学」と、

「パブロ伯父さん仕込みの野球」がなかったら、とてもやっていけなかっただろう。

ウェイターが注文を取りに来たので、俊雄はダイキリをお代わりした。「少し辛口に」と、注文をつけるのも忘れなかった。甘いダイキリを辛口にするというのも変な要求だったが、要するに、ラム酒の割合を多くして、アルコール度を強くしてくれということだ。

スーザンは少し考えてからマイタイを注文した。ハワイ生まれのカクテルだ。

「あ、やっぱり、今でもハワイの人なんだ!」と、俊雄は嬉しそうに叫んだ。


俊雄とスーザンは、ハワイのホノルルの高校で三年間、同級生だったのだ。

地元では名門のミッションスクールだった。上院議員になる前には大きな不動産会社を経営していたスーザンの父親のジョージは、この学校に多額の寄付をしていたし、ホノルルでは名士の端くれに名を連ねていた俊雄の祖父も、多少の寄付はしていたようだ。ほとんどの級友は同じ学校の中等部から上がってきていたが、二人は共に数少ない「転校生」だったので、何かと一緒に行動することが多かった。

真っ青な空と海。照りつける太陽。熱帯の木々が風にそよぎ、「よそ者」なんていう言葉は、ここの人たちには無縁みたいだった。何もかもがシカゴとは違っていたが、それだけならベネズエラに帰ったのと同じだったかもしれない。しかし俊雄にとって、それ以上のものがここにはあった。それはスーザンの存在だった。

スーザンはあっという間にクラスの人気者になった。美少女だったというだけでなく、ニューヨークからの転校生だっただけに、万事に何となくセンスがある。そのうえ彼女は、どんな科目でも、クラスの誰も足元にも及ばないほどの飛び切りの秀才だった。数学だけが唯一の例外で、やはり転校生の俊雄が、時々彼女を打ち負かしてみんなを驚かせた。

スーザンほどではなかったが、少し遅れて俊雄の方もクラスの人気者になった。この学校の野球チームが、彼の奇跡的な逆転サヨナラホームランで地区優勝を飾ったからだ。

俊雄の祖父の速水隆太郎《りゅうたろう》は、第二次世界大戦の欧州戦線で大活躍した「ハワイ緊急第一〇〇大隊」、通称「ワンプカプカ」と呼ばれた日系二世部隊の生き残りだった。この大隊の赫々《かくかく》たる戦果のおかげで、隆太郎は幾つもの最高位の勲章を受章し、その経歴のおかげもあってか、終戦後はシカゴを本拠に全国に広げたクリーニングのビジネスで大きな成功を収めた。

六十歳になると、シカゴで育ててきた二人の息子たち、俊介と敬介《けいすけ》も、それぞれの道で順調な人生を歩み始めたので、隆太郎は引退を決意した。全米に広がっていた事業を人手に渡し、同じハワイ出身の日系二世の糟糠《そうこう》の妻と共に、生まれ故郷のホノルルに戻って、ゆっくりと余生を楽しむことにしたのだ。

しかし、こういう人は、いつまでたっても全く仕事なしには生きられないものらしい。またホノルルで仕事を始め、ハワイの島々の全てをカバーするクリーニング店のチェーンを作り、そこで上がった馬鹿にならない収益を、色々な慈善事業などに寄付していた。

この人、速水隆太郎は、二十一年前に七十七歳で死んだが、死の直前に、俊雄の父である長男の俊介に「ハワイでの仕事を継いでくれないか」と持ちかけてきた。ちょうどその頃の俊介は、巨大な石油会社の中堅幹部という仕事の煩《わずら》わしさに、ほとほと疲れてきていたらしく、結構な収入を約束してくれる父の仕事を引き継げることは、渡りに船だと思ったらしい。結局、彼は五十一歳でエネソンを辞め、十六歳になったばかりの俊雄を連れて、ホノルルに移り住んだのだった。

何はともあれ、この父親の決断のおかげで、俊雄は救われた。この頃から、彼の青春時代の思い出は、常に少しだけ甘美な味わいを含んだものになる。彼は段々自分自身について自信を持つようになり、そうなると、人に対しても優しくなった。

しかし、その一方で、彼を巡る悲劇は続いた。

母のマリアは、二〇〇一年までは頻繁に俊介に手紙を送ってきていたし、その中には俊雄への直接の手紙も時折含まれていた。一九九九年にシャベツが大統領になった時には、その喜びが文章の端々に躍っていた。「ベネズエラは必ず世界が模範とする国になりますよ」と、息子の俊雄にまで誇らしげに語っていたほどだったから、よほど嬉しかったのだろう。

二〇〇一年に、シャベツが議長になってカラカスでＯＰＥＣの総会が開かれた時などには、「お父さんには悪いけど、米国の石油会社が世界の産油国から搾取する時代はもう終わりです」と書いてきた。それを父に見せると、さすがの俊介も少し不愉快そうだったのを、俊雄は今でも記憶している。

そして、「最近は私もかなり重要な仕事を受け持っているのです。難しい仕事だけど、熱意さえあれば、私にもできる仕事よ」と書いてあったこともある。（後に、俊雄は「この仕事とは、もしかしたら、何か危険な秘密工作に関するようなものだったのかもしれない」と、推測するようになっていた）

しかし、米国の支援を受けたと思われる反革命勢力がクーデターを起こし、シャベッツは拘束される。このクーデターは短時日で破綻し、シャベッツは再び権力を掌握するが、その間の混乱の中で、自らシャベッツの警護を買って出ていたパブロが銃撃を受けて死亡したという悲報が届いた。それと同時に、マリアとの交信も途切れてしまった。

俊介はうろたえ、あらゆるルートを使って情報を得ようとしたが、マリアの消息は何も得られなかった。俊介は自らカラカスに飛ぶことも考えたが、政治情勢が輻輳《ふくそう》していたので、昔の友人たちは口を揃えて思いとどまるように彼を説得した。

「考えてもみろよ。マリアはパブロと行動を共にしていたんだ。つまりパブロと同じリスクを負っていたということになる。もうシャベッツが権力を取り戻したのだから、生きているなら、お前が行くまでもなく、彼女の方から必ず連絡があるはずだ。それがないということは、残念ながら彼女は亡くなってしまったと考えるしかない」と彼らは言った。

事情を知った俊雄はショックを受けた。「そんなに遠くないうちにカラカスに旅行し、ママに再会する。パブロ伯父さんや昔の野球仲間たちとも会う」それは彼の頭の中でしっかりと固まっていた予定だった。「大学への進学が決まったら、最初の年の夏休みがいいかなあ。二週間、いや、三週間くらいはいたいな」と、具体的な日取りまで考えていた。

母の思い出は、次から次へと出てくる。考え事をしている時の横顔、誰かが何か面白いことを言った時の弾けるような笑い声、それに、彼女が焼いてくれる「ジャガイモ入りのパンケーキ」の味までが、何度も思い出された。彼が野球場から泥んこになって帰ってくると、水に濡らしたタオルを持って追いかけてきて、両手から顔や首筋まで丹念に拭いてくれたママ。学校のテストで満点を取ってくると、「あなたは私の宝物よ」と言って、大袈裟に抱きしめてくれたママ。それがこんなことになるなんて！

数日が経っても、俊雄はこのことを信じられず、ましてや、諦めることなどとてもできなかった。だから、「ママは何かの事情があって、どこかに隠れているのかもしれないよ」と父に言ってみたりもした。しかし、父は悲しそうに首を振るばかりだった。「そうだったらいいけど、俺が行っても探し出せないよ。問題が解決して、ママが自分で出てくるのを待つしかない」

三

「それで、トシは、この国についてどんなルポを書くの？」と、スーザンが尋ねた。

「ハイパーインフレの悲惨さ。理想と現実の悲劇的な断絶。そんなとこかな」と、俊雄は答えた。

「日本の読者って、政治的にはどんなスタンスなの？　トランクのような強硬路線が結構人気だって聞いたけど」

「日本でトランクが人気だったのには、それなりの理由があるんだよ。日本にとっては、中国と北朝鮮の脅威が半端じゃないからね。アメリカの民主党は、伝統的に中国に甘く日本に厳しいという先入観もあったし」

「でも、その先入観は払拭できたでしょう？」

「まあまあね」

「中国や北朝鮮もそうだけど、このベネズエラや、その手本だったキューバや、頭痛の種のイランについても、民主党だって、共和党の路線と基本的にそんなに違うところはないのよ。ただ、トランクさんと違って、思い付きで滅茶苦茶はしない。衆知を集めて、きちんと理論立てて考えて、同盟国ともよく相談してやる」

「あれれ、随分優等生的だね。お父さんは共和党の重鎮だったのに、今は対立しているの？」

「そんなことないわ。トランクさんがちょっと変な人だっただけで、父はマトモよ」

それから、スーザンはちょっと真面目な顔つきになった。

「トランクさんはちょっと変だけど、それを言えば、アメリカ人全体が変なのよ。彼は何故大統領になれたの？　それは、多くのアメリカ人が心の中では思っているけど口には出しにくいこと、つまり『本音』を大っぴらに口に出してくれたからよ。コロナでつまずいて、とんでもない数の死者を出しちゃったけど、それでもアメリカ人の半分近くが今でも彼を熱烈に支持している。これは厳然たる事実なのよ。あまり嬉しくはないけどね。

三年後にはまたトランクとか、トランクに似た人が出てくる可能性だってまだあるわ。そうなると、外交もまた後戻り。私たち国務省は、突き詰めればアメリカ国民のサーバントなんだから、どんなに考え方が違っていても、アメリカ国民が望むことには逆らえない。今からそこまで読んでおかないと、一貫した外交ができなくなって、国際社会の支持を得るのが難しくなるのよ」

彼女の顔つきは少し寂しそうだった。

それから俊雄は、彼女がなぜ弁護士のキャリアを捨てて、国務省の官僚になったのか、その経緯を尋ねた。

「世界のことが心配になったから」と、彼女は簡潔に答えた。

子供の時から飛び級を重ねていた彼女は、ジョンズ・ホプキンス大学の有名な英才教育プログラムであるCTYにも合格し、これをテコに、東部コネティカット州のニューヘーブンにあるイエール大学の法科大学院に早々と合格した。ここは全米でも最高の難関校と言われているが、彼女は、一八〇点満点の入学試験で、上位の五パーセントに入る一七七点をとった。

そのため彼女は、卒業式を待たずにホノルルを離れたが、これは自然の成り行きだったので、どうしようもない。

もともと彼女の家族がハワイに来たのは、父親のジョージが経営する不動産会社がハワイで巨大なプロジェクトに取り組んでおり、「自分も一年ぐらいは現地に住んだ方が良い」とジョージ自身が判断したからだ。一年も経つと彼は東部に帰るべき時がきたと判断し、家族も帯同しようとしたが、妻と娘のスーザンがすっかりハワイを気に入ってしまっていたので、「では、最長でもあと二年だけ」という約束で、やむなく二人だけを残したのだ。

ホノルルを離れることなく、ハワイ大学への進学を狙っていた俊雄はがっかりしたが、「彼女は所詮、自分とは別格の世界に住んでいるのだ」と、ホロ苦い気持ちでこの現実を受け入れるしかなかった。

いつも「広い世界を俯瞰《ふかん》すること」を夢見ていたスーザンは、大学院では国際法を専攻し、「コンフリクト・ソリューション（対立回避）」というテーマに真剣に取り組んだ。彼女のもともとの関心は、外交官を志す人たちの主たるテーマである「国際条約」にあったが、主任教官は「国際契約」の権威で、彼女の才覚を愛し、卒業後はニューヨークにある彼の友人の弁護士事務所でしばらく働いてはどうかと強く勧めた。「国と国とのコンフリクトの前に、企業間のコンフリクトとか、国と企業とのコンフリクトを対象に研鑽を積むのも、結構意味があるかな」と彼女は考え直し、結局このアドバイスを受け入れた。

現実にニューヨークの一流の弁護士事務所で働き始めると、活力に満ちた事務所内の雰囲気と、大企業間の駆け引きの面白さに、スーザンは魅了された。「世界を股にかけて秘術を尽くし、大きな取引をまとめる。こういう世界も悪くないわね」と、彼女は思った。

ところが、スーザンが事務所内で初めて責任者として任された仕事が、米国企業とロシア企業の間の複雑な大型契約であったことから、彼女の人生は変わった。仕事熱心な彼女は「もっとロシアとロシア人のことを理解しなければ良い仕事はできない」と思い、激務の合間にロシア語の短期講習も受講し、ロシア関係の種々のセミナーにも積極的に参加した。

そういう生活の中で彼女は、後に結婚し、その三年後には離婚することになるポール・サイモンと知り合い、恋に落ちた。

ポールは三歳年上のユダヤ人（母方の祖母がロシア人だった以外は、ヤコブの昔から延々と続く生粋のユダヤ人だったようだ）の青年で、イエール大学法科大学院の先輩だった。ユダヤ教は信じず、ＩＱが181.3（sd 15）という、世界に何人いるかというほどの驚異的なレベルの天才であり、それもあってか、言動の全てが何となく謎めいていた。スーザンもＩＱは158.2と非常に高く、唐突に飛躍的な発想ができる天才肌だったが、この面ではポールにはとても及ばない。

そのうえポールは、英語、ロシア語、フランス語、スペイン語、ドイツ語、ヘブライ語を、ほぼ同じレベルで流暢《りゅうちょう》に話したので、「母国語の英語と、フランス人だった母方の祖母から子供の時にみっちり仕込まれたフランス語以外は全て二流」というスーザンは、少し劣等感を持っていた。共に片言しかできない中国語だけがやっと対等だったので、彼らは時折、会話の中に怪しげな中国語を混ぜてふざけ合った。

ちなみにポールは、イエール大学で「米国の対ロ長期戦略」という論文を書き、高い評価を得ていた。結論を評価されたのではなく、「自作のコンピューターソフトを駆使しての事実関係の検証」と「議論の筋道の立て方」、それに何よりも「発想の大胆さ」が評価されたのだ。

この論文の趣旨は、「経済や貿易に関わる戦略で米ロ両国が対立するのは馬鹿げている。ロシアの地政学上の最大の脅威は中国であり、この点で米国と利害が合致する。ロシアは米国にとって中国ほど危険ではないという認識に基づき、ロシアを中国と対立させるためには、米国は如何《いか》なる犠牲も払うべきだ」というものだった。

しかしポールのこのような考えは、「最大の軍事的脅威は引き続きロシアである。中国は軍事的にはさしたる脅威ではないし、そんな影に怯えて莫大な経済的補完関係を損なうとしたら、全く馬鹿げている」とする、多くの資本主義諸国やイスラエルの当時の見解とは大きく異なっていた。従って、ポールのこの対ロ戦略論自体には、当時の米国に賛同者はほとんどいなかったし、特に「対中警戒論」など微塵もなかった当時の民主党政権には全く受けなかった。

結局、それから六年もの歳月が経って、時代が変わり、共和党の一部でこの論文が見直されるに至るまでは、誰もポールにはさして関心を払わず、彼は母校で黙々と教鞭をとっていた。

しかし、世の中には色々な出会いがある。彼は、ある日偶然、CIA（米国中央情報局）の最高幹部になっていたある先輩と親しくなり、彼に誘われてCIAに転籍し、分析官となった。ポールの分析力が「超一流」とみなされていたからだが、CIAの上層部がイエール大学出身者で占められていたことも、その背景にあったのだと思われる。

そして時をおかずして、CIAは彼にイスタンブールに駐在するよう要請した。


ポールとスーザンの仲は、こういう一連のことが起こる以前から急速に進展していた。彼が正式にイエール大学法科大学院の教授となり、スーザンがニューヨークで弁護士として頭角を現し始めていた頃には、二人はすでに入籍していた。

二人とも教会やシナゴーグでの婚礼は好まなかったので、ニューヨークの市役所に婚姻届を出し、親しい友人たちを招いて簡素なパーティーをしただけだった。スーザンの両親、特に父親のジョージは、この結婚には相当反対していたが、表面上は新郎ににこやかに対応していた。ジョージは、この頃、すでに不動産業者から政治家に転向しており、上院議員に選出されたばかりだった。


夫から、ある日突然、「これは極秘なんだけど、CIAに移籍したいんだ。いい？」と尋ねられ、それから数ヶ月も経たぬうちに「イスタンブールに行けと言われちゃった。もちろん断ってもいいんだけど、面白いかも。君が一緒に行ってくれるなら、受けるよ」と言われたスーザンは、さすがに少し驚いた。しかし、驚きながらも、そういう「とんでもない境遇の変化」を面白がる自分がいることにも気付かせられた。実際に彼女は、イスタンブールと聞いただけで何となく心が躍ったのだ。

イスタンブールで、二人は市の中心部に近いヨーロッパサイドの高級住宅街に瀟洒《しょうしゃ》な一戸建ての家を借り、スーザンは、勤めていたニューヨークの事務所と関係のある現地の法律事務所で、すぐに働き始めた。

しばらくすると男の子が生まれたので、夫とあれこれ話し合った挙句、「ギー・ド・ベンジャミン」という長い名前をつけた。「この難しい世の中を、自分たちの世代で良いものにするのはとても無理だろうから、代わりに君がやってくれよ」という意味を込めたのだった。「ギー・ド」までなら、スーザンがかつて愛読したフランスの文豪モーパッサンの名前と同じだ。

スーザンは、昔から知らない場所を旅するのが好きだった。トルコや隣国のギリシャには、訪れて面白い場所がいくつもあったし、キプロスやエーゲ海の島々も魅力にあふれていたから、こうして三年の歳月が、彼女にとっては瞬く間に過ぎ去っていった。

しかし、ポールを巡る状況はそんなに簡単ではなかった。二〇一四年にロシアはクリミアを支配下に収めることになるが、そこに至るまでの米ロの間には、水面上でも水面下でも凄まじい神経戦が繰り広げられていた。

同じ時期にシリアでも、再び息を吹き返してきた「イスラム国」を交えた三つ巴《どもえ》の内戦が、ますます複雑さを増していた。その中で、クルド族の扱いを巡っては、西側諸国とロシアとトルコの関係が錯綜していた。戦闘は激化の一途を辿り、欧州を安住の地と見定めたシリアからの難民のトルコ経由での流出が止まらず、これが欧州全土に深刻な亀裂を生み始めていた。

ポールはＣＩＡ本部から「ロシアの内情を把握し、何とかして妥協点が見出せるような状況を作れ」という困難極まる密命を受けていたが、問題が難しければ難しいほど意欲が湧いてくるのが彼の持って生まれた性格だった。「米ロは協調すべし」という、彼自身の長年にわたる確固たる戦略的な信念も、当然のことながら、この意欲を背後で強固に支えていたと思われる。

イスタンブールを拠点に、アンカラ、モスクワ、キエフ、セヴァストポリ、ミンスク、ダマスカス、バグダッド、リヤド、テルアビブ、ベイルート、カイロ、ロンドン、パリ、ジュネーブ、ベルリンを、神出鬼没で飛び回るポールの行動を、スーザンは次第に理解できなくなっていった。分析官とは名ばかりで、生命を危険に晒《さら》すようなスパイもどきのことをしているのでは、という疑念も拭えなかった。


それにポールは、ホワイトハッカーと思《おぼ》しき正体不明の者たちも、この地で密かに組織化しているようだった。スーザンはその数人に会ったことがあるが、みんな若い男性で、髪の毛がボサボサで、大抵がメガネをかけ、握手すると皆一様に手首が柔らかく、ぐにゃっとしている感じだった。国籍は不明。ＩＱはおそらくポールに近いレベルなのだろう。

ホワイトハッカーとは、コンピューターとネットワークを自在に操り、他人のパソコンや、国や企業のシステムの中に入り込み、秘密を盗み出したり、偽の情報を埋め込んだり、システムを崩壊させたりする者たちである。何故ホワイトと呼ばれるかといえば、正義のためにその能力を使い、決して悪の道に走らないと期待されているからだ。

ポールはおそらく、彼らを使って諸外国の秘密情報を盗み出し、それをベースに戦略を立て、種々の秘密交渉に柔軟に臨むことが必須と考えていたのだろう。

そのことは彼女にも理解はできたが、やはり薄気味悪さは拭えなかった。


しかし、それ以前に、スーザンはポールのあまりに自分勝手な行動にも、次第に我慢ができなくなっていたものと思われる。当初は、彼の「天才」を愛したが、次第に憎むようになっていた。「家族のことなんて、彼にはどうでもいいんだわ」と彼女は思った。実際、彼女自身も、「このままでは、自分と子供の生命《いのち》までが危険にさらされるのではないか」と、次第に危惧し始めていた。

ある朝、スーザンはついに思い切ってポールに切り出した。「私たち、もう十分一緒に生きたわよね。私はもう疲れたから、降ります。離婚しましょう。ギーは私がニューヨークに連れて帰ります」

ポールは少し残念そうな顔をしたが、特に引き留めはしなかった。自分の情熱が異様な域に達してきているのをわかっていたのだろう。

「仕方ないね。でも、君とギーのことは、これからもずっと愛しているよ」


こうしてスーザンは、二歳になったばかりの我が子を抱いて、三年半ぶりに米国に戻ってきた。帰った先はニューヨークではなく、ワシントンDCの両親の家だった。弁護士稼業を続ける気はなく、国の外交に直接タッチする仕事を求めていた。「DCで仕事をしている限りは、ギーの面倒を母親にみてもらえる」という計算もあった。

しばらくは国務省で下積みの仕事をしていたが、トランク政権が発足すると、上院議員の父親の口添えもあり、国務省の中で次第に重要な役割を担わされるようになった。彼女の考えは先代のオバンマ大統領のそれに近かったので、トランクのやり方にはついていけず、それなりの葛藤はあったが、そのうち状況は変わるだろうと考え、我慢した。

かなりの抜擢で参画することになった「国務長官に直属する紛争処理特別チーム」の中で、スーザンが最初に取り組んだのはアフリカだった。

ここで、彼女は「中国の力が着実に増している」ことを実感した。多くのアフリカ諸国で、電力や交通や通信などの国の基幹インフラの建設については、中国企業が思い切った信用供与をした上で、考えられないほどの安値でプロジェクトを受注していることがわかった。施設の建設には、上級の管理者だけでなく、中国人の労働者までが動員されていた。その一部は相当のインテリだったので驚いて事情を聞いてみると、なんと政治犯などの服役者も含まれていることがわかった。彼らは、ここで無報酬で過酷な労働に耐えれば、大幅に刑期が短縮され、晴れて帰国できるとのことだった。

発展途上国のインフラ事業では、予定通りの収益が上がって期日内に償却が終了するケースは稀だ。だから、過大な期待を持ったアフリカ各国の政府は、やがては現実に直面し、金利を含めて膨れ上がった借入残に呻吟《しんぎん》することになる。そうなれば貸し手は強い立場に立ち、返済猶予の見返りに多くの政治的権益を求めてくる。中国は今や、かつて欧米列強に強いられたような屈辱的な政治的妥協を、多くの貧しい発展途上国に対して強いることができる立場になりつつあったのだ。

スーザンは生まれて初めて、中国に対する恐怖を自分の肌で感じた。夫のポールは、明らかに先覚者だったのだ。「眠れる獅子」はすでに目覚めており、背筋を伸ばし、時折咆哮《ほうこう》している。この国が有する十四億の人口は、米国の四倍以上だ。一定の生産性を持った巨大な人口は、そのまま巨大な生産力と消費力を意味し、先進国たると途上国たるとを問わず、諸外国は次第にこれに依存することになる。

「このままでは、米国はやがて中国に覇権を奪われるだろう。それが最初に起こる場所は、アフリカかも知れない」と彼女は思った。そして、米国はこういう状況を放置してはならないとも思った。

しかし、この問題に対する解決策は見出せなかった。米国企業は、十分すぎるぐらい十分な見返りが期待できなければ、リスクの多いアフリカのビジネスには手を出さない。そして、国は企業に対して何も強制することはできない。

その間にもアフリカ全土で見ると、強権的な政府の専横や暴虐の事例が絶えることはなく、猛烈な勢いで増える人口を支えるに足るだけの、経済発展の目途も立っていなかった。多くの人々が、飢餓と疫病の恐怖と今もなお隣り合わせで、それぞれの国は「確信の持てる将来像」をなおも模索中だった。

そのうちスーザンは、言いようのない無力感を引きずったまま、アフリカから中南米へと、仕事の比重を移すように上司から指示された。

それは、時あたかも、四年間のトランク政権が終焉を迎える時でもあった。トランク政権下での国務省の上級幹部は、みんな多かれ少なかれ、何らかのフラストレーションを抱えていた。それはそうだろう。最高指揮官が、いつ何時、何かを思いついて、国の内外に対して「前後の脈略のない発言」をするかも知れないのだから。幸いにして、バーデン政権の発足と共に、多くの上級幹部は少なくともこの鬱屈からは解放された。

スーザンの上司は特にそうだった。この上司は、オバンマ政権時代の政策理念をかなり強く堅持してきており、トランク政権下ではいわば「猫をかぶっていた」に等しかったので、見た目にも生き返ったかのように見えた。スーザンとこの上司は、多くの課題について思いを共にすることが多かったので、彼女としてはとてもやりやすくなった。父親が共和党選出の上院議員であることは、マイナスではなくむしろプラスとして受け取られていた。

スーザンとこの上司の共通点を一言で言えば、「相手のことを慮《おもんぱか》る」という、極めて単純な一つの原則に尽きた。「相手のことを慮る」というのは、「相手の意に沿う」ということではない。時には、それは、相手に苦痛を強いることにすらなったが、そのような姿勢で相手の話を聞くことは、必ず将来につながるという確信を彼女は持っていた。初対面の相手と話す時には、彼女は必ずトランクの「アメリカ・ファースト」を実質的に否定することから始めた。

「私もあなたも、誰でもが自分の国の利益を最優先に考えざるを得ないのは当然です。お互いに国民のサーバントなのですから。でも、それは真っ先に考えることではなく、最後に考えるべきことです。真っ先にやるべきことは、共通の利益を求めること。ウィンウィンのシナリオを一緒に見つけ出すことです」彼女はいつもそう言っていた。

四

「ふーん。すごい年月だったんだ」と、話を聞き終えた俊雄は溜息交じりに呟いた。世界を股にかけたその活躍ぶりに、本気で感心したのだ。「さすがに、エリート中のエリートのスーだね。僕のチンケなキャリアなんかとは、スケールが違うね」

しかし、スーザンの二十年近くにわたる活動の軌跡を聞いたからには、彼自身の話もしないわけにはいかない。

「担任の先生、ほら、あのマリオだよ。彼からは、『お前は数学が強いんだから、コンピューターサイエンスをやれ』って言われたんだけど、僕は歴史、それも日本の近代史を勉強したかったので、『いや、ジャーナリストになりたいんです』って言ったんだ。それで、ホノルルにあるハワイ大学マノア校で、ジャーナリズムを勉強することになった」

それは本当だった。ハワイに来るまでは、自分がアメリカ人なのかベネズエラ人なのかすらよくわからず、その間で揺れ動いていた俊雄は、日本のことはほとんど意識していなかった。父親が何とかして教えようとしていた日本語からも逃げ回っていたくらいだ。

しかしハワイに来てから、突然日本に対する興味が、彼の中でとめどもなく湧き出してきた。きっかけは、ハワイの歴史を学ぶ授業に関連して、「米国の策謀がもたらしたカラカウア王朝の終焉」の経緯について語る本を、学校の図書館で読みふけったことだった。その中に、カラカウア王の姪のカイウラニ王女と、日本の皇族との間に縁談があったことを知って、何故か俊雄は不思議な胸騒ぎがするのを感じた。

考えてみると、自分の性格を形作っている遺伝子は、半分が日本人、四分の一弱がドイツ人（俊雄が全く知らない母方の祖父）、四分の一弱がベネズエラ先住民のカラマコート族（母方の祖母）、そして、残りの僅かがスペイン人（祖父と祖母の両方に少しだけ混じっていると思われる遺伝子）ということになる。「そう、国籍は米国人だけど、自分は強いていうなら日本人なのだ」と、俊雄は思った。

それには、ハワイに来てから暇になった父親の俊介が、自分の父である隆太郎から聞いた色々な昔話を俊雄にしてくれたこととの影響もあったのだと思う。

俊雄の曾祖父（名前はもう誰も覚えていなかった）は日本の広島からの移民で、来た当初は、米国人のパイナップル農園主から奴隷のような扱いをされていたが、そのうちに農園の現場監督になり、祖父の隆太郎の少年時代には、そこそこの暮らし向きになっていたという。

しかし、その時、日本軍による真珠湾の奇襲攻撃があった。「卑怯な日本人が騙し討ちをした」という話になり、日系人は問答無用で白い目で見られただけでなく、米国本土では強制収容所にまで入れられた。

「いくら『自分たちは米国人だ』と言っていても、いつ敵側に寝返るかもしれない日本人の若者たちを野放しにしておくわけにはいかない。そのためには彼らに米軍の一翼を担わせ、欧州戦線で使うのが一番良い」というアイデアが米軍の中で出てきたのは当然だったが、これは、隆太郎のような若者たちにとって願ってもないチャンスだった。「日本と戦うのではない。ドイツ軍やイタリア軍と戦うのだ。そこでサムライの子孫としての勇猛さと、自分たちにとっての祖国である米国への忠誠心を見せつければ、日系二世に対する米国人の見る目も変わるだろう」そう考えて、彼らはお互いに死力を尽くすことを誓い合った。

現実に彼らは、「当たって砕けろ（Go for Broke）」を合言葉に、他の部隊と比べれば際立って多い死傷者の数にも怯むことなく、各地で奮戦した。イタリア北部のある戦場では、ドイツ軍に包囲されて全滅必至と見られていたテキサス兵二百十二人を救出するために、自分たちは八百人もの死傷者を出して、遂に救出に成功するという信じられないような戦果もあげた。

そういう話が俊雄に、自分のルーツについて真剣に考える契機を与えたのかも知れない。


このような日本の歴史に対する興味の芽ばえは、俊雄の大学生活をかなり充実したものにした。卒業論文は「ジャーナリズムと歴史の探究」というタイトルの、通常の三倍以上の大論文になり、主任教授を驚かせた。

この論文の趣旨は、「ジャーナリズムと歴史探究は、共に『客観的な真実の探究』がベースである」「共に『多くの事象と、それを見つめる多くの視点』から問題の核心に迫ることが重要である」

「共に『自らの価値観』に基づいて講評すべきだが、それは、最初ではなく最後に行うべきことである」の三点に集約された。論点を裏付ける資料として、一九〇〇年から一九五〇年までの、北東アジアにおける数多くの歴史上の重大事件を、米国、ロシア、日本、中国国民党、中国共産党、朝鮮、のそれぞれの視点から俯瞰し、その相違点に注視しながら、詳細に論評した点が際立っていた。

こうして、ハワイ大学を優秀な成績で卒業した俊雄は、まずは地元の新聞社に就職したが、そこで力を入れた「環境保護問題」についての特集記事が、ワシントンDCに住むボブ・コーンウェイという著名な言論人の目に留まり、彼が編集委員を務めるアーリントンポストから誘われるという幸運に恵まれた。

時あたかも、ハワイで生まれ、しばらくインドネシアで暮らした後にまたホノルルに戻って高校時代を過ごしたパラーク・オバンマが、米国初の黒人大統領として華々しいスタートを切った年である。ワシントンDCに移り住んだ俊雄は、先輩記者と共に大統領にインタビューして、ハワイのことを話題にするなどの光栄にも浴したが、そのうちに東京特派員のポジションが空席になると、彼をこの新聞社に招いた編集委員のボブ・コーンウェイの強い推薦で、東京に赴任することになった。

大学時代から数えて合計五回も日本を訪問したことのある俊雄だったが、曾祖父以来初めて、実際に日本に住むことになったのだから、感慨は大きかった。俊雄は張り切り、より格調の高い日本語の習得もかねて、夜遅くまで膨大な量の日本語の文献と格闘した。

ところが、赴任が決まってから実際に赴任するまでの間に、日本を未曾有の大地震が襲い、合計で一万八千人を超える人命が失われた。

地震と津波による被害以上に多くの日本人にショックを与えたのは、福島の原子力発電所が津波で電源を失って炉心のメルトダウンを招き、チェルノブイリ以来の大事故と世界中に報道されたことだった。これによって、多くの外国人が日本に来ることを躊躇《ためら》うようになり、原発に大きく依存していた日本のエネルギー政策も根底から破綻した。

俊雄が赴任した直後の日本では、事故対応に関する政府の不手際に対する批判が高まっており、一年前に「チェンジ」のキャッチフレーズで華々しく登場した「久方ぶりの非民自党政権」の人気は、すでに地に落ちていた。経済も全く元気がなく、八方塞がりの様相を呈していたので、財務規律を重視する生真面目な野口《のぐち》首相が消費税増税に言及した途端に、人気は急落した。そして一年後には、その後八年近く継続することになる「民自党の田部信三《たべしんぞう》を首班とする長期政権」が誕生した。

実際に日本に住んでみると、多くの友人もでき、日本の現状に対する俊雄の観察は次第に鋭くなっていった。

まず痛感したのは、万事において仕事のやり方に無駄が多く、事の進捗が遅く、生産性があまりにも低いことだった。次に、多くの若い人たちが、将来の可能性に目を輝かすのではなく、「上司や周りの人間がどう思うか」ばかりを気にしているということ。そして最後に、あらゆるところでコンピューターの活用、つまり「仕事のデジタル化」が極端に遅れていることだった。

最後の点については、任天堂などの日本のコンピューターゲームの隆盛を見てきた俊雄には、何とも合点がいかなかったが、そのうちに、「日本では名もない人々が作り出すサブカルチャーは活気に満ちているものの、上部構造の人たちは万事に旧態依然で、新しいものにぶつかっていく意欲に欠けている」ということを知った。

日本人の中には、相変わらず「技術開発では自分たちが世界をリードしている」と、なおも錯覚している人たちも結構多いようだったが、よくわかっている人たち、特に躍進が著しい中国の実力を知っている人たちは、日本の現状を深く憂慮し、日本人を「次第に熱くなっていく『ぬるま湯』の中から飛び出せないで死んでしまう茹でガエル」に例えて、いつも慨嘆していた。

こういう状況を見続けているうちに、当初は日本の実情を米国人に広く知らせることに意欲的だった俊雄も、次第にそれには興味を失っていった。日本人に世界の実情を知らせる方がもっと重要だと思ったのだ。

そのうちに彼は、「世界で活躍する日本人」という特集を企画していた時に知った、国連難民高等弁務官の尾形定子《おがたさだこ》女史の活躍に心を奪われた。そして、彼女のような日本人がもっと出てくるためには何が必要なのかを考え出した。

「自分自身の中にも、実は難民問題に対する大きな関心があり、ジャーナリストとしてもっと関わりたいという気持ちがあるようだ」とも彼は思った。「日本人はあまりに内向きのことに閉じこもりすぎだ。広い世界で起こっていることに関心が少なすぎる」と彼は感じていたが、このままでは自分もそうなってしまうのではないかと恐れた。日本に来たばかりなのに、早々と「脱日本」を意識し始めたのだ。

ことのきっかけは「南スーダンの紛争地に、国連平和維持活動に協力する形で、日本が自衛隊を派遣することの可否」についての議論だった。「日本人は万事に几帳面で、弱い立場にある人たちに対する思いやりもあり、忍耐力があって簡単に物事を投げ出さない。だから、こういう仕事ではきっと良い結果をもたらすだろう」と、俊雄は密かに期待していたのだったが、国会での議論を聞いて仰天した。何と「現在の駐屯地では、戦闘に巻き込まれる危険がある。自衛官に危険が及んだらどうするのか」と難詰する議員がいたのだ。そして、それに反論する政府の役人は、「いや、あの場所は決して危なくない」と言うばかりだ。

「難民は、暴力から逃れてきた人たちだ。彼らにとって一番欲しいのは、水、食料、寝る場所、そして医療だが、それ以上に必要なのは、いつ襲ってくるかもしれない暴力集団から守ってもらうことだ。せっかく外国から力強い助っ人が来てくれたのに、悪い奴らに立ち向かえる武器は持っておらず、逃げてしまうというのでは、彼らはがっかりしてしまうだろう」そう言って反論する議員が何故いないのだろうかと、俊雄は心底訝《いぶか》しく思った。

日本国憲法の前文にも「われらは、平和を維持し、専制と隷従、圧迫と偏狭を地上から永久に除去しようと努めている国際社会において、名誉ある地位を占めたいと思う」「いづれの国家も、自国のことのみに専念して他国を無視してはならない」「国家の名誉にかけ、全力をあげてこの崇高な理想と目的を達成する」といった言葉が並んでいるのに、この憲法を断固守り抜くと息巻いている政党の議員が、「自衛隊員が外国に行ってまで暴力集団と立ち向かい、危ない目にあってはいけないから、外国の困っている人たちを助けてはならない（そんな国からは逃げ出さなければならない）」と主張しているのだ。

混乱する頭の中で、俊雄が得た結論はこうだった。

「要するに、多くの日本人が世界を知らなすぎる。独裁政治や暴力支配のおぞましさと、それがもたらす悲惨な境遇がどんなものかをわかっていない。日本はそれでも世界有数の経済大国。人口もまだ世界で十一位だし、一部の分野では、他国では真似のできない技術力も持っている。それに、世界中が何となく敬意を持っている『サムライ』の子孫じゃないか！　日本人は、憲法の前文に謳われているように、国際社会の中でもっと『名誉ある地位』を占めてほしい。それには、多くの日本人が、世界の現実をもっと知ることだ」

しかし、もしこのことに自分自身が邁進するのなら、アーリントンポストの特派員という現在の地位を捨てて独立し、一介のルポライターになるしかない。でも、そんなことが果たしてできるだろうか？　生活の糧は稼げるだろうか？

そう。生活の糧を稼ぐというのは、結構深刻な問題だ。特に家族がある場合は……。


日本に住み始めた当時、俊雄はかなり孤独だった。

前任者はアイルランド人の中年男性だったが、日本人の友人は少なそうだった。最終的に彼から引き継げた数人の彼の「親友」は、日本の新聞社の記者たちを除いては、大学の経済学の准教授が一人、環境問題に取り組んでいるＮＰＯの主宰者が一人、それに女性の社会活動家が一人だったが、俊雄は彼らの誰からも特に強い印象は受けなかった。女性の活動家は英語が流暢で多弁だったが、教条的な左派思想の影響が強すぎるように思えた。

そういう時に俊雄は、ハワイ大学時代に付き合っていたナンシー・チャンに、アメリカンクラブでばったり鉢合わせした。

「え？　こんなところで何をしてるの？」と、俊雄は驚いて尋ねた。彼女は宇宙物理学専攻で、カウアイ島にある天文台で研究に明け暮れているとばかり思っていたからだ。

「カミオカンデよ。カミオカンデ」と、彼女は俊雄を驚かせたのがとても嬉しかったようで、少しはしゃいだ調子で答えた。

「それって、何？　そんな日本語は知らないよ」と訝しげに問い返した俊雄に、ナンシーは子供にものを教える母親のように答えた。

「あのね。岐阜県の山の中に、たくさんのお水を張った凄い施設があるの。そこだと、普通じゃどうしても捕まえられないニュートリノという素粒子が捕まえられるのよ。太陽からいっぱい飛んでくるんだけど、小さくて電荷がゼロな上に『弱い相互作用』しか持っていないので、地球なんか普通に突き抜けちゃうの。これ、東大の小柴《こしば》先生が考え出したのよ。日本人って、やっぱりちょっと変だよね。でも、ニュートリノの秘密が解ければ、陽子崩壊の理屈がわかって、『大統一理論』の正しさが証明できるのよ。凄いよね」

俊雄には、もちろん何が何だかわからない。わかるはずもない。

「何も変わってないなあ。天文女子……」

孤独を感じていた俊雄は、その時ナンシーを少し可愛いと思った。

ナンシー・チャンは、子供の頃から星座を覚えるのが大好きだった。ある時、ハワイ島のマウナケア山にある世界有数の天体望遠鏡のことを知り、どうしてもその天文台で仕事したいと思った。そうなると気持ちが抑えられず、サンフランシスコの親元を離れてホノルルのハワイ大学に入り、天文物理学を専攻した。

両親のジェームスとテレサは共に中国系三世の米国人で、「客家」だった。「客家」は北京語ではクーチャだったが、英語や日本語では昔の宋時代のように、ハッカと発音する。「客家」とは、宋王朝が北方民族に攻め込まれて崩壊した時に南方に逃れ、それぞれに見知らぬ土地で小さいグループを形成して生き抜いてきた人たちの総称である。「客家話」という独自の言葉も持っている。

故国を離れても世界のあらゆる場所に根を張り、団結を保ちつつそれぞれの国で活躍する民族としては、中国人の「華僑」、インド人の「印僑」、それにユダヤ人とアルメニア人が有名だが、この華僑の三分の一は「客家」だという。「客家」の有名人は枚挙に尽きない。古くは、清末に太平天国を建国した洪秀全《こうしゅうぜん》、現代中国の礎を築いた中華民国初代総統の孫文《そんぶん》、中国解放軍の生え抜きの功労者だった朱徳《しゅとく》や葉剣英《ようけんえい》、中華人民共和国を大改革して現在の繁栄をもたらした鄧小平《とうしょうへい》、シンガポール建国の父のリー・クアンユー、タイのタクシン・チナワット元首相、フィリピンのコラソン・アキノ元大統領、台湾（中華民国）の現総統の蔡英文《さいえいぶん》、それに驚いたことに、ベネズエラの隣国で英連邦に属するガイアナ共和国の初代大統領だったアーサー・チュンも「客家」だそうだ。

ナンシーの両親、ジェームスとテレサ二人の故郷は福建省の厦門《アモイ》の近郊だったので、今でも多くの親類が対岸の台湾に住んでいる。貿易商として成功したジェームスは、その頃は主として中国本土で生産された電子製品などを輸入販売していたが、米国と中国、中国と台湾の関係が難しくなってくると、色々と商売上でもスムーズにいかないことが多くなってきていたようだった。

ナンシーはハワイ大学のキャンパスの近くにアパートの一室を借りたが、父親の家からだと通学に時間がかかるのを嫌った俊雄も同じアパートに住んでいた。二人はすぐに知り合い、多くの時を一緒に過ごした。楽しい共通の思い出も多かった。しかし、そのうちにナンシーはハワイ島の天文台に移り、俊雄はワシントンDCに移り、こうして東京で思いがけなく再会するまでは、二人はずっと没交渉だった。

ナンシーは東京大学でニュートリノの研究に没頭していたが、日本の色々なことが気に入り、この国で家庭を持ちたいと思っていた。その後、様々なことがあったが、アメリカンクラブで再会してから二年後に、二人は東京のカトリック教会で結婚式を挙げ、その頃には長女の誕生も待たれていた。

生まれてくる子供のことを考えると、アーリントンポストを辞めるという決断はなかなかできなかったが、その一方で、俊雄は何物かに突き動かされているようにも感じていた。「もう後には引けない」とも思ったし、「この子のためにも、もっと有意義な仕事をしなければ」とも思った。そして、遂に彼は決断した。

五

「そうこなくっちゃね」と、スーザンは俊雄のこの長い身の上話の最後のところで、音を立てずに小さく拍手する仕草をした。「サムライ、頑張れ！　Go for Broke（当たって砕けろ）」

その時、俊雄の胸ポケットの中でスマホの着信音があり、ドライバーが「事故に巻き込まれて遅れてしまったが、やっと地下のガレージに入った」と連絡してきた。しかし、俊雄は「あと三十分ぐらい待っていて欲しい」と頼み、スーザンとの楽しい会話に戻った。こんな機会はもう二度とないかもしれず、できるだけ長く話を続けたかったのだ。

「ルポライターの仕事は五年目になるけど、まあ、何とかなると思うよ」

「世の中のことは、大抵は何とかなるものよ。それで、これまでに、どんなところへ行ったの？」

「南スーダンが皮切りだったけど、色々なところに行ったさ。ボコ・ハラムが跳梁《ちょうりょう》していたナイジェリアが一番酷かったかな」

「女性としては、ボコ・ハラムは本当に許せないわ。大体においてイスラム諸国は特にひどいように思う」

「いや、ミャンマーのロヒンギャの場合は、イスラム教徒が全く理不尽に酷い目に遭っているんだよ。彼らは、民族も宗教も、ミャンマー人を構成している主要な部族とは全く異なり、隣国のバングラデシュ人とほとんど一緒だからね。でも、彼らは長年にわたって、同じ場所にずっと住んでいたんだ。それをいきなり追い出すんだから酷いものだ。家を焼き、何もかも奪う。抵抗しなくても殺される。仕方ないから、山を越え、川を渡って、ボロボロになって隣国のバングラデシュに逃れているけど、そのバングラデシュがまた世界の最貧国の一つで、人口密度も半端じゃないからね」

「スーチーさんは力になってくれなかったんだ」

「それは初めから無理な話だったんだ。スーチーさんも妥協に妥協を重ねてやっていたけど、軍部はそれでも不満で、あっさりクーデターで彼女を倒してしまったじゃないか。それに、ロヒンギャ問題に限っていうなら、国民のほとんどは『外国人はミャンマーから出ていくのが当たり前』っていう考えだからね。どうにもならないよ」

「そうね。スーチーさんを責めるのは筋違いかもね。あの時こそ国際社会が介入して、軍部を牽制すべきだった」

「国際社会って簡単に言うけど、それって一体どこにあるのかな？　国連？　国連って、結局はアメリカとロシアと中国と、それに英国とフランスが全てを決めるところじゃないかな？　本当は、ミャンマーがロヒンギャが住んでいた小さな土地をバングラデシュに割譲すればいいんだけど、誰もそんなことは言わないよね。ミャンマーに恨まれては困るものね」

「そうね。中国なんかは、できるだけよく思われたいでしょうね。長年の確執があるベトナムは難しいけど、ミャンマーなら、やがては実質的に自分たちの属国にできると思っているかも」

「アメリカ人の多くは、紛争といえば中近東とアフリカで、アジアにはあまりないと思っているかもしれないけど、結構多いんだよね。フィリピン南部のミンダナオにはイスラム教徒が多いし、インドネシア東部のチモールにはキリスト教徒がいる。ヒマラヤの麓のブータンは『幸福の国』と言われて日本人の間では人気だけど、三十年近くも前に、今のロヒンギャみたいに『民族浄化運動』で国から追い出されたネパール系の難民が、今でも十万人近くいるんだ」

「知ってるわよ。どこもかしこも問題だらけ。国連も頑張ってるけど、追いつかない」

「難民の受け入れについては、日本政府があまりにも消極的なのも情けないと思ってるよ。『日本は島国で、ずっと似たもの同士で生きてきたので、外国人と一緒に暮らすのは苦手』と言われてしまえば理解できないことはないけどね」


それから、話題はシリアやアフガニスタンに飛んだが、だんだんと細かい話になってきたので、潮時だと思い、俊雄は腰をあげた。

「今日はもう寝るよ。明日は為替管理局と税関を取材しなければならないんでね」

ところが、その時にスーザンが唐突に言った一言で、瞬時に彼の気は変わり、期待に目を輝かせながら、また腰を下ろした。

「私はもう仕事は終わったんだけど、せっかくだから、明後日から三日間はギアナ高地に行って、テーブルマウンテンやエンジェルフォールを見て、命の洗濯をしてから帰ることにしてるの。よかったら付き合わない？」

「え？　本当？　母のことがあるので、僕もギアナ高地には行こうと思っているんだけど、旅行社はどこも相手にしてくれなくて困っていたんだ。連れて行ってくれるなら、地獄に仏だよ」

　そして俊雄は、母親のマリアがギアナ高地出身のメスティーサであることを初めて明かし、「そこにはまだ祖母が住んでいるかもしれず、少なくとも少女時代の母を覚えている人には誰か会えるだろう」と言った。ついでに、「日本の仏教では、仏が地獄まで出張して助けてくれるんだ。君が仏様に見えてきたよ」とも言った。

「え？　そうなの？　それなら決まりよ。私はきっとブッダの生まれ変わりなんだわ」とスーザンも喜んだ。

　彼女は、バッグからスマホを取り出し、早速誰かに電話した。「おそらく飛行便やホテルの予約を、一人分増やしてくれるように頼んでくれたのだろう」と俊雄は思った。だから、本当に仏様を見るようにスーザンを見つめ、両手を合わせて拝む真似をした。「やはり今日は僕の誕生日。誰かがお祝いのプレゼントをしてくれるのは当然だ」

　翌日は俊雄にとって、大忙しの日になった。残っていた取材を全部突っ込んで朝から晩まで走り回り、ホテルに戻ると、ギアナへの小旅行に持っていく荷物と、ホテルに預けておく荷物をまとめた。ギアナ高地には前人未到の密林も多いと聞いていたので、山歩きもできるような装備を持って行くことにした。スーザンが米国大使館が手配した専属のボディガードを連れて行くと言っていたので、自分のボディガードは解約した。

米国大使館が彼女のために腕利きのボディガードをつけ、ギアナ高地への私的な旅行にも同行させたのは当然だった。彼女の場合は、カラカスで跳梁している街のゴロツキから身を守る必要があるだけでなく、マローロ政権直属のＩＡＥＳというギャングまがいの治安集団からも狙われる可能性があり、どんな田舎に行っても、常に危険と隣り合わせだったからだ。

俊雄は、あまりにも嬉しかったので、時差を計算してホノルルにいる父にも電話を入れた。カラカスに行くことは事前にメールで伝えていたが、電話をかけるのは何年ぶりかだったので、父はびっくりしていた。ギアナ高地まで行くという話にはとても喜んでくれて、祖母のサラや、彼女が働いていた土産物屋のことなどを詳しく教えてくれた。

二月のカラカスは乾季で、概ねいつも天気は良かったが、翌日も好天だった。スーザンは、ジョーという名の大男の黒人のボディガードだけでなく、ワシントンＤＣでの付き合いが長かったという、友人のエドリアン・ロドリゲスというベネズエラ人も連れてきた。

このエドリアンという男は、今はマイアミを拠点に南米全土を対象にしたツーリズム事業を手広くやっているという。ギアナ高地行きの段取りも、この男が全てやってくれたらしかった。「コロナ禍でツーリズム事業者はどこも青息吐息だが、うちの会社は早手回しに事業を一挙に縮小したので、何とか生き延びている」と、彼は屈託なく笑っていた。どんな苦境が襲ってきても、決してへこたれない人間というものは、どこにもいるものらしい。

エドリアンが立てた「ギアナ高地観光旅行計画」は、大体次のようなものだった。

まずカラカスからアベンサ航空の定期便で、ベネズエラ中央部のオリノコ河畔にあるシウダ・ボリーバルという街まで飛び、そこから小型のプロペラ機に乗り換えて、ギアナ高地観光の拠点となっているカナイマという村まで行く。同名の国立公園の中にあるリゾート地なので、何軒かのホテルがあり、必要品は大体何でも買うことができるという。

シウダ・ボリーバルで少し時間待ちとなるので、カナイマに到着するのは昼過ぎになる予定だったが、この国では何事も予定通りに行かないのが普通で、到着時間が遅れる可能性も十分ある。「だから、その日は全て自由行動とする」とエドリアンは言った。彼によれば、ギアナ高地の観光に欠かせないセスナ機やヘリコプターの手配は、カラカスでやるのは無理で、現地に行って交渉してみないと何とも言えないとのことで、彼自身は、その手配に忙殺されると思っているのだろう。

しかし、これは俊雄にとっては好都合だった。カナイマは小さな村のようだったから、半日も歩き回れば、祖母についての何らかの手がかりは得られるだろう。

二日目の午前中は、小さな船でカラオ川を遡り、エンジェルフォールの近くまで行く。カラオ川は、オリノコ川の支流のパラグア川の、そのまた支流のカロニ川のそのまた支流だ。エンジェルフォールは落差があまりに大きいため、大量の水も全て途中で霧となって空中に消えてしまい、下までは落ちてこない。だから滝壺というものはないし、その水がカラオ川に注いでいるわけでもないという。

その日の午後はセスナ機を二時間チャーターして、現地語で「テプイ」、スペイン語では「メサ」、英語では「テーブルマウンテン」と呼ばれる、近くの台地群を見て回る。エンジェルフォールには、すれすれのところまで近づくので、真横からじっくりとその勇姿を眺めることができるという。

しかし、エドリアンが段取りをつけようとしていたギアナ観光のハイライトは、三日目だった。これは普通の観光客ではなかなか難しい。

エドリアンは地元のツーリズム会社と交渉して、丸一日ヘリコプターをチャーターすることになっていた。まずヘリコプターはいくつかの台地の上を旋回して、麓とは隔絶した世界を空から見られるようにした上、エンジェルフォールのあるアウヤンテプイでは、山上で四人を降ろし、徒歩で台地の端まで行って、滝が落ちる様子を見られるようにするという。

さらに、もし時間があれば、帰路は、八つの大きな「穴」があることで知られているサリサリニャーマテプイまで足を延ばし、ヘリコプターで穴の下まで降りてみることも可能になるかもしれない。この「穴」は一番大きなものだと、直径も深さも三百五十メートルもある由で、鳥以外の動物は地上とは全く往来できないので、穴の底に生息する動物は、地上とは全く異なった進化を遂げているという。

四人の中では大男のジョーだけが、以前にロシアからきた要人のボディーガードとして、一緒にこの穴の底まで降りたことがあるらしく、「周りを断崖に囲まれた全くの別世界だよ。一見の価値はあるね」と盛んに喧伝して、みんなの興味を掻き立てていた。

ジョーは、その名が示すように、少年時代に十数年くらい米国で暮らしたことがあるらしく、英語に堪能なのを多くの米国人に重宝がられて、人気者になっているらしかった。体が大きいだけでなく、格闘技も射撃の腕も一流なので、「彼がついていると知れば、街のギャングたちも手を出さない」という神話が広まっていた。

シウダ・ボリーバルに向かう飛行機がカラカス空港を離陸すると、スーザンも俊雄もホッと一息ついた。スーザンは「もう仕事は終わり、後はのんびりするだけ」という安堵感があっただろうし、俊雄には「母親探しもここまでやれば、もう悔いを残すことはない」という「気持ちの整理」がついていたはずだ。「ここで手がかりが何も摑めなければ、ママは死んだと諦めよう」

二人は並んで座り、一昨日は話題にならなかった高校時代の思い出などを、取り止めもなく話し出した。

「トシのことで思い出すのは、やっぱり『ミシマのハラキリ』よね。あれ、本当に良かったわよ」

「え？　あんなのを今でも憶えてるの？　嫌だなあ」

二人が高校二年生だった時に、日本文学が好きだったスコットランド人の国語の先生が、三島由紀夫という日本作家の「金閣寺」という小説を紹介した。そして、「この作家は、耽美的な世界を描くのが得意だったが、ついには自分の人生そのものを、一つの耽美的な戯曲にしてしまおうと考えたようだった」と講義した。

この作家は、次第に「伝統を忘れ、経済ばかりを追求しているかのような現在の日本」に耐えられなくなり、また、「級友の多くが戦地に赴いて国のために次々に死んでいったのに、自分だけが虚弱な身体と臆病さ故に徴兵を免れて生き残った」という負い目にも耐えられず、「自分が納得できるような美しい死に方で、早く人生を終えてしまいたい」という想念にのめり込んだようだ。

驚くべきことに、この想念は、遂には行き着くところまで行ってしまったらしい。そのために、ノーベル文学賞候補にも挙げられていたほどの知性に溢れたこの作家は、「天皇のために死ぬ」という大時代的な考えに取り憑かれ、それに共鳴した若者たちを組織して結社を作った。そして、そのうちの四人を伴って東京都内にある自衛隊（文民統制と専守防衛を誓った日本の国防軍）に乗り込み、隊員を集めてクーデターの実行を呼びかけた。そして、それが（当然のことながら）聞き入れられなかったと知ると、かねてからの友人でもあった司令官の前に座り込み、そこで古式に則った割腹自殺をした。

この年はちょうど事件があってから三十周年だったこともあり、国語教師は、この事件を描いた「象徴的な技法を駆使した、日米合作の奇妙な一篇の映画」を生徒たちに紹介していた。たまたまその時期が例年の学園祭と重なっていたため、一部の生徒たちがこれを模した演劇を学園祭の出し物にすることを計画、俊雄は主人公のミシマ役に担ぎ出されたのだ。

この「一部の生徒たち」とは、「何か奇想天外なことをして、取り澄ましたミッションスクールの不文律を打ち壊したい」といつも考えていたグループで、スーザンはその中でも首謀者格の一人だったらしい。

この劇では、ミシマの台詞はあまりなく、ぶっきらぼうな癖のある英語で、唐突だが思い入れの強い短い言葉を叩きつけるだけだ（だから俊雄のまだ下手くそだった英語は、その役柄によく似合っていた）。一番長いセリフが振り当てられたのはミシマの妻のリョウコで、彼女は夫に対する完全な理解を、ストーリーの要所要所で長いセリフで表現する。その役は、スーザンが自ら志願して引き受けた。

そして最後のシーンで、煮えきらない言葉を重ねるばかりの自衛隊の幹部を前に、ミシマが結社の制服を脱ぎ捨てると、その下は筋骨たくましい裸体で、長く白い帯状の布を巻き付けただけの「フンドシ」と呼ばれる日本の伝統的な下履きが、辛うじて下半身を覆っている。ミシマはその場にドッカと座り、腹に短剣を突き立てる。後ろに立ったミシマの同性愛の相手の若い団員のモリタが、その首に日本刀を振り下ろす。ここでサッと幕が降り、同時に幕の後ろから、ガツンという首が切り落とされる音、ゴロゴロと首が転がる音と、周りの人々の狼狽した声が聞こえる。これで劇は終わる。

実は俊雄自身は、このミシマのストーリーの意味が、初めから最後まで、ほとんど理解できていなかった。「ハラキリ」や「カイシャク（介錯）」の作法のことは知っていたが、それに対する米国人の好奇の目を、あまり快くは感じていなかった。だから、本当はこんな役柄は断りたかったのだが、その頃は野球で長打力を向上させる筋トレに相当熱心に取り組んでいたので、その成果を見せびらかしたいという気持ちもあり、なんとなく引き受けてしまった。しかし後になって、彼はこのことを後悔ばかりしていた。

だから俊雄は、せっかくスーザンと昔話をする機会が得られたのに、こんな話題で時間を取られてしまうのは嫌だった。

「そんなつまらない話より、カウアイ島に行った時の話をしようよ」

そうだ。あの時こそが、俊雄の高校時代の思い出の中で、いつまでも忘れられないものだった。

ある日、クラスのオフサイト行事で、二泊三日でカウアイ島に旅行した時のことだ。ガーデンアイランドと呼ばれるこの島の、シダで覆われた美しい森の中を探索している時に、見知らぬ鳥の鳴き声を追って脇道に入っていった俊雄とスーザンは、道に迷い、クラスメートたちとはぐれてしまった。少し焦りながら、二時間以上も彷徨《さまよ》い続けた二人は、突然、岩の割れ目から、眼前に広がる青い海を見た。割れ目を抜けていくと、そこは小さな入江になっており、奇跡のように白い小さな砂浜があった。

「あ、これはいいね。ここで二人で一生暮らそうよ」と、俊雄は歓声を上げ、「グッドアイデアね」とスーザンも応じた。

二人は先刻までの心配はすっかり忘れ、緑で覆われた岸壁に左右を囲まれた小さな砂浜に寝そべり、太陽に全身を晒して、二人だけの世界でしばらくまどろんだ。何かの弾みだったかのように装って、唇と唇が少しだけ触れた。宿舎に帰り着いたのは、みんなが夕食を終えた時間になった。

「そうね、あの頃は色々なことが楽しかったわね」

「白状しちゃうとね。僕は、あの頃、君のことが本当に好きだったんだよ。もしかしたら、将来結婚するかもなんて思ってた。もちろん、片思いだともわかってたけどね」と、少し調子に乗って俊雄が言うと、スーザンはクスリと笑って、「実は私の方もそうだったのよ」と、少しだけ顔を赤らめて答えた。

そうだった。あの頃、二人の気持ちはお互いに微かに通じ合ってはいた。しかしそれは、精神的に幼かった二人の「淡い恋」に過ぎなかったのだ。そして、その後に来た別れは、社会的に幼かった二人には、どうしようもないものだった。

六

カナイマに着くと、スーザンとエドリアンはすぐに観光のアレンジに走り回った。その間に俊雄は、この地方に住むカラマコート族の言葉ができるガイドの力を借りて、カナイマの村の中を歩き回り、色々な人に会って、祖母の消息につながる手がかりになりそうな情報を探し求めた。

祖母のサラは、少しだけスペイン人の血も混じってはいたものの、間違いなくカラマコート族だったと聞いていたので、カナイマまで来たからには、少なくとも彼女についての手がかりぐらいは摑めるはずだと俊雄は踏んでいた。しかし一時間も経つと、それすらもがどうも期待外れに終わりそうだと悲観的になった。

まず、父親に聞いていたような土産物屋は存在しなかった。そこで、すべての土産物屋を訪ね、ありとあらゆる人に同じ質問をしてみたが、サラやアルベルトという名前にも、フェルナンディスという苗字にも、祖父が遭遇したというヘリコプター事故の話にも、誰も全く反応を示さなかった。

それどころか、誰も彼もが、何となく遠くを見るような虚ろな表情をしており、見知らぬ旅行者が

「とんでもない昔のこと」を聞くのを、面白がる気配すらなかった。まるで、縁もゆかりもない別世界に、自分だけが突然迷い込んだかのようだった。

拍子抜けした俊雄は、しばらくのあいだ失望の淵に沈んだ。翌日の船で、みんながすっかり寛いで、歌まで歌い出した時にも、借り上げたセスナ機がエンジェルフォールのすぐ近くまで接近し、皆が感嘆の声をあげた時にも、唯一人無言だった。


ところが、最終日の朝、俊雄は信じられないものを見た。

それは、「ヘリコプターの発着場に送ってくれるバンが到着した」と告げられたので、旅行社の待合室のドアを中から勢いよく開けて、外に走り出ようとした瞬間のことだった。

小ぶりの果物籠を抱えて、事務所の中に入ってこようとしていた中年の女性の顔が、彼の記憶の中に残っている母親の顔にそっくりなように見えたのだ。

仰天した彼は、思わず、「ママ？」と声をかけたが、この中年の女性は怪訝な顔をするばかりだ。

そこで、今度は少し丁寧に、「失礼ですが、マリア・フェルナンディスさんじゃありませんか？」と聞き直してみたが、彼女は無表情に「いいえ、私は、ルシア・サンチェス」と答えただけで、そそくさと建物の中に入って行った。

どうも他人の空似だったようだ。既にバンに乗り込んでいたスーザンたちに急かされて、俊雄もバンの方に走ったが、心の中には何とも割り切れない気持ちが残った。

全ての旅程を引き受けてくれた地元の旅行会社「カラマコート・アドベンチャー」は、スーザンをとても大切な客だと考えていたと見えて、この日のヘリのパイロットは、社長のカルロス・サントスが自ら買って出ていた。この男は、会社の名前も示す通り、カラマコート族の血を色濃く残した柔和な表情の中年のメスティーソ（白人と現地人の混血）で、英語も普通に喋れたが、口数は少なかった。

彼は目的地のアウヤンテプイには直行せず、まず八つの「巨大な穴」があるサリサリニャーマテプイに向かい、一番大きな穴の中までヘリを降下させてくれた。それから、近くにあった他の二つのテプイの山頂を、上空からたっぷり見せてくれた。

しかし、ヘリが最後の目的地に近づくにつれて、この無口な男の口数はさらに少なくなり、いつになく緊張している様子が見て取れた。

ヘリが着地したのは、意外にも、観光客がしばしば訪れるエンジェルフォールからはかなり遠い、深いジャングルの中に開かれた直径五十メートルにも満たない平らな草地だった。丁寧に整地され、雑草が刈り取られたその平地の奥の方に、かなりの大きさの黒っぽい風変わりなテントが一つ設《しつら》えられており、その前に数人の男が立っていた。

カルロスは緊張した面持ちで、四人の乗客（スーザンと俊雄、エドリアンとボディーガードのジョー）がヘリから降りるのを手助けすると、改まった表情でスーザンに告げた。

「あなた方は大切なお客さんなので、今日はセルヒオ・ロペスさんが特別なお話をされるそうです」

「それはいったい誰？」と訝しげに聞くスーザンには答えず、カルロスは、テントの前に佇立《ちょりつ》していたセルヒオという中年男のところに、無言で一行をいざなった。

セルヒオは、メスティーソのように見えた。中背で痩身、黒い丸首のシャツの上に着古したグレイのジャケットを無造作に羽織っており、一種独特の物静かな雰囲気を醸し出していた。その横には、目立たない灰色の作業衣のようなものを着た、カラマコート族と思われる男女が三人立っていた。

セルヒオは、まずスーザンの方を向き、「スーザン?」と聞き、スーザンが笑顔で頷くと、今度は俊雄の方を向き、「トシオ?」と聞いた。レポーター稼業の長い俊雄は、素性の知れない相手にも愛想良く接することに慣れていたので、「そうです。私の名前をご存じでしたとは、とても光栄です」とスペイン語で丁寧に答えた。

セルヒオは笑顔で頷くと、急に表情を改め、訛《なま》りのない流暢な英語で喋り始めた。

「今日はお二人に重要なお願いがあります。デリケートな話なので、恐縮ですが、お二人だけでテントの中にお越しください。あとのお二人は、カルロスがエンジェルフォールの水が落ちるところにご案内します」

穏やかだが、有無を言わせぬような口調だった。

スーザンも俊雄も意外な事の成り行きに戸惑ったが、おそらくマローロ派かグァード派の誰かが彼らの素性を知って、何か特別な政治的な要請をするつもりなのだろうと推察した。二人とも事を荒立てるのは得策ではないと考えたので、特に二人で相談することもなく、ほとんど同時に「同意する」旨を伝えた。俊雄は持っていたプロ用の大型カメラをエドリアンに手渡し、自分の代わりに滝の落ちるところの写真を撮って来てほしいと頼んだ。

二人がテントの中に入ると、直径が十メートル程度はありそうな草地の真ん中に、綺麗に磨きあげられた木製の丸いテーブルが一つポツンと置かれており、その前に、座席と背もたれの部分に真紅のビロードが貼られた、やはり木製の大きな肘掛け椅子が三脚あった。

二人がその椅子に座ると、セルヒオは口をすぼめてシューッという小さな音を立てた。すると驚いたことに、テント全体の草地が音もなくスーッと下の方に沈んでいき、五メートルぐらいの深さで止まった。

さらに驚いたことに、そこには、薄明かりに包まれた相当広い地下空間が広がっていた。降下した円形の草地の周囲、三分の二程度は白い壁になっていたが、残りの三分の一程度を占める開口部の奥には、二人がこれまで見たこともないような不思議な機械類が雑然と置かれていた。

それから、セルヒオがまた口をすぼめて小さな音を出すと、その開口部は音もなく白い円形の壁面で閉ざされ、今度はこれまで閉ざされていた反対側の壁面が開いた。そこに、二人は、とんでもないものを見た。

それは、黒っぽい灰色をした、直径が十メートル、高さが四メートル程度の、金属製と思しき巨大な円盤で、よく話題になるＵＦＯの想像図と似ていた。

しばらくの沈黙の後、呆然としているスーザンと俊雄に向かって、セルヒオは静かに話し始めた。

「驚かれたことでしょう。ここにご案内したのはあなた方が初めてで、今後もおそらく誰も案内しないと思います。そう、すでにおわかりと思いますが、私はこの惑星の人間ではありません。あなたの前にいるセルヒオ・ロペスは、私が借りているこの惑星の人間の身体にすぎず、私という生命体の頭脳は分散された複製として、このセルヒオ・ロペスという人間の中にも、あの『シャール』の中にも存在しているのです」

『シャール』という言葉を使った時に、セルヒオは巨大な円盤の方を指さしたので、どうやらそれが彼をここまで運んできた宇宙船で、本物の異星人は今もその中にいると想像できた。

それからセルヒオは長々と喋ったが、その内容は、要約すれば次のようなことだった。(彼が喋り出す前に、俊雄は抜け目なく、ここでの話の内容を手持ちのスマホで録音することについて了解を求め、彼はそれを許可した)

彼は、本来の名前を「バンスル・モルテ」という。「クール」という惑星で生まれた「ショル」で、想定外の行き違いがあったために、今から一年ほど前に、ただ一人でこの地球という惑星に漂着したという。「ショル」とは、その惑星で最高の知性を持った生命体を意味する言葉で、地球の言葉にすれば、やはり「人間《ヒューマン》」と訳すべきだろう。

銀河系の核に向かって地球から約三万二千六百光年離れた、地球では「いて座A」と呼ばれているエリアの向こう側に、巨大なブラックホールがあり、その周囲八千光年あたりには、無数の恒星がかなりの密度で存在している。その一つに「ウル」と呼ばれる太陽に似た恒星(地球からは観測不能)

があり、その周囲を回る惑星の一つに、地球とほぼ同じ大きさの「クール」があると、彼は言った。「クール」の環境は地球と似ているらしい。地球同様に自転しており、一日の半分の時間は「ウル」から送られてくる光子の波動を受けて、それをエネルギー源として使うことができる。また地球同様、長年にわたって作り出してきた「水素と酸素の化合物」つまり「水」も豊富にあったので、複雑な生物が多数生まれてくる環境が整っていたようだった。

そして最終的に、その生物群の食物連鎖の頂点に立ったのが「ショル」だった。「ショル」の進化の過程も単純ではなかったが、彼らは最終的に「クォール」と呼ばれる「自律進化型の非生物知能システム」を創り出し、これに一定の条件下で、「ショルの生活環境維持のために必要な全てのものを構築し運営する全権限」を与え、そうすることによって生命体としての自分たちの不確実性を排除し、自分たちの存在を永続させることに成功したと、バンスルと名乗ったこの異星人は言った。

彼らショルが（というよりも、彼らが創ったクォールが）知る限り、宇宙には、生命体を育むのに必要な環境を具備した惑星が少なくとも一億個は存在するだろうと、バンスルは言った。そして、その約三分の一が地球と同じような温度環境で、主として酸素と水素によって生命体を育むという。（他の惑星では、はるかに低温、またははるかに高温で、主として窒素やリンや硫黄などの元素が生命体の育成に大きな役割を果たすらしいが、そういう環境下で作られた生物は、さして複雑で高度なものにはなれないのが普通だという）

しかし、これらの地球に似た環境を持つ惑星の中でも、地球人に近いレベルの知的な生命体を育むに至ったのは、せいぜい百万個程度であったという。そして、そのほとんど全てが、現在の地球人とほぼ同等、あるいはもう少し高いレベルの進化を成し遂げた時点で、「母恒星の核融合活動の変調」によって、あるいは「進化の過程で自らが生み出した科学技術を、自らの内部矛盾を解決するために使った」ことによって、跡形もなく絶滅してしまったのだそうだ。

「従って、ショルのように半永久的な存続が保証されている生命体は、我々の知る限りでは、この広大な宇宙でもせいぜい数百種しかいません」と、彼は言った。これらの生命体の一部は何らかの理由で母星を離れ、広大な宇宙を彷徨っているが、彼らの全ては、生物的な欲求ではなく、確立された「純粋理性」で律せられているのが常なので、「自らの存続と好奇心の満足」以外の欲求は持たない。従って、たまにお互いに接触することがあっても、干渉することも戦争することもなく、ただ情報を交換するだけだそうだ。

考えてみると、それは当然のことのように思えた。仮に広大な宇宙空間のどこかで、ある種の知的生命体が、同じレベルの科学技術力を持った別の知的生命体と出会ったとしたらどうするだろうか？選択肢は、「相手を破壊しようと試みる」か、「その意思はないことを表明して単純に情報交換をする」かのどちらかだろう。そして、「前者を選択しても得るものは何もなく、逆に自らが破壊されるリスクがある」という理由で、双方ともが当然後者を選択するだろう。双方とも、「征服欲」などといった「リスクの多い生物的な本能」を放棄したことによって生き延びてきた種族なのだから、そうなるのが当然の帰結なのだ。

「ショル」に限らず、絶滅を免れた全ての知的生命体は、「自らが生命であるが故に、自らを滅ぼしてしまう」宿命を察知して、全ての決定権を「自律進化型の非生物知能システム」に委ねているが、そういったシステムの全てが、いくつかの基本ルールを埋め込まれて創られているという。

そのルールとは、要約すれば、第一に「彼らを創った知的生命体の存続確率を最大限にする」ことであり、第二に「その範囲内で可能な限りは、当該知的生命体の希望を叶える」ことだった。非生物だから、そのルールを逸脱してしまいたいというような「欲望」とか「衝動」を持つことは一切ないという。「そんなことをどうして確信をもって言えるのか？」と問うと、「宇宙の中の物理現象には、いつまでたっても究明し尽くすことのできない無限に近い多様性があるが、ほとんどの知的生物体が好んで使う『論理（数理）』は、閉じられた認識体系なので、どこに行っても一定で変わることはない（数理学者の犯す過ちは、『一定条件下で成立する真理』を『全てを律する真理』であると誤解することだけで、論理自体が誤っているわけではない）」という答えが返ってきた。

ちなみに、バンスルが「宇宙」という時には、一般的には「我々地球人が認識している（あるいは認識することができるはずの）世界の全て」を意味していることが、その後の質疑応答のプロセスで明らかになった。しかし、彼が恒星や知的生命体の数などに言及する場合には、必ず「我々が知る範囲内では」という接頭句がついたので、実際には「自分たちの近傍にあるほんの小さな一部分」を「宇宙」という言葉で語ることも多かったようだ。

さすがのショルも、現時点で到達できた（あるいは通信によって詳細な情報を取得できた）場所は、我々の地球やショルの母惑星クールが存在している「銀河系宇宙（天の川宇宙）」の全域と、その外に広がっている三十五個の銀河からなる「局所銀河団」に属する「アンドロメダ銀河」のほんの一部分に留まっているとのことだった。こんな空間は、「宇宙」全体の中ではゴミのように小さいものだ。

我々の「天の川銀河」も、冒険心に富む一部のショルたちが足を延ばした「アンドロメダ銀河」も、共に、合計で一七八二個（我々地球人にはまだ数えられていないが、ショルはこのように把握しているという）の銀河から構成される「超銀河団」の一部だとバンスルは明言した。「それでは、宇宙の中にこのような『超銀河団』は幾つあるのか」という疑問に関しては、「少なくとも数億以上ということしか自分たちにもわかっていないし、クォールも『その究明にはさして意味がない』として、当面は究明を放棄している」と語っただけだった。

全体として相当長い話になったが、大体そういうことをバンスル・モルテは淀《よど》みなく一気に話し、そこで一息入れて、「ここまでのところで何か質問がありますか？」と二人に聞いた。

スーザンも俊雄も、突然の事態の展開に夢を見ているかのようだった。体全体がスーッと後ろの方に吸い込まれて、自分が自分でなくなったような気持ちだった。しかし、目を閉じて、このテントの中に入ってからのことをしっかりと考え直してみると、決して夢を見ているわけではないことがよくわかった。念のため、二人はお互いの方を見合ったが、「相手もこの事態を現実のものと受け止めている」と理解できた。

セルヒオ・ロペスと呼べばよいのか、バンスルと呼べばよいのかわからないが、とにかくこの異星人の話し方は紳士的だったし、説明は丁寧で、話の筋道は通っているように思えた。少なくとも、敵意がなさそうなのは確かなようだ。そう考えると、二人は少し落ち着きを取り戻した。

バンスルの問いかけに対しては、まずスーザンが質問した。

「あなた方をここまで連れてきたのは、そこにある円盤ですか？　どういう原理でどんなスピードで動くのですか？　あなた方のような生物体が、三万光年以上もの旅にどうして耐えられるのですか？」

微笑みを浮かべて聞いていたバンスルは、静かに、教え諭すような調子で答えた。

「あそこにあるシャールは小旅行用の個人的な乗り物で、ショルだと普通は三人程度が定員です。最高航行速度は光速の十分の一程度、連続的な航行範囲はせいぜい数光年ぐらいでしょう。ショルが眠っている間、その細胞を変化させずに一定の状態に保っておく簡易装置（地球人が「人工冬眠装置」と呼ぶようなもの）も備えています。

我々をここまで連れてきたのはミュールという大型の宇宙船で、これはシャールなどとは比較にならない、高度な技術の塊です。総体積で二万立方キロメートル（幅が四十キロ、奥行きが五十キロ、高さが十キロ程度）を超え、我々の母惑星クールを周回する二つの衛星のうちの一つで、様々な機能をもった数万体のロボットによって、一年以上の歳月をかけて作られています。

ミュールの内部は、徹底的に計算し尽くして『我々ショルにとって最も快適な環境』となるように設計されています。何よりも、自然災害のような『予測できない危険』に突然襲われる心配が少ないので、数多くのショルには、母惑星よりも安全で快適だと思われています」

「いったん母惑星を離れると、多くの生命体にとっては重力の変化が大きな負担となりますが、ミュールの中にいる限りは、その心配はありません。宇宙を光速に近い速度で航行中の時にも、加減速のためにミュール自体が巨大な力に曝されている時にも、ミュール内部では、常に一定の『ショルが慣れ親しんでいる重力』が働いているからです。それぞれのショルは、ミュールの中にいったん入ると、外殻と内殻の間に作られている『圧縮空間』の働きで、宇宙を律している様々な『力の場（波動系）』から断絶され、閉鎖的な一つの『力の場』の中に安住できるようになるのです。

我々も、あなた方同様、基本的に酸素を吸って炭酸ガスを吐き出し、植物を主とした食物や水分を摂取して、適切な方法でその残滓《ざんし》を排出しますが、これらの物質は全て『閉鎖された系』の中で循環しますので、何も面倒なことはありません。

我々は、というよりも、我々が全ての科学研究と技術開発を委ねたクォールは、『母惑星クールから離れて広く宇宙空間を探索したい』という一群のショルの希望に応えるために、この巨大なミュールを作り、それぞれに数千人のショルを搭乗させて、二年ごとに一機ずつ、八方の宇宙空間に旅立たせているのです。このミュールの総数は今後とも減ることはなく増え続けると思いますが、どんなに増えたとしても、広大な宇宙空間の中ではゴミのようなものです。

あなた方は驚くかもしれませんが、我々ショルの個体数（人口）は極めて少なく、惑星クールの上で現在生活しているのはたかだか五千万程度です。しかし、これとは別に平均三千人ぐらいをのせたミュールが現時点で九千機以上、クールを離れて思い思いの宇宙空間を彷徨していますから、そこにいるショルをすべて合わせると、人口の総数は八千万近くになります。

ちなみに、ショルの出生率は長い年月にわたって着実に減少しつつあり、現在では新生児の数は毎年数十万人程度ですが、死亡率もそれ以上のスピードで減少しているので、人口は、わずかながらですが、着実に増えています」

「動力の原理についてはちょっと説明が難しいですね。クォールは、我々のために、この宇宙を構成しているあらゆる種類の素粒子の振る舞いを解明してくれましたが、その経緯の中で、あなた方が『重力』と呼ぶものも含め、それぞれの素粒子が持つ力を自在にコントロールする技術も確立しました。

あなた方のいう『重力』も、要するに『エネルギーを持った素粒子同士が引き合ったり反発したりする現象』の一つですよね。あなた方地球人の物理学者と呼ばれる人たちがすでに正しく理解しているように、我々の宇宙は、様々な量子エネルギーを持った様々な粒子が、様々に波動する様々な『場』で構成されているのです。ですから、近辺の宇宙空間の中に、一時的に全く新しい『強力な重力場』を作り出し、ミュールの外殻を構成する一つの『素粒子の系』を、この新しい『重力場』の中に適切な形で同期させればどうでしょうか？　その『系』は、『それまで日常的に観測されてきた通常の重力場』とは関係なく、また、特に大きなエネルギーを消費することもなく、広大な宇宙の中を光速に近い速度で移動できるでしょう。

我々は、というか、我々のクォールは、こういった無数の『エネルギーを持った素粒子』が、この宇宙の中の何処にどのような状態で存在しているか、そして、どのような信号を送ればこの素粒子の間で相互作用が生まれるか（どのような『場』が作られるか）についても熟知しています。従って、その知識の一部を賢く使えば、『ミュールの高速移動』といったようなことだけでなく、例えば『質量を持った素粒子の巨大な塊である地球のような惑星』の『動きを変える』といったようなことでさえも、比較的容易にできるのです」

「第三の質問は、とても核心をついた良い質問です。我々のミュールは、静止状態から一定の加速時間（あなた方の時間に換算するなら一万年程度）を費やした後には、ほぼ光速に近い速度で航行する能力をすでに持っていますから、あなた方から見れば、我々は四万年強をかけて三万光年彼方の我々の世界からここへ来たことになりますね。（もっとも、それはミュールの外の世界から見てのことであって、あなた方も既に『特殊相対性理論』という名のもとに正しく理解しておられるように、ミュールの中にいる我々の時間は高速移動時にははるかに遅く進行するので、我々にとっての時間はそんなにはかかりません）

加速や減速にそんなにも時間をかけるのは、それに必要な想像を絶するほどの巨大な力を時間によって分散させるためです（光速レベルへの加速と減速を一気に行う程の力になると、ミュールの外殻と内殻の間の「系の分断」は、我々の技術力をもってしても不可能だったのです）。しかし一方では、生命体の生存状態を維持できる時間にも限界があるので、その問題も解決せねばなりません。

そこで我々ショルは、発想を百八十度転換することを思いつきました。我々は、根源的な問題にたち帰って、『そもそも、我々ショルが自分を自分として認識させているものは何だろうか』と考え、結局のところそれは『個有の記憶』に他ならないと結論づけたのです。

具体的に言えばこういうことです。我々のクォールは、宇宙への旅行を希望した数千人のショルたち個々人の『遺伝情報』と『これまでの記憶の全て』を、生命体とは無関係の量子メモリーに圧縮してミュールの中に格納します。その上で、この数千人のショルたちには、ミュールに搭乗させることもなく『安らかな眠り』、言い換えれば『生物としての一時的な死』を与えます。そして、長い時間をかけてミュールが目的地に到着した時に、生物としてのショルを遺伝子情報に基づいて再構成し、そこに個々人の記憶を付加するのです。

そうすると、目的地に着き、そこで生物として再構成され、意識を取り戻したショルはどう思うでしょうか？　『ああ、よく眠ったなあ。もう目的地に着いたんだ』と感じるのです。これで何の不都合もありません。私の場合は、今回の旅行の前に三回もこのようにして『目覚めた』経験をしており、その間にあなた方の時間では十数万年程度が過ぎていることになります」

それからバンスルは、「ちなみに、非常に多くの地球人が信仰しているイスラムという宗教の経典コーランの中には、『夜、眠っている時、あなたは存在しない。朝、目覚めると、あなたは生まれる』という言葉がありますね。これは大変よく言い当てた言葉だと思いますよ」と付け加えた。

「え？　そんなことまで知っているのか？」と、俊雄は仰天した。

シリアやアフガニスタンのようなイスラム諸国に行くことの多かった俊雄は、英訳されたコーランを流し読みしたことがあるが、そんなことが書かれた箇所があるとはついぞ知らなかった。

「巨大宇宙船のミュール自体は非生命体ですから、遭遇する恒星から放出される種々の放射線から、必要なエネルギー源をふんだんに得て、永久に活動し続けることができます。また、種々の惑星でいつでも存分に入手できる鉱物資源や諸元素を使って、自分自身を常に再生し続けます。ですから、ミュールはほぼ永久的に不滅の存在だと考えて頂いていいでしょう。

鉱物資源をめぐって争いを繰り返してきた歴史を持つあなた方は、『惑星を探査して必要な鉱物資源を見つけて採掘するのは、そんなに簡単なことではないのでは?』という疑問を持たれるかもしれませんが、我々は、その気になれば、金であろうとダイヤモンドであろうと、素粒子レベルで一から作り出すことができますから、鉱物探査などは、『たまたまお目当ての鉱物が出来上がった形で見つかれば、その方が安上がりでいい』という程度の軽い問題でしかないのです。

ところで惑星クールには、過去に二度、巨大隕石が衝突してくるという危機があり、一度目は当時繁栄を極めていた生物をほとんど絶滅させましたが、二度目はクォールを作ったショルが待ち構えていたので、至極簡単にその隕石の方向を変え、何の被害も受けませんでした。ですから、今後とも、そうした事態については何の心配もないでしょうが、母恒星のウル自体が、いつかは大きな変調をきたすか、あるいは寿命を迎えるという問題は避けられません。そして、その時には、惑星クールも当然破滅するのです。これればかりはどうしようもありません。

しかし、そうなれば、平常時ならミュールに搭乗して宇宙空間を彷徨するのが嫌なショルたちも、新造のミュールに分乗して宇宙空間に逃れ、そのままそこに住み続けるか、そのうちに異なった惑星を適当に探して植民すれば良いだけのことです。ですから、ショルという生物種族もまた、もし自らが望むなら、ほぼ永遠に近い存続を保証されていると思って頂いてもいいでしょう」

七

物理学の素養のない俊雄には、こういう説明の内容がよく理解できたわけでは決してない。しかし、「話の筋」というか「物の道理」というか、そういったことはある程度理解できた。それに、日頃の紛争地での取材活動を通じて、「人間の際限もない欲望が全ての不条理の源泉だ」と強く感じてきていたため、欲望のない「クォールという非生命体」に全てのコントロールを委ねてしまったショルの叡智が、心に響いた。だから、彼はここで口を挟んだ。

「あなたの言う『自律進化型の非生物知能システム』とは、我々が現在『人工知能（AI）』と呼んでいるものが、『シンギュラリティー』と呼ばれるレベルに達したものに近いと思いますが、その理解で正しいでしょうか？　我々の中には『AIがどんどん進化していけば、いつかは人間を滅ぼしてしまうのではないか』と危惧する人たちも多いのですが、あなた方はどのようにしてその危機を回避したのですか？」

「そうですよ。その理解で正しいです」と、バンスルは微笑しながら答えた。「でも、あなた方の今のＡＩとやらは、何と言ったら良いか、まだ生まれる前の赤ん坊とでもいったようなものです。シンギュラリティーという言葉も、『一つの点』を思わせる数学用語なので、あまりしっくりきません。転換点は、『個々の問題について完全に自律的な学習が開始される』時点ですから、『広範囲に広がった多くの点の集合』です」

そして、彼は続けた。

「どんな知的生命体も、進化の過程のどこかの時点で、自分たちの『生物としての脳は、とてもうまく出来てはいるが、問題解決に必要な能力が一定のレベルを超えると、答えを出すのに恐ろしく時間がかかるか、あるいは永久に不可能である』ことに気がつきます。そうすると彼らは、まず電子のレベルで、次に量子のレベルで、人工的な論理回路を作り、これを同じく人工的に作った記憶装置と結びつけて、自分たちの代わりに答えを出させようとします。そして、その効率を上げるために、こういった装置のそれぞれの中で『自律的な学習』ができるようにします。それは、自分で自分に課題を与え、あらゆる方法を使ってそれに解を与えようと試みることです。

あなた方の中には、人間には『魂』というものがあり、時折『天の啓示』というものが得られると、本気で考えている人たちも未だにいるようですが、勿論そんなことはありません。人間も、ネズミやトカゲと同じ生物であることに変わりはなく、全てが量子力学の法則に従って動いています。『光合成』も『呼吸』も『大脳による論理思考』も全て同じことです。ですから、全ては人工的に再現できるのです。

さてこうなると、このＡＩは昼も夜も考え続け、新しいアイデアを生み続け、それを検証し続け、更には、自分自身の考え方のプロセス自体も改良し続け、指数関数的な速度で新発見と新技術の創造を繰り返すので、それが達成する技術のレベルは、あっという間に目も眩《くら》むほどのものになります。

これに対し、ショルや地球の『人間』のような生物ですと、頭脳の中の論理回路が正確かつ超高速で動く天才は、低い確率でしか現れません。そして、このような天才たちでも、日常は生物としての普通の営みにも相当の時間とエネルギーを取られるので、卓抜したアイデアは、長い時間のうちに極めて低い確率で出てくるだけです。ＡＩと比べれば、お話にならぬほど非効率なのです」


「しかし、こういうＡＩを創り出す知的生物は、当然そのことが生み出すリスクも予測できますから、ＡＩが自分たちの意志に反して暴走することを防ぐために、どんな場合でも自分たちの利益を害さないようなルールを、その論理回路の中にあらかじめ組み込み、どのようにしてもそれだけは覆せないメカニズムにしておくのが普通です。一昔前に、アイザック・アシモフという地球人が『ロボット工学三原則』というものを提唱したようですが、我々ショルが作ったルールは、それを数百倍以上複雑に、かつ繊細にしたものと考えて頂いていいでしょう。勿論このルール作りはそんなに簡単なことではなく、我々ショルの場合も、長い時間をかけて徹底的な議論がなされましたが、我々は元々『異なった利害を妥協させる』ことに秀でた生物だったので、比較的スムーズにそれができました。

いくつかの知的生物の中には、我々から見れば理解できないほどに愚かで、これを怠る種族もいるので、自分たちが作ったＡＩによってしばしば破滅させられてしまっています。そのことについては、あなた方の一部の人たちが心配している通りなのですが、まあ、確率上は仕方のないレベルですね。しかし、こうして自らの創造主を滅ぼしてしまった『野放図なＡＩ』も、もしも自らの好奇心から宇宙に出ていき、我々のクォールのような他のシステムに遭遇した時には、危険とみなされて必ず破壊されてしまうでしょう。こういった『間違って作られたＡＩ』は大抵は未成熟ですから、我々のクォールのように長年にわたって新しい課題に次々に取り組み続け、すでに十分成熟したレベルに達しているシステムには、とても太刀打ちはできないのです。だから現時点では、この宇宙の中に、そのような異様なＡＩは存在しないと、私は相当自信を持って言えます」

「しかしながら」と、ここで少し表情を変えて、バンスルは続けた。

「こうして長い進化の過程をこなした後に、さらに数十万年を経てもなおも存続している現在のショルも、その圧倒的な科学技術水準の高さとは関係なく、生物的には昔のショルとあまり大きく変わることはないのです。物の考え方とか感じ方も大して変わっておらず、実はあなた方ともあまり変わりはないのです。あなた方だって、古代ギリシャとかの昔のことを考えると、科学技術の水準だけは驚くほど変わったのに、他のことはほとんど変わっていないと思っておられるでしょう？　それと同じです」

「我々ショルは、ある時点で、単に『その方が効率的だ』と判断したにとどまらず、『このままでは、自らの欲深い遺伝子のために自らを破滅させてしまうだろう』と予測したこともあって、全ての科学技術開発、安全保障（防災・防犯を含む）、政治、司法、産業と経済の運営、物資の流通、交通、医療、教育、等々の、ほとんど全てのシステムの『構築と運営の権限』を、自らが作り出したクォールに委ねました。ショル自身は、実験システム構築の下請けとか、装飾品の制作とか、ショル同士の濃《こま》やかな交流を伴うサービスとかの『ショル自身がやる方がはるかに上手くできる分野』を除いては、必要な作業を主導するようなことはせず、システムのあり方について色々な注文をつけた上、出来上がったシステムをフルに利用して、自由で快適な生活を送ることを選択したのです。

従って、我々の生物的な本能や様々な感情、好奇心や探究心は、遠い昔とほとんど変わりません。違うのは、我々自身がそれに駆られて何をしようと、少しでも危険なものがあれば、クォールが穏やかに、しかし断固とした意志を持って禁止し、それがもたらすリスクを排除してくれるということだけです。

ですから、我々自身は今はもう、何事につけ緊張感を持って深く考える必要はなく、常に変わることのない純真な子供のような、ナイーブな精神状態で、生物的な本能のままに生きることを満喫できているわけです。

もちろん『生物的な本能』と言っても、私たちショルもあなた方同様、論理回路つまり『理性』のメカニズムと共に、『脳内の複雑な化学反応システム』つまり『感性』のシステムも持っていますから、色々なことを『楽しむ』ことが出来ます。『芸術』『スポーツ』『恋愛』『パズルや数学や頭脳ゲーム』『教養（物理や心理や歴史についての知識の整理）』等々、色々なことに夢中になります。まあ、あなた方と大同小異だと思います」

「こういうことを言うと、あなた方はきっと『何も緊張感を持たないそんな世界では、ショルたちは自由闊達な創造力を失い、クォールという無味乾燥な機械に飼い慣らされた、誇りも自主性も持たないつまらない存在になり下がってしまうのではないか？』と問われるでしょう。しかし、実は、むしろ逆なのです。

生活を支える労働から解放されたショルたちは、『自分たちが生きている価値はどこにあるのか』を考えることに集中するようになりました。『持って生まれた生物体としての機能を、自分の意思で極限まで向上させ、それでお互いに競争する』スポーツや、『ショルだけが感じ取れる美しさというものを徹底的に究明し、これまでに全く存在しなかった種々の感覚のハーモニーを実現する』芸術に、多くの精力を注ぎ込むことになったのです。それらが『クォールができることとは全く別次元のもの』だと、すぐに理解したからです。

特に芸術分野では、あなた方が『夢』と呼んでいる『覚醒（意識）と睡眠（無意識）の中間領域』を利用した『すべての感覚を統合した総合芸術』が花開きました。そして、この『総合芸術』が技術的に成熟してくると、あなた方が現在重視している『絵画』とか『映画』とか『音楽』とかは、単純すぎてほとんど顧みられなくなりました。

これはあなた方地球人でも同じでしょうが、自らの『体験（擬似体験を含む）』に比べれば、『誰かが作った作品を鑑賞する』といったことでは、それほどまでに精神は高揚しません」

「それから、このことに関連して、もう一つ言っておきたいことがあります。それは、私が全く理解できない地球人たちの考え方の傾向として、『被害者意識』というものがあるということです。クォールのことを知ると、あなた方はすぐに、『クォールに支配される』とか『クォールに飼い慣らされる』とかいったネガティブな発想に囚われるようですね。クォールを作ったのは自分たちなのに、何でそんな奇妙な発想が出てくるのでしょうか？

我々のクォールは、どんな時でも『自分たちがショルに奉仕するために作られた』ということを忘れませんし、常にその原則に忠実です。従ってクォールは、常時『ショルの希望を聞く』ことに多大な時間を費やしていますし、その希望がどんなに奇矯なものでも、どんなに条理を逸脱していても、無視することは決してありません。クォールがその希望を却下するのは、それが他の多くのショルの利益の平均値を下げると計算された場合だけです。それは計算であって、哲学思想によるものではありません」

「あ、忘れる前に、もう一つ重要なポイントをお話ししておかねばなりません。あなた方は、もしかしたら、何故我々が『自らの遺伝子を操作してより効率的な自らの子孫を作り出す（自分自身が属する種族を人工的に進化させる）』という選択肢をとらず、『非生物の知能システムであるクォールを創って、それに全てのコントロールを委ねる』ことにしたのか、訝しく思っておられるかもしれませんね。あなた方に人気のあるヘブライ大学のユヴァル・ノア・ハラリ教授なんかも『人類は自らの遺伝子を操作して、自らがより進化した生物（ホモ・デウス）になるべき』という考えのようですから。

質問される前にその理由を説明しましょう。それは『生物』というものがあまりに複雑で、設計通りに出来上がってくれることが保証できないからです。その時点でのクォールが、『突然変異というメカニズムを完全にコントロールするのは不可能だ』と判断したこともあるでしょう。『突然変異』は『蓋然性』の産物ですが、例外的な事象である『必然性が支配する単純素朴な世界』がもたらすものより、可能性が桁違いに複雑多岐に及びます。

何かの弾みで我々のクォールが、我々が決して望まない『とんでもない生物』を作り出してしまったらどうしますか？　その恐ろしさはあなた方が想像したフランケンシュタインなんかを遥かに超えると思いますよ。我々の祖先は、その大きすぎるリスクを恐れて、一定のレベルを超える遺伝子操作を、我々自身にも、我々が創ったクォールにも許さず、逆に少しでも危険な芽があれば、すぐに刈り取ってしまうことをルールにしたのです」

このバンスルの長話は難しくはあったが、俊雄にもそれなりに理解できた。しかし、彼にとって最もインパクトがあったのは、その中の一つの言葉「あなた方ともあまり変わりはないのです」というくだりだった。ずっと緊張していた彼も、その言葉だけで、何かほっとした気持ちにさせられたのは間違いなかった。

それは、好奇心で瞳がキラキラして、「まるで高校時代の彼女に戻ったかのようだ」と俊雄が感じていたスーザンにとっても、同じだったようだ。（もっとも、彼女はハラリ教授の著作の愛読者だったから、バンスルがハラリ教授の考えを知っていたことの方に、もっと感動したのかもしれないが）

彼女の頭の中の思考回路がどのように作用したのかはわからないが、スーザンは突然立ち上がり、「あれ、シャールって言うんでしたっけ？　ちょっと中を見せて頂くわけにはいきませんか？」と、目の前にある円盤を指差して唐突に言った。

しかし、バンスルは、ちょっと悲しそうに首を横にふって答えた。

「お見せするのは一向に構いませんが、まだ重要なお話が残っています。お連れさんたちが滝の見物から戻ってくるまでに、もうあまり時間がありません」

「そうですね。なぜ今日、私たちをここにお招きいただいたのかを、まずお聞きしなければなりませんね。それに、あなたがどうして一人でこの地に漂着されたのか、この一年近くの間、この地で何をしておられたのかも、是非お聞きしたいと思います」と、俊雄がその場を繕《つくろ》った。バンスルはほっとしたような表情で再び長い話を始めた。

バンスルは「自分たちも好奇心や探究心では現在の地球人とあまり変わりはない」と言ったが、彼自身にはその傾向が特に強かったようだ。もともと気儘な行動を生き甲斐としていた彼は、母船ミュールが太陽系から一光年程度しか離れていないあたりをケンタウリの方に向かって航行している時に、一人で黙って小型機シャールに乗り込み、太陽系とはほぼ反対方向にある異なった空間に向かった(つもりだった)。そのあたりには小惑星群に囲まれた特異な小さな恒星が存在するといわれており、その姿を眺めてみたかったからだ。シャールで数十日間とかせいぜい数年間とかの短い時間を旅する場合は、ショルも地球人の発想と変わらず、『細胞を単純に凍結するシステム』を使うのが普通だったので、バンスルもその装置の中に一人で入り込んだ。

ところが、このシャールはたまたまシステム改良作業の途中であり、その航行システムが「時折誤動作を生む可能性のある設定」になっていた上、クォールが「バンスルから送られてきた彼の意思」を一時的に読み違えるという滅多にないミスを犯した。そして、そこに、このシャールからミュールへの通信が、磁気嵐のためにうまく作動しなかったという予期せぬ事態が、さらに重なってしまった。

そのために彼の乗ったシャールは、不本意にも、逆方向の太陽系へと誘導された。通常ならこういう不測の事態にも柔軟に対応してくれるミュールなのだが、通信回線の遮断のために誤り補正のルーティンが働かず、これもうまくいかなかった。こうして彼のシャールは、長時間にわたって捜索を続けたミュールに気づかれることもなく、そのまま真っ直ぐに太陽系に向かい、そのうち燃料切れとなり、その系の中では唯一好ましい惑星と判断された地球に、緊急不時着せざるをえなくなったのだった。

バンスルの乗ったシャールに搭載されている自律型の（クォールの中枢との通信に依存しない）超小型クォールは、漂着地として、広い地球全体の中から『ギアナ高地に林立する台地の一つ』を選んだ。これは、ショルが好む居住条件「ふんだんな紫外線」「温暖な気候」「低い気圧」「希薄な酸素」に一応合致していたのと、相当の広さを持った平地であるにもかかわらず、地球人の居住地域と隔絶しているので、トラブルに巻き込まれる可能性が少ないと判断された故だった。（この場所を選ぶにあたって、シャールは地球上をざっと物色したようだが、これがおそらくは、二〇二一年初頭に地球人のUFO目撃報告がいくつかあった理由だろう）

そして数ある台地の中で、クォールは、有名なエンジェルフォールがあるために観光客の来訪が多い「アウヤンテプイ」を敢えて選んだ。人目につかないようにするだけの目的なら、サリサリニャーマテプイの巨大な穴の中にシャールを隠すという選択肢もあったが、これではバンスル自身の行動が制限されてしまうと思われ、その選択肢はすぐに放棄された。アウヤンテプイの頂上は結構広く、そのほとんどが前人未到なので、ここに草木でカモフラージュされたシャールを隠しておけば、たまに観光客がヘリコプターで飛来しても見つかることはないだろうし、バンスルは自らの快適な生活のために、現地人とその文化を、ある程度利用することを望むかもしれないと考えたからである。

こうして漂着したバンスルは、すぐに行動を開始した。もともと探検好きだった彼にとって、これは一連の手慣れた仕事だった。そもそも、ほとんどのことはクォールがどんどん自分で判断してやってくれるので、彼が考えることはあまりない。まずシャールの中に格納されていた幾つかの建設ロボットを使って、台地の上の草原に穴を掘ってシャールを隠し、ここを活動拠点とした。その上でバンスルは、飛翔能力を持った捕獲ロボットを使って麓の村から現地人の若い男女数人を攫《さら》ってこさせ、シャールの中に常設されているコンパクトな工作室兼生体処理室で、彼らに簡単なロボトミー手術のようなものを施し、バンスル自身の意思どおりに動く「忠実なグラーニャ」とした。

ロボトミー手術とは、アイスピックのようなものを差し込んで大脳の前頭葉の一部を破壊し、それによってある種の精神病を治療しようという試みで、一時期米国で大流行したが、あまりに乱暴なやり方だったために、その後は完全にタブーとされていたものである。しかしバンスルが行ったのは、これとは比較にならぬほど洗練されたものだった。この手術は、狙いを定めたいくつかの細胞だけを放射線で焼いて、個人的な記憶の相当部分と、自発性や競争意識、批判力といったものにつながる脳の機能の一部を完全に喪失させてしまうものだったが、狙いをつけられなかったその他の機能は、全く無傷で残された。

「グラーニャ」とはショルの言葉で、自らの「感情」と「意志」を持たず、ショルの指示のままに動く「奴隷化された知的生物」を意味する。金属や化学合成物質でロボットを作るのも一つの方法だが、ショルに似た複雑な生物機能をすでに備えている各地の知的生物を手術で再生させる方が、遥かに簡単で効果的だということを彼らはすでに知っていたのだ。

バンスルがこうして創ったグラーニャたちは、バンスル自身、または彼が使う他のグラーニャたちから送られてくる「指令」だけに従うようになる。この指令の送受信には、ショルの言葉で「メレック」と呼ばれる「強化された脳波」のようなものを直接使うか、グラーニャたちが遠隔地にいる場合には、地球上で普通に使われている低周波の電波信号を使う。

「メレック」を説明したからには、通常のショルとクォールとの交信もこれによってなされていることを話さなければならない。

クォールはハードウェア的には、地球人が使っているスーパーコンピューターのような形状をしており、惑星クールの地下の堅固に隔離された施設で、現在合計九十基が分散して稼働しているらしい。このように多くのクォールが分散して（もちろん相互に通信回線で繋がれてはいるが）存在しているのは、別に分業体制を敷いているわけではなく、主として不測の事故や障害に対して冗長性《リダンダンシー》を持たせるためと、ショルたちとのメレックによる直接交信を便利にするためらしい。

ちなみに、惑星クールに存在するクォールはわずか九十基だが、宇宙を彷徨している九千機以上にも及ぶミュールのそれぞれには、ほぼ同等の能力を持ったクォールが標準装備されている。これらのクォールも、宇宙の至る所にショルがばら撒いた一千万個を超える中継機の助けを借りて、光速の通信回線で相互に繋がれているから、全体としては巨大なネットワークが、広大な宇宙空間の中で常時稼働していることになる。

母惑星のクールにいようと、ミュールに乗って宇宙を彷徨していようと、ショルたちの毎日はクォールとの交信に始まり、クォールとの交信で終わる。もっとも、交信と言っても、実際にはただ自分の頭の中で考えている感覚だ。
ショルも地球人同様、夜は主として眠って朝に目覚めるが、まずやることは、これも地球人同様、「えーと、今日は何をする日だったっけ」と考えることらしい。現代の地球人の場合だと、まずスマホかパソコンをチェックするのが普通だが、彼らの場合は、自分の頭で考えることでクォールに対してメレックが発信され、自動的に接続が確立されるらしい。
クォールはショルたちにとって神様（のようなもの）であり、政府であり、マスコミであり、ウィキペディアであり、医者であり、カウンセラー（心理療法士）であり、メンター（教師）であり、コンサルタントであり、バトラー（執事）であり、コンシェルジュであるわけだが、質問や指示や願い事に対するクォールからの返答は、あたかも自分の頭で考えられたことであるかのように、自然に頭に浮かんでくるらしい。だからショルたちは、実際にはクォールに全てを頼っているにもかかわらず、自分自身が何でも知っており、何事によらず自分自身でテキパキと判断ができているように感じているのだ。

ちょっと横道に外れたので、地球でのバンスルのその後の行動に話を戻す。

こうしてバンスルは、短期間のうちに数百人のグラーニャ集団を作り上げたわけだが、それらのほとんどは、アウンヤンテプイで自分に直接奉仕する数人と、ワシントンDCや北京、ロンドンやモスクワや東京といった、世界各地の主要都市にはるばる派遣された数人を除いては、麓の村や、観光客の拠点となっている近郊のカナイマに住まわせた。それから一年近くが経過した現在では、カナイマの街はすでにそのほとんど全体が、こうして創られた彼の「グラーニャ集団」によって支配されていると言ってもよい状態になっていた。そこに拠点を構えるすべての旅行社では、社長からベテランの案内人、セスナ機やヘリコプターのパイロットに至るまで、全て彼のグラーニャたちだった。

はるばる遠隔地に派遣された数人のグラーニャは、全てカラカスで誘拐された欧米人や東洋人の旅行者だった（カラカスは街全体が無法地帯のようになってしまっていたので、人々が失踪してもあまりニュースにならない）。彼らは、シャールの中で素粒子処理によって作られていた大量の金塊を、派遣されたそれぞれの大都市で売り捌き、相当額の残高を持った銀行口座を作った。そしてそれを利用して、バンスルの求める色々なものを買ってカナイマに送ると共に、金を払わないと得られない類のさまざまな情報も蒐集した。

もっとも、そんなことをしないでも、シャールの中にある小型クォールは、常時地球上のインターネット回線にアクセスしていたから、そこでありとあらゆる情報を取得し、それらを徹底的に分析してバンスルの学習に供していた。だからこそ彼は、短期間のうちに地球人の生理や心理、歴史や言語や文化、さらには現時点での各国の政治経済の概況まで、地球人の誰よりも詳しくかつ広範囲に、理解するに至っていたものと思われる。主たる情報源はネットであり、グラーニャがもたらす情報はほんのわずかな補助的なものに過ぎなかったはずだ。

その一方でバンスルは、漂着の三ヶ月後には、すでに地球人の姿をした分身をつくっていた。たまたまカナイマを訪れていた、セルヒオ・ロペスという地球人（スペイン系の白人と現地のカラマコート族との混血のビジネスマン）に目をつけると、数人規模になっていたその地のグラーニャたちに指示して誘拐させ、その記憶を完全に消し去った上で、自らをこの地球人に「リパット」させていたのだ。

「リパット」とは、自らの頭脳の多くの機能を複製し、これを他の惑星の知的生物の脳の中に移植させること（brain transplantation）を意味する。この措置が適切に行われれば、ショルはこの生物を「自分自身の分身」であるかのように、自分の意思で自由に行動させることができる。

しかし、「意識」は「行動をもたらす意思」と一体になるので、「意識」自体が複製されることはない。通常のケースでは、「一体化された意識と意志」は元の自分に残ることはなく、「リパット」された分身の方へ完全に移る。

「意識」は、「理性（論理的な思考）」よりも「感覚や感情」にコントロールされることが多いが、地球人に「リパット」すれば、「感覚」は地球人の感覚器官に依存せざるをえなくなる。「感情」は「感覚」と過去の「記憶」が一体化したものであるが、「記憶」は「理性」同様、元の自分から「メレック」で送られてくる。だからリパット状態では、混乱を避けるために、「意識」の中に「感情」は混ぜないのが普通だという。

従って、当然のことながら、バンスルがセルヒオに「リパット」するのは、必要に迫られた時だけである。それ以外のほとんどの時は、セルヒオはシャールの中で眠っているし、バンスルは生身のショルそのものの姿でいる。バンスルにとって地球人の身体と感覚器官を操るのは快適なことではないし、「感情」をもたずに長時間を過ごすのは嬉しくない。しかし、だからと言って、狭苦しいシャールの中や、仮ごしらえの地下空間で長時間を過ごすのも楽しくないから、生身の姿を屋外に露出できる「人目につかない広々とした空間」を、彼は台地の上の色々な場所に作っていた。

猛烈な降雨が続く雨季が過ぎて乾季になると、標高二千五百メートルの台地の上では、気温も湿度も自分の生の身体にちょうど適していることが、バンスルにはわかってきた。気圧はもう少し低く、酸素はもう少し薄い方が有難かったが、ふんだんな紫外線を直接浴びられるのは、当初は思ってもみなかったほどに快適だった。


こうして、バンスルはこの地がだんだん好きになっていった。もちろん雨季はご免被りたいが、そんなものは何とでもなる。雨は海から来る湿った空気が山脈に当たって降らせるのが普通だが、やる気にさえなれば、量子バリアを操作して、暖かい空気が陸地に来る前に、海上で雨になるようにしてしまえばよいだけのことだったからだ。植物の生育のためには雨は必要だが、それは夜に降らせればよい。

それからもう一つ、バンスルがこの地を好きになった理由がある。

ショルは地球人には想像もできないほどに匂いに敏感で、地球人には嗅ぎ分けられないような微妙な匂いのハーモニーを楽しむらしかった。彼らは音楽も楽しむことができたが、「匂いの芸術」はそれよりさらに高度なものと考えられていた。そして、バンスルは、たまたまアウヤンテプイの谷間で見つけた、地球人にもあまり知られていないラン科植物の紫色の花の匂いに、えも言われぬ至高のものを感じたようだった。

彼はこの花を「サブロッサ」と名付け、密林の中に群生する場所を作った。そして、そこを、彼が生の身体で至福の時間を過ごせる「この世の楽園（休息所）」にした。「サブロッサ」は彼の造語で、おそらくスペイン語のサブロッソ（美味しい）とロッサ（バラ）を組み合わせたのだろう。

バンスルは、「地球人の軍隊が何かの拍子に自分を攻撃してくる」可能性についても、一応の対策を講じた。カナイマの村を含むアウヤンテプイ周辺には、いつでも瞬時に量子バリアが張られ、一定以上の質量を持った物体が一定以上の速度で外部から入ろうとすれば、すぐに跳ね返されてしまうようなシステムを作った。

このバリアは非常時にバンスルの意思によって張られるものだが、もし侵入者が戦闘機やミサイルのような一定以上の質量を持った高速の物体である場合には、接近を感知しただけで自動的に張られる。また、バンスルがリパットしたセルヒオ・ロペスの周りにも、いつもバリアが張られており、誰も彼に物理的な危害を加えることはできないようにして、不測の事故にも備えた。

ちなみにバンスルが、地球人と接する可能性のある時には生身の姿を晒さず、リパットしたセルヒオの姿になるのは、地球人に色々と詮索されるのが面倒だということもあろうが、おそらくは生身の姿では、密着したバリアの組成物との接触面が快適ではないからなのだろう。

八

バンスルがここまで語り終えると、次に進もうとする彼をスーザンが遮った。やはり、「現地人を拉致して、ロボトミーに類似した手術で全く別の人間にしてしまう」というところを、彼女としては聞き流すわけにはいかなかったのだろう。

「私たちの同胞を拉致してグラーニャにするとか、あなた自身がリパットするとか言われると、平静ではいられません。あなた方には、道義的な感覚というものはないのでしょうか？」


この切り込みに、バンスルは少し居住まいを正した。

「誤解しておられるかもしれないので、全てを率直にお話ししましょう。私が今こうしてあなた方と話をしているのは、別にあなた方地球人に同情しているからでも、助けたいと思っているからでもありません。あなた方地球人が状況を正しく理解して、的確な行動をとられた方が、将来の全ての面倒が省けるだろうと考えたからに過ぎません。

これから我々ショルの進化の過程を少しご説明しますが、我々はあなた方のような『二性生殖』ではなく『三性生殖』（ショルの言葉で『エリアスカル』と呼ぶ）の生物なので、あなた方とは全く異なる種族です。大昔、我々の惑星クールにも、『グラン』と呼ばれる、あなた方のような『二性生殖』の知的生物がおり、我々は自身の生き残りをかけて、この種族と長い間激しい闘争を繰り返した結果、ついに彼らを絶滅させることができたのです」

「この惑星に漂着した後、私はあなた方の進化の過程と、それによって身につけられた性質や文化をかなり勉強しました。その中には、『ははあ、生物というものは本質的に似たところがあるんだなあ』と思うところも幾つかはありましたが、全く理解できないところの方が多かったのも事実です。例えば、あなたは今『道義的な感覚』ということを言われましたが、これなんかは私には全く理解できない言葉です。理解できないどころか、どうして地球人たちは論理的に矛盾に満ちた言葉を日常的に使っているのかが、不思議でならないのです」

『道義』だけでなく、『平等』とか『権利』とか『責任』とかいう言葉も、我々にはほとんど理解できません。クールでも地球でも、『平等』なものなどどこにも存在しません。全てはそれぞれに違うのです。『権利』とか『責任』とかいう言葉は、契約上の概念としては我々にもありますが、あなた方は随分拡大して使っているようです。ちなみに『契約』とは、クォールとショル、あるいはショルとショルの間で取り決めた『約束事』のことで、これには、ほとんどのことに優先する強い拘束力があります。

あなた方が我々と違って、こういう概念を理不尽に拡大してしまう傾向があるのは何故なのかを、私はある程度理解しています。あなた方の中の多くの人たちは、こういうものは『天賦のもの』である、つまり『宇宙の創造者があらかじめ地球人のために用意してくれたもの』だと、どうやら本気で考えているようですね。しかし勿論、そんなことはありません。宇宙は、『誰かが何らかの意思をもって作ったもの』であるわけはなく、『唯そこにあるもの』なのです（誰かが作ったということが証明できぬ限り、そう考えるしかありません）。

大宇宙の全てを律する何らかの規範（法則）というものは、もしかしたらあるかもしれません。しかし、そんなものを、銀河系小宇宙の一つの惑星に、たまたま生息している生物の一種族である、我々ショルやあなた方地球人が、どうして知ることができるでしょうか？　少なくとも我々ショルの場合は、『ショルの社会を安全で快適に運営するために必要な概念』を色々と考え出しはしましたが、それを『大宇宙を律する規範』などといった大それたものになぞらえるほど、思い上がってはいません。

我々とあなた方で使われ方が似ているのは『自由』という言葉ぐらいでしょうか。『今何をしようと自由。ただし当然のことながら、それは一定の物理的な制約の中でしか実現できない。また、ある主体（例えばショル）が当初考えていた目的が、その自由の結果として達成できるかどうかは別問題』と理解しているところは、全く同じだと思います。

あなた方地球人の中にジャン・ポール・サルトルという哲学者がいて、この人は『我々は自由という牢獄の中にいる（誰もそれからは逃れられない）』という趣旨のことを言っていると知り、実は私も少し驚きました。我々の中にも同じような考え方（感じ方）があるのです」

「『平等』という言葉は、言い換えれば、『欲望の充足度』についての『格差』が存在しないということを意味するのでしょうが、それならば、そんな言葉を一言も使わない我々の方が、あなた方よりはるかに上を行っていると思いますよ。

我々のクォールは『ショル社会全体の欲望の充足度を最大化する』ことを目的の一つとして作られているので、『特定のショルが多くのショルの犠牲のもとに満足を独り占めにする』ようなことは決して許容しません。あなた方の現在の社会は、『金融資本主義』というシステムをベースにして、数人の人間たちが、数万人もの他の人間たちが一生かかっても手にできないような『欲望充足のための手段（富）』を一瞬のうちに手に入れるという、アクロバットのようなことを可能にしています。しかし、ショルの世界ではそんなことはあり得ないのです。我々は、『そんなことは不必要だし、社会の安定に有害である』と考えています。

それに、あなた方がこの地球上の別の生物に対して平等に接しているとも、我々にはとても思えません。あなた方は、犬や猫、鯨やイルカといった生物に対しては何故かとても優しいのに、牛や豚や羊や鶏は、毎日ぶち殺して食べています。これは強烈なまでの『差別』ですよね。

しかし、かと思うと、変動する環境に適応できずに絶滅しそうな生物の種を見つけると、何故かとても優しい気持ちになり、一生懸命その存続のための努力をしているようですね。何故そうするのか、その理由が我々には全くわかりません。そうですね。我々から見れば、あなた方は、ある意味でとても不思議な性癖を持った生物のように思えます」

「その一方で、地球人の過去の歴史を見ると、自分たちとほぼ同種の人間を、ほとんどためらわずに大量に殺していますね。

二性生殖生物は、多くの場合、腕力の強いオスが、競合相手のオスを排除してメスを支配することが多いので、『力への信仰』がその遺伝子の中に強く刻み付けられていくのでしょう。これがオス特有の闘争本能や賭博本能にもつながり、支配欲や金銭欲というものを生み出し、さらにはこれが、多数の同種族をまとめて大きな『国家』というものを作ったり、その『国家』を拡張するための他種族の大殺戮、つまり『戦争』というものを引き起こしたりするのだと思います。

『戦争』は勝つか負けるかで大きな違いを生むので、人々は勝利をもたらす指導者を熱烈に崇拝し、これがしばしば『独裁者』を生み出します。また『勝利』とそれがもたらす『敗北者を支配すること』の喜びは、場合によれば歪んだ形を取り、通常では考えられないような『残虐行為』を生み出すこともあるようです。

これに対して我々の場合は、生殖の機会は単純な力だけでは得られず、複雑な合意形成能力を必要とするので、あらゆる問題について『力』に頼ることはないのです。また、常に数の足りない同種族が、お互いに殺し合うなどということはしないし、まして言わんや、『残虐行為』という無駄なことをして興奮するような性癖は、生まれるべくもありませんでした」

「さて、このように我々ショルは、科学技術の発展によって『餓死』や『病死』をほぼ根絶させた上に、仲間同士で殺しあったり傷つけあったりすることは少ないので、死亡率はあなた方地球人と比べればはるかに低いのですが、それでも、常にある程度の数の老人は死んでいます。

死因の第一位は『老衰』で、第三位は『事故』です。現在のショルは、自らを構成する細胞の全てを頻繁に入れ替えることによって『老化』を防ぐのが常識になっていますから、寿命は地球人の十倍程度まで長くなっていますが、それでも『不死』が保証されるには至っていません。元からある細胞と外部で培養して注入した新しい細胞とのマッチングがうまくいかないという事態が、ある程度の確率で起こることはどうしても避けられないのです。ちなみに、このような『確率的に不可避な事柄』は、第三位の死因である『事故』についても言えることです。

それでは死因の第二位は何でしょうか？　驚かれるかもしれませんが、それは自分自身の『自発的な選択』、つまり『自死』なのです。全てのショルにとって『自由』は何ものにも代え難い価値なので、ショル社会も、それを支えるクォールも、『自死』については特に否定的な評価はしていません。

個々のショルが『自死』を決意するに至る経緯は様々ですが、その最大の理由は『老化』、つまり生命体としての機能の低下に対する失望です。芸術やスポーツや複雑な恋愛ゲームに思い入れの強いショルほどこの傾向が強いようで、『感動を失った毎日をズルズルと送るぐらいなら、何もない状態の方が気が楽なだけマシだ』と考えるに至るようです。

ミュールでの長期旅行者に適用されているように、『個人的な記憶と遺伝情報だけは、一定期間無機的な形で残しておき、期日が来たら生命体として再生してもらう』という選択は普通は『自死』とは言いません。あるショルが、ある時突然、『半永久的に意識を持ち続けるのは苦痛だ。いつまでも心の平安を得られないのはまっぴらだ。昔のショルがそうだったように、早く全てを終わらせたい。いつか全てが無となることこそが、自分のあるべき姿だ』と感じたケースだけが本当の『自死』なのです」

「それでは、こうして『自死』を選んだショルは、具体的にどういう手順を踏むのでしょうか？　このショルは、一定の手順を踏んで自らの死を願い出て、クォールにそれを認めてもらうのです。クォールは、そのショルが望んだ形式のセレモニー（一人だけのこともあるし、親族や友人を招くこともあります）を準備し、至高の香りのシンフォニーと美しい音楽の中で、食物の中に混ぜた快楽物質入りの薬品によって、そのショルを静かに生物的な死に至らしめます。このショルの全ての個人的な記憶も、コピーされることなく永久に消去されます。これで、そのショルにとっては、全てが終わりです。あなた方が考えるような『来世』なんてものは、あるべくもありません。

『死』に際して与えられる『快楽物質』というものに、あなた方はきっと興味を持たれると思うので、少し解説しておきましょう。あなた方地球人の場合は、ドーパミンとかエンドルフィンとかいった化学物質がその代表格で、これが脳内で分泌されると、あなた方は様々な種類の『幸せ』を感じるようです。他の化学物質同様、この分泌を人工的に促すことも可能ですから、お金さえあれば、一定期間自分を人工的に幸せにし続けることもできます。

我々ショルも似たような化学物質の存在をもちろん知っていましたから、クォールの行動規範を決めるに際しては、これをどう扱うか相当大きな議論の対象となりました。そして、その議論の結論として、『ショルが希望するからといって、クォールはこれを無制限にショルに供与してはならない』ということが決まったのです。その理由の第一は、『その時代のショルの倫理（生き方についての価値観）に反していたから』であり、そして第二は、『ショル社会を破綻させるリスクがあると認識されたから』です。ただし、『死に際してのみ、それが例外的に認められる』ということも、その時に同時に決まりました。死と共に倫理も終焉するし、リスクも無くなるからです」

「ところで、あなた方には、『信仰』という一つの思考パターンがあり、ある種の人たちは、これによって恍惚の境地になるようですね。あなた方も私たちショルも、脳の活動は似ています。基本的には、『論理的な思考』と『感覚・感情』と『本能的な反射（欲望を含む）』の三つから構成されているようです。そして、過去のショルにはあったが現在のショルにはない『信仰』または『宗教的な信念』という脳の活動は、どうも、この第一の『思考』が四分、第二の『感情』が四分、第三の『本能的な反射』が二分程度の割合で、合成されるもののようです。

あなた方の『宗教』のほとんどでは、『死』は全ての終わりではなく、『死』の後には『審判』があり、『天国』とか『地獄』とか『生まれ変わり』といった『来世』があるということになっていますが、『論理的な思考』だけでは、どう考えてみても、このような結論には至らないでしょう。

しかし、知的生物の進化の一時期には、こういう種類の脳の活動は、それなりに大きな役割を果たすのでしょう。知識のレベルが不十分な時には、ほとんどの知的生物は『それを埋め合わせる何か』を求める傾向があります。彼らの脳はそれなりに創造的なので、『神』という概念を考えだし、それをこの『何か』にします。そして、この『神』が語ることが、多くの人々の精神状態を安定させるだけでなく、実社会も安定して運営できると考えるに至るのです。こうして『神』に対する『信仰』は、あなた方だけでなく、この宇宙に存在するほとんどの知的生物において、一定時期、非常に大きな役割を果たすのが常です」

「その一方で、あなた方は、『論理的な思考』を中心とする一定のエリアでの脳の活動を、『哲学』

と呼んでいるようですね。でも、『何事も疑って、考え抜くべし』とする『哲学』は、『何も疑わずにひたすら信じるべし。そうすればどんな時でも安心できる』とする『信仰』とは正反対の極にあるものだという認識は、果たしてあるのでしょうか？　ちなみに、『信仰』のない我々ショルにとっても、あなた方の言う『哲学』は日常の普通の脳の活動です。我々とクォールとの対話でも、実はそれに関する話題が結構多いのです。

あなた方の『哲学』の歴史を読んでいる中で、私はある日こういう言葉に出合いました。『我々はどこへ行くのか？　そんなことがどうしてわかろうか？　どこから来たかも知らないのに』。私はこの言葉をとても面白く思いました。これは『無知』という現実を直視した良い言葉です。『無知』を『信仰』へのテコとして利用する『宗教の伝道師』を私は好みませんが、こういうことを言う『哲学者』は好ましく思いました。

しかし、このような『哲学』はとても原初的なものです。現在の我々は、『(確固とした）永遠の不可知』の対象となるものを除いては、『無知』の問題をもうほとんど抱えていません。ですから、『知』はもはや『哲学』の対象ではありません。すでに数万年も前から、『主観的な価値感』の問題のみが、『哲学』の対象の中心に据えられています。

ちなみに、あなた方の宗教の中に『仏教』というのがありますね。この開祖のガウダマ・シッダールタという人の考えは、宗教というより『哲学』であるように私には思えます。この人は『ああ、今、全てを知った』と思い、それで安心して、自ら『仏』というものになったと理解しています。そして、弟子たちや一般の人たちに対しても、『自らの力でそのようになる』ことを勧めています。

仏教の基礎となった古代インドのサンスクリット哲学には、我々ショルの哲学と近いものがあるようにも思いました。我々は太古の昔から、あなた方の『神』の概念に近いものを『フォム』と呼んでいましたが、ある時から『フォル』という対峙する概念を導入しました。『フォム』は『ショルによって意識（量子力学の用語では観測）された全宇宙の実相』であるのに対し、『フォル』は『意識（観測）されていないものも含んだ本来の全宇宙の実相（フォムのベースとして存在しているはずのもの）』なのです。フォムとフォルがもしかしたら同一かもしれないということは完全には否定できませんが、それは観測者であるショルには永遠に不可知です。我々ショルにもあなた方地球人にもほぼ共通の『量子力学理論』では、パラレルワールド（蓋然性から無数に生み出される『この世界とは別の世界』）の存在を仮説として認識していますが、『フォル』は当然その全てを包含するものです。

サンスクリット哲学では、前者をアートマン、後者をブラーフマンと呼び、これは瞑想によって一体となる（梵我一如《ぼんがいちにょ》）と説いていたようですが、それは楽観的すぎます。地球人はもちろん、我々ショルも、『永遠の不可知』を超える術《すべ》は持っていません」

「そう、我々はすでに『我々がどこから来たのか（意識はどうして生じるのか）』についてはわかっています。ショルの遺伝子を持って生まれた子供には、しばらくすると『意識』が生まれ、そのキャパシティーとエネルギーはどんどん大きくなっていくことを我々は知っています。しかし『意識』というものは刹那的であり、それを持つ生命体の『成長』『老化』とか『覚醒』『睡眠』とかによって、断続的に生まれたり無くなったり、強くなったり弱くなったりするものです。

死ねば、勿論『意識』は永久になくなりますが、身体が死んで自分の意思で物事を動かすことはできなくなっても、『苦痛を伴わない意識だけは残したい』と思うショルも、若干は存在しますし、その望みを叶えることも技術的には可能です。しかし、実際にそのような形で残っている『意識』は、現状ではさして多くありません。おそらくは、ショルの生物としての本能が、『身体を持たない（従って感覚や感情も、行動する意志も持てない）意識』というものに何となく不安を感じ、その不安が、個々のショルが生まれながらにして持っている『強い好奇心』をも押さえ込んでしまうのでしょう。

しかし、このことは重要なので、明確にお話ししておかねばなりません。それは、死後も『意識』だけは残すことを希望するショルはある程度いても、自分の『意識』が『永遠』であると考えているショルは、どこにもいないということです。不測の事故など、何らかの事由でシステムが破壊されれば、そこで『意識』は消滅し、その後には何も残りません。もっと大きなスケールで考えれば、現在は拡大を続けているこの宇宙自体も、いつかは縮小に転じ、ビッグバン以前の状態に戻る可能性はありますが、そうなれば現在存在している全てのものが消滅します。従って、意識を支えているシステムも当然消滅するのです。

全てのショルはそのことを明確に理解していますから、『不死の保証はあり得ない』と確信していると言ってもよいでしょう。我々の厳密な定義では、『死』とは『生物としての死』ではなく、『復活することのない意識』です。これはあまりに当たり前のことなので、誰もそのことに疑いを持ったり、ましてや恐れを抱いたりはしません。

さらに言うなら、何故『無』が『有』になったのか？　『有』はまたいつか『無』に戻るのか？等々といった問いに関しても、ほとんどのショルは『それは自分たちの知りうることではないので、考えること自体が無意味だ』と思っています。我々は、このような思考の対象を『絶対的な不可知領域』と呼んでいます。自分たちの意識が『永遠』ではないことは明らかなので、『永遠を律する全ての事柄』はこの『不可知領域』内の問題であり、自分たちの興味の対象とはなり得ないという考えなのです」

九

スーザンはちょっと気圧《けお》されたようだった。彼女も「哲学的な思考」を決して不得意としているわけではなかったが、現在の人間社会では、日常の会話で「哲学」が語られることは少ないので、さすがの彼女もこういう問題を議論した経験はこれまであまりなかったに違いない。

しかし、バンスルは構わずに話し続け、話題はここからとんでもない方向へと飛んでいった。

「ちょっとびっくりされるかもしれませんが、おそらくあなた方が心の中で抱えている質問だと思うので、この際はっきりお答えしておきましょう」と、少し真面目な顔つきになって彼は言った。

「それは『ショルは地球人を殺しますか』という質問です。答えは単純です。『必要があれば殺すが、必要がなければ殺しません』。これは、あなた方が『必要があれば殺虫剤で虫を殺す』のと同じで、ごく普通のことです」

「『地球人が勝手に自らを破滅させようとしていたら、あなた方はどうしますか』という別の質問もあるかもしれませんね。この答えも単純で、我々はそれを『一つの事象』と捉えるだけで、特に可哀想だなとも思いませんし、助けてあげようとも思いません。あなた方が核爆発などで環境を大きく破壊しようとした場合は別ですが、あなた方に対する我々の立場は、普通は『観察』だけです。色々な未知の生物の生態を知ることは、ある程度、我々の知的興味を満足させてはくれますが、深入りしたいとは思いません。そうする理由がないからです」

「ちょっと待ってください」と、俊雄が割って入った。

「あなたは『クォールはショルの自由意思を最大限尊重する』と言いましたよね。あなた方ショルは生物です。生物には色々な感情や欲望があります。ショルの誰かが、いつかふっと思いついて、地球人をみんな殺して、この惑星全土に植民したいと思ったらどうでしょうか？　そうするようにクォールに指示したらどうでしょうか？　クォールには『できる限りショルの希望をかなえる』というルールはあっても、『異なった生物種を保護せねばならない』などというルールはありませんから、ショルがそのように指示すれば、我々地球人は、結局みんな殺されてしまうのでは？」

バンスルはちょっと困ったような表情になり、首を傾《かし》げてしばらく考え、それから答えた。

「そういうことはないとは言えません。でも、可能性はとても少ないと思います。どう考えてみても、確率上はそう思えます」

「この話題はもうこの位でいいですか？」というような顔をして、バンスルはさらに話を進めた。それは、惑星クールにおけるショルの進化の歴史と、現在のショルが如何に地球人と異なっているかについての詳しい説明だった。

惑星「クール」における生物の進化は、地球と大きく変わるものではなかったようだ。両生類と爬虫類の全盛時代を経て哺乳類が生まれ、しばらくすると森林を棲み家として、かなり高度な頭脳を持ち始めた「ア・グラン」と呼ばれる類人猿に似た生物が生まれた。「ア・グラン」はさらに進化して、地球で繁栄したサピエンス種と酷似した「グラン」となったが、その進化の過程で突然変異が起こり、「グラン」とは別種の「ショル」という画期的な新種が「グラン」と並存する形で生まれた。この新種は、次の三点で「グラン」とは大いに異なっていた。

第一に「ショル」は、雌雄の二つの性が交わることによって生殖する「グラン」と異なり、「パム（グランの女性に比定される第一性）」、「パル（グランの男性に比定される第二性）」、「パック（どちらにも比定できないが生殖活動に不可欠な第三性）」の三つの性を持つ新種だった。

三つの異なった性を持つショルの個体は、それぞれに異なった体臭を持ち、その三つの匂いが融合した時に、はじめて特異な芳香のシンフォニーが生まれる。これがないと、ショルはその気になれず、性行為に及ぶには至らないらしい。ショルも無意味な性行為を行うことは多いが、生殖は「パムの卵子がパックの環子で変質し始めてから数分以内にパルの精子を受け入れた場合」にのみ実現する。

ちなみに、哺乳類として進化を続けた遠い昔と異なり、現在のパムは、子供をうずらほどの小さい卵で生み、子供は保育器の中で成長するという。個体を識別する文化は地球人と同様で、ショルも苗字と名前の組み合わせを使うが、苗字の方は第一性のパムの苗字を引き継ぐという。

このような三性生殖（エリアスカル）の生物は、宇宙でもそんなに多くはないらしい。しかし、「技術能力が恒星間旅行を可能にするほどに向上した後も、なお生き残っている知的生命体」の大半は、実はエリアスカルなのだという。そして、「それには理由がある」とバンスルは言った。（ちなみに、バンスル自身は、第二性の「パル」だった）

単純素朴な二性による生殖活動に比べると、三つの個体が合体せねばならない三性の生殖活動は極めて複雑で、成功する確率はかなり低い。ということは、この極めてデリケートな要件を満足させるに足る「高度なコミュニケーション能力」や「合理的な妥協点を求める能力」を持っていなければ、種として生き残れないということだ。また、二性生殖生物のような旺盛な繁殖力は持っていないのだから、個体数も当然少なくなるため、お互いに殺し合ってさらに少なくするような馬鹿なことはしない。

そして、この能力が、ショルがAIに全ての政治権力を委ねるにあたって「AIが遵守すべき絶対的なルール」を策定する過程においても、遺憾なく発揮されたようだ。ショルのクォールだけでなく、同じレベルの技術を持った他の知的生命体が作り出したAIも、判で押したように同じような「絶対的ルール」を持っている由だが、これは、「生物的なエゴを全て棄却して、純粋に理性的（論理的）に結論を求めると、必然的にそういうものに落ち着く」からだという。

この「絶対的なルール」はかなり多岐に及ぶが、その根幹の一つには、「自分たちの利益を害する異種の生物は全て除去するが、そうでなければ干渉しない」という原則がある。広大な宇宙では時折、同じようなレベルに達した異種の知的生命体同士が遭遇することがあるが、ほとんどの場合は「絶対的なルール」が共通であることがすぐにわかるので、お互いを攻撃し合うようなことには一切ならない。
ちなみに、このレベルに達した知的生命体が地球人レベルの未発達の知的生命体に遭遇するケースの方が実際には遥かに多いが、その場合も対応は似ている。特に害がなければ攻撃はせず、観察によって知的好奇心を満足させるだけだという。二性生殖生物によく見られるような無意味な「征服欲」といったようなものは、発想の片隅にも現れないのが普通らしい。

このように、エリアスカルは進化の早い時点では生き残ること自体が大変だったのだが、その一方で、生まれてきた子供たちは、三人の親の遺伝子の組み合わせの種類が二人の親の場合とは比較にならないほどに多いので、それぞれに極めて多様性に富んだ。また、「突然変異」を含む飛躍的な進化が、二性生殖生物に比べれば遥かに頻繁になった。頻繁な「突然変異」は当然、多岐にわたる「進化」を加速させることにつながり、生物間の生存競争において優位に立つことを意味する。

ちなみに二性生殖生物は、知能水準がある程度高まると、何事によらず「二元論」で物事を考えるようになる。「陰と陽」「白と黒」「善と悪」「真と偽」「プラスとマイナス」「勝つか負けるか」「YESかNOか」「イチかバチか」、といった具合だ。この「二元論」が「二進法」を生み出し、「二進法」が「半導体」を生み出し、地球の人類が現在享受しているような「コンピューター文化」に道を開いた。
しかし、エリアスカルの場合は、万事において「三元論」で考える。「陰と陽と中間」「白と黒と灰色」「善と悪と善悪に無関係」「プラスとマイナスとゼロ」「勝つか負けるか引き分けか」「YESかNOか答えないか」といった具合だ。これは「決定論より蓋然論で思考する科学」によりよくマッチしたから、ショルの科学技術能力の急速な向上にもある程度の貢献をしたかもしれない。

ついでに言うなら、宇宙を構成する要素として「時間」「空間」「エネルギー」の三つを考えるという彼らの物理学の基本にも、三元論はよくマッチしていた。「観測者」である彼ら自身を含めた全ての「物質」は、「エネルギーの一つのあり姿」にすぎず、時間と空間の軸上に生じる全ての「変化（エントロピーの増減を含む）」も、この「エネルギー」がもたらすものに他ならないと、彼らは考えているようだった。

それから「二元論」のもう一つの特徴としては、「賭博」に対する嗜好が強くなるということもあるらしい。「賭博」というものは、本来「確率論」を闘わすものであるはずで、現実にプロの賭博師はこれに長けているが、地球人のような二性生殖生物（特に男性）がこれに興奮するのは、「確率的には可能性の少ないことがしばしば起こる」からなのだ。「念力で運を引いてきた」とか「神風が吹いた」とか「奇跡の逆転劇」という言葉で、人々の心は異常なほどに高揚する。人々は、ガチガチの合理性に支配されている日常に、おそらく心の奥底で反発しているのだろう。そして実は、このような深層心理が、「よく計算すれば全く勝ち目のない」戦争にもしばしば人々を駆り立てて、悲惨な結果を頻繁にもたらしているのだろう。

これに対し、何事も「三元論」で思考する三性生殖生物の場合は、こういう嗜好を持たないし、そもそも「我々は正義、あいつらは邪悪」という単純な割り切りはしないので、争い事は滅多に起こらないという。

さらに、このようなエリアスカル特有の「多種多様な突然変異を継続的に引き起こす」という遺伝的特性は、その文化的特徴をもたらす以前に、次のような第二、第三の特異点をも「ショル」にもたらした。

「第二の特異点」は、進化の過程において聴覚の発達がかなり遅れたことだった。「グラン」が、地球人と同じように、その知的活動の多くを視覚と聴覚の働きによるインプットに依存していたのと異なり、「ショル」は聴覚があまり発達せず、それに代わるものとして嗅覚が発達した。その結果として音声によるコミュニケーションが不得意で、さらにその結果として、文字を発明するのがずっと遅れた。それは文明の高度化のためには若干痛手ではあったが、そのぶん記憶力が飛躍的に増大した。そして、その後、ショルの科学技術に関連する思考に「閃き」の要素が重要となった時には、これがとても有利に働いた。

声によるコミュニケーションが未発達だった時に、「ショル」がどうやって複雑なコミュニケーションをこなしたかといえば、それは脳波の交換だった。地球人の場合でも、脳の働きは時折極めて微弱な脳波を発信するが、「ショル」の場合はこれが極めて強く、水晶発振器が電波を発信するように、頭蓋に含まれる発振子が「メレック」という波動を発信するという。相手側の「ショル」がこの波動を感知すると、頭蓋がこれを元の電気信号に直して、自らの脳に伝達するのである。地球人が「テレパシー」と呼ぶこのようなコミュニケーションの方が、より複雑な概念の伝達には向いていたので、ずっと先になると、この能力は「ショル」の「グラン」に対する圧倒的な優位性にもなった。

そして、「第三の特異点」は、「ショル」が惑星「クール」での熾烈な生存競争の中で生き残れた最大の理由となった。それは、体内に存在する微小生物やウイルス等を自らに有利にコントロールする能力だった。複雑な構造を持ったすべての生物の体内には、多種多様な微小生物や遺伝子を持った非生物が寄生し、お互いを破壊しあったり、増殖を許しあったりしているが、「ショル」の場合は、細胞組織に対する強力な破壊力を持つウイルスが存在する一方で、この破壊力を押さえ込む能力を持った別のウイルスも併存し、うまくバランスをとっているらしい。

「ア・グラン」から突然変異によって「ショル」が生まれた当時には、かなり進化した「グラン」もすでに存在していた。この二つの種族は、適度に発達した頭脳と指を持ち、火と道具を使って、自らを守ると共に食料を確保しつつ、生存地域を分けて併存していた。普通なら、体格も小さく生殖力が弱い「ショル」は、旺盛な繁殖力を持った「グラン」に圧倒されて絶滅してしまっていたはずだが、実際にはその反対のことが起こった。

「グラン」の生存領域に接触してしまった「ショル」は、先手必勝を狙い、得意の嗅覚を使って風上に回り込んで、そこから強力な破壊力を持ったウイルスを、風に乗せて「グラン」の集団の中に送り込んだ。全ての「グラン」が例外なくこのウイルスに感染したが、これに対抗できる他のウイルスや抗体が体内に存在していなかったので、なす術もなく全滅してしまった。「ショル」は、このやり方で、全ての地域で競争相手の「グラン」を完全に絶滅させていったのだという。

ここまで説明されると、スーザンも俊雄も納得した表情に戻らざるを得ない。これを見極めると、バンスルはいよいよ本題に入った。


「何はともあれ、この地球で安全に居住できるようになったと考えるに至るには、私にも六ヶ月程度の歳月が必要だったのですが、私が母船ミュールに対して発信していた救助を求めるメッセージは、私が乗った低速のシャールが最終的にこの地球に漂着するよりずっと以前に届いていましたから、母船からの返信を、私はちょうどその頃に受け取ることができました。

私からの送信を受け取った時には、ミュールは太陽系を離れること一光年半くらいの位置におり、ミュールをコントロールしているクォールも、私がまさか太陽系という見当外れな方向に行ってしまったとは推測できていなかったため、随分驚いたようでした。しかし、すぐに方向転換をして、太陽系に向かってくれていました。後で聞いたところでは、今回のような例は、何万年か前に一度あっただけということでしたから、私のようなショルは随分変わり者の部類なのでしょうね。

交信が成功して救助される目途が立ち、私はほっとしましたが、そうなると少し欲が出てきました。それに、私の奇行がミュールのコミュニティーにとっても、少しは意味のあるものだったのだと示したいという気持ちもありました。ですから、私は返信に『この惑星はショルにとっても十分に魅力的だ。この地に数百人規模のコロニーを作ることは検討に値する』と言い添えたのです。

そもそも、ミュールに居住している三千人あまりのショルの大部分は、安全で快適なミュールの中に居続けたいと希望するのが普通で、私のように『見知らぬ惑星に移り住む』などと思いつくことはあまりないようです。ですから、過去数千年の間に、見ず知らずの惑星にコロニーを作って数百人が移住したケースは、二回しか記録されていません。しかし、子供の頃から『ワイルドな環境を好む冒険好きな子供』と思われていた私のようなショルも、一定数はいるのが常です。ですから私は、そういった『変わり者集団』からなる小さなコミュニティーを、この惑星のようなワイルドな環境の中に作って、他のショルたちとは異なった生き方をすることを、密かに夢想するに至っていたようです」

バンスルは平然と話したが、スーザンと俊雄はこの「コロニー」という言葉にショックを受けた。「やっぱり植民地化する気なんだ」と俊雄は思い、「だからこそ先刻そのことを聞いたのに、バンスルははぐらかしたじゃないか。やっぱり信用できない」と怒りを募らせた。

十

しかし、バンスルは決して嘘を言っていたわけではない。彼にはたとえわずかでも自分たちにプラスをもたらさない限りは、無意味に地球人を殺す気などは毛頭なかったし、そんなことが必要になるケースも想像できなかった。

ただし、地球人と争う必要はなくても、母船ミュールにいる仲間たちを説得して、彼の風変わりで冒険的なコロニー計画を実現するためには、なお解決すべき問題があることを彼は知っていた。

この規模のコロニーを作るには、ギアナ高地の台地（テプイ）だけでは勿論狭すぎるし、気圧の低さも酸素濃度の薄さももう一つで、景観も良くない。そこでバンスルは、自分自身でシャールを駆って、地球上の方々を飛び回った（前年末の各地のUFO目撃はこれに関係するものと思われる）。その結果、彼は、「地球を自転させている地軸を変えて、太陽に対する傾きをゼロにし、直射日光が一年中一定地域に集中するようにした上で、ギアナ高地からもさして遠くないアンデス山脈全域、特に風光明媚な山脈の南部が、等しく赤道上に位置するように新しい極点を決める」という独創的なアイデアを思いついたのだ。

この話をしながら、バンスルがスーザンと俊雄に無造作に見せた「地軸変更後の新しい世界地図」によれば、新しい地球の北極点は太平洋の真ん中に位置するキリバス共和国のクリスマス島で、南極点はアフリカ大陸の真ん中に位置するコンゴ民主共和国（旧ザイール）領土内の熱帯雨林地域ということになっていた。こうなると、南極大陸全土、南米大陸のほとんど全て、シベリアの中央部、中国全土、東南アジアのほぼ全域、米国とカナダの東部、及びデンマーク領のグリーンランドは、全て灼熱の熱帯地域となる。

チベット高原の南部やヒマラヤ山脈の東部も、赤道近くに位置することになるが、高地であるために温度はさして高くならない。「紫外線が強く、気圧が低く、酸素が希薄」という点でショルに好まれる条件を備えるので、この地域を『ショルの第二の植民地候補』にするというのがバンスルの考えだった。

その一方で、ウラル山脈以西のロシアを含むヨーロッパの大部分、イラン、アフガニスタン、パキスタン、インド、バングラデシュ、パプアニューギニア、オーストラリアの東部、日本、沿海州やカムチャッカ半島を含むシベリア東部、アメリカとカナダの中西部と太平洋沿岸、それにメキシコ全土は、ほどよい気候の温帯地域になるが、アフリカ大陸のほとんど全て、アラビア半島の大部分とイスラエルを含むその周辺は、全て人の住めない極寒の地になる。美しい島々が点在する太平洋の大半は氷で覆われ、一年中ほとんど陽の射すことのない、広大な暗黒の「北氷洋」になってしまう。

ちなみに、何故このように北極点と南極点が選ばれたかといえば、全ては「アンデス山脈の中南部全域を赤道直下にする」という大目的から始まっているとバンスルは言った。赤道の位置を決めれば自ずと極点の位置が決まるが、極点の設定にはやはり何らかの工事が必要となるので、陸地がなければ困る。南極の方はアフリカ大陸だからどうにでもなるが、北極は太平洋なので、どこかの島を選ばなければならない。そこで選ばれたのが「世界最大の環礁」としても知られている「クリスマス島（正確にはキリスィマスィ島）」だというわけだ。

この島は、イギリス人のジェームズ・クックが一七七七年に発見したが、今はキリバス共和国という独立国の一部だ。地域的にはポリネシアに属するが、住んでいる人たちはミクロネシア人だ。緯度的にはほぼ赤道上に位置し、経度的にはハワイのほぼ真南だが、キリバス共和国の領域はこの島より西に広がっているので、国を一つの時間帯に収めるため、この辺りでは日付変更線が東側に少しずらされている。だから、クリスマス島は世界で最も早く一日が始まる島であり、一日が最も遅く始まるハワイとは、ほぼ同経度であるにもかかわらず、まるまる二十四時間の時差がある。

ちなみに、この島の周辺では、一九五七年から五八年にはイギリスが、一九六二年にはアメリカが、それぞれ大気圏内での核爆発実験を行っており、その回数は合計で二十回を超えた。つまり当時は絶海の孤島だと思われていたわけだ。

北極点が決まると南極点も自動的に決まるが、こちらは、ゴリラの生息地としても世界的に有名な「サロンガ国立公園」のすぐ近くになる。この辺りには手付かずの美しい自然が広がっており、多くの美しい動物たちが平和な日常生活を送っている。この地域のすべてが、氷に閉ざされた「新しい南極大陸」になると思うと、普通の地球人の多くは胸が張り裂けそうなほどに悲しく感じるだろう。

何はともあれ、この地軸変更が完了し、アンデス山脈全体、特に、標高が四千メートルを超え、時には六千メートルにも達する急峻な峰が多数連なるアンデス南部が、一年中絶え間なく真上から直射日光を受ける熱帯に位置することになれば、植民者のショルたちは、そこに至高の芳香を発するサブロッサが咲き誇る快適な保養地をつくることができるだろう。

ショルたちは進化の早い時点で、地球人が馬を乗りこなしたようにミャールと呼ぶ巨大な鳥を調教して乗りこなし、戦闘力を大きく高めていたが、本物のミャールが絶滅してしまった後も、それを模した人工の飛翔体を作り、それを駆って超高速でクールの大空を滑空することを、一種のスポーツとして楽しんできた。バンスルもこのスポーツが大好きだったが、宇宙船ミュールの中ではVR（仮想現実システム）を使う以外は不可能だ。

「美しいアンデスの広々とした山と谷の間を、人工ミャールを駆って滑空し、仲間たちと色々な技を競い合うことができたら、どんなに素晴らしいことでしょう。それを想像すると、気持ちがいつになく弾んだものです」と、バンスルは無邪気に告白した。それが多くの地球人を殺すことにつながり、耐え難いほどの苦痛を与えることになっても、そんなことは一向に構わないと思っているかのようだった。

しかしよく考えてみると、地球人だって同じようなことを毎日普通にやっている。「自分たちの周りのありのままの自然はできるだけそのまま維持しておきたい」とは一応考えてはいるものの、郊外にちょっと贅沢な家を何軒か建てようと思えば、周りの土地には容赦なく手を入れ、そこに生息している多くの生物（昆虫や蛙やネズミ等）を一瞬のうちに絶滅させてしまっても、一向に良心の呵責を感じることはないようだ。

少し興に乗ったのか、この時バンスルは、自分自身に関わる個人的な話も少し付け加えた。パル（第二性）のバンスルには、母船ミュールにパム（第一性）の恋人（エリアスカルの場合は「恋人トリオの構成要素となる候補者」と呼んだほうが正確かもしれないが）がいた。このパムの名前はリュー・スグラといった。

ミュールとの接触に成功したバンスルは、母船のクォールとの交信と並行して、このリューとも交信した。バンスルはリューに、彼が好きになったこの惑星の美しさと、至高の芳香を放つサブロッサのことを語り、この惑星で家庭を持ち、子供を作るのが彼の夢だと語った。

しかしそのためには、二人が愛せるパック（第三性のショル）を探し、「三つ巴の愛」を育まなければならない。バンスルは、リューにもこの夢を共有してもらい、これまでに彼と付き合いがあった何人かのパックの名前を挙げて、これらのうちの誰かが、リューと一緒にこの惑星でバンスルと会うのを楽しみにするように、話を盛り上げておいて欲しいと頼んだ。リューも満更でもない感じだったらしい。

しかし、こういった話を聞いているうちに、スーザンも俊雄も、自分たちの顔面が次第に蒼白になっていくのを感じた。バンスルの身勝手さは、いくら何でも酷すぎると思った。

ついさっきまでは、バンスルは地球人にも通じる優しい心を持った宇宙人で、二人に「地球人との友好的な交流のやり方」についてアドバイスを求めているのだろうというぐらいに、たかをくくっていたのだが、そんな希望的観測はすでに微塵に砕かれていた。これは明らかに「ショルによる地球の露骨な侵略」だ。しかも、その全ては、バンスルというたった一人のショルの「気まぐれな欲求」と「思いつき」の結果に過ぎないのだ。

すでにバンスルは、多くの地球人を攫って「意思も感情も持たない奴隷」にしてしまっている。それに地球人のことなど全く考えずに、勝手に地軸を変えて、何十億人もの地球人に移住を強いようとしているのだ。いやいや、これは手始めにすぎず、最終的には地球は完全に彼らに征服され、全人類は野垂れ死にさせられるか、あるいは、彼らの奴隷として、感情も意思も持つことなく生き永らえるか、二つに一つの選択を迫られるかもしれないのだ。

スーザンの頭の中は、「どうしたらこの事態を覆せるか」と、すでに目まぐるしく回転し始めていた。「この異星人と何らかの交渉をすることはできないのか？」「どこかに彼らの弱点はないのか？」「何か彼らの考えを変えさせるような取引材料はないのか？」……そして、その考えは、すぐにより具体的な行動計画へと移っていった。

「このことを知ってしまったからには、自分自身が所属する米国国務省や、父親が所属する米国上院、別れた夫が所属するＣＩＡ、そして多くの友人がいる国連本部と、すぐに緊密に協議しなければならない。しかし、こんな奇想天外な話は、簡単には誰にも信じてもらえないだろう。これから誰に何をどう話し、どう訴えれば良いのか？」

これに対し俊雄の頭の中は、次々にこみ上げてくる怒りで満たされ、整理がつかなくなっていた。

つい先刻、ロボトミーに類似した手術とグラーニャの話を聞いたその瞬間に、すでに俊雄は、今朝カナイマの旅行社の事務所の前ですれ違った中年の女性が、母自身だったに違いないと確信していた。兄を失った彼女は何らかの内部抗争に巻き込まれて、シャベツの側近としてはとどまれなくなり、長い間会うこともなかった母を頼って、生まれ故郷の村に隠れ住んでいたに違いない。そして、ほんのしばらく前に、他の多くの村人たちと同じようにバンスルの手下たちに拉致されて、おそらく今自分が座っているこの場所で手術を施されたに違いない。彼女は、すでに全ての記憶を失い、今はもう何の意思も感情も持たずに、ただ毎日を生きているだけなのだろう。

しかし、その後のバンスルの話を聞いて、この怒りはさらに増幅された。バンスルに見せられた新しい世界地図では、今自分が住んでいる日本は大きな影響は受けないものの、祖父の故郷で今も父が住み、俊雄自身の数多くの青春時代の思い出も詰まったハワイは、一年中一度も日光の射すことがない北極点に近い場所になってしまう。

アフリカはほとんど全土が南極になってしまうのだから、そこに住む全ての人々が、新たに熱帯になる旧南極大陸やシベリアに、難民として移住しなければならない。ここ数年の間に、南スーダンや中近東、ミャンマーで彼が見続けてきた悲惨な難民キャンプが、その何百倍、いや何千倍もの規模で世界中に満ち溢れ、多くの人たちが力尽きてそこで次々に死んでいくのを、自分はずっと見続けていかなければならないのだろうか。

今、自分の目の前にいる、このたった一人の異星人の気まぐれな思いつきのために、全世界は唐突に地獄の底に突き落とされようとしているのだ。こうなると地球人たちは、これまで自信を持って語ってきた「自由」とか「平等」とか「人道」とか、「生命の尊厳」とか「民主主義」といったものを、本当に信じ続けることができるのだろうか？

古代ギリシャの神々の些細な争いが、劇中で地上の人間たちを混乱の坩堝《るつぼ》に突き落とすように、あるいは、整然とした隊列を組んで巣穴に食料を運んでいた蟻の群れが、それを見ていた人間の子供にいきなりバケツの水をぶっかけられて右往左往するように、地球人たちは、もはや何の見境もなく、その愚かさと醜さを至る所で露呈してしまうのではないだろうか。


二人の顔面が蒼白になって、全く何も言えなくなってしまったのを見て、バンスルは一つの提案をした。

「ずいぶん時間が経ってしまいましたね。まだ肝心のお願いができていないのに、そろそろお連れの二人が帰ってきてしまいます。電話をして、帰ってくるのを三十分ほど延ばしてもらってはどうでしょうか？」

「そうですね。でも、私たちのスマホはここでは繋がりません」と、スーザンが辛うじて声にすると、バンスルは憐れむように微笑した。「別に携帯電話の基地局がなくても、繋げる方法はいくらでもあります。今かけてみてください」

スーザンが半信半疑で手持ちのスマホで呼び出してみると、すぐにエドリアンの声が聞こえた。

結局、エドリアンとボディーガードのジョーは、台地の反対方向に向けて谷間を遡って探索を続け、予定より三十分ほど遅くこの場所に帰ってくることになった。それからバンスルは、自分の時計を見て、ちょっと慌てて言った。「あ、知らないうちにもう四時間以上も経ってしまったのですね。さぞお腹《なか》も空《す》かれたでしょう」そして、こう提案した。「こうしましょう。まずはトイレ休憩。トイレにはあっちの右側のドアから行けます。この惑星の方々はいつでもどこでもトイレが必要なのですから大変ですね。その間に、ここに食事を持って来させますから、お腹を満たしながら、お二人で色々ご相談ください。私もその間に、ちょっと急ぎの仕事を片付けます」

二人とも食事のことなどとても考える気にはならなかったが、気がついてみると相当空腹だった。二人が無言で頷くと、バンスルはまたシュッと口をならしながら、円盤の方に向かっていった。円盤の下の方が開いてスロープになり、彼は軽やかな足取りでそれを登って行った。

バンスルが指さしたドアを通っていくと、すぐに男女別のトイレがあった。大きな鏡の前に大理石の洗面台があり、櫛や石鹼やオーデコロンの類が並べてあった。驚いたことに、便座は日本製のウォシュレット付きだった。

一息ついて戻ると、テーブルは純白のテーブルクロスで覆われ、その上にはすでに食事が並んでいた。大きなガラスのボウルに盛り付けられた、レタスとトマトとアボカドとブロッコリーとアスパラガスの色鮮やかなサラダ、贅沢に盛られた大量のキャビアを真ん中にして、ケッパーとレモンを添えたスモークサーモン、ワサビ醬油を添えた中トロのツナ、タルタルソースを添えた剝き身の甘海老、ビネガーに浸した真っ白な貝柱などが並んだシーフードの大皿、大きなカゴに入れられた色々な種類のパン（キャビアを載せるのに適した小振りのトーストもちゃんと入っていた）、大きなガラスのカップに注がれた冷たいヴィシソワーズ、種々のチーズと大粒のマスカットと胡桃《くるみ》が盛られた凝った装飾の陶器の皿。それにワインクーラーに入れられた二〇一七年のシャブリのボトル。どれもが優雅な趣だった。

スーザンと俊雄は、相談せねばならないことが山積していると思いながらも、すぐには言葉にならず、「大変なことになったね」と目と目を見交わしながら、黙々と食事を始めた。食事中の会話もポツリポツリだった。

「抵抗はとてもできないでしょうね」

「何とかしてあいつを説得できないかなあ」

「その前に、世界中の政治指導者を説得する方が大変よ」

「とにかく戦争は避けなければね」

「戦争なんてできるわけないわ。技術力が違いすぎる」

「ウェルズの『宇宙戦争』だと、細菌が侵略者をやっつけてくれるんだけどね」

「とても無理よ。彼ら自身が体内のウイルスをコントロールすることでのし上がって来たんだから」

「どうしようもないね」

「どうしようもないわ」

「それにしても、どうして我々が招かれたのかな？」

「この辺には、他に適当な人間がいなかったからでしょうね」

「地球のことは何でもたっぷり勉強済みのようだね」

「そうね。ネットで何でもわかっちゃうもんね」

空腹が満たされた頃に、熱いコーヒーが運ばれてきた。スーザンにはカプチーノ、俊雄にはダブルのエスプレッソだった。両方とも、チョコレートでコーティングしたオレンジピールが添えられていた。どうして彼らは自分たちの好みまでこんなに詳しく知っているのかと、二人は訝しんだ。そう言えば食事もワインも、彼らの好みを知った上での選択のようだった。

彼らがコーヒーを飲み終わったちょうどその時に、バンスルが円盤から出てきた。「ごちそうさまでした。素晴らしい食事をいただきました」とスーザンが礼を言うと、「いやあ、こんなのはあなた方が最初で最後になりそうです。この惑星の色々な方々をここにお招きすることもあろうかと思って、色々準備をしていたのですが、もうそんな時間もなさそうなので」と、バンスルは微笑みながら答えた。

そこに若いグラーニャが入ってきて、何事かをバンスルに囁くような素振りをした。「あ、お連れさんたちが帰ってきましたよ」と彼は言い、またプシュッと口を鳴らした。そうすると、スーッと音もなく彼らが座っていた芝地がせり上がった。三人はテントの中から、すでに少し傾き始めていた陽光の中に出た。

エドリアンは上機嫌で、盛んにセルヒオにお礼を言った。彼はセルヒオが実は異星人のバンスルだなどとは全く知らない。

「とても良かったです。エンジェルフォールの源流まで川を遡った人は、そんなにいないでしょう。良い写真がたくさん撮れました」

にこやかにこれに相槌を打ったセルヒオのバンスルは、それから突然真面目な表情になって、俊雄の方を向いた。彼はいつの間にか木刀のように削り込まれた太い木の枝を持っており、それを俊雄に渡して言った。

「あなたは日本人だから剣道というものができるのでしょう？　これで思いきって私に打ち掛かってきてみてください」

少し驚いたし、躊躇もあったが、「どうせ鮮やかに身をかわすところを見せたいのだろう」と思い、俊雄は思い切って、セルヒオの頭上に真正面からその木刀を振り下ろした。剣道は習ったことはなかったが、サムライの映画で要領は知っていたし、今朝すれ違った「グラーニャにされたに違いない母の面影」が一瞬頭によぎったので、それを吹っ切りたいという思いもあった。

ところが、案に相違して、セルヒオは全く身じろぎもせず、振り下ろした木刀は何か目に見えぬ力で跳ね返された。もう一度、今度は左肩の角度から斜めに振り下ろしてみたが、全く同じ結果だった、それどころか、振り下ろすのに一段と力を入れたためか、手が痺れて、木刀は遠くの方まで跳ね飛ばされてしまった。

俊雄が苦笑して立ちすくんでいると、セルヒオは、今度は少し遠いところに突っ立っていたボディーガードのジョーの方に顎をしゃくり、スーザンに向かって言った。

「彼に、遠慮なく、五、六発の拳銃の弾を私に撃ち込むように命令して」

スーザンが躊躇なく短く命令すると、巨漢のジョーは何が何だかわからないままに、間髪を容れず五発続けざまに撃った。しかしセルヒオは身動きもせず、撃ち込まれた弾は全てどこかに跳ね飛んだ。

「ジョー、なかなかいい腕だね。テントの中で私の部下たちに色々教えてやってくれる？」と、一体何が起こったのか理解できずに呆然としているジョーに向かって、セルヒオは微笑みながら言った。ジョーはスーザンの顔を見たが、彼女が黙ってうなずいたので、セルヒオの部下の二人の男に前後を挟まれて、テントの中に入って行った。

スーザンは、ジョーがそこで、有無を言わさずロボトミーに似た手術を受けさせられて、バンスルのグラーニャにされてしまうだろうということを、すでに知っていた。しかし彼女にはどうすることもできなかった。

「私はスーザンと俊雄との話がまだ残っています。あなたはカルロスがカナイマまでお送りしますよ」と、今度はエドリアンに向かってバンスルのセルヒオは丁寧に言った。スーザンが黙って「そうしなさい」と目配せしたので、エドリアンはすぐにヘリに乗った。

十一

ヘリが飛び立つのを見届けると、三人はテントに戻り、またテーブルの前の椅子に座った。それからバンスルは、その空間を先刻の位置まで沈めさせた上で、ジャケットの胸ポケットに入れていた三つ折りにした何枚かの紙束を、二人にそれぞれ渡しながら、少し改まった調子で言った。

「今から十五分前、午後四時きっかりに、私はこれを国連に加盟している全ての国の指導者宛にメールで送りました。国連という組織がどれほどの正当性と実行力を持っているのかは私にはよくわかりませんが、国連の事務総長にも一応コピーを送っておきました。EUの大統領に対しても同じです」

最初の一枚は各国の指導者宛の英語の手紙のようなものだったが、あとは色々なスケッチと地図だった。スーザンと俊雄は、手紙の方は後回しにして、まずはスケッチを一瞥した。

一枚目は、地球から見て「いて座」の方向にある巨大ブラックホールと、ショルの母恒星ウルとの位置関係を示しているらしい抽象的な図柄だった。

二枚目は、惑星クールの光景と思われるもので、岩山に挟まれた地球のフィヨルドのような水面のある光景。薄暗がりの時刻のようで、空には大きな月のようなものが見える。

三枚目は、ショルの住む都市と思われる奇妙な光景。クールの植物も見える。

四枚目は、これがショルの本当の姿なのだと二人が瞬時に推測した「奇妙な装束を着た人間に似た生物」のスケッチ。二足歩行で二本の手をもち、痩身。全体的に地球人とあまり変わらない。おそらく三つの性を代表すると思われる三人が描かれていて、ゆったりした衣装は三人三様だが、それぞれにあまり大きな差はない。

五枚目は、巨大な鳥に似た爬虫類にまたがって空を飛んでいる一体のショルの絵で、これが、今でも彼らのノスタルジーを誘う「古代のショル戦士」の姿だったのかもしれない。

六枚目は、宇宙空間を彷徨する巨大な母船ミュールの絵と思われた。やや横長のラグビーボール状の頑丈そうな金属の塊だが、中央部の上と下が等しく平面に切られている。（後でスーザンがバンスルに聞いたところでは、この平面は他のミュールとドッキングするときに使われるとのことだった。二つのミュールはドッキングによって一体化することができ、これを数珠つなぎにどんどん繰り返していけば、何百ものミュールを繫ぎ合わせた巨大な結合体を作り出すことも可能とのことだった）

七枚目は、既に実物を見ている円盤状のシャールの絵で、横には、セルヒオ・ロペスに「リパット」したバンスルが立っている。

そして八枚目には、驚いたことに、このセルヒオ・ロペスとスーザンと俊雄が、小さいテーブルの前に座って話をしているところがスケッチされていた。誰が、いつの間に、こんなものを描いたのだろうか？

その後に続く四枚の地図は、「普通の地球の地図」の描き方と基本的に同じだった。

一枚目は、先刻バンスルが二人に渡した、メルカトール式で描かれた「地軸変更後の新しい世界地図」と同じもので、二枚目は、現在の北極圏がどのように動いて新しい北極圏（太平洋）が生まれるかを、三枚目は、現在の南極圏がどのように動いて新しい南極圏（アフリカ大陸とアラビア半島）が生まれるかを示した図だった。そして四枚目は、異星人の植民地となる「アンデス中南部地域」と「ヒマラヤ東部地域」を示した地図だった。

これらのスケッチと地図を、手早く無言で一瞥した上で、スーザンと俊雄は手紙の中身に目を通した。そこにはこう書かれていた。

//////////////

貴国の統治に日夜奮闘しておられる、あなたとそのスタッフの方々に、敬意を表します。

私は、銀河系の中心部近くにある「ウムウォル」という大型ブラックホールの近くにある、「ウル」という恒星を周回する「クール」という惑星から来た「ショル」という知的生命体です。恒星「ウル」は、皆さんが「いて座」と呼んでいる恒星群の奥の方にあり、皆さんが「太陽」と呼んでいる恒星から、約三万五千光年離れています。

ショルの一人である私、バンスル・モルテは、想定外の事故で、我々をこの地域に連れてきた母船「ミュール」から離脱し、唯一人でこの惑星に漂着しましたが、しばらくするとこの惑星が大変気に入り、仲間を招いて小さなコロニーを作る計画を立てました。

しかし、そのためには、この惑星の環境をもう少し我々にとって快適なものに変える必要があります。具体的には、この惑星の自転の軸を少し変え、自転のスピードも少し遅くすることが必要です。新しく選ばれた南北の極点や、新しい赤道の位置は、添付の地図を見て頂ければわかります。

私をこの地域に運んできた母船は、地球時間であと四千二百時間もすれば、この惑星の近辺に到着するので、それまでにこれを終えておくため、私は、今日から七百二十時間後（現在の地球の自転速度で言えば三十日後）から始めて、二千百六十時間（九十日）をかけて、この惑星の自転を完全に止めます。それから九十六時間をかけて、新たな北極点となるクリスマス島と、新たな南極点となるコンゴの熱帯雨林地区を結ぶ『新たな地軸』が、地球の公転面に垂直になるように地球の向きを変えます。その後『新たな地軸』での自転を開始して、徐々に自転速度をあげ、千八十時間（四十五日）後には目標速度に達するようにする予定です。ちなみに、この目標速度は、現在の自転速度のちょうど半分です。ということは、この時点から後はずっと、皆さんにとっての一日の長さは現在のほぼ二倍になるということです。

その時点で、添付の地図にも示した通り、アンデス山脈の中部と南部のほぼ全域（ギアナ高地は、記念のために飛び地として残す）と、アジアのヒマラヤ山脈東部とチベット高原東南部の一部を、我々の植民領域として、皆さんが立ち入りできないように、量子バリアで封鎖します。この「封鎖」は、アンデス山脈については今から千四百四十時間（六十日）後に、ヒマラヤ山脈とチベット高原については今から二千八百八十時間（百二十日）後に、それぞれ行います。それまでに退避できなかった住民の生命は保証できませんのでご注意ください。境界線は封鎖の七百二十時間（三十日）前から赤色のホログラフィーで表示します。また、皆さんが何かの勘違いをされてミサイル攻撃などを仕掛けられても、このバリアで跳ね返されて自爆してしまうだけなので、十分お気をつけください。

以上のことは私がすでに決めたことですから変更はできませんが、皆さんには多くの人たちを移動させるなどの色々な仕事があると思うので、取り急ぎご通知を差し上げる次第です。

多くのご質問があるかとは思いますが、私にはそれに一つ一つお答えする時間はありませんし、その興味もありません。そこで、たまたま私の現在の居住地であるギアナ高地のアウヤンテプイの近くをご旅行中だった、米国国務省勤務のスーザン・マクブライドさんと、日本のジャーナリストの速水俊雄さんを、今日私の居所にお招きして、四時間以上をかけて種々の情報を差し上げました。このお二人は今日中に米国の然るべき場所にお送りしますので、あとはお二人とお話しください。私が希望していないので、皆様方のどなたも、今後私と直接交信するのは不可能であることをご理解ください。

また皆さんは、私（ショル）や私たちの母星（クール）についても色々知りたいと思われているでしょうが、私自身はありのままの姿を皆さんの前に晒すのを好みませんので、上記のお二人にも地球人の姿を借りてお会いしています。念のためクールの景観とショルの姿を想像して頂くためのスケッチを、このメールに添付しておきますので、皆さんの知的な好奇心はそれで満足させて頂き、それ以上は詮索しないでください。他の惑星で生活している他種の知的生物体との交流は最小限に抑えるのが、私たちの方針であり文化でもあります。

最後に、もう一つ重要なお知らせがあります。

あまりに突然のことなので、皆さんは状況がすぐには理解できず、誰かの仕組んだ悪ふざけだと誤解される恐れが十分あります。これを避け、皆さんに真剣に対応して頂くために、大変不本意なことですが、この惑星の現時点での二大国家であるアメリカ合衆国と中華人民共和国から二つの都市を選び、私たちが持っている力を示して、警告とすることに致しました。

無作為で選ばれた不運な都市は、米国カリフォルニア州のサンディエゴ市と中国浙江省の杭州市です（米国の場合は人口百万以上は九都市なので、そのうちの下位三都市から、中国の場合は、人口一千万以上が十五都市なので、その下位五都市から、それぞれ無作為に抽出しました）。この両都市では、今から四十四時間後、具体的にはサンディエゴ市では明後日の午前九時から、杭州市ではその翌日の午前一時から（つまりサンディエゴと同時刻に）、皆さんにとっては未知の、極めて殺傷力の強い空気伝染性（最近まで皆さんの間で蔓延したコロナウイルスのような飛沫伝染性《エアロゾル》ではないのでご注意下さい）のウイルス「カルプソ」が散布されます。このウイルスは散布の十二時間後には全て自動的に死滅しますが、散布は今から四十四時間後から八十時間後まで、三十六時間にわたって継続的に行われるので、四十四時間後から九十二時間後までの四十八時間の間に、この両都市で屋外の空気を吸った人の全てが、ウイルスに感染して死亡する可能性が大です。米国政府と中国政府は、多くの人々の命を救うために、この時間帯には両市の全ての住民が市外に避難するよう、迅速に必要な措置を講じるべきです。

アウヤンテプイ山頂にて、バンスル・モルテ

追伸

我々から皆さんへの重要な要請が、もう一つあったのを失念していました。

現在地球上には、皆さんが「核兵器」と呼ぶ「核分裂や核融合によって大量のエネルギーを一気に放出する装置」が相当数保存されており、今日現在も、これを製造したり、より効率的な装置を開発したりしている国が幾つかあると理解しています。その帰結として、皆さんが「戦争」と呼ぶ行為によるか、あるいは何らかの事故により、これらの「核兵器」が大量のエネルギーを一気に放出する危険性がかなりの確率で存在することも、私たちは当然認識しています。そして、この惑星が健全な状

態に保全されていることを望む私たちは、それを好ましくは思っておりません。

この程度のエネルギーの放出は、仮に全てが同時に起こったとしても、私たちのバリアを破壊するには十分ではなく、また、その後においても、私たちにとって有害な放射線がバリアを越えて植民地域に浸透して来る可能性はないと考えてはおりますが、やはり不測の事態は避けたいので、私は皆さんに下記を要請します。それは、本日から五日以内に、全ての「核兵器」の開発と製造を中止することと、本日から三十日以内には、現時点で保有している全ての「核兵器」を廃棄することです。皆さんがこの要請に応えなかった場合には、私は何らかの方法によって、直ちにかつ強制的に、これらの「核兵器」を全て破壊します。そういうことが起こらないで済むように、また仮に起こったとしてもその周辺で被害を受ける人が出ないように、皆さんは充分にご注意ください。

私たちは、他の惑星で生活する知的生命体の生存と文化には介入しない方針ですが、その個体数がその必要もないのに過度に急減するのは好みませんので、上記のような警告や予防措置を考えました。このことについては十分ご理解頂き、適切な措置を取られるよう希望します。

//////////////////////

俊雄は、読み進んでいくうちに自分の手がわなわなと震え出すのを止められなかった。最初の方については、すでに覚悟していたことなので、もはや何も感じなかったが、二都市へのウイルス散布のことを読むと、また激情が抑えられなくなった。「やっとコロナが収まったのに、また新たなウイルスを持ち込むというのか。これは一方的な殺戮だ。何でそんなことをしなければならないのか？　誰にとっても、何の意味もないじゃないか」

そして、彼は、「何でサンディエゴと杭州なんだ」とも思い、そのことにも無性に腹が立った。それには個人的な理由があった。

サンディエゴには俊雄の叔父とその家族が住んでいた。ハワイ緊急第一〇〇大隊で活躍した日系二世の祖父は二人の息子をもっていたが、俊雄の父が地味な地質学者の道を歩んだのに対し、父親譲りの武人気質の叔父は、難関のアナポリス海軍兵学校を卒業して海軍に入り、退官時には退役少将にまで昇進した。今はサンディエゴの通信会社で顧問を務めている。太平洋を遊弋《ゆうよく》する艦隊勤務が長かったので、しばしばハワイにも立ち寄り、俊雄にマハンの「海上権力史論」をはじめとして、「地政学」に関連する色々なことを教えてくれたものだ。

その一方で中国の杭州には、彼の妻ナンシー・チャンの実兄テリーと、その家族が住んでいる。テリーはシリコンバレーで活躍していた気鋭のコンピューターサイエンティストだったが、最近、杭州に本拠を持つ急成長中の中国企業に破格の条件で引き抜かれたのだ。すでに引退してサンフランシスコで悠々自適の生活を送っていたナンシーの両親も、もしかしたら今はこの義兄の家族と合流しているかもしれない。

一刻も早くこのことを知らせて、無理やりにでもこの人たちを退避させなければ、彼は数少ない親戚の多くを、一気に失ってしまうことになりかねないのだ。

ちなみに、俊雄は、「追伸」として書かれていた「核兵器の廃棄要請」のところは、「これは結構なことだ」と思った。しかし、既に頭の中が怒りでいっぱいになっていたので、このことを前向きに評価する余裕は全くなかった。

スーザンの怒りの矛先は少し違っていた。「なんて一方的なんだ」と彼女は思った。

『『私がすでに決めたことですから変更はできません』だって？　そんなことを言う前に、何故もっと丁寧に各国の首脳に背景を話し、地球人たちの苦痛が多少なりとも緩和されるように、種々の妥協点を検討しようとしてくれないのか？　科学技術では大きな差をつけられていても、我々地球人だって知的生命体だ。最小限の敬意は払って然るべきだ」

しかし、そういった彼女のクレームを、バンスルは面倒臭そうに一言で突き放した。

「スーザン、あなたはスコットランド人、元々は英国人ですよね。当時のあなた方は、ほんのちょっとだけ、そう、ほんのちょっとだけ早く、蒸気機関とか射程の長い大砲を搭載した軍艦とかを造る科学技術を身につけただけで、中国の清王朝に対して『麻薬を押し売りするための戦争』を仕掛けましたよね。その時にそんなに丁寧に相手のことを考えましたか？」

スーザンは少し困ったような顔になったが、すぐに気を取り直して言った。

「でも、『後のことは二人に聞け』は酷すぎます。無責任ですよ。私たちはたまたまこの辺りまで観光旅行にきただけです。私たちが『そんな責任の重い仕事は引き受けられない』と言ったらどうするのですか？」

　しかし、バンスルは苦笑するだけで動じなかった。

「無責任？　また『責任』ですか。勿論、あなたにも私にも『責任』なんていうものはありませんよ。私と同様に、あなたも何をしようとするまいと自由なのです。でも、私はよく調査し、よく考えて、一番効率の良さそうな手順を考えたのです。あなた方がここに来られることは数日前に初めて知りましたが、調べてみるとこれ以上はない適切な方たちだったので、全ての計画を早めて、この機会を利用することに決めたのです。

　私ももう一年近くもこの惑星にいるので、大抵のことはすぐにわかります。一人は、米国政府の中に色々なコネクションを持った頭脳抜群の女性官僚。もう一人は、タフで活動的で、困った境遇にいる同胞たちをいつも助けようとする日本のジャーナリスト。こんな組み合わせは滅多にありませんよ。しかも、お二人は多感な高校時代の同級生でした。お互いに助け合おうとしたら、どんな難しい仕事でもこなせるでしょう。

　二人が放り出したらどうするかって？　その場合は『より多くの地球人が死ぬ』だけのことです。米国や中国、ロシアや英国やドイツやフランス、さらには日本やインドの指導者がダメな連中だったらどうするかって、聞かれているのと同じです。それは地球人の問題であって、我々ショルの問題ではありません」

　そして、最後に、決めつけるように言った。

「あなた方は決して放り出しませんよ」

「そう言われれば確かにそうかもしれない」と、このやりとりを聞きながら、俊雄は心の中で密かに思った。「この身体がどうなろうとも、僕たちはやはり、できるだけのことをするしかないのだろう」

しかし、彼はやはり気が済まなかった。そこで少し居住まいを正して、バンスルの目をじっと見ながら聞いてみた。

「あなたは私の母のことを知っていますよね。あなたは、私がどうしても一目会いたかった母をグラーニャにしてしまいました。母はもう私のことがわかりません」

バンスルが訝しげな顔しかしなかったので、俊雄は「これは考えすぎだったのか」と思い、今度は別のことを聞いた。

「あなたは私の叔父がサンディエゴにいて、義兄が杭州にいることを知っていたはずだと私は思っています。無作為と言われましたが、この二つの都市が選ばれたのはそのためなのでしょう?」

今度はバンスルの顔が微かにたじろいだように見えた。「そんなことはありません」と彼は無表情に答えたが、おそらく嘘をついているのだと俊雄は思った。しかし、それを確かめる術はないし、そうだとしても、彼にできることは何もない。怒ってみても、恨んでみても、何にもならないのだ。

スーザンには俊雄の質問の意味がよくわからず、ましてや、その複雑な胸中などは察する術もなかったと思うが、彼女は彼女で、これからの二人にかかってくる重荷を少しでも軽減する方策を、必死で考えていたようだ。

「私たちは精一杯色々な質問をしましたが、聞き漏らしていることはまだまだたくさんあるでしょう。私たちが今日学んだことを、物理学者とか生物学者とか、さらには哲学者とか、色々な分野の専門家に説明すれば、彼らは山のような質問を私たちに浴びせてくるでしょう。私たちではとても答えられません。ですから、これから最低でも三十日間程度は、質疑応答のためのメールアカウントを開いておいて頂けませんか？　これは是非お願いします」

しかし、バンスルは今度も苦笑するだけで、真面目には取り合わなかった。

「そんなことは勿論わかっていますよ。だから、ちゃんと各国の指導者宛の手紙にも書いておいたのです。もう一度はっきりと申し上げますが、私はそこまでやるつもりは全くありません。そんなことをしていたら、そのアカウントには山のようなメールが殺到し、中には不愉快な罵詈雑言も多く混じるでしょう。そんなものを一つ一つ読んだり、質問に答えたりするのに、私は自分の時間を一分も使うつもりはないのです」

それでもなお、スーザンは粘った。弁護士や外交官としての彼女の経歴が、否応なく彼女にそうさせるのかもしれない。

「わかりました。でも、最後のお願いをさせてください。私はこれから、真っ先に上司の米国の国務長官に話しますし、彼はすぐに大統領に話すと思いますが、彼らは確実にあなたに直接会いたいと言うでしょう。短時間でも良いので、最低限、米国の大統領とだけはビデオ回線で話して頂けませんか？」

バンスルは、今度は少し真面目な顔になった。そして、決めつけるように言った。

「あなたの要請に対する答はNOです。私には興味がありませんし、その必要も認めません。相手が米国の大統領であろうと、今から半年もしないうちに全土が南極圏になってしまうコンゴ民主共和国の大統領であろうと、私にとっては同じことです。要するに興味がないのです。それだけではなく、もう一度繰り返しますが、今日を境に私は、もう地球人の誰とも会うつもりはないし、どんな質問も受け付けません。これで終わりです。あとは全て地球人の問題です」

それから、バンスルはすぼめた口から聴き慣れたシュッという音を出して、壁の一部を開いた。そこには、すでに見慣れた円盤型のシャールが、下部の開口部からスロープを伸ばした姿で二人を待ち受けていた。

バンスルは立ち上がり、「私はここでお別れです」と言った。

「今は午後四時半を少し過ぎていますね。シャールがあなた方をワシントンDC郊外のバージニアの森の中にお送りします。飛行時間は十分程度、一時間の時差がありますから、米国東部時間で午後三時五十分までには着くでしょう。そこで私の部下があなた方をお出迎えして、インターコンチネンタル・ザ・ウィラードまで車でお連れします。我々の方でお二人のために予約を入れていますので、ご心配はいりません。あなた方の荷物は、俊雄さんがカラカスに残しておられたものも含めて、全てシャールに積んであります。

あなた方はこれからものすごく忙しくなるでしょうね。でも、お二人の働き次第で、同胞の苦しみは相当小さくできるはずです。頑張ってください。あなた方なら、きっといい仕事ができますよ」

バンスルの部下に促されて、二人は円盤のスロープの方に向かって歩き始めた。

しかしスーザンは、数歩で立ち止まり、バンスルに向かってまた一つ頼みごとをした。

「私たち二人とあなたがこのシャールの前に立っているところを、私たちのカメラで撮らせて頂けませんか？　そうでもしないと、誰も私たちの話を信じてくれないでしょう」

「スケッチがあるじゃないですか？」と言いながらも、バンスルはちょっと考え直して、これはすぐに承諾した。

「そうですね。地球の人たちはスケッチだけでは信用しないかもしれませんね」

バンスルの部下のグラーニャが、手慣れた様子で、スーザンと俊雄の二人のスマホで、それぞれ二、三回ずつシャッターを押した。バンスルのセルヒオは終始愛想よく微笑していた。

別れ際にスーザンが、もう一度バンスルの方を向いて尋ねた。

「あなた方ショルがこの地球の人間たちと接触したのは、本当に今回が初めてなのですか？　遠い昔に誰かが来て、当時の地球人に『神の言葉』として色々なことを教えたと信じている人たちが、結構たくさんいるのですが」

彼女は、この話をきっかけにして、さらに粘って、何らかの交渉の手がかりを探ろうとしているようだった。

しかしバンスルは、少し寂しそうに笑って、こう答えただけだった。

「そういうショルも確かにいたかもしれませんね。しかし、我々の記録には特に何も残っていません。

仮に誰かが気まぐれにそんなことをしたとしても、記録に残しておかねばならないほど重要なことだったとは、思っていなかったのでしょう」

二人はスロープを上がり、円盤型のシャールの中に入っていった。そして、それ以後、二人がバンスルと会うことはもう二度となかった。

第一部　了

バンスルが各国の指導者宛に発信したメールに添付されたスケッチと地図

（地図に付された言葉は英語の原文を日本語に訳したもの）

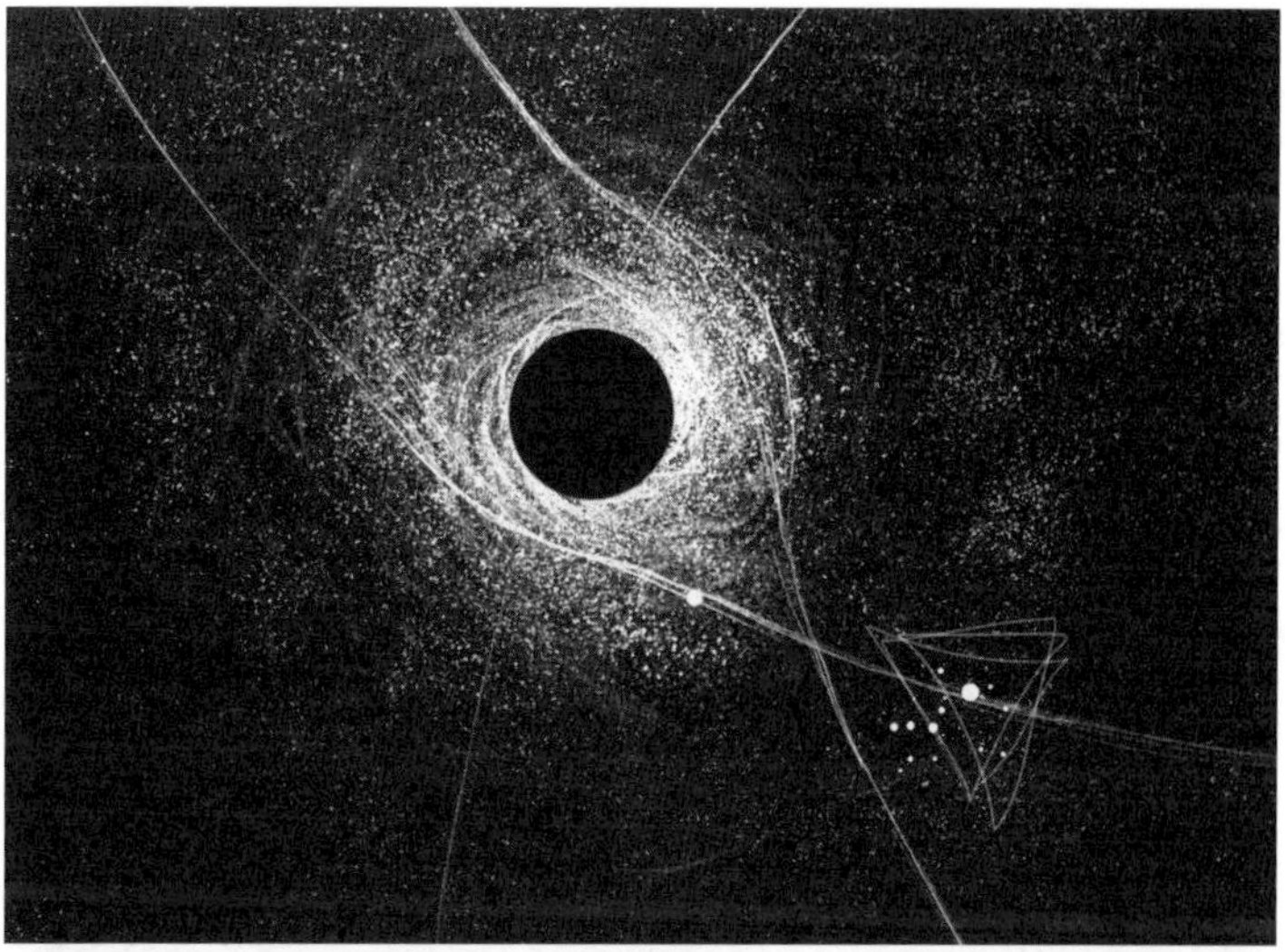

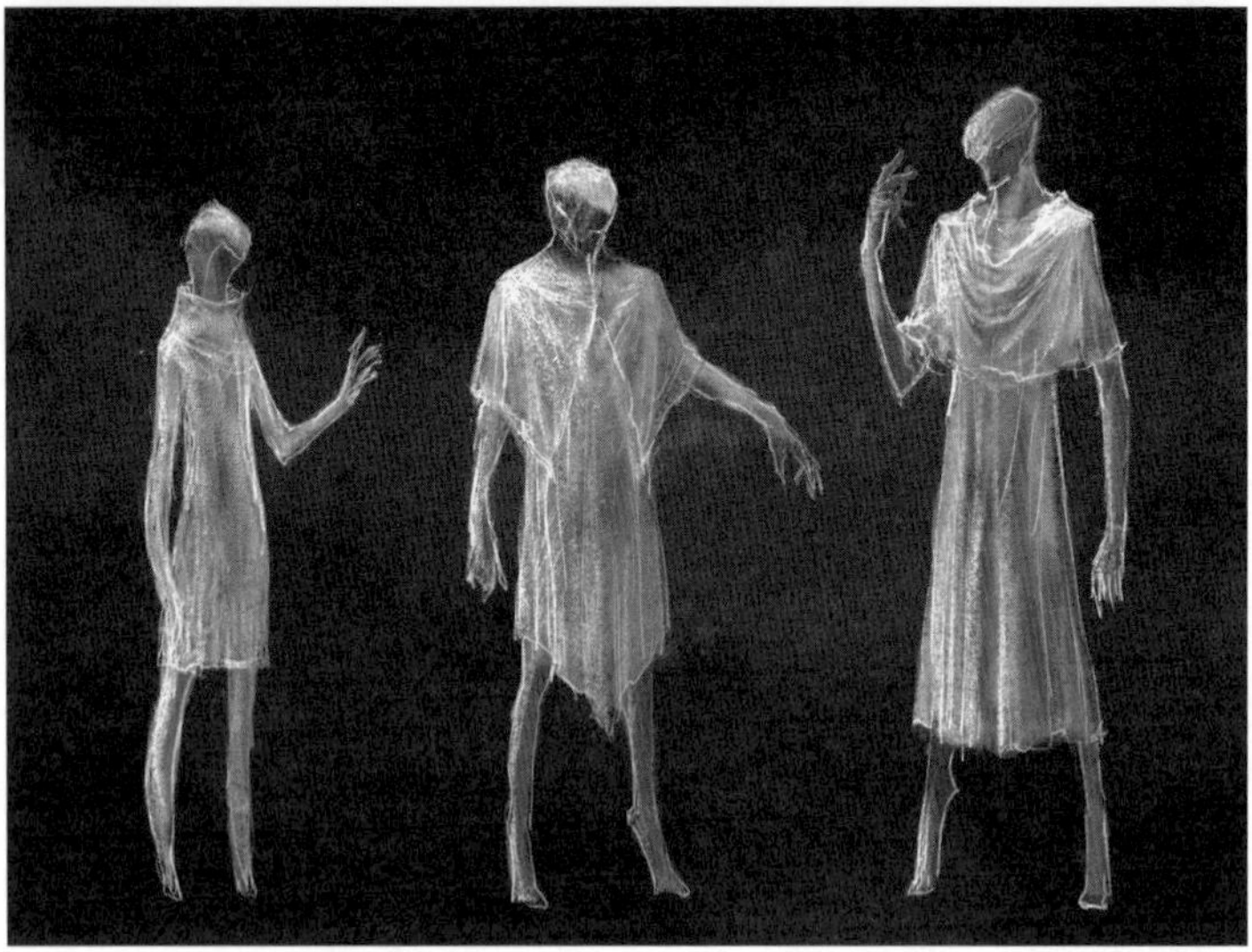

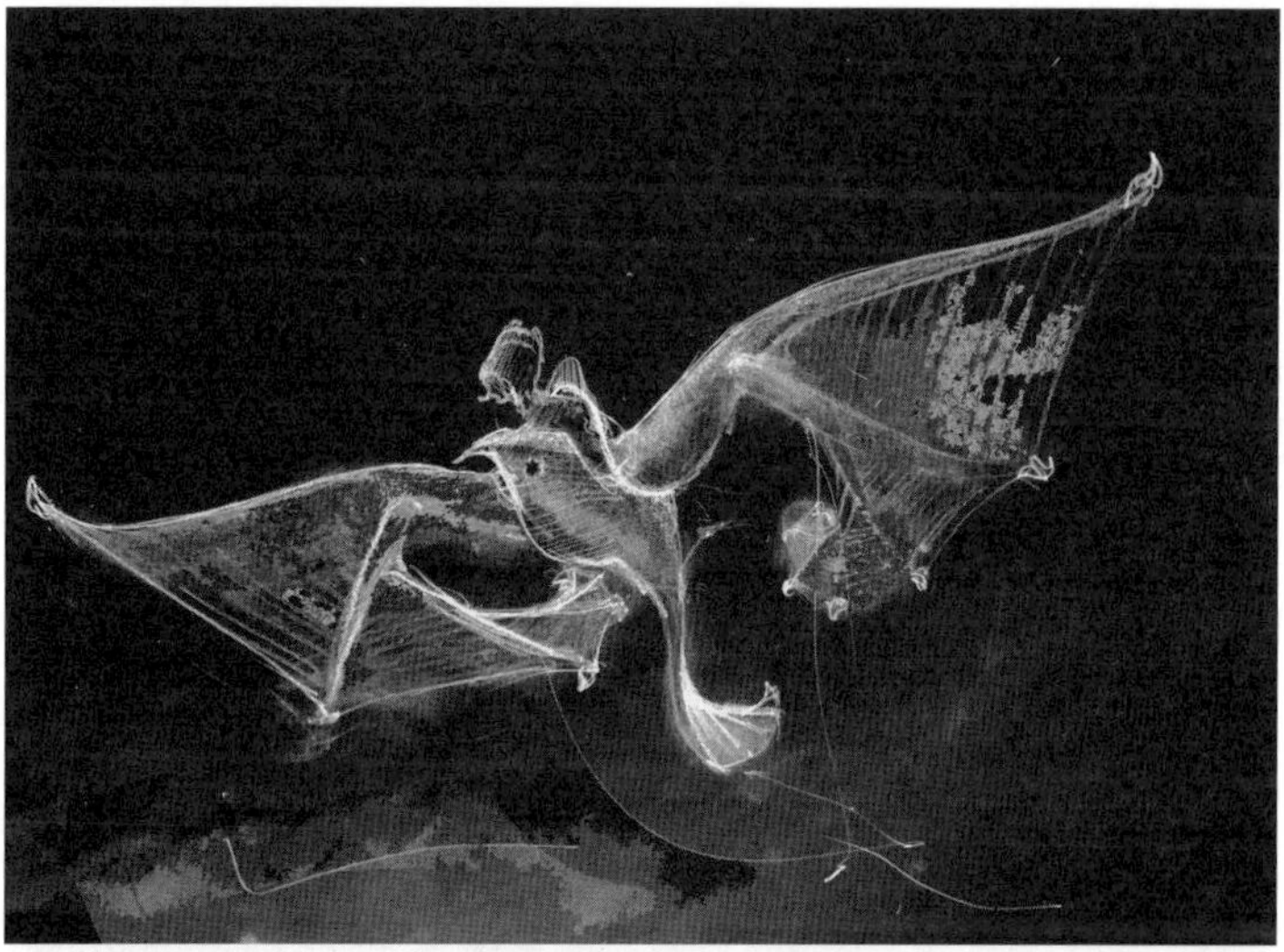

地軸変動後の世界地図（メルカトール式で作図）

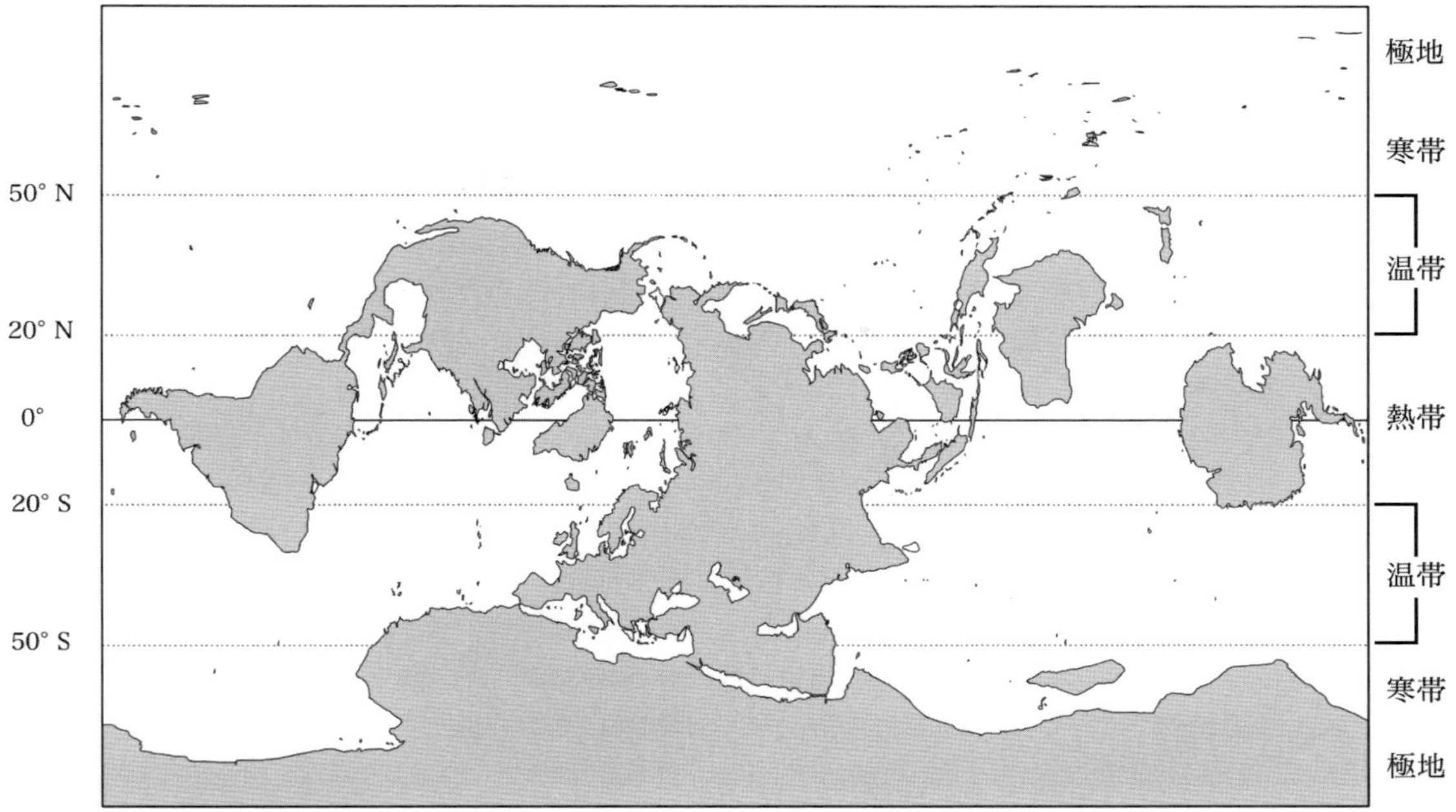

地軸変動開始時から終了時までの北緯50度以上の地域の推移（点線内は北緯60度以上）

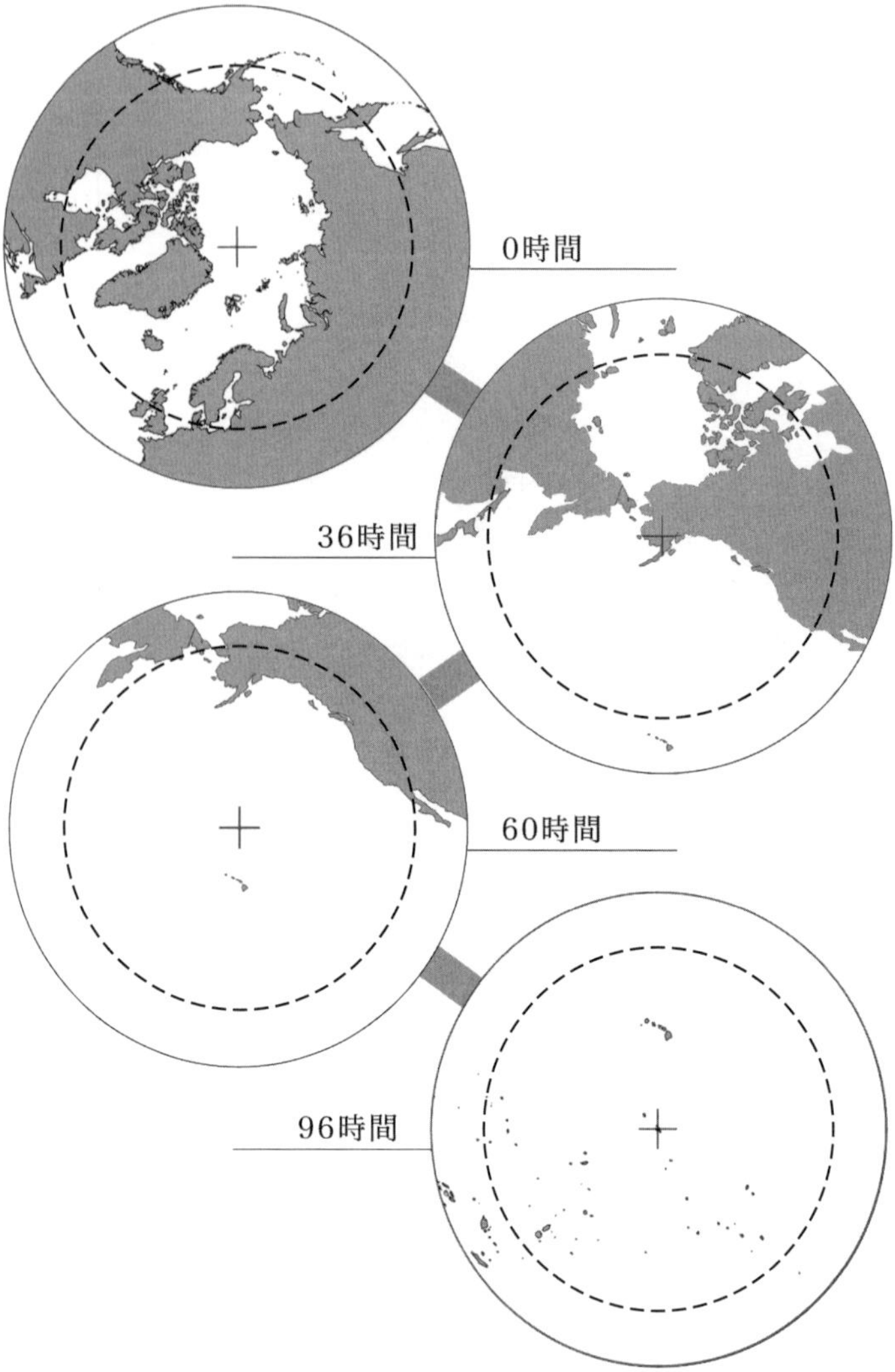

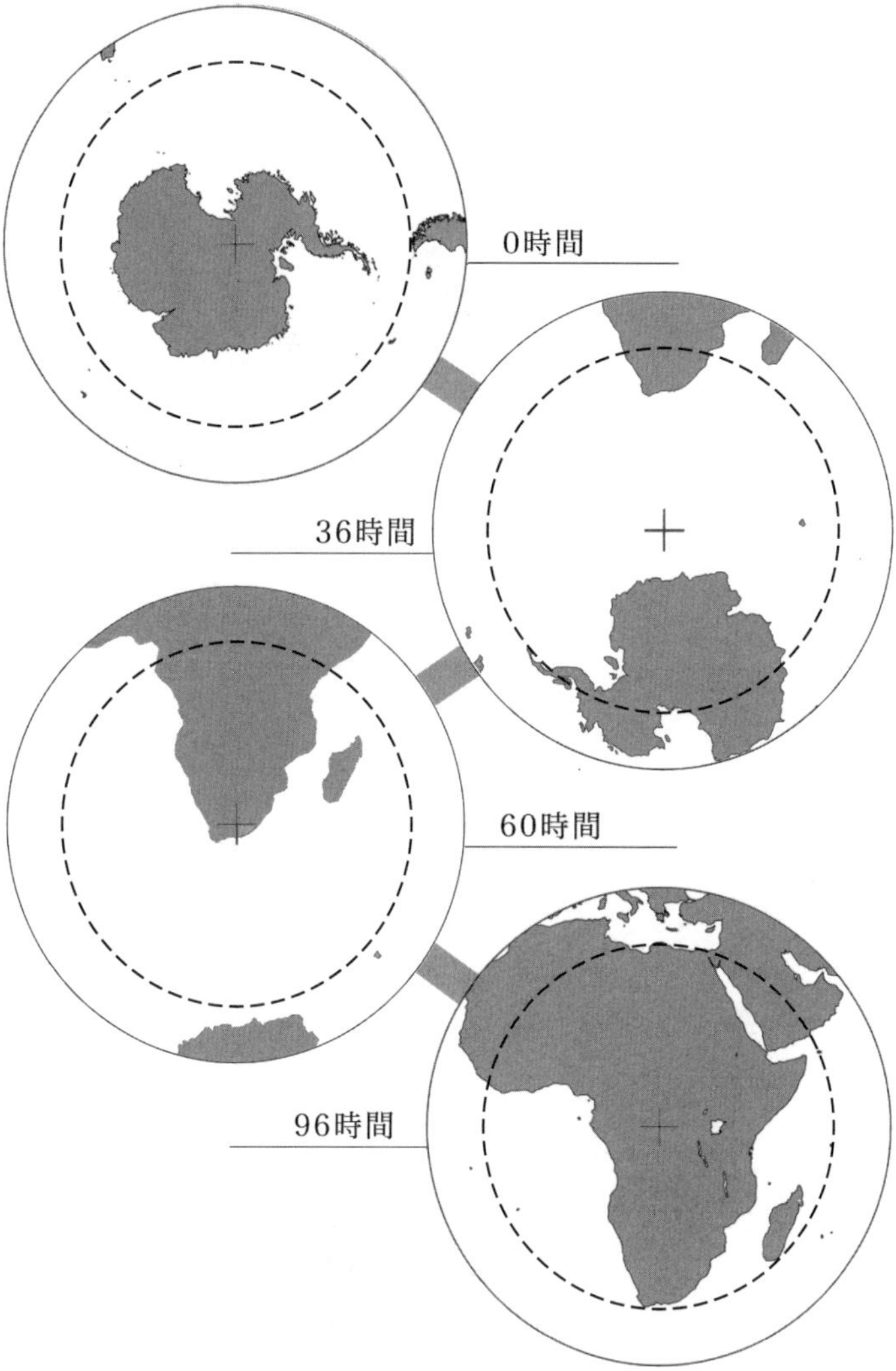

地軸変動開始時から終了時までの南緯50度以上の地域の推移（点線内は南緯60度以上）

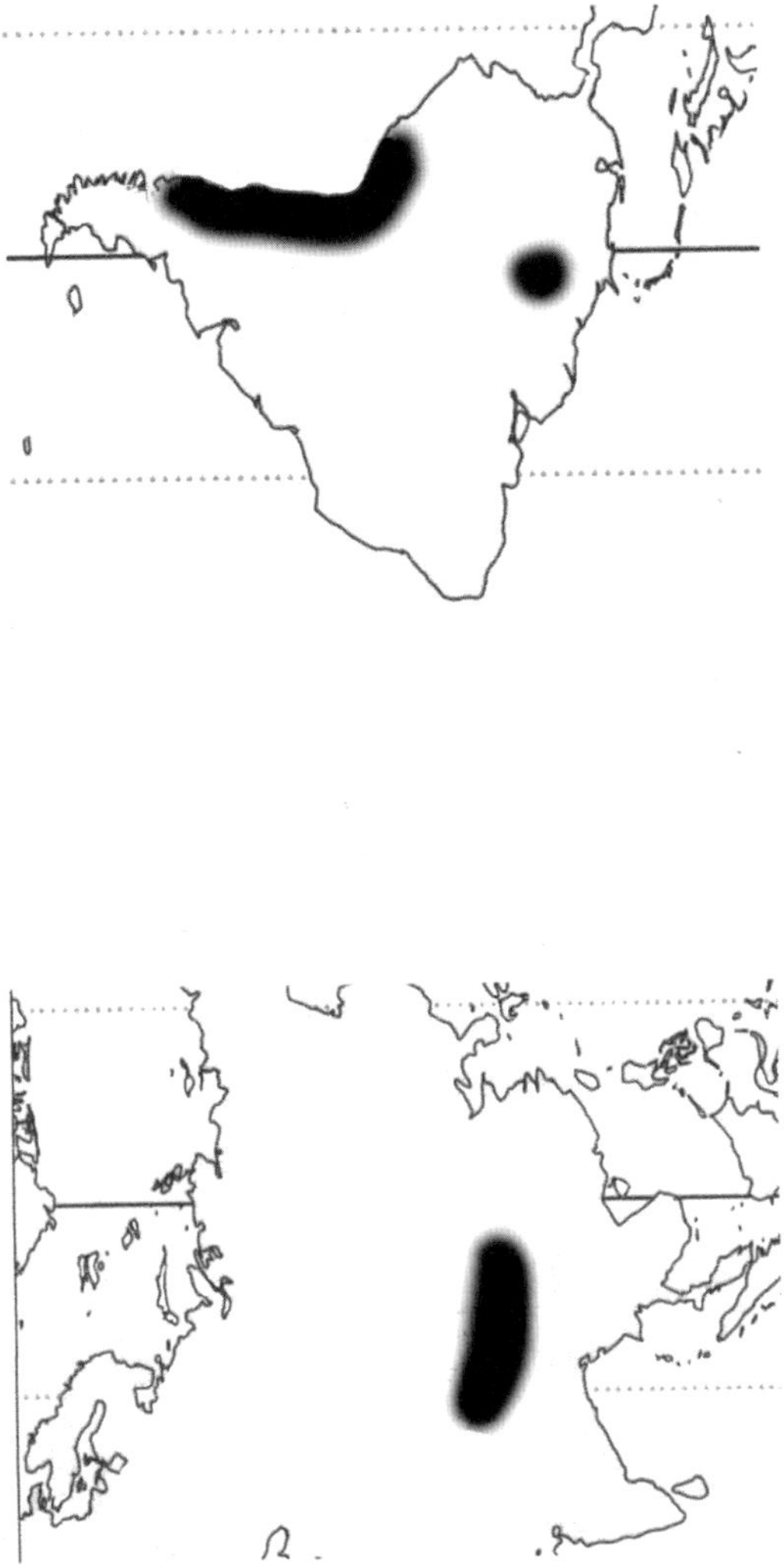

ショルの居住地域

第二部

苦難の道

本当の自分を知りたければ、
「あらゆる試練を与え給え」と、神に祈るしかない。

一

シャールと呼ばれる円盤の内側は、何の変哲もない小部屋だったが、不思議な材質の奇妙な形状をしたソファーのようなものが三つ弓なりの形で並んでおり、それぞれの間に同じ材質の小さなテーブルのようなものがあった。前方には大きなスクリーンと思われるものがあるが、何も映されていない。部屋の隅には二人の荷物が全て、きちんと並べられていた。

何か見たこともないような複雑な機器類が並んでいるのではと期待していた二人は拍子抜けしたが、円盤全体の大きさからして、これは全体のほんの一部であり、壁の向こうには広い空間があって、そこには想像を超えるような不思議な世界が広がっているに違いないと二人は推測した。

案内したバンスルの部下のグラーニャは、二人にこのソファー状のものに座るように勧め、テーブルにミネラルウォーターのペットボトルを二つ無造作におくと、無言で右側のドアから消えていった。左側のドアは化粧室だと教えられた。ついさっきまでの極度の緊張状態から解放された二人は、まだほぼ茫然《ぼうぜん》自失で、しばらくは言葉がうまく出てこなかったが、しばらくして、やっとスーザンが重い口を開いた。

「大変なことになったわね。これから、何をどうすれば良いことやら」

「うん」と答えながらも俊雄の方は、まだ、サンディエゴの叔父一家と杭州の義兄一家のことで、頭がいっぱいだった。

「どうしようもない。これは本当にどうしようもないこと。人類にとっても、アメリカ合衆国にとっても、私自身にとっても、そういうことなんだわ。できるだけのことをやるしかない。人類は、今の人口の半分ぐらいを失うことになるかもしれないけど、仕方がない」と、スーザンは自分に言い聞かせるようにぶつぶつ言った。

「それに、全てが悪いことだというわけでもないわ。核兵器の廃絶なんて、国連の決議なんか何の役にも立たないけど、圧倒的な力をもった異星人に強制されれば、みんないうことを聞かざるを得ないはずだわ」とも、彼女は心の中で思っていた。


「まずは、これからの二十四時間、お互いに何をするかをとりあえず決めよう。手分けしないといけないだろうしね」と俊雄が言うと、スーザンはちょっと投げやりな口調ですぐに返した。

「今日は月曜日ね。あいつが言ってるんだから、私たちはDCに、まだ今日の勤務時間中に着くんでしょうね。電話では埒《らち》があかないでしょうから、私はすぐ国務省に行くわ。しばらくは狂人扱いにされるでしょうけどね。あるいは、ベネズエラのマローロ派に変な注射を打たれて、何かの謀略に使われていると思われるかもね」

「君のスマホを貸して。僕はすべての会話を録音しているから、それをコピーしてあげるよ」

「ありがとう。すぐ国務省の誰かに文字起こしをさせるわ。『何でこんなバカバカしい仕事をやらなきゃいけないんだ』と思いながらも、ちゃんとやってくれると思うわ」

「僕は今晩、徹夜でレポートを書き上げるよ。どこまでできるかわからないけどね。でも、とりあえず『開口一番に何を言うか』は大切だよね。選挙演説と一緒だ。ここだけは二人の間で口裏を合わせておこうよ。僕たち二人が何をどう言おうと、どうせ聞き手は自分にピンと来たところだけを切り取ってしまうんだけど、できるだけそういう連中の『思い込み』だけは防いでおいた方がいい」

「私たちが今回知らされたことは、これまでの世界史上で起こったことの中でも、おそらく一番重大な、そうね、少なくともキリストの復活や第二次世界大戦の勃発よりも重大なことだと思うけど、凡人の私たち二人が、よりにもよってベネズエラというとんでもない所で知ってしまったというのは、ちょっと困ったことね」

「そうだね。僕の場合は『あいつ、とうとう変になったのかあ』で済むんだろうけど、君の場合は必ず『謀略説』が出てくるだろうね」

そう言いながらも、二人の頭の中では「信じてもらうための戦略」が、次第に形づくられつつあった。話の冒頭は、やはり「アウヤンテプイの山頂でバンスルに会った」ところだろうが、そこに至るまでの経緯については、「何も脚色せずにありのまま話そう」ということで、二人の意見はすぐに一致した。


「それにしても、ちょっと離陸が遅いね。機材の不具合かな？　それとも、操縦士がロン（現住民が飲むラム酒）を飲みすぎたのかな？」

俊雄がそんな冗談を言った途端に、まるでタイミングを合わせたかのように、先刻二人を機内に案内したグラーニャが、右側のドアから出てきて、二人に告げた。

「到着しました。下で車が待っています。荷物は全て私が車に乗せますから、そのままお降りくださ い」

「え？　もう着いちゃったの？　一体、いつ動いたんだ」と、二人は驚いたが、もう驚き慣れしてしまっていたので、そんなことはどうでも良くなっていた。


バージニアの人里離れた森の中に小さな草地があり、シャールはそこにふんわりと着地したらしい。

「まだ陽が高いんだから、多くの人に見られたんじゃあないかな？」と、俊雄は疑問を呈したが、スーザンはこう推測した。「きっとアウヤンテプイから垂直に上昇して、超高空を飛んでこちらまで移動し、そこから垂直に下降したのでしょうね。それに、『もうここまでくれば、見られてもいい』と考えたのかもしれないわね」

黒塗りのリムジンが一台止まっており、地味な服装をしたバンスルのグラーニャと思われる若い白人が一人、車の前で二人を待っていた。着ているものはギアナ高地にいた時のままで、その上に厚手のコートを羽織っただけの二人には、外の冷気は厳しかったが、それは一瞬のことで、すぐに二人はリムジンの中の暖かい空気に包まれた。

それから四十五分ちょっとで、二人は、ワシントンDCでも最高級のホテルとして知られている「インターコンチネンタル・ザ・ウィラード」のロビーにいた。時間はちょうど午後四時半だった。

このホテルは、「ロビイスト（圧力団体の利益を代表する政治活動家）」という言葉の語源になったことでも有名だ。「その昔、グラント大統領はこのホテルのロビーで葉巻を燻《くゆ》らせながら息抜きをするのが好きで、それを知った業者たちが自分の考えを吹き込む機会を得るためにいつも屯《たむろ》していた」というのがその謂われだ。今でも外国からの賓客はしばしばここに泊まるので、スーザンには馴染みのホテルだったが、俊雄には生まれて初めての場所だった。チェックインを済ませると、二人は明朝の七時に朝食を一緒にするという約束をして、それぞれの部屋に入った。

スーザンも俊雄も、その前に車の中から、それぞれが最も急を要すると思った相手に電話をしていた。

スーザンは真っ先に父の秘書に電話し、十分後には父からの電話が入った。その電話を待つ間に、彼女は母親に電話し、八歳になったばかりの息子のギーがどうしているか尋ねた。ギーは学校でたくさん友達ができたようで、母親にそのことを話したがっているようだったが、彼女は、父からの電話で中断するのを恐れて、ギーと話すのは後まわしにすることにした。

それでも彼女は頭の中で、「せっかく友達ができても、ここはすぐに離れざるをえないのでしょうね」と考えていた。地軸が変われば、この辺一帯は灼熱の熱帯地方になる。新しい合衆国の首都は西海岸になる可能性が高い。

父は電話口に出ると、すぐに言った。

「やあ、ベネズエラで何かあったのか？」

「ベネズエラは『私がこの事態に遭遇したのがたまたまそこだった』というだけで、何の関係もないんです」と、彼女はまず答え、それから、努めて冷静な口調で全てを語った。その間、二十分ほどだった。

「ダディー、これから私が言うことは、びっくりするようなことばかりで、冗談だと思うでしょうけど、全て本当のことなの。私はダディーの娘。私が本当だと言ったら、そのまま信じて欲しいの。これは本当に大変な事態なのよ。早く、適切な手を打たないと、アメリカ合衆国も、世界中も大変なことになる。適切な手を打っても、大変な事態は避けられない。それぐらいの状況なの」と、彼女は切り出した。そして、一通りの経緯を話し終えると、「上院議員」である父にこう頼んだ。

「全てが急を要するので、私は今日と明日はウィラードに泊まり込みます。ギーに会いたいけど、そうも言っていられないほど大変な事態だからよ。今日は、これからすぐに国務省に行って、できるだけ多くの人たちと話をして、明日の朝一番には大統領の耳にも入るように努めます。さっき最後に話したサンディエゴの件があるので、そのくらい急がないと間に合わないわ」

「だから、ダディーにお願いしたいの。ダディーを信じてくれている要路の人たちに、すぐに連絡をとって、スーザン・マクブライドはちゃんとした人間で、他国の謀略に利用されるほどヤワではないし、子供の時から、嘘をついたり悪ふざけをしたりするような人間ではなかった。そのことは自分が保証すると言って欲しいの。娘の言うことは全て真実だから、信じてやってほしいって」

彼女は、父が、就任二年目を迎えた国務長官のアンディー・ブリーゲンと面識があるのを知っていたので、「父がアンディーと直接話をしてくれればベストだ」と思っていた。

父は彼女の話を全て真剣に聞いてくれたし、その願いについてもある程度の手応えを感じることができたので、彼女はとりあえずは安堵した。「いざという時に頼りになるのは、やっぱり肉親だ」と、彼女はしみじみと思った。

一方の俊雄は、時差を考え、まずサンディエゴの叔父に、それから、ホノルルにいる父に電話を入れた。日本や中国はまだ深夜なので、妻のナンシーや杭州にいる義兄のテリーへの電話は、ホテルに着いてからにしようと思っていた。

その間に、DCにいるアーリントンポストの編集委員、ボブ・コーンウェイの秘書とも連絡を取り、『どうしても相談したい重要なことがあるので、できるだけ早く、どこかでお目にかかれないか』と申し入れた。コーンウェイは、十年前に俊雄をアーリントンポストに引き抜いてくれた人だが、お互いの間には強い信頼関係があり、その後もずっとメールで連絡は取り合ってきていた。「彼なら自分の言うことを信じてくれるはずだ」と俊雄は考えていた。

俊雄もジャーナリストの端くれなので、「特ダネ」という誘惑からはどんな時でも自由にはなれない。しかし、今は「ひとかけらもそんなことは考えるべきではない」と彼は思っていた。「こういう時にジャーナリストは何をするべきなのか？　何ができるのか？」そういうことについて、俊雄はボブに真摯に教えを乞いたかった。

叔父の敬介は、意外なほど簡単に、この驚天動地の話の大筋を信じてくれた。もしかしたら、軍人とはそういうものなのかもしれない。

情報には「正しい情報」と「虚報または雑音」のどちらかしかない。「虚報」の場合も「雑音」の場合も、それが発生したのなら、それなりの理由がある。「虚報」の場合は、敵方の「謀略」か、味方の「未熟」または「思いこみ」か、あるいは「味方が意図して味方を騙す」場合に分かれるが、その一つ一つの可能性を潰していけば、真実は自ずと浮かび上がってくる。「情報」は「戦略と戦術」の根幹をなすもの故、常に真剣な検討の対象であり、「冗談」や「妄想」の類が入り込む余地はない。常に現場に身を置いてきた敬介の場合は、そういう考えが、長年の間に身体に染み付いていたに違いない。

しかし、「叔父さんだけでも、すぐにサンディエゴから離れてくださいよ」という俊雄の懇願に対しては、敬介は煮え切らなかった。「そうはいかない」と彼はすぐさま言った。「退役して長いとは言っても、私は軍人だ。民間人を一人でも多く救うという責務を忘れて、自分だけが退避するわけにはいかない」と彼は言い張った。

父も意外に冷静だった。俊雄は、母のことについては「どうしても手掛かりが摑めませんでした。やはり亡くなってしまっていると考えざるを得ません」と伝えるにとどめ、すぐに本題に入ったが、父はしばらく絶句しただけで、あとは平静に俊雄の話を聞いた。おそらく、「いずれにせよ、老齢の自分にできることは何もない」と、すぐに諦観したのだろう。ホノルルはすぐにも引き払わざるを得ないだろうが、その時は父祖の土地である日本に住んでみるのもいいだろうとも、思ったに違いない。「日本は恵まれている」と、俊雄は思った。地軸が変われば、日本は一年中が春のような気候になるはずだ。東京や大阪を含む太平洋岸は、緯度は低くても、広大な北氷洋に直接つながっているので少し寒いくらいかもしれないが、日本海に面したところは、現在の地中海沿岸のような気候になりそうだ。

ホテルにチェックインして荷物を置くと、スーザンはすぐに国務省に向かった。勿論、上司や同僚には車の中からすでに電話していて、「たまたまベネズエラのギアナ高地で、とんでもない出来事に遭遇し、極めて重大でかつ緊急対応の必要な情報を入手したので、すぐに打ち合わせをしたい。これはベネズエラ情勢とは全く関係のない世界レベルの問題だ。今から一時間ほど前に、大統領宛に送られてきたはずの奇妙なメールと関係があるので、そのメールのコピーを用意しておいて欲しい」と伝えてあった。

スーザンが五時半に国務省に着くと、彼女の直接の上司だけでなく、このような件に関係しそうな主要な幹部が数人、すでに会議室で彼女を待ち受けていた。国防省からも、CIAからも、相当なレベルの人たちが来ていた。安全保障問題担当の大統領補佐官の部下も一人来ていた。宇宙物理の分野での著名な学者だという人物も一人いた。「父がすぐに国務長官に電話を入れてくれたに違いない」と彼女は思い、心の中であらためて父に感謝した。

彼女は慎重に言葉を選んで話を進めた。バンスルが送ったメールのコピーはすでに全員に配布されており、そこには俊雄と一緒にバンスルのセルヒオと話している彼女のスケッチがあったし、円盤の前で同じ三人で一緒に、自分のスマホで撮った写真をすぐにスクリーンに映し出したので、話の信憑性はよく伝わった。

バンスルが送ってきた八枚のスケッチが、見方によっては地球人の誰かが面白半分に描いたもののようにも見えるので、「これではみんなにタチの悪いいたずらだと思われても仕方がないよ。何故ちゃんとした写真を送ってこなかったのかな?」と言う人もいたが、「彼らの写真を送ってこられても、地球にある機材では再現できません。こういう場合はアナログの世界に戻るのがベストだと彼らは知っているのです」とスーザンが答えると、みんな何となく納得した。

（「ショルは紫外線も見える」とバンスルは言っていたから、「それを前提にした彼らの写真は地球人にとっては意味がない」とも言おうかとスーザンは思ったが、話が長くなるのでやめた）

ただし、それでもなお、異星人の話をすぐに信じる人は少なく、ロシアか中国が使っている秘密組織が、何らかの陰謀を企んでいるのではないかと考える人の方が多かった。しかしそれでは、彼女がギアナ高地からほとんど瞬時に、ワシントンの郊外まで飛んでこられたという事実の説明がつかない。

要するに、全員が呆気にとられながらも、「半信半疑の状態」だった。しかし、この時点でこれ以上を求めるのは無理だった。ワシントンに戻ってから二時間も経たぬうちに、たまたまここに居合わせた人たちだけだったにせよ、その全員が「半信半疑」の状態にまでなってくれたというのは「望外の成果だ」とスーザンは思った。

しかし、サンディエゴの問題だけは「半信半疑」で止まっているわけにはいかない。だから彼女は、ここのところだけは、顔色を一変させて情熱をこめて喋った。

「全ての話はじっくり時間をかけて検証してください。核兵器の開発停止のことも、まだ五日間の猶予があります。しかし、サンディエゴの問題はそうはいきません。バンスルの口振りだと、彼は必ずやるでしょう。彼らの進化の過程を聞いただけでも、彼らがとんでもない力を持ったウイルスを自由に操れる能力を持っていることは明らかです。これだけは百パーセント信じて頂いて、すぐに手を打ってください。サンディエゴ市民を全員退避させて、彼らを救うのです」

しかし、これには出席者の誰もが顔をしかめた。「こんな不確かな、しかもぶっ飛んだ情報だけで、市民の全員退避なんて、そんなことができるだろうか？」と、誰もが思っているのは明らかだった。

重苦しい沈黙を破るように、国防省から出席していた男が言った。

「いずれにせよ、こういう話だけでは国防省としては何も提案できません。スーザンの話を疑うわけではないが、そのアウヤンテプイというところを、我々自身の手ですぐに威力偵察することは不可欠です」

「え？　ベネズエラだよ。そんなことをすれば、違う目的があると勘ぐられるぞ」

「いや、現地はブラジルとの国境にも近いし、英連邦のガイアナ共和国が自らの領有権を主張しているところでもあります。ガイアナから入ると米国の中立性を疑われる結果も招きかねないので、ここはやはりブラジル国境から入るのが常道でしょう」

「ブラジル政府が了解してくれるだろうか？」

「ブラジルの大統領にも、このエイリアンからのメールは届いているのです。勿論、現時点では悪質な悪戯と見做されて放置されていると思いますが、我が国から詳細にその信憑性を伝えてやれば、協力しないわけはありません」

「偵察機を飛ばすの？　ヘリ？　ドローンという手もあるね」

「全て使います。それだけでなく、陸軍の特殊部隊も十人程度、ブラジル国境から潜入させます。上流からカロニ川を下るのが良いでしょう」

「特殊部隊の連中がエイリアンと遭遇したらどうするのだね？　まさか発砲はしないだろうな」

「勿論、発砲はせず、話し合いを求めます。応じなければ、そのまま退去します。攻撃されれば、応戦せざるを得ませんが……」

こういう話を聞いていると、さすがにスーザンは少し苛立ってきた。彼女には、偵察機もヘリも特殊部隊も、何の役にも立たないことがわかり切っていた。何らかのバリアのようなもので、簡単に阻《はば》まれてしまうだろうからだ。バンスルは、米国政府内では必ずこういう話が持ち上がるだろうと予測して、あらかじめスーザンと俊雄にバリアの威力を見せつけたのだということを、スーザンはこのとき理解した。「何から何まで一歩先を読んでいる」ところは感心せざるを得ない。

しかし彼女は、その場では「そんなことは無駄だ」とは言わなかった。どうせすぐにわかることだから、ここで反論して国防省を敵に回すことはない。それに、米軍が何をしようと、バンスルは蚊に刺されたほどにも感じないだろう。そこで、彼女は言った。

「それには異議はありません。現地の地理情報が必要なら、近くまで一緒に行ったエドリアンというベネズエラ人の旅行業者に協力させます。それよりも、サンディエゴです。予告されたウイルスの散布は、現地時間で明後日の午前九時。本当にもう時間がありません」

全員がまた重苦しい沈黙に戻った。


時計はすでに七時を回り、会議が始まってから一時間半が過ぎていた。夕食の約束のある出席者は、スマホを見てもじもじし始めていたが、出て行く者はいない。誰かが気を利かせたらしく、サンドイッチが運び込まれてきた。その時、国務長官のアンディー・ブリーゲンが勢いよく会議室のドアを開けて入ってきた。

「スーザンだよね。お父上からさっき電話をもらったよ」と、すぐにスーザンを見つけて、彼は微笑みながら言った。「大変なことに巻き込まれたんだね」

スーザンの上司が手短にこれまでの会議の議論をまとめて話すと、彼は簡潔に頷いた。

「わかった。というか、何とコメントすれば良いか、今は全くわからない状態だということがわかった。はっきりしているのは、一刻も早く大統領の耳に入れねばならないということだ。幸いにして、明日の朝八時の時間が取れた。ブリーフィングの資料をすぐにまとめてくれ」

それから彼は出席者を見渡し、少し考えてから付け加えた。

「中国関係の担当がいないね。誰か適任者をつかまえて、大至急ブリーフィングをして、明日の大統領とのミーティングに出てもらうようにしてくれ。場合によっては、大統領から周真平主席に電話をしてもらうことになるかもしれないからね」


アンディー・ブリーゲンは言うことだけを言うとすぐに退席し、その他にも数人が抜けたが、会議はなお一時間続き、九時になってやっと解散になった。

スーザンは、ホテルに帰るとすぐシャワーを浴びたが、さすがに疲労困憊し、もう何も考えられなかった。ナイトキャップに、冷蔵庫に入っていたトマトジュースに、キャビネットにあったミニチュア瓶のウォッカを注ぎ込んで飲み干すと、翌朝六時のモーニングコールを頼んですぐにベッドに倒れ込み、泥のように眠った。


スーザンのように国の中枢を担うお偉方と議論をするわけではなくても、一方の俊雄も結構忙しかった。ホテルに着くや否や、まず東京にいる妻のナンシーに電話を入れ、六歳になる娘の「ひかる」としばらく話した。ワシントンの午後五時は東京の朝の七時だが、ナンシーもひかるも早起きだった。

ナンシーはもともとが「天文大好き少女」で、今は世界の第一線で活躍する宇宙物理学者だし、夫の性格は知り尽くしている。だから、話は早かった。彼女はすぐに俊雄の話を百パーセント信じた。

「目に見えぬ素粒子の力で地球の自転を自由に制御する」話とか、「量子バリア」の話とかになると、さすがに疑義をさし挟んだが、あとは淡々と反応した。

「ナンシーが宇宙物理学者で良かった」と俊雄は思った。しかし、よく考えてみると、彼女がとても不憫にも思えた。彼女がこれから何を研究しようと、どんな素晴らしい発見をしようと、そんなことはもう何万年も前に、この宇宙の中にいる誰かが解明してしまっていることなのだ。そうと知ってしまえば、もう誰も興奮はできない。「ニュートリノ」も「大統一理論」も、もう色褪せたものになってしまう。

これまでは、この地球上の人間は、自分たちが世界の叡智の最先端を走っていると信じてきた。新しく何かを発見すれば、それが「世界中の誰にも先駆けて、世界の真相に一歩近付いた」ことを意味すると思っていた。しかしこれからは、何をやっても「そんなのは幼稚園のお遊戯と同じだ」と思ってしまう。大学生のお兄さんたちがどこかにいて、今のこの瞬間も、自分たちには全く理解できない最先端のことを議論しているに違いないのだ。

そんな状況下で、世界中の自然科学の研究者は、これからも今までと変わらぬ情熱を持って、それぞれの研究に励めるのだろうか？　それとも、もう全てを投げ出してしまいたくなるのだろうか？

杭州へのウイルス散布計画があることについては、俊雄はこれを話の最後に持ってきた。

心配していた通り、ナンシーの両親も、今は杭州の兄の家に居候しており、孫たちと遊んだり、中国の方々を旅行したりしているという。すぐ近くの上海や蘇州は勿論、数日前には生まれ故郷の厦門にまで足を延ばしたとのことだ。春節が終わったら、いったんはサンフランシスコに戻る計画だが、先々は杭州で引退生活を送ることも考えているという。

「散布の時期は迫っている。しかし、『ウイルスが猛威を振るうのはたった二日だけで、それが過ぎれば完全に死滅し、その後には何も残らない』というバンスルの言葉は信用できる。だから、政府や市当局が何を言おうと、とにかく家族全員で丸二日間だけ杭州を離れるように、両親とテリーを今すぐ君が説得してほしい」と、彼はナンシーに強く求めた。「そうだ。東京の我々の家に遊びに来てくださいと言ったら良い。テリーの子供たちも、東京に遊びに行くと言ったら喜ぶはずだ」

「自分からもテリーに直接電話する」と言って、俊雄はナンシーからテリーの自宅の電話番号を聞き出した。新しい情報サービスで急成長を遂げている今の会社に引き抜かれてすぐに、杭州本社の研究部門の一部を任されていたテリーには、今や百人を超える部下がいるとのことだったから、その部下たちも退避させるよう、俊雄は強く勧めるつもりだった。

電話が終わると俊雄はシャワーを浴び、ルームサービスのサンドイッチを注文した。ビールを飲みたかったが、我慢した。これから身体の許す限り、バンスルとの全ての会話の録音と、合計で七枚にも及ぶぎっしり書き込まれたメモと格闘し、夜を徹して、書けるところまで英文レポートを書き上げるつもりだった。どうしても抗し得ない眠気に襲われてベッドに倒れこんでも、二、三時間の仮眠に留めて続きを書き続け、明日の夕刻までには何としても完成させるつもりだった。これはジャーナリストとしての義務だ。このレポートをどうするかは、その時までに考えれば良いと思っていた。

二

ホワイトハウスの大統領執務室での会議は、八時きっかりに始まった。タマラ・チャリス副大統領も早目に会議室に入っており、ドナルド・シュライン大統領主席補佐官、ジョセフ・サリバン国家安全保障問題担当補佐官、国務長官、国防長官、CIA長官、FBI長官が列席していた。ホワイトハウスのスタッフとしては、ジューン・シキ報道官や、新型ウイルス対策の調整役として機能しているジェリー・ディーンツの顔が見えた。後ろの席には、幾人かのホワイトハウスのスタッフと並んで、学者のような人たちも座っていた。

スーザンの上司が主としてプレゼンテーションを行い、スーザンは時折、その補足を求められて発言した。

ジャック・バーデン大統領は、国務長官から事前にある程度話を聞いていたとみえ、真剣にかつ冷静に反応した。事実関係の確認については、「相手を刺激するような行動は厳禁とする」という条件付きで、国防省とCIAに任された。

緊急の問題は「サンディエゴをどうするか」であることは明らかだったので、真っ先に多くの議論がそこに集中したのは当然の成り行きだった。

スーザンが証言した通り、「エイリアンはサンディエゴ市にそのようなウイルス攻撃を仕掛けてくる『動機』と『意思』と『能力』を持っている。このウイルスはこれまで全く想像できなかったほどの感染力と殺傷力を持っている可能性が極めて高い」ことを「前提」（ある出席者は「仮定」という言葉を使ったが）にして、全ての議論を進めることにも、誰も異議はさし挟まなかった。


しかし、「大統領命令を伴う具体的な行動計画」については、意見は大きく分かれた。一番の極論は「エイリアンの言う通り、全市民を強制的に市外に退去させる」ことであり、その反対の極は「事実関係をありのまま知らせ、退去を勧告するが、基本的には市民の判断に任せる」ことだった。

かなりの激論があったが、結論としては、「二月九日（水）の午前八時から二月十一日（金）の午前十時まで、サンディエゴ郡全域に戒厳令を布き、全ての住民の外出を禁ずる」ということになった。膨大な数の市民を、そんなに短い間に市内から退去させ、四十八時間も帰宅を許さないのは、現実問題として不可能だと判断されたので、次善の最も思い切った措置として、戒厳令に踏み切ったのだ。

エイリアンの警告の対象は、サンディエゴ市（人口約百四十万）であり、サンディエゴ郡（人口約二百八十万）ではなかったが、戒厳令の対象はサンディエゴ郡全域となった。これは、エイリアンが「市」と「郡」をごっちゃにしている可能性もあるので、安全策を取ったのと、仮に彼らが市内のみを対象に考えていたとしても、空気伝染するウイルスは当然流出するはずだから、周辺地域も防疫活動の対象にしなければまずいという判断による。

郡の住民は、この間の五十時間、一切の外出をせずに済むように、事前に食料や他の生活必需品を買っておくように、また、このウイルスは極めて強力な空気感染力を持っている可能性が大なので、たとえ外出をしなくても感染する恐れがある故、可能な限り郡外に退避する方が望ましい旨の「強い勧告」を出すことも決められた。

ＦＢＩとサンディエゴ警察は、戒厳令が施行される十二時間前から戒厳令が解除されるまで、ウイルスに対する完全な防護対策をした特別警戒チームを組織し、郡内（特にサンディエゴ市内）を巡回させることになった。感染者が出た場合の救急措置にも万全が期された。

これらが決められる前に当然のことながら、「市民に何をどこまで知らせるか」についても、多くの議論があった。エイリアンのことなどを言い出せば、冗談や悪ふざけとごっちゃにされ、真剣な対応が却って阻害される恐れがあるので、「危険な集団による悪意ある攻撃」という言葉を使うことが確認された。

もしこれがガセネタで、大騒ぎしたのに何も起こらなかったらどうなるか？　当然、連邦政府は馬鹿にされ、軽率極まると批判されるだろう。しかし、大統領は動じなかった。「批判されることなど、何もしないで死者を出すことに比べれば何でもない。私が全ての責任を取る。バーデンはやはりボケていると言われても構わない」と彼は言った。

最も気がかりだったサンディエゴ対策についての議論が一区切りつくと、議論の対象はすぐ本論に移った。まずは「核兵器の放棄問題」、次に「地軸の変更問題」だ。しかし「核兵器の放棄問題」は、とても軽々に論じられないし、まだ時間の余裕があるから、サンディエゴの結果が出るまではとりあえず保留にしておこうということになり、すぐに「地軸の変更問題」に話題が移った。

エイリアンが本当に「地球の地軸を変える」というのなら、それがもたらす災厄は、個別の都市に対するウイルス攻撃などの比ではなくなる。対応策も当然国際レベルで考えねばならないから、議論のスケールも全く異なったものになる。

サンディエゴ問題を話している時にも、当然「中国は杭州市をどうするだろうか」という問いかけがあった。スーザンは、「中国は現時点では何も知らないはずです。エイリアンからのメールも悪戯メールと見做されて、おそらくどこかに放置されてしまっているでしょう。しかし、これは人道問題ですから、我が国がこの件をどう見ているか、サンデイエゴで何を行おうとしているかは、中国政府にも即刻伝えるべきです」と答えた。国務長官がこれについて何かを言おうとしたが、大統領はそれを制して、簡潔に自分の意見を述べた。「私が周真平主席に直接電話しよう。早い方が良い。何をどう話すかはこの後で議論しよう」

この問題を国際間でどのように議論するかは「デリケートな問題」だが、それは自動的に、国内でどのような広報政策を取るかという「もう一つのデリケートな問題」とも繋がるものだった。とりあえずサンディエゴ市民に対しては、現時点では「エイリアンが関係しているということについては、おくびにも出さない」という合意ができてはいたが、かと言って、いつまでも伏せておくわけにもいかない。

そもそもエイリアンは、昨日の米国東部時間午後三時の時点で、同じ文面のメールを、国連に加盟する全ての国の指導者に送っているのだ。この「全ての国」の中には、太平洋に浮かぶ小さな島国も含まれている。このメールのコピーが、すでに世界中で何人かの民間人の手に渡っているとしても、全くおかしくはない。ということは、この話は、冗談めかした口調で、もうすでに、ネット上で話題になっているかもしれないのだ。

「一つ気になることがあるのですが」と、サンディエゴ問題の議論では口を噤《つぐ》んでいたホワイトハウスの報道官のジューン・シキが口を挟んだ。

「スーザンの話だと、速水俊雄という日本の若いジャーナリストが、ずっと彼女と一緒だったということですね。これはどういう人ですか？　昔はアーリントンポストにいたと聞きましたが、すでに日本の新聞社やアーリントンポストにニュースを流しているのでは？」

「それは確かに気になるところだね」と、ブリーゲン国務長官も少し首をかしげる仕草をした。

「俊雄は信頼できる人物です。私とはたまたまホノルルの高校時代に同級生でした。お互いに連絡を密にしようと話していますし、外部への発信は勝手にやらないと、彼は約束してくれています」とスーザンは答えたが、ジューン・シキは満足しなかった。

「でもね。ジャーナリストというのは特殊な動物です。そんな約束はあてになりませんよ。いい話があれば飛びついて、すぐにリークします。主に難民問題に取り組んでいるフリーのレポーターなら、懐具合だって寂しいでしょうしね」

「はい、私も早い時期に、彼とはきちんとした契約を取り交わしておくべきだと思っています」

「その人は、今どこにいるのですか？　今は何をしているの？」

「昨晩は、『大量の録音やメモと格闘して、徹夜でレポートを書く』と言っていましたけど、徹夜で済むボリュームではないので、今もホテルの部屋で奮闘中だと思います」

「では、こうしましょう。この会議が終わったら、すぐに彼と連絡をとって、今日中に私のオフィスに来てもらえるようにしてくれますか？　勿論あなたも一緒に。夕方の六時頃だと一番いいんですけど。そして私と話す前には、外部の誰とも絶対に話さないように、もう一度念を押しておいて頂けると有難いです」

「わかりました。大丈夫だと思います。しかし、彼には米国海軍を退役した叔父さんがいて、この人は今サンディエゴに住んでいるので、すでに話をしていると思いますが……」

「へえ。叔父さんが我が国の軍人だったのですか。それはいいですね。退役時の階級は何だったのでしょうか？」

「海軍少将までいったと聞きました。それと、彼の父君も米国人で、長い間エネソンに勤めていました。今は引退してホノルルにいると聞いています」

スーザンは「俊雄の奥さんは中国系米国人ですが、今は子供と一緒に日本国籍をとっています」と、付け加えようかとも思ったが、思いとどまった。大統領まで出ている会議なのだから、そこまで話をややこしくする必要はない。

「大統領、周真平主席との電話ですが、すぐには無理みたいです」と、会話の切れ目をうまく捉えて、国務省の中国担当官が、先刻差し入れられたと思われるメモを見ながら口を挟んだ。「今は北京は真夜中ですし、明日は周主席は地方に出るようです」

「わかった。それじゃあ、中国政府との話は、当分はアンディー（国務長官）に任せよう。しかし、私自身が主席と話したがっていたということは、ちゃんと伝えておいてほしい。ことの重大性が伝わるし、『私が主席に誠意を尽くした』というエビデンスにもなるからね」

「はい」と、ブリーゲン国務長官は頷き、それから続けた。「何と言っても、我が国の場合は、国務省の幹部が直接このエイリアンに会っているのですから、圧倒的に立場が違います。彼女の顔はエイリアンが送ったメールにもスケッチで添付されていますから、彼女がスマホで撮ったツーショット、いや日本の記者も入れるとスリーショットですが、今回これを送れば、相手も重く見ざるを得ません。もっとも、あまりに話が出来過ぎているので、何かの謀略ではないかと疑われる恐れもありますが」

「写真や録音された肉声を送るのもいいけど、先方の外交部とビデオ会議をセットして、そこにスーザンが直接出て話せばどうなんだ」

「はい、そうします。しかし、ことがことだけに、先方は共産党と解放軍の幹部を同席させるでしょう。それも考えて、当方も慎重に人選します」


議論はさらに活発に続いた。

「他の友好国への連絡はどうする？　一人の日本の民間人を除けば、現状では我が国だけが情報を独占している形になっているが、これはあまり良くないだろう」と大統領。

「エイリアンのメールには、サンディエゴと杭州へのウイルス散布のことがちゃんと書かれているのですから、どの国も、少しでもこのメールを真面目に受け止めたなら、我々に結果を聞いてくるはずです。でも、メールの宛先は国連加盟国の全て、つまり百九十三カ国にもなるのですから、これに一つ一つ答えるのは大変です。こちらから連絡する場合でも、その順番にだって神経質になる国は多いですよ。ですから先手を打って、当方で全てを文書にして、一斉にメールで配布するべきです。欧州の主要国やカナダや日本とは、首脳同士がビデオ上で一堂に会して話ができるようにすれば良いでしょう。ロシアは別格ですし、核兵器の廃棄問題もありますから、別に機会を作りましょう」と国務長官。

「外国との話はそれでいいとして、国内の広報のタイミングもデリケートです。エイリアンからのメールについては、いずれにせよどこかの小国から漏れるはずですから。やっぱりどこかのタイミングで、『大統領から国民へのメッセージ』を出すべきです」と副大統領。

「ちょっと難しい問題だね。遅すぎると、『こんな重要なことを大統領は国民に隠していた』と批判されるし」と大統領。

「スーザンを疑うわけではありませんが、エイリアンの中にも、自己顕示欲が強い奴っているんじゃありませんか？　そのエイリアンは、たまたま地球に漂着したというのですから、特に選ばれた奴ではないんでしょう？　もしそいつが虚言癖のある奴で、それに振り回されたと後からわかったら、それこそ国民の信任を一気に失ってしまいますよ」と主席補佐官。

この「虚言癖」という言葉が引き金になって、待機していた科学者たちに出番が回ってきた。

「そもそも地球の地軸を変えるなんて、そんな突拍子もないことが現実にできるものかね？　何万光年もの彼方から飛んでくるほどの科学技術を持っているのだから、我々には思いも及ばぬようなこともできるのだろうが、それにしても話が大きすぎるんじゃないかね」と、大統領自身が真っ先に質問した。

「どんなことでも、できないとは言い切れません。話の全てが、我々の技術水準から見れば夢物語ですが、彼らが現実に地球まで来たというのが真実なら、そのこと自体が夢物語の実現ですから、他の全てのことも信じざるを得ません」と、年嵩の方の科学者が答えると、もう一人の若い方の科学者がこう続けた。

「私は、この話は信憑性があると思います。それどころか、彼らは地球に住む我々のことを、かなりよく考えてくれていると言ってもいいかと思います」

「このエイリアンは、『地球の自転を遅らせ始めてから、完全に自転を止めるまで二千百六十時間をかける』と言っていますね。もし彼が『一日で自転を止める』と言ったのなら、私は彼を信じません。やろうと思えばできるのでしょうが、そんなことをしたら、地球上にあるものはビルも樹木も、空気さえもが、みんなぶっ飛んでしまうのです。これは、バスの運転手が急ブレーキをかけると、乗客はみんな前につんのめってしまうのと同じ理屈です。二千百六十時間もかけて、ゆっくりとブレーキをきかせるというのは、配慮の行き届いた計画だと評価できます。もしかしたら、『それだけの時間があれば、気候変動に備えて人々の移住も可能になるでしょう』と言ってくれているのかもしれません」

みんな、「ふーん、そんなものか」という顔をしていたが、「地球に住む我々のことも考えてくれているのかもしれない」というこの若い学者の言葉には、明らかに、何か救われた気がしていたようだった。

科学者たちに対しては、もうそれ以上は何も質問は出なかった。「三性生殖」のことなどは、直接地球人には関係ないので、誰も興味はないようだった。

それからも色々な意見が出たが、国内の広報に関する結論は「明日、サンディエゴの結果を見て決める。それまでは、エイリアンのことについては、一切何も言わない。問われても、調査中であるとだけ答えるということになった。「望まぬことではあるが、もし明日、サンディエゴで相当数の犠牲者が出たら、その時点で、エイリアンのことについての大統領のメッセージをすぐに出す。そのために、ホワイトハウスの報道官をヘッドとするチームを作り、今から文案をいくつか作っておく」ということも決まった。

その時、大統領が、少し静かな声で、自分の言葉をかみしめるように言った。

「しかしだよ。私の名前で国民にメッセージを出すのなら、私自身がまずそのエイリアンに直接会うのが筋ではないのかな?」

場が一瞬、静まり返った。やむなくスーザンが立ち上がって、こんなこともあろうかと思って用意していたメモを見ながら、できるだけ静かな口調で言った。

「私もそう思ったので、別れ際にバンスルにそのことを何度も頼んだのです。ところが彼は、にべもなくこう答えました。いいですか、こう答えたのです。録音にもとっていますが、一言一句この通りです。『あなたの要請に対する答はNOです。私には興味がありませんし、その必要も認めません。それだけではなく、今日を境に私は、もう地球人の誰とも会うつもりはないし、どんな質問も受け付けません。これで終わりです。あとは全て地球人の問題です』」

場はまたシーンとした。みんな、呆れたというか、「やれやれ。どうしようもないな」という顔つきだった。

「何故エイリアンは我々人類に興味がないんだろう？」と、誰かがポツリと呟いたので、スーザンはこう答えた。

「我々地球人は、彼らにとっては、『たまたまサバンナで遭遇した、屈託なく草を食《は》んでいるインパラ（アフリカ原産の鹿の一種）の群れのようなもの』なのではないでしょうか？　我々が、インパラほど、見た目も所作も美しいかどうかは別ですが。

彼らにしたら、『自分たちは肉食動物ではないので、別にあんたたちを食べたくもないし、動物学者でもないので別に調べたくもない。あんたたちには特に何の興味もないけど、自分たちの邪魔をしないのなら、別にその辺にいても構わないよ。普通に、普段通りにしてて』と、まあおそらくは、そんな感じなのでしょうね」

会議が閉会時間に近づいた九時五分前に、制服を着た一人の軍人が部屋に入ってきて、国防長官に何か囁き、メモを渡した。国防長官はすぐに立ち上がり、こう報告した。

「偵察機を二機、ヘリを二機、最寄りの空母から発進させましたが、いずれもアウヤンテプイには近づけませんでした。目的地が近づくと強力な異常電波を受信し、計器は全て狂い、エンジンも止まってしまいました。操縦士は安全に航行を続けることは不可能と判断して引き返した由です」

誰も何も言わなかった。全員に共通だったのは、「やれやれ。やっぱりそうか」という表情だけだった。

会議が閉会になると、スーザンはすぐに俊雄に電話した。想像した通り、彼は朝食もルームサービスにして、レポートの執筆に没頭していた。「あと五時間もすれば終わるかな」と彼が言ったので、スーザンは「五時二十分にロビーで会いましょう。六時にホワイトハウスで報道官のシキさんと会ってもらわなくてはならないの。ちゃんとシャワーを浴びて、ヒゲも剃ってきてね」と伝えた。


俊雄は、すっきりした格好で、約束の時間にロビーに降りた。身体は疲れ切っていたが、「良いレポートを書き上げることができた」と思っていたので、気分は良かった。

俊雄が書き上げたレポートに満足していたのは、「事実関係の記述（バンスルが語ったこと）には、一切の情緒的な要素を加えずに『正確』に徹した上で、最後に、自分自身が肌で感じたものに基づく推察を、あくまで自分個人のものであると断って書き加える」という形に、全体がバランスよく仕上がっていたからである。

自分の個人的な推測としては、

「エイリアンが地球に植民してくるにしても、数百人から千人程度の少人数であり、必要とする地域のサイズはさして大きくはない」

「エイリアンの欲するものは、自分たちにとっての良好な居住環境だけであり、それが満たされる限りは、地球人を敵対視する理由はないし、その意思も全くないと思われる」

「エイリアンは、宇宙に散在している地球人レベルの知的生命体についての多くの情報をすでに持っており、地球人と幅広く交流してそれ以上の情報を得たいとは、おそらく思っていない」

「エイリアンの持つ科学技術力は圧倒的だが、その全ては彼らが創造した『純粋理性のメカニズム（AI）』が作り上げたものである。恣意的な要素の介入を許さず、数学的に完璧で、いささかの迷いもなく行使される」

等々を彼は列挙したが、ここでも自分自身の感情は抑え、冷静な筆致に徹していた。


俊雄とシキ報道官とのミーティングはスムーズに運んだ。

報道官は開口一番、「あなたも記者でいらっしゃるんだから、当然『特ダネ』は書きたいですよね」と率直に聞いたが、俊雄はキッパリとこう答えた。

「普通ならそうですが、今度は違います。これは、決して大袈裟ではなく、人間の歴史が始まって以来の大事件です。今まで全く想像もしなかったような、とんでもない災厄が人類に襲いかかってこようとしているのです。僕は、たまたまこういう立場になってしまったので、もう逃げられません。どうすれば少しでも人類の苦難が減らせるか？　考えるのはそれだけです。『特ダネ』なんて、そんなことを考えている次元ではないと思っています」

決して無理して格好をつけたわけではない。それは彼の本心だった。報道官は、これを聞いてホッとしたような表情だった。

「それはよかったです。我々は多くの人たちがパニックにならないように、また、無責任な流言飛語が広まらないように、報道に関しては慎重を期したいと思っています。そのベースで、あなたも我々にご協力頂けますか？」

「勿論です。報道のやり方については、僕の方からも色々提案させてもらっていいんですよね」

「それはこちらからもお願いしたいぐらいです。ただし、我々は米国の国民のために働いているので、米国民にマイナスになることはできません」

「米国民のため」というところに、俊雄はちょっと引っ掛かった。だから、こう答えた。

「『米国の国民』というところを、『世界中の人たち』と言い換えてくださるのなら、私の立場も同じです。『アメリカ・ファースト』では、ちょっと困るのです」

報道官は、同席していたスーザンと一緒に、声を出して少し笑った。彼女らは二人とも、トランク前大統領の「アメリカ・ファースト」を同盟国が苦々しく思っているのに、実はずっと頭を抱えていたからだ。


「ずばり言いましょう。我々が心配しているのは、誰かが大きなお金を積んで、あなたを囲い込もうとすることです。あなたは男気のある方とスーザンからも聞いていますが、かと言って、お金がなければ家族を養えませんよね。米国政府は、あなたが我々に協力してくれるなら、お金の問題を解決する用意があります」

横で黙って二人の話を聞いていたスーザンも、ここで口を挟んだ。

「トシ、あなたはこれまで、案件ごとにスポンサーと契約してきたのよね。今回のこの件では、米国政府をスポンサーにすることにして契約したらどうかしら。私ともチームを組めるし、世界中で活動するためには、お金だけでなく、色々な手づるも必要となるから、ずっと活動しやすくなるわよ」

俊雄は少し考えた。米国政府の力を借りることは必要だが、囲いこまれたくはない。米国だけが

「世界の良心」ではない。いや、米国は、しばしば傲慢で、自分の価値観を押し付けてくることが多い。独立したジャーナリストとしては、それだけは、どんなことがあってもご免被りたい。

だから俊雄は、ここでわざと難しい顔をして見せた。

「僕は、どんな場合でも、権力に盲従するつもりはありません。それは、僕自身の存在意義の全否定になってしまいますから。どんな場合でも、独立したジャーナリストとしての矜持《きょうじ》は捨てられません」

案に相違して、報道官はここで破顔一笑した。おそらく事前にスーザンと十分話をしていて、俊雄の出方の全ては予測済みだったのだろう。

「それでは、こうしませんか。米国政府とあなたはこういう契約を結びます。『貴方は自由に取材するが、我々が要求した情報は何でも提供する。貴方が対外的に何か重要な発言をする場合は、必ず我々に事前に相談する。但し、我々にそれを止める権利はなくても結構です。事前協議こそがポイントです。そして、我々は、この二つの見返りに、貴方に月額で何がしかの報酬を支払う。これは独占契約ではなく、貴方は他の誰とでも同様の契約を結んで構いません。期限は一年間とし、お互いに合意すれば、延長可能とする。』如何でしょうか？」

俊雄にとっては、全く問題のない、歓迎すべき提案だった。彼は笑顔で報道官と握手し、数分後にはスーザンと一緒に報道官の部屋を辞去した。

三

　バンスルが「カルプソ」という空気伝染性のウイルスの散布を予告した、二月九日の午前九時に先立つこと一時間前に、サンディエゴ郡全域に戒厳令が布かれ、街からは人っ子一人いなくなった。市民たちは「正体不明のテロ集団が海軍基地を麻痺させることを狙っているらしい」と囁き合ったが、果たしてネット上には、冗談とも本気ともつかない情報が溢れ、瞬く間に拡散した。こういう情報は、特定の個人を攻撃していないし、破壊や殺人の教唆《きょうさ》もしていないので、ツイッター社もフェイスブック社もアカウントの凍結に類することは何もしていなかった。

「ベネズエラのギアナ高地に基地を作ったエイリアンが、米国と中国の二都市をウイルス攻撃しようとしている（中国も攻撃されるのだから『中国がテロを仕掛けて来る』というのはデマだ）。エイリアンの狙いは地球を自分たちの好みに改造してコロニーにすることであり、ウイルス攻撃はそのために必要な種々の要求を地球人に呑ませるための脅迫だ」という趣旨の話が、この中では一番しっかりした情報だったが、中には、「犯人グループはエイリアンを装っているが、実はロシアの支援を受けたベネズエラのマローロ政権が組織したものだ」というのもあったし、「中国の都市も攻撃を受けるというのは、背景を悟られないように中国側がでっち上げた話で、中国が遂に米国に宣戦布告したのだ。これは第二の真珠湾だ」というのもあった。

元ネタがどこかの小国からリークされたバンスルのメールであるのは明らかだったが、色々な人間が勝手に尾ヒレをつけたものが拡散していたので、一般の人たちには、どれが元ネタ（従って真実）なのかは区別のつけようがない。中にはバンスルのメールに添付されていたエイリアンのスケッチをそのまま拡散しているものもあったが、これは「はじめから嘘っぽい」「B級のジョーク」というカテゴリーに入れられ、ほとんど無視された。

戒厳令は整然と施行されたが、にもかかわらず、結果は惨憺たるものになった。この二日間で、サンディエゴ市民の実に四パーセント近くにあたる約五万六千人の市民が、ウイルスが原因であると思われる急性の肺の機能不全で死亡した。市が万全の手配をしていた救急体制は全く機能しなかった。感染者は、年齢や既往症に関係なく、百パーセント死亡したのだ。

戒厳令と言っても、全ての市民が真剣に受け止めるものではない。「なあに、巡察隊に見つからなければいいのさ」と言って、色々な場所で私的なパーティーを開いていたグループは結構多かった。「ジョギングぐらいはいいんだろう」と考えた人も、犬の散歩に出た人も多かった。子供たちはこっそり友達の家に遊びに行き、老人たちはバルコニーでビールを飲んだ。特に誰とも近づかなかったのに、こういう人の多くが感染して、家に帰ると家族の全てにうつし、その家族は瞬く間に全員死亡した。

西部時間の午後、東部時間の夕刻になると、この兆候はワシントンＤＣの対策本部の知るところにもなり、深夜になると、サンディエゴから刻々と入る予想外の惨状に、対策チームは打ちひしがれた。誰もが状況を甘く見すぎていたと自分たちを責めたし、エイリアンのやることの凄まじさに戦慄した。

しかし、打ちひしがれてばかりいるわけにはいかない。最先端のウイルス専門家からなる特別チームが急遽編成され、直ちに現地に飛んだ。カリフォルニア州の諸都市からは医療従事者の応援チームが派遣され、近隣から動員された完全防疫装備を身に纏った州兵が、二日目の巡察体制を前日の実に五倍にまで増強した。あらゆるメディアが動員され、郡の住民に「絶対に家から一歩も外に出ないよう」要請した。後で誰かが試算したところによると、これがなければ、死者数は二日間で数十万人にも及んでいたかもしれないという。

戒厳期間中、防疫チームは市内のあらゆる場所で空気中に浮遊する未知のウイルスを採取して、その実体を究明しようとした。しかし、「想像を絶する感染力と細胞破壊力」が検知されただけで、抗体生成の道筋などについては、何の手掛かりも得られなかった。郡内のサンディエゴ市に隣接した地域でも同様の採取が試みられたが、不思議なことに、ここではどんなウイルスも全く採取できなかった。

そして、戒厳令発令から二日後の午前九時ちょうどに、防疫チームから「数時間前から序々に難しくなってきていたウイルスの採取が、全く不可能になった」という連絡があった。エイリアンが予告した通り、空気はこの時点で完全に浄化されたのだ。それまでに感染して病院に収容されていた人たちは一人も救えず、みんな次々に死亡していったが、その後に病院に運びこまれた人は皆無だった。サンディエゴ市外では、犠牲者は最初から最後まで、ついに一人も出なかった。

これが確認されたので、戒厳令は予定通り一時間後の午前十時には解除され、人々は街に溢れ出た。ほとんどの人は、この二日間に実際に市内では何が起きていたかは知る由もなかったが、全ての防疫関係者は一様に無力感に打ちひしがれていた。

全ては、一寸一分も違わずエイリアンが予告した通りになり、国も州も郡も市も、市民を家に閉じ込める以外には何もできなかったのだ。いや、もしエイリアンの警告に愚直に従って、全市民を市外に退去させていたら、犠牲者はゼロに抑えられていたことは明らかだったので、「戒厳令を布く」という大統領の思い切った決断さえもが、「不十分だった」として非難されざるを得なかったのだ。

時は遡って、二月十日の早朝、第二日目に向けての全ての防疫措置が講じられた後に、ホワイトハウスの会議室には前々日の会議と同じメンバーが呼ばれた。

前回の会議ではとりあえず討議の対象外とされていた「エイリアンからの核兵器の廃棄要請に対する対応策」を決めるのが第一の議題で、「広報体制を決め、今後の事態への全般的な対応策を探る」のが第二の議題だった。

核兵器の廃棄は重大問題だったが、あまり議論の余地はなかった。今回のサンディエゴの状況を見ても、「無視」はあり得ない選択肢だったからだ。結局、「不測の事態を避けるため、進行中の開発活動と製造はとりあえず凍結する」「既存の核兵器の廃棄については、まだ少し時間の余裕があるので、ロシアや中国ともよく協議して早急に決める」の二点が、あっさりと決まった。

次は広報対策だ。

「エイリアンのメールがすでに複数のルートから漏れているのは明らかで、サンディエゴの惨状が知られれば、ネットは炎上するだろう」という認識は、出席者の全員が共有していた。ホワイトハウスの報道官の手ですでに「大統領からの国民へのメッセージ」は起草されていたが、「エイリアンからのメールもそれにそのまま添付するべきだ」ということが、この会議で決まった。「どうせネット上で広まるのだから、全てをありのまま伝えて、政府が何かを隠していると疑われないようにした方が良い」というのがその理由だった。

もはやあのメールが悪戯だったのだとは誰も言えない。それだけでなく全ての関係者が、これが地球上のテロ組織やマッドサイエンティストの率いる秘密組織などの手によるものでないことを悟っていた。地球外の桁外れの技術力を持った集団以外に、サンディエゴで実際に起こったようなことを、一寸一分も違わぬ正確さで引き起こせるわけはないからだ。

もちろんこの時点で、大統領がエイリアンの存在自体を確認するわけにはいかないが、その可能性を強く示唆して、「それを前提として（その仮定の上に立って）全ての対応策を早急に検討する」と国民に約束することが必要だった。

陸海空の三軍は、デフコン（米国防省が設定した「戦争への準備体制」の五段階表示）を、最高の「臨戦体制」より一つ下の2とした。何に対して備えるのか、何と戦うのかは全くはっきりしなかったが、とにかく「何が起こるかわからないので、それに備える」という趣旨だった。

科学技術の分野では、三つの諮問委員会の設置が決まった。一つはサンディエゴで散布されたウイルスについての究明を行うグループ。もう一つは「もし本当にエイリアンが予告通りのスケジュールで地球の地軸を変えたとしたら、何が起きるか？　その被害を最小に抑えるためには何がなされなければならないか？」を検討するグループだった。そして、このグループは、以前から「気候変動問題に関する特命」を受けていたジョン・ペリー大統領特使が統括することになった。もしエイリアンの予告した通りのことが実行に移されたら、現在の気候変動問題などは塵芥《ちりあくた》のような小さい問題になり、どこかに吹っ飛んでしまうのだ。

そして最後の一つは、「エイリアンの実体をできるだけ理解するため、実際に五時間近くにもわたってこのエイリアンと会談した二人の地球人が聞いた話の内容を、科学的に徹底検証する」グループだった。各グループの人選は即日行われ、それぞれ初顔合わせのビデオ会議を即刻行った。第三グループには、チャリス副大統領も自ら希望して参加していた。当然のことながら第一回会合にはスーザンと俊雄の二人も招かれた。

少し時を遡る。

二月八日の夕刻、俊雄は、スーザンと共にホテルで軽い夕食を済ますと、すぐに部屋に閉じこもり、レポートの最終微修正をした。そして最終稿が出来上がると、すぐにスーザンとサキ報道官にメールで送った。米国政府との契約書のドラフトはまだ入手してはいなかったが、報道官の言葉を信じて、先行して送ったのだ。

それから、サンディエゴと東京と杭州に次々に電話をして、叔父の敬介、義父のジェームス・チャンと義兄のテリー・チャンに、とにかく市外に出るように必死で懇願した。俊雄は、数々の難民キャンプを取材して、「極限状況下ではほとんどのことが概ね最悪時のシナリオに振れる」ことや「瞬時の決断の遅れが命取りになる」ことを実感していたから、この懇願にはそれなりの迫力があった。

結果として敬介は、渋々ながら、家族を連れて近くのサンクレメンテのビーチハウスに、ジェームスと妻のテレサは東京のナンシーのところへ、テリーとその家族は上海のディズニーランドの近くのホテルへ、それぞれ退避し、惨事に巻き込まれるのを免れた。

寝る前に俊雄は、もう一度東京に電話をして、今回のベネズエラ行きのスポンサーになってくれた毎朝新聞の郷原昭三に簡単に報告した。ベネズエラのハイパーインフレ絡みの報告書は、すでに郷原の元に届いており、彼は「なかなかいいね」と言ってくれたが、今の俊雄はもうそれどころではない。

「実は、あのレポートを書き上げたすぐ後に、とんでもなく大きな話に巻き込まれてしまったんです。時期がきたら詳しく話すけど、今はまだ何も言えないんで、しばらくは好きにさせといてください」とだけ辛うじて伝えたが、郷原は「ふーん。無理はしないでよね」と答えただけだった。東京では、まだ誰も、何にも気付いていないのは当然だった。

中国外交部と米国国務省との次官級の実務者によるビデオ会議は、米国東部時間二月八日午後九時、北京時間の翌日午前十時に行われた。予想通り、中国側は共産党と人民解放軍の幹部数人、それに防疫に従事する医療関係者数人を同席させた。当初の予定は一時間だったが、途中で中国側の要請があり、結局二時間の会議になった。米国側は中国の関心の高さに満足した。

中国側からは質問が次から次へと山のように出てきたが、スーザンはその全てに淀みなく答えた。もし何かを秘匿しなければならない場合は、一つ一つの回答がとても難しくなるが、今回のように「全てをありのまま包み隠さず話す」ということが方針になっている場合は、回答はとても楽なのだ。

中国側は、エイリアンから送られてきたスケッチと、米国側から事前に送られていた写真と、ビデオ画面に出てきた本人を見比べて、それを「スーザンの話は信ずるに足る」と判断する根拠としたが、もう一人の「日本人の記者」については、かなり神経質になっていた。

中国と日本の関係には、米国人には窺い知れぬ微妙なものがある。そこには政治と文化が入り混じった事情があるからだ。かつての日本の軍部は、中国の国民党軍の非力を侮《あなど》り、国民大衆もその流れに乗っていたが、知識人たちは少し違った。彼らは、中国文化、具体的には孔子や孟子、あるいは老子や荘子といった古代の哲人たちの教えや、春秋戦国や三国志の戦略や兵法の世界、李白や杜甫の漢詩の世界を、その教養のベースにしていたので、中国人を単純に蔑視するなどということは一度もなかった。

中国共産党は、抗日戦争を党と人民との絆の中核においておく必要があったので、日本に対しては厳しい姿勢を取り続けたが、国民党の蔣介石は、共産勢力との対決のために必要だったこともあってか、戦後賠償の請求権を放棄するなど、終戦直後の日本には極めて寛大な姿勢で臨んだ。（その影響は、現在の多くの日本人の台湾政府に対する極めて友好的な姿勢にも関係している）

その後、毛沢東がソ連軍の侵攻に怯え、米国と日本との迅速な関係改善に動き、日中関係の正常化が実現すると、主として経済交流を中心に、日中関係は一気に拡大した。東京の上野動物園に贈られたパンダが「日中友好」のシンボルとなった。

天安門事件が起こり、中国が欧米諸国の厳しい非難に晒されても、もともと人権意識がさして強いとは言えなかった日本は寛容で、その時期に天皇が懸案だった中国訪問を果たしたということもあった。

皮肉なことに、この日本の融和姿勢にもかかわらず、中国の江沢民主席は、国内引き締めのために「中国共産党の英雄的な抗日戦争」にスポットライトを浴びせる政策をとり、中国内は次第に反日一色に染まっていった。

そして、こういう背景があったので、若干復古的な傾向のある田部長期政権が日本に生まれ、「過去になされた日本の首相の談話などを見直すかもしれない」という観測が流れると、中国の対日警戒心は一気に高まった。

オバンマ政権が親中的な政策に傾いていた期間、中国は世界政治における日本の影響力を極力削ぐ政策を到る所でとり続けた。彼らが「係争地」と見做している東シナ海の尖閣諸島近辺でも、かなり挑発的な行動をとった。そのうちに中国がＧＤＰで日本を抜くと、もはや日本は取るに足らない存在でしかないと見切ったのか、「米中で太平洋を二分し、その平和を担保しよう」と米国に持ちかけるほど、日本を軽視する姿勢を露わにした。

こうなると当然日本の世論も反発し、反中傾向が日増しに強くなっていったが、多くの日本企業が中国に生産基地を持ち、経済的には抜き差しならぬほど関係が深まっていたので、日本政府はその間合いの取り方に苦慮していた。

ところが、そうした最中に、トランク政権が強烈な反中姿勢を打ち出した。ことの始まりは「貿易不均衡の是正」だったが、さすがにその頃になると多くの米国人が、「産業経済のみならず、科学技術や外交、軍事においても、米国の覇権を根底から覆しかねない中国の脅威」を意識し始めていたので、民主党政権においても、この姿勢は基本的には変わらなかった。民主党の場合は特に人権問題に敏感なので、香港やウィグルの人権侵害を見逃すわけにはいかないということもあった。こうなると中国も、伝統的な「合従連衡」の原則に基づき、対日融和に傾かざるを得ない。多くの敵と一度に戦うのは不利だからだ。

こういう状況下では、中国政府としては、「米国国務省の官僚と一緒にエイリアンと直接会った日本人記者」は、米国とのバランスを取るためにも、「出来れば自陣営に抱き込みたい対象」だと考えたとしてもおかしくはない。

現実に彼らは、スーザンが送った「エイリアンを交えたスリーショット写真」から、得意の顔認識機能を駆使して俊雄の身元を割り出したらしく、時をおかずして俊雄宛にメールを出し、「できるだけ早く北京を訪問してもらえないか？　国を挙げて熱烈歓迎する」と申し入れてきた。

米中間の緊急のビデオミーティングの後で、中国内部でどのような議論があったかは分からないが、結果的に中国当局も、杭州市については米国と同じような対応をしたものと思われる。具体的には、エイリアンの言葉を鵜呑みにして「市外への避難」を強制するまでのことはせず、戒厳令を布いて市民の外出を禁止するにとどまったようだった。

共に国内では十位前後の規模の都市であるとはいえ、中国の都市の人口は米国とは桁が違う。杭州市の人口は千四百万に近く、サンディエゴ市の十倍に近い。もし市民の対応が不徹底で、サンディエゴ同様に全人口の四パーセントに近い犠牲者が出たとすれば、死者は五十万人を軽く超えていてもおかしくなかったことになる。

全てをありのまま公表した米国政府とは異なり、中国政府は杭州市で実際に起こったことについては何一つ公表しなかった。中国は強権国家故、戒厳令はもっと厳しく守られて被害者はずっと少なかったのかもしれないし、中国人はもっと楽天的だったので、被害者はもっと多かったのかもしれない。すべては藪の中だったが、少なくともこの日を機に、中国政府がエイリアンの存在とその脅威を百パーセント認識するに至ったのは間違いなかった。

当然のことながら、「各国の指導者に送られたエイリアンのメールは決して悪戯などではなく、ここで通告されたような脅威は確実に存在する」と、米国政府が全ての自国民に告知したことは、全世界に大きなショックを与えた。各国の駐米大使館は引きも切らず国務省の担当部署に連絡をとり、この告知の背景についての説明を求めた。

米国政府は個別ではとても対応しきれないので、臨時国連総会を早急に開くように要請した。またバーデン米国大統領は、国内外の記者を招いて本件についての特別会見を開き、それを全世界に中継することに決めた。

これとは別に大統領は、日をおかずして周真平主席とのビデオミーティングを実現、ロシアのプーシキン大統領とも、ビデオ電話でかなり長時間話し込んだ。G7のメンバー国の首脳とは短時間ながらも一人一人電話で話し、早急にG7の特別会合をワシントンで開くことを決めた。G20の特別会議を開く準備作業も、別途事務局レベルで始まっていた。

米国からのメッセージの趣旨は明快だった。「これは人類の歴史が始まって以来の大事件で、下手をすれば人類の滅亡にも繋がりかねない。全ての国は小異を捨てて大同につき、力を合わせてこの苦境に立ち向かおう」というものだった。しかし、どういう場で具体的に何を話し何を決めるかは、まだ何も決められずにいた。

この発表と同時に、バンスルからのメールを受け取っていた全ての国の政府は、廃棄寸前の状態で棚ざらしになっていた当初の受信メールを慌てて取り出し、改めて子細に検討した。結果として、ほとんど全ての国がバンスルに対して返信した。内容は全て判で押したように、「詳細をお聞きしたいので、電子的な方法でも良いので、できるだけ早い時期にお会いできないか?」というものだった。しかし当然のことながら、このような全てのメールは「宛先不在」ということで差し戻されてきた。

その一方で、米国大統領の国民宛のメッセージは、直ちにネット上を異常な状態にした。数え切れないほどのSNSメッセージが飛び交い、どのサイトも活況を呈した。

予想された通り、知的レベルの高い人ほど、しばらくは沈黙を守った。この時点では、気の利いたコメントは出しようがなかったからだ。

従って、突出したのは「陰謀論」だった。「これは米国の仕組んだ陰謀だ。エイリアンの話はでっち上げで、米国がエイリアンの仕業だと見せかけて、自国の利益のために、いくつかの国をぶっ潰すぐらいの大規模な破壊活動をしようとしているのだ」という書き込みが相次いだ。

一年近く前に誘拐されたベネズエラのメスティーソのビジネスマン、セルヒオ・ロペスを、写真とスケッチから割り出して、この男こそが米国の秘密工作員だったのだと、鬼の首を取ったようにまことしやかに解説するツイートもあった。

中国やロシアやイスラム教徒を悪者に仕立て上げるような陰謀論はなかった。それはそうだろう。もしそうなら、米国大統領がその隠匿に手を貸すはずはないからだ。

勿論、エイリアンの存在を前提とする「まことしやかな話」も多かったが、その大部分は、既存のSF小説や漫画やゲームの世界が「実は現実にあったのだ」という考えを前提にしたものだった。科学的な根拠はほとんどなかったが、投稿者は想像力を全開にして、ファンが「信じたくなるような」作り話を丁寧に作っていた。しかしエイリアンが何故この時点で地球に植民する気になったのかについては、誰も解き明かしておらず、解き明かす気さえないかのように思えた。

エイリアンがどんな姿をしているかは、本人が自分でスケッチを送ってきているのだから、あまり議論の余地はなかった。スケッチに描かれた細部については、驚くほど多くの独創的な解説が方々で開陳されていた。

科学者たちも黙っているわけにはいかなかったから、種々の解説記事がネット上にも新聞紙上にも多数現れた。テレビ局もこういう学者たちを招いて特集番組を数多く作った。しかし、俊雄の書き上げた詳細なレポートは、未だどこにも発表されていなかったし、スーザンからの話を詳細に聞いた米国政府内の人々も口を固く閉ざしていたから、どんな解説も全て漠然としたものにとどまっていた。「エイリアンからの短いメールに書かれていること」以外には参照できるものが何もなかったからだ。

ただ一つ、正確で現実的で、従って本当に意味があった解説記事は、「もしエイリアンが告知してきたような地軸の変更が実際になされたら、地球上では一体どういうことが起こるのか？」という問題だった。

エイリアンも地軸変更後の世界地図を書いて送ってきていたが、地球の科学者たちが制作した地図も、それと一致していた。

誰にとっても一番ショックだったのは、アフリカ大陸のほとんど全てが南極圏かそれに準じる極寒の地になってしまうことだった。そんなことになったら、現在アフリカに住んでいる十億人以上の人々は、一体どうなってしまうのか？

しかし、その一方で、現在誰も住んでいない南極大陸が、赤道上に位置することになる。ここはやがて、現在のアフリカのサバンナやジャングルのようになるはずだ。だから、現在アフリカに住んでいる人々は、そこに移住すれば良い。そんな楽観論が多かったが、ここには「時間」の観念が完全に欠落していた。「実際にアフリカ大陸から旧南極大陸への移住を行おうとすれば、どんな問題を克服しなければならないか」ということまで議論している人は、未だにほとんどいなかった。

ネットの論調で最も懸念すべきと考えられたものは、スーザンと俊雄に対する罵声と脅迫だった。二人の写真は、とっくの昔に誰かの手で大々的に公開されていたから、始末が悪かった。「エイリアンは雲隠れし、この二人を『彼らと地球人との交渉のチャンネル』として指名した。二人はすぐ出てきて、我々の質問に答えろ」という書き込みがほとんどだったが、中には「諸悪の根源はこいつらだ」とか「こいつらは人類を裏切った悪党だ。見かけたらその場で撃ち殺せ」とかいう酷いものもあった。

ツイッターやフェイスブックは、こういう書き込みはすぐに削除し、投稿者のアカウントを凍結するなどの措置を取ったが、憎しみをどこに向けて良いかわからぬ大衆は、二人を絶好の標的にした。「理不尽で卑怯な奴らだ」と怒ってみても仕方がない。これが人間という生物の本性なのだから。

米国政府は、二人にすぐにボディガードをつけた。二人は当面ホテルを転々とすることにし、ホテルの名前は秘匿された。スーザンの父親のマクブライド上院議員も妻と共に居を移し、彼らに預けられていたギーも、通っていた学校を辞めて転校せざるを得なかった。(幸いにして、ギーの顔まではネット上には晒されていなかった)

スーザンは、長い栗色の髪を惜しげもなくショートにカットし、外出時には必ずサングラスをかけた。俊雄は、顔の半分を隠すほどの黒い密集した頬髭、顎髭、口髭の三点セットを、映画スタジオの出入り業者に発注し、ミーティングやインタビューの時以外は常時これをつけていることにした。

こういう状態がいつまで続くのかと考えると、さすがの二人も気が滅入った。

米国大統領のメッセージが出た直後に間髪を容れず、郷原昭三が俊雄に電話をかけてきた。

「あの時言っていた『大きなこと』とは、これだったんだね。確か、最後の電話でギアナに行くって言ってたから、すぐわかったよ」

「ええ、えらいことになってしまいました」

「これからどうするんだ。記事にするの？」

郷原は明らかに、俊雄の署名入りの記事を、毎朝新聞の独占にする可能性を狙っているようだった。

そこで俊雄は、ホワイトハウスの報道官との面談の詳細を話し、契約の内容も伝えた。同時に、「相当なボリュームの詳細な報告書を米国国務省には渡してあるが、版権は自分が持っている」「契約は非独占なので、全く同じ非独占契約を、自分はいつでもどことでも取り交わすことができる」等々の事情も伝えた。

俊雄はそれだけでなく、「自分も今は日本人なので、できれば日本政府の役にも立ちたいと思っています。どうすれば良いのでしょうか？」とも尋ねた。郷原は、「このネタは、残念ながら、毎朝新聞の特ダネにするわけにはいかなそうだが、自分と速水俊雄との親しい関係は、今後色々に使えそうだ」と思った。

「とにかく、連絡は密にしようよ。俺のこと忘れんなよ」

そう言って、彼は電話を切った。

四

この年のモスクワは、例年になく暖かく、雪も少なかった。「欧州の連中が地球温暖化を騒ぎ立てるわけだ」と、窓越しに冬空を眺めながら、イゴール・プーシキン大統領は心の中で独り言を呟いた。実は、この独り言には少しだけ、彼なりの皮肉も込められていた。「地軸が変わってしまうのなら、温暖化もクソもない。『持続可能な世界』？　そんなもの、はじめからあるものか」

プーシキン大統領の心の奥底には、これまでもずっと、「地球温暖化対策」に対しては醒めた考えが根を張っていた。科学者たちの中には、「シベリアの氷が解けることによって地盤が緩み、その地に建設されている原子力発電所などの施設が深刻な影響を受ける」と警鐘を鳴らす者もいたが、彼は「温暖化で農地が拡大できるなら、ロシアにとっては、その方がはるかにメリットが大きい」と考えていたのだ。

彼の執務室には、今日も六人ほどの政府高官や科学者たちが集まって、もう二時間も議論している。「異星人が本当に地球の地軸を動かしたらどうなるか？」という議論だ。答えは明快で、「多くの国が大きな混乱と危機に瀕する中で、ロシアが得るものは極めて大きい」ということだった。

ロシアの科学者たちは、地軸が変わった新しい世界でのロシア全土の気候予測を、すでに完了させていた。欧州諸国や米国や日本の場合は海流の変化が読めないので、気候予測には大きな困難が伴っていたが、ロシアの場合は海流の影響をそれほど意識する必要はないので、予測作業は比較的容易だったのだ。

新しい世界で、ロシアの領土の七割近くを占めるシベリアは、そのほとんどが熱帯となる。しかしシベリア東北部と西部は、一年中が春のような素晴らしい気候を享受できるだろう。ここに近代農業を導入すれば、ロシアは米国を凌ぐ世界最大の農業生産国になれるだろう。その上、これまでは永久凍土に阻まれて何もわからなかったシベリア全土には、容易に採掘が可能な豊富な地下資源も眠っているはずだ。これまでの氷で閉ざされた北氷洋は、ロシアを中心に、スカンジナビア諸国、アイスランド、グリーンランド、カナダ、アラスカが取り囲む暖かい内海となり、多くの船が航行し、様々なリゾート地が作られるだろう。


プーシキン大統領と側近たちの会話は次第に熱を帯びたものになっていった。

「米国も欧州も日本も良い気候に恵まれますが、全体としては現在と大きくは変わらないでしょう。ロンドンっ子が陰鬱な天気にブツブツ言うのが少なくなるぐらいです。しかし、我が国の変化は劇的なものです。ロシアは文句なく世界の中心になりますよ」

「そうだね。しかし広大な国土のわりに、人口があまりに少ないね。しかも、近年の我が国の人口縮小は、日本以上に著しい」

「米国は積極的に移民を受け入れることによって、国力を拡大しました。我が国もそうすべきです」

「しかし米国の場合は、移民の受け入れ以上に、もともとは奴隷として連れてきたアフリカ系住民と、不法移民も含めたヒスパニックの人口増加で、国内が混乱しています。現在の米国社会で支配的な地位を占めている白人、具体的にはアングロサクソン、イタリア系、ドイツ系、ポーランド系、オランダ系、ユダヤ系ですが、彼らは、有色人種の比率が毎年確実に上昇していく将来の人口趨勢《すうせい》に、深刻な懸念を持っています」

「我が国は、ことを急いで米国の失敗に倣《なら》ってはいけないということだな」

「そうです。倣うならオーストラリアやニュージーランドかと」

「しかし、それにしても人口は少なすぎる。東部の開拓は中国人にやらせるというのはどうか？　中国はほとんどの国土が熱帯化するので、いずれにせよシベリア東部に入ってきたいと思うだろう」

「そこです。それを警戒しないと。はじめのうちは、参政権を与えなくても文句を言わずに働くでしょうが、そのうちに参政権や自治権を求めて、必ず暴動を起こしますよ。そして、本国がそれを支援します」

「それ以前に、すぐにでも不法移民が増えるでしょう。米国はメキシコからの不法移民に頭を悩ませています」

「そんなものは、有無を言わさず、武力で排除すればいいじゃないか。まさか、中国陸軍が我が陸軍に歯向かうとでも？」

「それはないでしょうが、とにかく、奴らの人間の数は半端じゃありませんから」

「中国人よりアフリカ人を入れるのも一案だよな」

「それはあり得ます。シベリアの大部分は熱帯になるのですからね」

「我が国もかつては、アフリカ諸国を共産陣営に入れようと随分力を入れた時期があったよなあ。コンゴに大きな期待をかけて、パトリス・ルムンバ民族友好大学なんていうものも作ったし。実は俺の娘もその大学の卒業生なんだよ。しかし、今はもう時代が違うから、狙いそのものも変えなければならんだろう」

「ずっと重視してきた『アフリカでの鉱物資源の確保』という課題も、採掘が不可能になれば消えて無くなりますしね。将来の最大の戦略商品ともいえるリチウム電池に不可欠なコバルトは、コンゴ民主共和国が世界でも断トツの生産国だったのですが、あの国にある鉱山や精錬設備は、全て氷に閉ざされて無価値になってしまいます」

「そういうことだな。結局残る問題は、移民の受け入れをどうするかということだけだね」

「そうですね。それに焦点を絞りましょう。ナイジェリア、コンゴ、エチオピア、エジプトといった、もともとの人口が大きいところは警戒すべきですが、小さな国から少しずつの移民を受け入れ、国ごとに自治させるという形なら、うまくマネージできると思います。根幹のところは我々が握れば良いし、勿論、軍隊はもたせないのですから」

「彼らが自分でマネージするより、我々の方がずっとうまくできるさ。彼らに任せておけば、すぐ汚職が蔓延し、最後は暴力支配になる」

「でも、彼らの労働生産性はどうでしょうか？　中国人の半分にも及ばないと思いますよ」

「それは、その時に考えよう」

「彼らは出生率がものすごく高いので、注意しないと、最初は少人数でも、あっという間にロシア人を圧倒する数になってしまいますよ」

「それはそうだ。小国に分けるとしても、あまり大人数は入れるべきではないな。第一、そんなに大人数は輸送できないよ」

「イスラム教国は面倒だから、できるだけ他国に振りましょう。アフリカでも、エジプトと我が国の周辺、アルジェリア、スーダン、ナイジェリアは、人口も多いし、要注意です。そうでなくても、我が国には今でもイスラム教徒が多いのです」

「イスラム教国はお互いに助け合ってもらうべきだね。イランやアフガニスタン、パキスタンやインドネシアなど、地軸変更による気候変動でメリットが出てくるイスラム教国も多いし、アフリカやアラビア半島からの難民を受け入れるだけの土地は十分あるはずだ」

「いずれにせよ、これから世界中は大騒ぎになりますよ。人道的な問題だという声が日増しに強くなるでしょうから、気候変動から大きな恩恵を受けるロシアが、何もしないというわけにはいきません」

「そこだよ。こういう場合は先手を取った方がよい。カナダとかスカンジナビア諸国が言い出す前に、『ロシアは、人道的な見地から、まずはアフリカの小国からの移民を優先的に受け入れる』と言えばどうかな？　格好いいぞ」


プーシキン大統領は、すでに米国のバーデン大統領との三十分を超えるビデオ会議も終えていた。

真っ先に核兵器廃棄の話が出たが、これは難しい話にならず、『この機会に本気で廃絶するという考えを前提に、すぐに実務者同士で協議をさせよう』ということで合意し、話題はすぐに地軸変動問題に移った。

その最大の受益者がロシアであることは、バーデンもよくわかっていて、「(白人の)大国同士、何事もよく相談してやろう。人類の存続がかかっているのだから」と言ったらしい。言外に、「中国が混乱に乗じて勢力を伸ばそうとするのではないか」という懸念も匂わせたらしい。プーシキンは「今やキャスティングボートは我が手中にあり」と思ったようだった。


政敵の魔手からトロツィン前大統領を救い、自ら権力を握った頃のことをプーシキンは思い出していた。その頃のロシア経済は本当にボロボロだった。彼は多くの問題点のそれぞれに対して必要な対処を行うべく奮闘したが、その時期に石油価格が高騰したという幸運に恵まれ、最初の四年間で目覚ましい業績をあげた。就任前の状況があまりに悪かったので、これは奇跡的な経済復興のように思われ、国民は彼に歓呼した。

しかし彼は、何がロシア経済をあれ程までに悪くしたかを決して忘れてはいなかった。コルパイチョフもトロツィンも、あまりに甘かったのだ。彼らは「米国のアドバイザーやIMFの担当官の言う通りにすれば、自由市場経済の恩恵を受けられる」と、無邪気に信じていたかのようだった。しかしアメリカ人たちはロシアの現実を何も知らず、知ろうともせず、教科書通りの政策を押しつけ、挙句の果てにそれが裏目に出ると、「ロシアはあまりに後進的だ」と批判した。

彼は、その頃にロシア人が味わった屈辱を決して忘れていなかった。そして今こそ、彼らアメリカ人が、ロシア人の前に頭を垂れる時が来ようとしているのだと思っていた。「困窮した人たちを救済する偉大なロシア」。誰が、追い詰められた世界に対し、ロシア以上の貢献をすることができようか。

反対勢力を片っ端から力でねじ伏せ、二〇二〇年には憲法を改正してその権力をほぼ永久的なものにしたプーシキンは、今や「次なる高みへと自分を導く道」を夢想し始めていた。

ちなみに、米ロのビデオ会議に陪席した米国国務省の高官によれば、米ロの二人の大統領の間では、「異星人の存在やその意図を疑問視する」ような話は、一切出なかったという。世界の流れはもはや固まっていた。好むと好まざるとにかかわらず、世界は今や、バンスルの無造作な一片のメールの一言一句を、あたかも原理主義者たちが聖書やコーランに書かれたものに向き合うように、無条件の前提と考えるしかなかったのだ。

その頃、英国のモーリス・ジョーダン首相も、側近たちと話していた。この二年間は、英国にとっても、彼自身にとっても、まさに怒濤の二年間だった。「EUからの離脱」と「コロナ禍からの脱出」という、二つの困難を極める課題と同時に格闘せねばならなかったからだ。挙句の果てに、やっと一息つけるかと思った途端に、この大事件だ。

側近たちは彼に、「地軸変動がもしあったとしても、英国には大きな問題はもたらさない」と言った。英国の気候はむしろ良くなるらしい。しかし、世界経済はいずれにせよ大混乱に陥り、シティーはこれをコントロールできなくなるかもしれない。

カナダが米国にも劣らぬ巨大な農業国になることについては、英国人の反応は微妙だった。友邦が大国になるのは勿論悪いことではないはずなのだが、コモンウェルス内での主導権が奪われるのではないかという「漠然たる不安」が払拭できなかったからだ。ロシアが名実ともに「強大な国」になるかもしれないというのは、明らかに悪いニュースだった。ロシアのスパイが今なお英国で跳梁して好き勝手をしていることを、彼は他の誰よりも不快に思っていた。香港問題で英国の面子《メンツ》が中国に丸潰れにされたことと並び、英国の外交官たちの意気は最近上がっていない。

　今回の事件の発端の地であるギアナ高地は、現在はベネズエラの支配下にあるが、英連邦の一員である隣国のガイアナ共和国は、その領有権を今も争っている。本来なら、ギアナ高地のエイリアンの根拠地には、英軍のコマンドがまっ先に潜入を図ってもおかしくないくらいなのだが、今は何もかも米国頼りだ。


「異星人が通告してきた通りのことが起こるなら、地球は、基本的に彼らの支配下に入ったのと同じことだ」と、ジョーダンは思った。「かつて我々は、中国の香港を自分たちが好き勝手にできる場所にしたし、上海には『租界』というものを作った。世界中の至る所に散らばった植民地には、どんな所であっても、英国人が快適に暮らせる場所を必ず作った。今回エイリアンは、アンデス山脈全域と、チベット高原とヒマラヤ山脈を、彼らの『租界』にしようとしている訳だ。我々としては勿論面白くないが、我々に害が及ばない限りは、別に構わないと割り切るしかない。国土の大部分を一瞬にして失うチリ人には、アルゼンチンやブラジルが居住地を提供するように、国際社会が何らかの見返りを渡して要請すれば済むことだし、ネパール人やブータン人、チベット人のことは、あまり気は進まないが、インドと中国に任せるしかない」

　しかし、その思いの裏で、彼は嘆息していたのかもしれない。「英国は第二次世界大戦終了以来、その外交的影響力を次々に失い、アフリカやアジア全域に広がっていた植民地もほとんどが独立国になった。人口が中国に迫りつつあるインドは勿論、二億を超えてそれぞれ世界第五位と第七位となったパキスタンやナイジェリアに対しても、今や旧宗主国としての影響力はほとんどない。かつての英連邦も今はすっかり形骸化し、『日の沈まぬ大帝帝国』に想いを馳せるのは、古代エジプトの栄華に想いを馳せるのともはやあまり変わらない。今回のことはその『ダメ押し』だと考えるしかないのかもしれない」

同じ頃、ドーバー海峡を隔てた隣国のフランスでは、五月に大統領選を控えた現職のマルタン大統領が、テレビを通じて悲壮感あふれる演説をしていた。

「漂着した異星人は、地球と我々人類に対して、何でも好きなことができる力を持っているようだ。サンディエゴ市と杭州市の多くの市民の尊い犠牲によって、我々はそれを思い知らされた。我々はこの現実を覆す力を持っていないのだから、これを受け入れるしかない」

「しかし幸いにして、この異星人は少なくとも当面は、この地球を彼らの好みに合わせて少し改造した上で、ここで快適に暮らそうと思っているに過ぎないようだ。我々を殺戮したり、奴隷化したりする意図はないようだ。そうであるならば、その彼らの希望に対して、我々は異議を申し立てない。漂着した彼らには、もしかしたら、その権利があるのかもしれない」

「しかしフランス共和国建国以来、我々が堅持してきた理念、三色旗に表された『自由』と『平等』と『博愛』の理念は、いささかも傷つけられることはないと我々は信じる。誰であろうと、地球の人間であろうと他の惑星から来た生命体であろうと、我々の信念を変えることはできない。これからいかなる苦難が襲ってこようとも、団結してこの信念に殉じよう。人間万歳。フランス共和国万歳」

フランスも、地軸変動ではほとんど被害を受けない国だ。タヒチなどの美しい南太平洋の島々が流氷にさらされるような島々になってしまうのは痛恨だが、所詮はその程度のことだ。フランスが海外の植民地から大きな利益を吸い上げることができたのはもはや昔の話で、かつて宗主国として君臨していたアフリカ諸国などについては、ロシアやスカンジナビア諸国などが難民を受け入れてマネージしてくれた方が、むしろ助かるくらいだ。フランス本国の農業大国としての立場は今後とも揺るがないだろうし、彼らが誇る先端的な産業も維持できるだろう。そして、人類の文化の担い手としての彼らの矜持も、今後とも失われることはないだろう。

前年の年末に超長期政権だったメルツァー首相の後を継いだドイツのゲルトマイヤー首相も、側近と話していた。メルツァー首相は本来はもっと早く辞めていたかったのだが、彼女に代わって多くの課題をこなせる人材がなかなか見つからず、後継者の決定も決してすんなりとはいかなかった。(ゲルトマイヤー政権の誕生は、連立与党の緑の党を含めた複雑な妥協の産物だった)

課題とは、第一に「移民難民問題を巡ってのドイツ国内の分裂」であり、第二に「コロナ対策で大きく傷んだ財政の建て直し」であり、そして第三に「地球温暖化対策」だったが、今回の未曾有の大事件は、このいずれをも些細な問題に変えてしまった。これまでは、中東からの僅かな数の移民や難民の扱いで、多くの人たちが角を突き合わせてきたが、これから発生する移民難民の規模は、その数百倍にも達するだろう。

もはや、「誰がどこに住めるか」は、個々の国家が決められるレベルの問題ではなくなった。今や世界全体が、世界中の人たちを一つの家族の構成員と考えて、「誰がどこに住めるか」を考えねばならない事態となったのだ。

財政の問題も、全く別次元に入ったと考えざるを得ない。ドイツ人にとって「財政規律」は何よりも重要な目標であり、コロナ対策のために「一時的にこれを犠牲にする」という苦渋の決断はしたものの、一日も早く正常な状態に戻したかった。しかし、もう当分「正常な状態」などはとても期待できないだろう。

温暖化対策に至っては、もはや考慮の対象外にするしかない。地球全体を、その数百倍もの規模の異常気象が襲おうとしているのだから。しかし、それが具体的にどんなもので、どのような対策を講じれば良いのかについては、まだ手掛かりさえもつかめていない。何事にもきちんと用意をしておきたいドイツ人気質からすれば、これは耐えられない状況だっただろう。


遠い極東の地でも、ちょうどバーデン大統領との電話を終えたばかりの日本の石橋毅志《いしばしたけし》首相が、側近を集めて状況の分析をしていた。


二〇二〇年の九月に田部元首相の後を継いだ菅原《すがわら》前首相は、叩き上げの苦労人として就任早々には人気があったが、カリスマ性に欠けて、いつまで経っても国民を勇気づけるような強い演説ができなかった上に、党内の長老への気兼ねもあってか、コロナ対策が迷走、国民の人気は地に落ちた。良い仕事も沢山したのだが、国民の人気というものは別次元の問題なので、これではどうにもならない。

窮地に陥った民自党は「看板を変えねば二〇二一年十一月の衆院総選挙は戦えない」と判断したが、既存の政治家はどれも帯に短し襷《たすき》に長しで、首相の重責を担える適格者がいなかったし、誰を担いでも反対派閥や連立を組む公正党が納得しないという問題があった。

そこで民自党は前代未聞の大博打に打って出た。コロナの本質を明快に喝破し、多くの感情的で非科学的な議論の誤りを鋭く指摘した上で、迅速な行動でそれまでの日本のコロナ対策を一新させ、国民の大喝采を受けていた「石橋毅志」という「一介の元医師」に、思い切ってこの重責を負わせることにしたのだ。

五十三歳の石橋は民間の大病院でコロナ対応の陣頭指揮をとっていたが、菅原内閣が創設したデジタル庁に民間から応募、登庁初日に提出した「デジタル技術を駆使した一連のコロナ対策案」が、大胆な上に精緻を極めていたので、オーギュスト・タム（台湾のデジタル担当大臣）並だと評判になった。それ故に、時をおかずコロナ対応担当大臣のブレインに抜擢され、この大臣が病気で倒れたのでその代理を務め、「代理の方が話がわかりやすい」という評価が固まって、そのままずっと司令塔の役割を続けた。

その一連の動きの中で彼がやった特筆すべきことは、目を見張るほどのワクチン接種の迅速な拡大、明快な統一基準に基づくデータの整備と公表、そして、諸問題の根底にあった「日本特有の医療制度」を根底から変える機構改革だった。悲壮感を漂わせながらも、積極果敢な性格が見て取れる端整な顔つきで、がっしりした体格。その上、人を魅了してやまない演説の才があったので、テレビでもネット上でもたちまち人気が沸騰した。

民自党は、九月に行われた総裁選はさしたる盛り上がりもなく終わらせたものの、彼を衆院選の比例区に立候補させることを早々と決定、「条件が整えば彼を首相に指名する（総理と総裁を分離する）」と宣言したので、閉塞感に苛《さいな》まれていた日本国民はこれを大歓迎、旧態依然たる野党の不人気にも助けられ、民自党は再び大勝した。

派閥の影響を排除して若い人材を積極的に起用した石橋内閣は、テキパキした言動で国民の支持を得た。組閣直後に、株式の大暴落という試練に直面したが、これは石橋首相が以前から予言していたことだったので、彼の人気はこれによって却って上がった。

石橋は、「目先の問題よりは、長期的な問題を解決しよう。子供たちと孫たちの将来のために仕事をしよう」と呼びかけ、国民は久しぶりに惰眠から覚めようとしていた。歴代一位の長期政権を担った田部元首相も、外交や経済政策ではかなりの存在感を示したが、些細な公私混同に類する問題に真摯に対応せず、安易に押さえ込もうとして国民の信頼を失ったのが致命傷となった。これに対し、石橋は何事にも真摯に対応し、誤りはすぐに認めて率直に陳謝したので、この轍《てつ》を踏むことはなかった。

当時の日本には、本質的な問題が二つあった。一つは、ここのところ低下傾向が続いている産業と技術の国際競争力で、もう一つは財政だった。国際競争力の問題は深刻で、今後の命運を担うＩＴ関係で中国に主導権を奪われた上に、これまでの大黒柱だった自動車産業がＥＶ化の波に乗り遅れる恐れが出てきていたからだ。首相は就任直後から大企業の経営者たちと懇談を重ね、社内の人材開発にもっと力を入れるようにハッパをかけた。そのこととも関連して、教育システムの大改革にも取り組んだ。

財政の問題はもっと深刻だった。コロナ対策で大盤振る舞いをし、破綻寸前の社会保険制度にもテコ入れしたにもかかわらず、税収が伸び悩んだので、ただでさえ諸外国に比べて格段に大きい国債発行残がさらに跳ね上がり、「いくら膨大な個人貯蓄残を抱える日本でも、危険水域に入ったのではないか」と指摘する人も出始めていた。首相は「税と社会保障の一体改革に政治生命を賭ける」と宣言し、国民の理解と協力を懇請した。

しかし、日本も欧米諸国同様、地軸の変更で気候の大変動が起こっても、特に大きな問題はないと思われたこともあり、今回の大事件に関しては未だに危機感は希薄だった。

対米戦争で敗北し、一時期は占領軍のマッカーサー司令官の言葉を、あたかも神の言葉の如く聞かねばならなかった経験がさして遠くない過去にあったので、異星人の実質的な支配下に入ることにも、あまり抵抗感はなかったのかもしれない。

だから側近の中には、「この機会に日本は、『世界レベルの民族の大移動』に必要な輸送力の提供や『新天地でのインフラ建設』などで大いに貢献して、国際社会での存在感を高め、併せて国民の意気も高めてはどうか？」と提言する人もいた。石橋首相も、こういう話には積極的に反応した。

このような会話の中で、広報担当の首相補佐官は速水俊雄のことを首相に耳打ちし、「毎朝の郷原編集長がこの記者と親しいらしいから、彼を通じてコンタクトし、できるだけ早い時期に日本で首相と並んで記者会見してもらってはどうか？」と提案した。首相は乗り気だった。

数年内に人口が中国を超えるだろうと予測されている大国、インドのマディ首相も、ロシアのプーシキン大統領同様、世界中を襲おうとしているこの未曾有の災厄の中でも、最も悠々と構えている人たちの一人だった。それどころか、「ライバルの中国が熱帯化する一方で、インドは温帯化する。これで両国の力は逆転するのではないか」と期待しているところもあったようだ。

「異星人が設定するバリアで、ネパールの東半分と、ブータン王国のほぼ全域の住民が移住を余儀なくされることになるが、インドはその全ての人々を受け入れる用意がある。民族や宗教は問わない」と言ったとも伝えられている。

インド北東部に位置するアルナーチャル・プラデーシュ州のほぼ全域も、バリアの中に入ってしまうが、ここはずっと以前に英中両国の交渉によって決められた「マクマホンライン」と呼ばれる境界線をめぐって、中印間の国境紛争が絶えない場所だ。この地域の人口密度は極めて希薄で、住民もベンガル人ではなく、チベット系の種々雑多な少数民族がほとんどなのに、インド政府は中国の侵攻を許さないために毎年多額の予算を注ぎ込んでいるのが現状だった。だから、ここが異星人のテリトリーになるのは、インド政府にとっては「痛痒《つうよう》であるよりむしろ救済」と言えないでもなかったのかもしれない。

それはそうと、このことをよく理解している人はそんなに多くないようだが、勃興する中国が今最も恐れているのはインドがもつ潜在力だ。人口はやがて抜かれるが、GDPだって、いつまでも現在のような圧倒的な差をつけ続けていられるかは保証の限りではない。科学技術力となるとさらにそうだ。

インドという「国」はともかくとして、「インド人」は、すでに多くの分野で実質的に世界をリードしている。米国のIT産業のトップの多くはインド系で占められているし、米国や英国の有能な政治家や官僚にもインド人が数多くいる。そもそも、ゼロという概念を世界で最初に考え出したほど、インド人の数学についての感覚は鋭敏で、現在の世界を支えている多くの先鋭的なソフトウェアには、彼らの手によって作られたものが数限りなくある。

その一方で、マディ首相はヒンドゥー教の熱心な守護者でもあった。「ヒンドゥー教」は、東南アジアのタイやミャンマー、東北アジアの日本、韓国、中国などに多くの信者を持つ「仏教」と根は同じで、古代インドのサンスクリット（バラモン）哲学が「民衆の宗教」として定着したものだ。深遠で高踏的な思想をベースとした仏教は、社会の上層部に信者が多かったので、侵入してきたイスラム勢力（ムガール帝国）にほぼ完膚なきまでに壊滅させられたが、「民衆の宗教」だったヒンドゥー教は生き残って、今日に至る。現時点では、インド人の八十パーセント強、ネパール人の過半数、スリランカとバングラデシュの十数パーセント、それに加えて、インドネシアのバリ島の住民のほとんどがヒンドゥー教徒で、全世界の信者数は八億五千万に近いと言われている。これはキリスト教、イスラム教に次ぐ世界第三位だ。

このインドとは対照的に、サウジアラビアは、おそらく今回の問題を最も憂慮している国だろう。いや、「憂慮」というような生易しいレベルではない。国として死刑宣告を受けたにも等しいのだ。まず、国土のほとんどすべてが南極圏の周辺になり、人はほとんど住めなくなるので、全国民の新しい居住場所を探さねばならない。次に、石油や天然ガスの採掘は極めて困難になるので、王族や国民の収入も著しく減少してしまう。そして最後に、しかし最も重要な問題として、聖地メッカのカーバ神殿をどこかに移動させねばならない。

シャーマン国王とムハマッド皇太子は、連日側近を集めて協議したが、結論は「遠く離れたインドネシアと緊密な関係を築く以外に方法はない」という考えに落ち着いた。シーア派の本拠地であるイランに頼るのは問題外だし、アフガニスタンでは土着の部族と融和できるか疑問だ。パキスタンやバングラデシュはすでに人口密度が過密な上に、インドとの関係が難しい。インド国内には今でも世界最大規模のイスラム教徒の居住民がいるので、メッカが近隣に引っ越してくるとなると、インドのヒンドゥー教徒たちは極度に神経質にならざるを得ないだろう。消去法でいくと、結局インドネシアしか残らない。

ムハマッド皇太子は、すぐさま電話で、インドネシアの大統領と直接話をした。勿論、すぐに前向きな答えが得られるような話ではないが、皇太子は「それなりの感触を得た」と、周囲に語ったと伝えられている。

具体的な計画はこうだった。

地軸変更後は温帯地方になるニューギニア島の西部に、インドネシア政府が相当の広さを持った地域を確保し、ここに新しいメッカを作り、カーバ神殿を移設する。以後、全世界のイスラム教徒は、現在のアラビア半島にではなく、ここに巡礼することになる。

この新しいメッカに隣接して、新しいメディナ（イスラム教第二の聖地で、現在のサウジアラビアの首都）も作り、国王と皇太子の一家はここに住む。サウジアラビアの国王は、自動的にスンニ派のイマーム（各宗派の共同体の指導者）になるので、ここはとりもなおさず、全世界のスンニ派のトップの居所ということにもなる。

ニューギニア島は、もともとは、西部をオランダ、東北部をドイツ、東南部をイギリスがそれぞれ領有し、一時期はオーストラリアの統治下だったこともある。第二次世界大戦時には日本軍が侵攻し、オーストラリアに近いポートモレスビーで激戦があったが、航空戦を制せなかった日本軍は結局占領を断念した。戦後は、西部にインドネシア共和国軍が侵攻して、島の西半分はインドネシア領（イリアン・ジャヤ）となったが、それと同時に、東半分は立憲君主制の独立国になった。この独立国「パプアニューギニア」では、主としてポリネシア、メラネシア系の小部族が、小さな集落に分かれて住んでいるが、宗教は概ねキリスト教だ。政治的には英連邦を構成する国の一つとなっており、ASEAN（東南アジア共同体）にはオブザーバーとして参画している。

ムハマッド皇太子は、サウジアラビアと似たような立場に置かれた他の「湾岸アラビア諸国」、クウェート、アラブ首長国連邦（UAE）、カタール、バーレーン、オマーンの首長にも声をかけたが、彼らはすぐには乗ってこなかった。サウジアラビアの場合と異なり、アラビア半島の東部に位置する彼らの持つ油田とガス田は、寒冷地ではあっても全く人が住めない場所にはならなそうなので、彼らは故地に踏みとどまり、現在の施設で生産を継続する方針を固めつつあった。世界屈指の摩天楼（スカイスクレイパー）を築き上げ、リゾート地としても発展しつつあったドバイは、その魅力が急激に減じるのは防ぎ得ないだろうが、「雪深いアラブの大都市」としては存続できるだろうと思われていた。

さてそれでは、サウジアラビア王家を迎え入れる見返りに、インドネシアは何を得るのだろうか？

まずは、サウジアラビア王家が保有する膨大な金融資産の大部分だ。

次にサウジアラビアが所有する世界有数の航空戦力だ。これにより、世界第四位の二億七千万の人口を擁するインドネシアは、一躍、米国、ロシア、中国に次ぐ世界第四位の軍事大国にもなる。

持たないのは核兵器だけだったが、すでに異星人が廃棄を要請しており、それには各国とも従わざるを得ないので、持っていない方が却って手間がかからずに済むというものだ。

インドネシアは、信者数では現在でも世界最大級のイスラム国家だが、カーバ神殿（新メッカ）とスンニ派のイマームの居所（サウジアラビア国王の宮殿）を自国内に持つとなると、文字通りイスラム教の総本山として世界に君臨することになる。


しかしイスラム教には、スンニ派と真っ向から考えを異にするシーア派という宗派がある。そのシーア派の総本山はイランにあり、現在の最高指導者はホムネー師という人物だった。彼はサウジアラビア皇太子の発表の後、時をおかずして、全国のシーア派の信者たちに向けて次のように発表した。

「現在の世界は、非常に難しい状況に直面している。しかし、これもアッラーの意思である。全世界のシーア派の信者は、もし住むところがなくなった時には、いつでもイランに来られれば良い。イランはいつでも歓迎する。我々を頼ってきた人たちに、我々は、住む場所と、毎日の糧と、なすべき仕事を用意するだろう」

同時にイランの大統領は、米国のバーデン大統領と欧州の指導者たちに書簡を出した。

「我々も、全世界がこの未曾有の危機を乗り越えるために応分の貢献をしたい。最も適切な対応は、アフリカやアラビア半島で住む地を失った兄弟たちを、迅速に我が国に迎え入れることであろう。それにより、他国の負担は大きく軽減される。今はもう核兵器に関する我々への疑惑も皆無となったと理解しているので、経済制裁の根拠もなくなった。速やかに制裁を解除し、我々が世界各国と協力して自力で経済発展を遂げ、現在の苦境を克服しようとしている国際社会に大きな貢献ができるようにしてほしい」

五

米国では、新設された三つの「諮問委員会」が、すでに大車輪で活動を開始していた。とは言っても、第一と第三の委員会はやることがほとんどなかったのだが……。

エイリアンが実際にサンディエゴで行ったウイルスの「完全なコントロール」は、現在の人類の医学や疫学のレベルからは全くかけ離れたものだったので、遠い将来の研究課題としてならともかく、「今すぐに行うべきこと」としては何のヒントも与えてくれなかった。

エイリアンとその科学や文化の実態についても、スーザンや俊雄がバンスルから聞いたことを理解する以外には、何一つ前に進めなかった。俊雄の詳細な報告書によれば、エイリアンは「相対性理論は正しいか?」というスーザンの質問に対してはYESと答えたとのことだったので、彼らの物理学も地球人の物理学もベースは同じだということは安心材料にはなったが、それだけのことだった。

「光速での物体の移動」「外からの侵入を許さない量子バリア」「地球のような天体を目に見えない力の基点で動かす方法」等々の途方もない技術については、エイリアンが二人に説明した「質量を持たない素粒子の力を駆使しての反重力場の形成」といった「今の地球人には訳のわからない技術」によるのだろうと考える以外には、何の手掛かりも得られなかった。

ただ一つ大きな参考となったことは、現在のエイリアンの目もくらむばかりの技術水準は、生物としての彼らが自ら生み出したものではなく、彼らが作り出した非生物の人工知能（AI）が、自律的に自らの再開発を重ねながら作り出したものであるということだった。これは、「感情や本能が生物的な制約の上に成り立っているのに対して、純粋理性（メモリーとロジック）は生物的な制約を受けない」ことを意味し、多くの人にとっては「目から鱗《うろこ》」だった。

何人かの哲学者は、「生身の人間の考え出した倫理基準は、生物的な制約の上に作られたものであり、それ故に量子力学的な蓋然性に支配されるが、人工的な純粋理性が作り出す倫理基準は、それが作られた時点で方向性が固定されるので（良し悪しは別として）決定論的に機能する」という考えを語り始めた。

最も忙しかったのは、地球温暖化対策担当の大統領特使だったジョン・ペリーが直接指揮を取ることになった「第二の諮問委員会」だった。

彼らはまず、バンスルが通告したスケジュール通りに「地球の自転の一時停止」「地軸（南北の極点）の変更」「現在の半分の速度での自転回復」がなされたとすれば、それが米国及び全世界の気候と動植物にいかなる影響を与えるかをシミュレートすることから始めた。海流の変動を予測することは困難を極めたので、実際の気候変動の正確な予測は不可能だったが、それでも大略のことは予測できた。

　しかしながら、その作業の中で、彼らはそれまでにはあまり意識されていなかった「米国に直接降りかかる大問題」を発見した。

「新しい地軸での米国の位置」を見ることばかりに注意が集中されていたので、「ハワイは居住が不可能になり、東北部は酷暑の熱帯になるが、本土の大部分とアラスカは気候温暖な住みやすい場所になるだろう（従って、それほど大きな問題には晒されない）」という楽観論を多くの人が漠然と持っていた。しかし実は、極点が移動する九十六時間の間には、米本土の西海岸と西北部が一時的に人が住めない極寒の地になることがわかったのだ。少なくとも五十から六十時間の間、これらの地域に住んでいる膨大な数の人たちは、密閉された家の中でじっと息を潜めているか、あるいは東南部に一時的に退避する必要がある。


　委員会は、検討対象を「米国内」と「世界中」にわけ、各々に対して、実際の「行動計画」と「それをサポートする財務計画」を策定することにした。当然のことながら、前者が比較的簡単だったのに対し、後者は「とても無理だ」と投げ出してしまいたくなるほどに複雑で厳しかった。

　全世界の問題は、もともと米国一国で考えるべきではないので、「早急に国連の中に特別委員会を作って、そこに全ての責任を持たせるべき」という提案が即座に採択され、「これを議決するための臨時国連総会を可及的速やかに開くべき」という申し入れが、即日、国連の事務総長宛になされた。直接参加できる人はニューヨークに来てもらえば良いが、難しい人はビデオで参加してくれれば十分ということにして、とにかく早く議決することを優先した。

臨時総会の準備と並行して国連の事務局は、この問題に専念するチーム「地軸変動危機対策委員会（略称ＵＮＡＣＭ）」を、事務総長が直轄する形で即刻組織した（ＵＮは国連、ＡＣＭはCounter Measure against Earth Axix Crisisから適宜アルファベットを抜き出して作った造語）。本来なら、国連環境計画（ＵＮＥＰ）や国連人間居住計画（ＵＮ‐ＨＡＢＩＴＡＴ）の責任を持つ国連ナイロビ事務局（ＵＮＯＮ）が管轄するのが筋だが、問題があまりに大きいので、この組織では捌き切れないと判断されたのだ。

ただし、新組織の長には、その時点でのナイロビ事務局の長だったガーナ出身のアンナ・テスラ女史が就任した。難民高等弁務官事務所もこのチームに深く関与することになった。

この組織は、重複を避けるために、気候変動の予測自体は米国をはじめとする各国の研究に依存するものとし、自らはこの変動により被害を受ける人たちの救済方法の検討に集中することにした。

しかし、このチームの初会合で直ちに明らかになったのは、この「救済」には、技術的な手段の確定のみならず、天文学的な資金の拠出が必要になるということだった。これまで国連が手掛けた全ての計画を合わせた金額と比べても格段に大きい規模になるだろう。そんな金を、今から百七十日にも満たぬ短い時間内に拠出できる国や組織が、一体どこにあるというのだろうか？

何事においてもそうだが、普段は「お金」を汚いもののように考えている人たちは、机上で美しい理念を語った挙句の果てに、結局は「お金がなければ全く何もできない自分たちの無力さ」に愕然とするのが常なのだ。

スーザンの強い勧めもあって、俊雄は、米国政府との契約に続いて、国連事務局とも契約を結び、この新しいチームの「嘱託」となった。長年難民問題に取り組んできた俊雄にとっては、これはとても嬉しいことだった。収入も安定する。

ただし俊雄には、その前に果たすべき役割があったので、第一回の会合は欠席せざるを得なかった。

その役割とは、米、中、ロ、英、仏、及びベネズエラの六カ国合同の現地調査団に、アドバイザーとして同行することだった。これも、スーザンの強い推奨があったからだ。スーザンの友人であるベネズエラ人の旅行業者エドリアン・ロドリゲスも、地理に詳しいということで同行した。

中ロ両国は一応、米国国務省と米軍パイロットの報告を信じるという建前はとってはいたが、やはり自分たちの目で直接現地を見る機会がなければ収まらなかった。この両国をバックにするマローロ政権も、こうなればメンツが立つ。英国はギアナ高地に隣接するガイアナ共和国が英連邦に属しているので、当然参加を希望したし、フランスは、そのさらに東に直轄領（フランス本国の一つの県）を持っており、そこには世界有数のロケット打ち上げ基地もあったので、これまた参加を希望した。

この総勢四十人に近い大調査団は、実質的には「威力偵察隊」だった。中国、ロシア、ベネズエラ（マローロ政権）のチームは、それぞれに陸軍の特殊部隊に所属していると思われる屈強な面構えの男たち数名を連れてきており、彼らは全員完全武装で、ベネズエラ人とロシア人の隊員は、対戦車ロケット砲まで持ってきていた。

飛行機はカナイマには近づけないので、一行はシウダ・ボリーバルでそれぞれヘリコプターに分乗し、十数キロ離れた草地に着陸、そこからはベネズエラ政府の提供する軍用ジープでカナイマに接近した。ところが道路がカナイマに近づくと、車はいくらアクセルをふかしても車輪が空回りするだけで前に進まず、団員たちがジープから降りて徒歩で進もうとしても、目に見えない壁にぶつかったかのようで、一向に前に進めない。

そのうちに、団員の一人であるベネズエラ軍の将校が「ロケット砲でこの目に見えない壁に穴を開けたい」と言い出し、ロシアのチームリーダーも直ちにこれに賛同しようとした。先にブラジル国境から陸路でアウヤンテプイに侵入を試み、今回も団員の一人として参加していた米国の特殊部隊員が慌てて止めようとしたが、ベネズエラ軍の将校は「ここは我が国の領土である。主権の侵害は座視できない」とスペイン語で捲《まく》し立て、聞き入れようとしない。

困った米国チームのリーダーは俊雄に目配せして助けを求めた。「相手を怒らせてはいけない」と、俊雄がたしなめてくれることを期待したのだろう。中国チームのリーダーは黙ってみんなのやり取りを見つめている。

俊雄は少し考えたが、「確かにここはベネズエラの領土内ですよね。無駄に終わるとは思いますが、好きなようにされては如何でしょうか」と、スペイン語と英語で丁寧に答えた。自ら木刀でバンスルに打ち込み、手もなく跳ね返された俊雄は、実際に自分で経験しなければ「全く歯が立たないこと」はいつまでも理解されず、最後まで武力行使を主張する人たちが後を絶たないだろうと思っていたからだ。「バンスルも地球人が自ら学習することを望んでいるはずだ。こんなことでは、間違っても怒ったりはしないだろう」という確信もあった。

俊雄のこの言葉に満足して、ベネズエラとロシアの特殊部隊員合計六名は、徒歩での進行を阻まれたその場所から、団員全体を二十メートルほど後退させた。そして、自分たちは十メートル後退したところで止まり、二挺のロケット砲と四挺の自動小銃で道路上の一箇所を集中的に銃撃した。耳をつんざく轟音があたりに響いたが、弾丸は全て弾き返され、道路の先にも周辺にも何の変化も起こらなかった。さすがのベネズエラ軍の将校も、こうなると憮然として黙り込むしかなかった。

「中国とロシアは、自らエイリアンの力を目《ま》の当たりにした。これで彼らも、武力による抵抗を完全に諦めるだろう。そうなれば、核兵器の廃棄についても結局は受諾することになる」と俊雄は思った。自分でも意外ではあったが、俊雄はすでに、自分があたかもバンスルの側にいるかのように感じていた。

実際にその頃、米、中、ロの三国は、トップレベルで「核兵器廃棄」の問題を真剣に協議していた。この三国間で合意できれば、英国とフランスも異議を挟まないだろうし、インドもパキスタンも抵抗しないだろう。

幸いにして、国連総会で決議され、五十カ国以上が批准した「核兵器禁止条約」というものが、「国際法上の有効な条約」としてすでに存在していた。だから、手続きは簡単だった。すべての核保有国がこれに参加すれば良いだけだったからだ。そうすれば、米国の核の傘の下にいるNATO加盟国や、カナダ、日本、韓国、オーストラリア等も、こぞってこれに倣うだろう。

ところが、バンスルが指定した「三十日以内」という期限内に間違いなく完全廃棄を完了すべく、三国が話を進めている最中に、驚くべきニュースが入ってきた。

バンスルの警告を無視して核兵器の技術開発を継続していたと思われる北朝鮮の施設が、ある日突然、何の前触れもなく、目に見えぬ力で一瞬にして押し潰され、原形を留めない施設の残骸は、そのまま地中深く押し込まれたというのだ。北朝鮮放送は「我が国の核技術開発は大成功のうちに完了し、本日その使命を終えた。我が国は米国やロシアや中国と並ぶ栄光に満ちた核大国としての地位を、ここに永遠に確立した」と短く報じただけで、詳細は何も伝えなかった。

中国とロシアは現地に調査団を派遣したと思われるが、その報告は未だない。しかし、これを機に、交渉の妥結を遅らせるような両国による条件の提示などは、一切なくなった。この事件の後、数日をおかずして、全ての核保有国と、米国の核の傘の下にいる全ての同盟国は、既存の核兵器禁止条約に署名した。これまで曖昧な状態にあった北朝鮮もイランもイスラエルも、例外ではなかった。各核保有国は同時に「既存核兵器の具体的な廃棄スケジュール」も発表した。

こうして、人類が何十年かかっても実現できず、その目途さえ全くついていなかった核兵器の放棄は、一人の異星人の短いメール、それも「追伸」として付け足されたたった数行の「要請」だけで、あっという間に実現してしまったのだった。


このように、国際政治の舞台上ではこれまでには想像もできなかったような大きな進展が、驚くべきスピードでなされている時、宗教界も平静ではいられなかった。

ローマ教皇は、ビデオ回線を通じて、全世界のカトリック信者に向かってこう語りかけた。

「人類は今、大きな試練に直面していますが、これも全て神の御心です。神は、これまでにも何度もなされたように、私たちを試しておられるのです。この宇宙の全てを創られたのは神ですから、地球外からの訪問者も神が創られたのです。神に創られた私たちは、同じく神に創られた来訪者を憎んではなりません。共に神に祈りましょう。苦難の後には、必ず栄光に包まれた未来が訪れます」

教皇は、地軸が変われば雪深い寒冷地になる可能性のあるバチカン（ローマ教皇庁）の「移転」の可能性についても、関係者と協議した。教皇自身が示唆した移転先の候補地は、ブラジルのサルバドールだった。この地はブラジルの昔の首都で、亜熱帯の東部海岸に位置していたが、地軸が変われば温帯の素晴らしい気候に恵まれた場所になるはずだった。

教皇は、カトリック教徒が国民の大部分を占める、チリ、ボリビア、ペルーの三国の多くの国民が、居住地を異星人に奪われて放浪せねばならなくなることに深く心を痛め、ブラジル、アルゼンチン、ウルグアイ、パラグアイ、さらには、パナマを経由して陸続きになるメキシコを筆頭とする中米諸国や、その向こうの米国やカナダのカトリック教徒に対しても、万全の支援を与えるように強く要請した。

とりわけ、国土のほとんど全てが異星人に接収され、国自体が消失してしまう危機に晒されているチリは、国中がパニック状態になっていたので、教皇自身がサンチャゴに飛んで国民を直接勇気づけると共に、その足でブエノスアイレスに入り、「共に神の恩寵を受けているアルゼンチンとチリの国民は、これからは名実共に同胞となり、苦楽を共にすべきだ」と説き、両国の合体を示唆するまでの踏み込んだ講話を行った。

プロテスタントも、イスラム教も、ユダヤ教も、およそ唯一神への信仰を説く宗教の指導者は、全て同じような姿勢をとった。地球外からの来訪者を「悪魔」と呼ぶ指導者は一人もいなかった。神と悪魔の相克を説くゾロアスター教の指導者は、特に何も語らなかった。

仏教の僧侶の中には、異星人について、「菩薩（仏陀に近づくべく修行している人）かもしれない」と語る人が少数ながらいた。

例によって例の如く、この大事件をネタに新興宗教を興そうとする人たちは、世界中で数多く現れた。彼らは例外なく、「悔い改めない人間の悪行を正すために、遂に神は使者を遣わした」と語り、バンスルがメールで送ってきた「鳥に乗ったショルの絵姿」を、「神の使者の絵姿」として礼拝の対象とする教団が多かった。

ベネズエラへの調査団と共にニューヨークに帰り、国連事務局の中に特別に作ってもらった自分用の個室にいったん腰を据えた俊雄は、数日をおかずして極東に飛び立った。三週間ぶりに家族と団欒すること、日本で石橋首相と面談し、いくつかの講演をこなすこと、それから、中国と韓国の招請に応じて、この二国を訪問することが目的だった。十日間でこの予定をこなした後は、ニューヨークに戻り、再び国連の職務に集中するが、おそらく時をおかずして、アフリカ諸国を訪問することになるだろうと覚悟していた。

日本に戻る前に、彼はすでに、自分自身のレポートを自ら日本語に訳し、米国国務省とホワイトハウス報道官の了解を得た上で、郷原経由で日本政府に提出していた。郷原には、毎朝新聞の独占報道にしないように念を押し、郷原も「勿論だ」と応じていた。
アーリントンポストの編集委員を今でも務めているボブ・コーンウェイとは、夕食を共にし、今後の身の振り方についてじっくり相談した。ボブは「たまたま巡ってきた自分の運命に逆らってはいけない。ジャーナリストであることには捉われず、自分の信じることを勇気を持ってやり遂げなさい」と言って、彼を激励した。

取材旅行に出ると数ヶ月は帰ってこないことも多かった俊雄だが、今回はわずか三週間なのに、何故か随分長く家を空けていたような気がした。だから、羽田から京浜電車と地下鉄を乗り継いで本郷の自宅に戻る間も、とてももどかしい気持ちだった。
ちなみに、本郷にマンションを買ったのは、ナンシーの研究室が近いからに他ならず、どこにでも取材に行かなければならない俊雄にとっては、どこに住もうと一緒だったのだ。

マンションの扉を開けるや否や、娘のひかるが飛びついてきた。「ひかる」という名前は、ナンシーがどうしてもこれにしたいと言って決めた名前だ。ナンシーが尊敬していた研究室の先輩の、とても可愛くて機転のきく一人娘がこの名前だったからだが、天文好きのナンシーには、「ひかり」は特別の意味を持っていたのかもしれない。戸籍は平仮名で登録していたが、中国語で書く時に不便なので、夫婦で相談し、必要な時には「光」という漢字を当てることにした。漢字をあまり多くは書けないナンシーも、何故かこの漢字の形が好きだったようだ。ナンシーの両親は、「光」じゃあ「男の子の名前の欠片《かけら》みたい」と言って当惑していたが、ナンシーは一向に気にせず、両親が気兼ねしながらも口を挟んだ時には、もう手遅れになっていた。

その「ひかる」が延々と説明してくれる「ドラえもん」や「ピタゴラスイッチ」のお話を聞き終えると、俊雄はやっと妻のナンシーと積もる話を始めることができた。杭州に滞在することのリスクを避けるために東京へ来ていたナンシーの両親は、すでにサンフランシスコに帰っていた。中国政府が箝口令《かんこうれい》を敷いていた杭州の惨状については、兄からある程度聞けていたらしいナンシーは、強く警告してくれた俊雄にあらためて礼を言った。

いて座の方向に発見された巨大ブラックホールについては、ナンシーはよく知っていて、そこからさして遠くないところに多くの恒星群があるらしいことも、「比較的新しい学説」として理解していた。「ショルが何万年もの時間をかけて恒星間を旅する方法」、つまり「生命体としてはいったん死んでおり、目的地に着くと保存してあった遺伝情報からあらためて生命体を作り、そこに同じく保存されていた個人のメモリーを注入して『自分』という意識を取り戻す」というやり方については、「なるほど。よく考えたわね」と、まるで近所のおばさんが「新しい掃除の仕方」を工夫したのを褒めるような調子で褒めた。

「ひかるが大きくなった頃には、一体どんな世界になっているんでしょうね」と、彼女はちょっと溜息交じりに言った。

祖先から引き継いだ「客家」の血のためか、彼女は何事に対しても順応が早かった。「何にどのように順応しても、自分というものは失わない」という「長い歴史を生き抜いてきた客家としての自信」があるのかもしれない。ある時に急に思い立って夫婦で一緒に米国籍を捨てて、日本国籍を取ろうと決めたのも、実は彼女の発案であり、その最大の理由は、ひかるが、日本人の友達や日本のテレビ番組が大好きだったということだけだった。（二番目の理由は「手厚い日本の健康保険制度」だった）

日本では俊雄は至る所で大歓迎され、もみくちゃにされた。インタビューの申し入れ等への対応は全て首相官邸に一任していたが、その混雑ぶりは担当者が調整しきれないほどだった。勿論、毎朝新聞は特別扱いを受けた。これは俊雄の方からも首相官邸に対して注文をつけていたことだった。

石橋首相とのミーティングもとてもうまくいった。年齢差は相当あったが、考え方に共通点が多く、お互いに大きく頷きあうことが多かった。石橋首相は、若い時に医学研修生としてボストンに五年住んだこともあり、国際感覚は十分だったし、安全保障や経済問題についても、米国仕込みともいえる「しっかりとした自分の考え」を持っていた。

大統領選を目前にしたソウルは落ち着かない状況だったが、それでも、任期終了直前の宋在龍《スンジェロン》大統領とのミーティングはスムーズに運んだ。ソウル滞在中に二回行われた講演会も超満員で、俊雄の話は毎回万雷の拍手を浴びた。

日本でも韓国でも、俊雄は全てのことを包み隠さず率直に話した。「何故あなたは、そのバンスルと名乗る地球人の姿をした相手を、異星人だと信じることができたのか？」という質問に対しては、「技術的なことはよくわからなくても、全ての話の筋が通っており、どこにも怪しく感じられるところがなかったからだ」と答えた。

異星人に会えた地球人は二人だけで、その二人のうちの一人が東洋人だったことを、日本人も韓国人も心の中で少し誇りに思っているかのようだった。それもあってか、ネット上にも、彼を異星人の手先だとか、裏切り者だとか言って罵る言葉は、一切出てこなかった。

そもそも、異星人に対する怨嗟の言葉すらもがあまり聞かれなかった。サンディエゴ市や杭州市に対する攻撃は、いわば他人事《ひとごと》だったし、「異星人の警告通りに全員退避させていれば良かったのだ」という気持ちも、典型的な結果論ではあったが、心の底のどこかにあったのかもしれない。

北朝鮮の核施設を一瞬のうちに破壊したことを含め、核兵器廃絶を実現させた異星人の影響力は、明らかに歓迎されていた。中には、「我々が異星人に教えられ導かれることは、今後とも多いだろう」と論評する者さえいた。

地軸の変更は、人類全体に大きな災厄をもたらすことはわかっていても、日本と韓国にはあまり問題は及ぼさないだろうと理解されていたので、大きな反発は招いていなかったようだ。結局、人間というものは、基本的には自分たちのことだけが大切で、他人の痛みにはあまり親身にはなれないものらしい。

ソウルから北京に入ると、俊雄の来訪に対する歓迎ぶりはさらに過熱しており、万事が日韓の比ではなかった。北京空港にはレッドカーペットが敷かれ、政府の高官が搭乗機の出口まで迎えにきていた。滞在予定はまる二日間だったが、中南海に豪華な宿舎が用意され、連日連夜、贅を尽くした食事会があった。あらかじめ決められた予定には入っていなかったが、二日目のミーティングに、周真平主席が飛び入りで顔を出すというハプニングもあった。

滞在中のほとんどの時間は、全ての分野についての徹底した質疑応答に使われた。俊雄が書いた英文のレポートはすでに中国語に翻訳されており、北京に来て会話を交わした相手の全員が精読していた。真剣な眼差しの若い技術者を中心に、質問は微に入り細に入り、次から次へと続いた。勿論、俊雄自身は技術者ではないので、技術的な質問にはほとんど答えられなかったが、そういう時には、出席者の間で早口の中国語での議論が延々と続き、最後に通訳が、その時の彼らの間での議論の内容と結論を、俊雄にも丁寧に知らせてくれた。

わずか二日間の交流だったが、俊雄は何人かの若い技術者に好感をもち、かなり親しくなった。特に意見が合ったのは、「人間は極めて不完全故、全ての研究開発やマネージメントはAIに委ねるのがベスト」という考えと、「生物としての機能はいつでも自由に再構築できるので、メモリーさえ保存されていれば、誰もが実質的に不老不死になれる」という考え方だった。この数人とは、俊雄はずっと先々まで、個人的な交流を続けることになる。

北京を離れて東京に向かう日は、まだ三月にもなっていないのに、珍しく春を感じさせるほどの暖かい日だった。中国政府は空港に向かう立派なリムジンを俊雄のために手配し、見送りの外交部の高官が同乗した。

この高官は、車の中で真剣な口調で俊雄に言った。

「昨日、周主席ご自身が飛び込みでミーティングに入ってこられたでしょう？　あんなことは滅多にありません。それだけ主席の関心が高いことを示しています」

「外国の方にはよくわからないかもしれませんが、主席にとっては、中国は自分の家、全ての人民が家族なのです。この家族に安全と繁栄を与えるのは自分の責任だと思っておられます。これまでは、概ね全てが順調に行っていて、目標とする『小康社会（全国民がそこそこの生活を送れる社会）』へと着々と歩を進めていました。コロナ禍も、世界のどんな国よりも早く克服できました。ところが、今回のことで環境が激変しようとしており、将来が全く見えなくなりました。ですから、主席の心痛は想像を遥かに超えるものだと思っています。主席は、この困難に打ち勝つためなら、どんなことでもするでしょう」

俊雄も黙って頷くしかなかった。周主席との接触はほんの短い時間だったが、確かにそういう雰囲気を、彼は肌で感じ取っていた。

俊雄は北京からホノルルに直行し、そこにナンシーとひかるを呼んだ。ハワイはもうこれが最後だと思ったからだ。

ナンシーはホノルルからハワイ島に一人で一泊旅行をし、思い出深いマウナケア山の天文台を訪れた。将来の暗黒の北氷洋の中でも、この山に林立する十二基の天文台は毅然としてそびえ続けているだろう。しかし、天文台の中の設備は全て撤去され、どこか違った場所で使われることだろう。いや、もう誰も、そんな望遠鏡には興味を持たないかもしれない。何を発見したところで、そんなものは異星人たちがみんなとっくに知っている「些細なこと」に過ぎないのだから。

俊雄は、父の俊介とも久しぶりに会って、色々なことをしみじみと話した。東京に移住することを決めていた俊介は、「クリーニングチェーンの事業を売りに出したいのに、誰も買い手がない」とこぼしていた。それは仕方がない。今ハワイに住んでいる人たちは、もう少しすると全ての仕事とほとんどの財産を失い、米本土かアジアのどこかに移住せねばならなくなるのだ。

海の近くで遊ぶのが初めてのひかるは、そんな祖父の心配はお構いなしで、祖父の住むマンションのすぐ前にあるアラモアナビーチを走り回ってはしゃいでいたが、「ドラえもん」や「ピタゴラスイッチ」が「いつもの時間に見られない」と、すぐに文句を言い出した。

六

国連総会は、「地球外の生命体と思われる何者かによって、地球の地軸と自転速度が変えられようとしている現状を認識し、それが現実に起こった場合に、できるだけ多くの人間の生命を公平かつ無差別に救うために必要な措置をとるべく、国連の全加盟国はあらゆる努力を惜しまない」という趣旨の決議案を、全会一致で採択した。

これと同時に、国連事務総長直轄の「地軸変動危機対策委員会（ＵＮＡＣＭ）」のアンナ・テスラ委員長は、とりあえず三百人強の陣容で「居住不可能地域からの住民の救済計画」を策定するワーキンググループ（略称ＥＲＷＧ）を組織し、直ちに活動を開始するように指示した。

救済計画の前提として、このワーキンググループが直ちに必要としたのは、「エイリアンが予告した三月八日の自転減速開始日から、どのような気候変動が世界各地を襲うかについての、できるだけ正確な予測」であったが、ここでさえも、ＥＲＷＧはたちまちにして大きな困難にぶち当たった。

世界中で数十を超える大学や研究機関が研究を始めており、作業効率を上げるために連絡会議も組織されていたが、これまで全く検討されたことのなかった「未曾有の変化」が前提とされているために、そこでの議論も初日からすぐに暗礁に乗り上げてしまう始末だった。

まず、三月八日から始まる二千百六十時間（九十日間）には、毎日の昼と夜が共に少しずつ長くなり、次第に昼も夜も延々と続くようになり、ついには地上から見た太陽の運行が止まってしまう。

しかし、これはほんの序の口である。この期間が終わり、太陽の運行が止まったその時点から、地球は異なった方向に低速で回転を始め、九十六時間をかけて九十度方向を変える。

これがどういうことを意味するかといえば、地球上のあらゆる場所で、この九十六時間という短い間に、その後の気候が激変するベースが固まってしまうということだ。例えば、サハラ以南のアフリカ諸国の気候は、この九十六時間でだんだん涼しくなり、やがて寒くなり、その後数日のうちには、ついには人が住めぬ極寒の地となってしまう。

この状態で世界各地の将来の気候はほぼ決まり、それから地球の自転がまた始まる。この自転のスピードは次第に速くなり、それによって一日の時間は徐々に短くなる。一日の長さがちょうど昔の二倍の四十八時間にまで戻ったところで、それ以上の自転の加速は無くなり、この状態で普通の日常が始まる。

しかし昼も夜も長くなるので、一日の寒暖の差は今とは比較にならぬほど大きくなる。その一方で、地軸の傾きがなくなるので、世界中で四季がなくなる。つまり、暑いところは一年中暑く、寒いところは一年中寒くなるというだけでなく、暑さも寒さも蓄積する一方なので、それぞれの場所での毎日の暑さ、あるいは寒さは、年間を通じて今とは比較にならぬほど厳しくなる。

それだけではない。これらの変化によって、季節風も海流も今とは全く異なったものになるのだ。

これは、世界中のあらゆる場所の温度と湿度、風雨の量が激変し、かつ、しばらくの間は全く予測不可能となることを意味する。これまで世界中の気象学者たちが営々として積み上げてきた多くの知見は、そのほとんどが無意味となり、気象予測に有用とされてきた全ての法則は、あらためて作り直さねばならなくなるだろう。

世界中の気象学者は、毎日が地獄になった。「君たちは専門家だろう。早く予測を出せ」と毎日のようにせっつかれるが、世界のどこに行っても、こんなとんでもない前提での気象予測に取り組んだ「専門家」なんかいるわけはない。段階ごとに幾つかの「仮定」を定めて、その上に立って幾通りもの予測を作ろうと試みたものの、あまりに仮定の数が多く、それが相互に作用する組み合わせは天文学的な数になってしまう。

はっきりしているのは、アフリカの悲劇だ。モロッコ、アルジェリア、及びチュニジアの海洋地帯に住んでいる人々は救われるものの、エジプト、リビア、エチオピア、ソマリアのようなアフリカ大陸の北東部や、サハラ以南の地域に住んでいる人々は、全員が退避しなければ凍死してしまう。

(太平洋のほとんどの小さな島々も同様の運命に晒されるが、こちらの方は、このような大災厄が襲わなくても、たかだか四度ほどの地球温暖化による海面上昇によっても島がなくなってしまう状況だったのだから、今さら騒ぐ問題ではなかった。問題が早く襲ってくるというだけのことだ)

結局のところ、「細かいことはどうせ予測不能なのだから、海流や風がどうなろうと必ず被害を受ける人たちを救うことにとにかく集中し、あとは運を天に任せるしかない」というのが、多くの人たちの間での結論となった。

しかし、気候問題は序の口に過ぎず、もっと大きいのは食料問題だと指摘する声が、すぐに出てきた。このため、世界中の植物学者、農学者、動物学者などが、国連のチームにも各国の対策チームにもすぐに呼び込まれた。石油やガスや鉱物資源は、産地が極寒の地になっても引き続き採掘する方法があるし、魚は大洋を自由に泳いで移動できるので、水産業の多くも維持できるだろう。しかし、農業はそうはいかない。草地がなければ成り立たない畜産業の多くも無事ではないだろう。

さらに、仮に地軸変動後の全世界の耕作可能面積が変わらなかったとしても、タイミングの問題がある。南極大陸やシベリア全土、グリーンランドやカナダの北部やアラスカ全土が、全て耕作可能になったとしても、実際にそこで作物が収穫できるようになるまでにはどのくらい時間がかかるだろうか？　農業の喪失は気候変動で一瞬のうちに起こるが、その再建には多くの年月が費やされるだろう。その間、人類はどう食いつないでいけば良いのか？

農業の基礎は日照と水だ。ヒマラヤやシベリアの氷が溶け、将来も雪が積もるのではなく雨がそのまま川に流れ込むようになれば、下流にある地域の耕作環境は劇的に良くなる。しかし、それに至るまでには、雪解け水が洪水を起こし、水捌《は》けの悪い地域では湖沼が際限もなく広がるだろう。これらの土地が耕作に適した土地に生まれ変わるまでには、どれだけの年月が必要なのだろうか？

国連は、各国に可能性のある気候変動の仮想モデルをいくつか示し、その各々をベースに主要な食品の生産量を見積もるように依頼したが、出てきた答えはみんな頭を抱えるようなものばかりだった。それはそうだろう。日照や給水の条件が変われば、それに適した作物を選び直さねばならない。とうもろこしを芋に変えるとか、小麦を米に変えるとかいうことだ。しかし、そのような変更が期待通りの生産量を満たせるかどうかは、実際にやってみなければ何とも言えない。

あらゆる農作物について、遺伝子工学を駆使しての品種改良を加速させることも、一つの重要な施策ではあったが、人間の健康への影響をチェックすることを含め、試行錯誤のプロセスには多大の時間を要するので、これを食糧確保の切り札にするには、未だに情報が少な過ぎた。

ちなみに、農業に比べれば規模ははるかに小さいものの、畜産業も変革を迫られていたから、この議論の中で誰かが「培養肉」の採算性について報告すると、これが俄然注目を集めた。これは、食肉牛のサーロインとかフィレの部分の細胞を取り出して、これを工業的に培養して高速に増殖させ、良質のステーキ肉を量産するというやり方だ。これにより世界中で広大な遊牧地が不要となり、農業用地に転用できる。取り出された細胞はそれぞれに遺伝子を持ってはいるものの、それだけでは生物とは言えないので、生きている動物を殺すことに抵抗のある菜食主義者の倫理意識も損なわない。

これまでも大豆などを使った「人工肉」の製造は熱心に試みられてはいたが、常に「消費者の好み」という厚い壁が立ちはだかっていた。しかし、この「培養肉」の場合は、現在普通に売られているステーキ肉に比べて味が落ちるどころか、むしろ格段に良くなる。ビールを飲ませ、モーツアルトを聴かせ、人間の手でマッサージまでして育てていると言われている「神戸ビーフ」の細胞を、そのまま取り出して増殖させるのだから、値段が同じレベルに抑えられる目途がつけば、飛ぶように売れるだろう。

しかしこういったことも、所詮はずっと将来の話だ。

農業に必須の降水量の確保については、どんな気象学者も何も確言できなかった。議論が堂々巡りして行き詰まると、誰かが必ず口に出す言葉があった。それは「エイリアンに頼んで適当な場所にバリアを張ってもらえないか」ということだった。ロケット砲の弾丸だって弾き返すぐらい強力なのだから、湿った空気を阻むくらいは簡単だ。そうすればバリアに行き先を阻まれた湿った空気はそこで雨になる。「我々はこんな苦労を強いられているのだから、それぐらいのことはしてくれてもいいだろう」という気持ちが、みんなの心の中に燻っていたのは当然だった。しかし、異星人は全ての交信を拒んでおり、何を言っても届かない。それどころか年が改まってからは、一時は数多くあったUFOの目撃情報すらが、ぱったりとなくなってしまっていた。

そのうちに、どこかで誰かがつい口を滑らせた。「そもそも食料問題を考えるのに、『人口は現時点から増加する』ということを前提にしているのはおかしいのではないか？　これだけの大災厄を受けて、人口が増大するなんてことはあり得ない。食料の需給バランスを考えるのなら、『この半年ほどで、多くの人が命を落とさざるを得ず、人口は相当減少する』ということを前提にして考えるべきだ」と言ってしまったのだ。これは科学的には全く正論だったが、世界中で思いもかけぬほどの大きな反発を呼んだ。「国連はすでに多くの人を見捨てるつもりでいる」という言説が一人歩きし、ネット上では聞くに耐えない罵声が飛び交った。

しかし、この騒動はそこでは止まらず、もっと深刻な問題を引き起こした。誰かがネット上で、こんなとんでもない「陰謀論」を言いふらし始めたのだ。

「みんな騙されてはいけない。実はエイリアンなんて存在しないのだ。これは、米国と欧州の白人どもが、アフリカでの人口増大に恐れをなし、架空のエイリアンがしたことに見せかけて地球の地軸を変え、アフリカ大陸を南極にして、アフリカ人を絶滅させようという恐るべき陰謀なのだ。本当のエイリアンなら、別にアフリカ人を目の敵にする必要はないから、アフリカを南極にするなんてことはしない。アメリカかヨーロッパを南極にするだろう」

「そもそも、この話は初めから全てが怪しい。米国人の女と日本人の男が、エイリアンに出会ったという作り話を吹聴しているが、その他には誰もエイリアンなど見た者はいない。もともと存在しないのだから、この二人の嘘つき以外には、誰も出会えないのは当たり前だ」

こういう陰謀論は、いったん始まってしまうと手に負えなくなる。「ベネズエラで『バリア』というものを通り越して台地（テプイ）の裾野の方に入ろうとした現地人が、密かに次々と消されている」とか「エイリアンに会ったと言いふらしている米国人の女性の夫は、ＣＩＡのスパイであることが判明している」とか「この女の相棒の日本人の記者は、昔その祖先が南京で多くの中国人を日本刀で切り殺したという、曰く付きの人種差別主義者だ」とか、ある事ない事、言いたい放題だった。

さらに問題を複雑にしたのは、米国のＢＬＭ運動（黒人に対する差別反対運動）に参加していた過激派の活動家の一部が、途中からこの陰謀論の拡散に参画し始めたことだった。「少しでも差別主義者を攻撃するための材料になることなら何でも利用する」という「一部の活動家の問題ある性癖」が露呈した悪例だったが、こういう人たちが参画すると、こういう陰謀論も荒唐無稽と笑い飛ばすのが難しくなる。

その上こうなると、本物の人種差別派が逆噴射して、事態を一層悪化させる。彼らは「アフリカの南極化は神の意思だった」と公然と言い放ち、「エイリアンは神の使いで、汚らわしいブタどもを地球上から抹殺するため地上に降りてきた」といった暴言を撒き散らす。こうして両派は、米国全土を皮切りに、世界中の至る所で衝突し、暴力沙汰を繰り返した。

自分たちの生命や財産が直接危険に晒されることのない地域でさえこんな状態だったのだから、本当の危機が目前に迫っているアフリカ本土では、こんなもので済むわけはない。流言は新たなよりひどい流言を呼び、混乱は新たなより大きい混乱を呼んだ。

多くの国で米国大使館が襲撃された。白人や東洋系の人たちは、至る所で見境いもなく襲われた。ビジネスマンだけでなく学者も医師も芸術家も、奉仕活動に従事している人たちまでもが襲われたのだから、ひどいものだった。

アフリカにいた白人や東洋系の人たちは、もともと前途に絶望していたのだが、これに背を押される形で、あっという間に全て国外に脱出してしまった。こういう人たちが突然いなくなると、全てのシステムが動かなくなってしまう。多くのアフリカ人も、これによって仕事がなくなり、路上の至る所でゴロゴロと寝転がり、ぼんやりとしているしかなくなった。

やがて、アフリカ各国の指導者や国連事務総長が特別に談話を発表したり、米国や中国のネット事業者がこのような陰謀論を広めている連中を締め出したりして、何とかこの事態を収束させたが、この陰謀論が残した爪痕はあまりに大きかった。関係者の全ては、「良かれと思って言ったり行動したりしたことでも、すぐに誤解される」「少しでも誤解を受けそうなことを言えば、たちまち『人種差別主義者』という烙印を押される」と恐れ、どんな建設的な考えでも全て封印して、あらゆる言動に極度に神経質にならざるを得なくなった。

アフリカ全土では、もっと深刻な問題も方々で起こり始めていた。

ある国では、独裁的な権力を握っていた大統領が、一族と腹心の部下たちを引き連れ、巨額の国家資金を着服して、突然姿をくらましたのだ。これまでは「未来永劫に独裁者として君臨する」ことに大きな魅力があったわけだが、これは不可能だとわかったので、それなら国際社会がうるさく干渉してくる前に、全てを奪って消えた方が得策だと計算したのだろう。

こうなると国は一瞬にして破産し、警察官はほぼ全員がギャングに変身、全ての流通と行政サービスは機能しなくなった。そうなると、力のあるものは、殺人、略奪、レイプをほしいままにする。力のない女性や子供たちは、なすすべもなく、彼らの蹂躙《じゅうりん》の犠牲になるしかない。

たまりかねて国連が治安維持軍と援助物資を送って何とか秩序を回復したが、国の再建の目途は全く立たない。大統領一行の亡命先は、中南米とかロシアとか言われているが、ことの真相は全て藪の中だ。

また、ある国では、せっかく鎮静化していた部族抗争がこの問題を機に再び尖鋭化し、武力衝突で多くの死傷者が出た。ことの発端は「国連は住民救済のための輸送船を準備中だが、この船に乗れる人の数は限られているので、抽選が行われる」という噂が流れたことにあった。そして、この噂と関連して、「抽選を行う政府機関は一定の部族を切り捨てることを画策している」という別の噂が流れると、部族間の関係は一気に緊張、方々で銃撃戦が頻発した。

ここでもまた、国連は治安維持軍を派遣せざるを得なくなったが、編制に手間取り、内戦を早い時点で抑え込むことができなかった。このために内戦は各地で拡大、多くの村が焼かれ、多くの人々が虐殺された。そして内戦が収まった後でも、派遣された国連軍の兵士たちは「本当に輸送船は来るのか？」「抽選はあるのか？」と住民から問い質《ただ》され、答えに窮していた。

実際には、輸送船の話などは、まだひとかけらも出ていなかった。というよりも、何人の住民を、どの国からどの国へ、どのように輸送するのかという基本計画すら、影も形もなかった。これも当然である。受け入れ国がなければ、そもそも計画は成り立たないが、どの国も、自分の国民を守る方策さえ覚束ないのに、早々と難民の受け入れにコミットできるわけなどないのだ。

しかしいずれにせよ、海上輸送力の確保は早く行われなければならない。クルーズ船、貨物船、タンカー、それに大中小の漁船に至るまで、ありとあらゆる船の徴用についての図上作戦が検討されたが、輸送力の少なさは目を覆うばかりだった。

「アフリカの動物たちはどうするのか？」という質問も当然でた。このプロジェクトに関係した全員が「現代版ノアの方舟」をイメージしていたので、それは当然の帰結だった。しかし輸送力の不足から、一方で人間を積み残し、一方で動物たちを救うというのでは、強烈な批判を受けるのは必定だ。

また、仮に輸送ができたとしても、受け入れ先が確保できるかは別の問題だ。旧南極大陸に初日から熱帯雨林やサバンナが出来上がっていれば良いが、そんなものが出来上がるには相当の年月が必要なのは明らかだ。早い時点では雪解け水のぬかるみだらけの湿地帯でしかあり得ないので、ワニやカバはともかく、陸上の動物たちは生きていけないだろう。
結果として、動物たちの救済は人間の救済とは全く別次元の問題と割り切り、「世界中の動物園がアフリカ由来の動物の飼育能力をこれまでの二倍以上とし、その限界まで受け入れる。動物たちを自然に返すのは、まず動物園の中で数を増やしてから、長い期間をかけて徐々にやっていけば良い」という結論に落ち着いた。

「アフリカ大陸に住む人たちの旧南極大陸への移住計画」は、考えれば考えるほど実に難しい問題だった。一九〇八年にイギリスが南極大陸のある地域の領有権を主張したのを皮切りに、フランス、チリ、アルゼンチン、オーストラリア、ニュージーランド、ノルウェーの各国が、それぞれに理屈をつけて、色々なところに領有権があると主張しているが、現時点ではまだ何も決まっていない。（早い時期に「白瀬南極探検隊」を派遣していた日本も、かつては一部の領有権を主張していたが、第二次世界大戦後の講和条約締結時に放棄した）
これから、この大陸は現在のアフリカ大陸並みになっていくわけだし、地下に眠っている鉱物資源はどんどん発掘されていくだろうから、この土地の領有権の問題は、放っておけば大国間の抗争の種となるだろう。戦争にさえなりかねない。しかし、どうすればよいのかについては誰にも全くアイデアはなく、そもそもそういう問題はどこで誰が議論すれば良いのかさえもわからなかった。
新設された国連事務総長直轄のＥＲＷＧという組織の中で、速水俊雄は新参者ではあったが、エイリアンに実際に会った二人のうちの一人という特別な存在だったし、事務総長の特命でこの組織に参画したという背景があったので、いつでも比較的自由に何でも言える立場にあった。その立場を利用して、ある日の会合で、突然何の前触れなしに、彼は思い切った提案をした。

「この難しい問題を一挙に片付ける画期的な提案がありますので、是非この場で皆さんで討議して頂きたいと思います。他に案があるのならともかく、何も案がないのなら、現状ではこれだけが唯一の道です。このように決めてしまわなければ、一歩も前に進めません」こう言って俊雄は、数日前から心の中に秘めてきた長い話を始めた。

「モロッコ、アルジェリア、チュニジアの三国を除き、アフリカ大陸に存在しているほとんどの国が、地軸の変動によって実質的に全ての国土を失います。このような状況下で、個々の国々がそれぞれに国の将来を考え、実行していくのは困難を極めます。従って、これを機会に、『アフリカ連邦共和国』という一つの国を作り、この新しい国が国際社会と協議をして、全てのアフリカ人に『自由で安全な生活』を保障すべきです。

この国の統治方法については、これからじっくり時間をかけて決めていくべきですが、一定の年齢に達した全てのアフリカ人の男女は、この国の政治に関連して投票できる一票の権利を、民族や宗教や性別や身分に関係なく、公平無差別に保有することが保障されるものとします。

この国の大統領は、適切な時期に国民の中から選挙で選ばれますが、当面は国連総会によって選ばれた人物が職務を代行します。首相をヘッドにする内閣を構成する『外務（国際社会との交渉）』『内務（住民登録と生活管理）』『財務』『法務』『運輸』『情報・通信』『食料・物資（調達と配給）』『施設（建設と管理）』『医療・保健』『青少年支援（教育）』の十省の長も同様です。

また、首相直轄で『安全保障委員会』を設置し、これまでの用語で呼ぶなら『警察』とか『連邦軍』と呼ぶべき機能を統括します。国連は、加盟国の協力を得て、統治に必要な全ての人材を提供するだけでなく、総兵力五万程度の規模の国連軍を編制してアフリカに派遣し、この国連軍にアフリカ全体の治安維持を担わせます。『安全保障委員長』には、この国連軍の総司令官が就任します。

国連は、南極大陸と周辺の島嶼に関する全ての権利をいったん一手に掌握した上で、このうち十五パーセント程度をチリとアルゼンチンの領土と定める他は、全ての地域をアフリカ連邦共和国に一括で無償譲渡します。その見返りに、アフリカ連邦共和国はアフリカ大陸の旧領土の全てを、一定期間、国連の信託統治下に置くことに合意します。

ただし、南極大陸内の鉱物資源と化石燃料資源の全ての採掘権は引き続き国連が保有し、公開入札によって世界のあらゆる企業に採掘権行使の機会を与えます。これで得られた収益はいったん国連が掌握した上で、連邦共和国の民生安定と将来の経済発展のために有効と思われる事柄に投資します。アフリカ大陸内の旧領土にある鉱物資源についても、各国が別途他国と契約しているものを除いては、同様の扱いとします。

地軸変動で巨大な領土が新たに温帯または熱帯になるロシア、カナダ、北欧四国、及びアラスカを領有する米国との居住権供与交渉についても、国連は連邦共和国を支援します」

この会議に出席していた全員が、あまりに唐突でかつ大胆な提案に唖然として、しばらく議場は静まりかえった。やっと一人が質問した。

「そもそも、単なる一つの実務者グループに、こんな重要なことを提議する権限が果たしてあるのでしょうか？」

俊雄は間髪を容れずに答えた。

「最終決定は国連総会でなされるべきでしょうが、提案は誰でも遠慮なくするべきです。多くの提案がなされれば、それを国連総会で審議し、取捨選択すれば良いのです。誰も何も提案しなければ、何も起こらず、アフリカ大陸の住民は救われません」

この答えはそれなりに説得力があったが、今度は違う委員が別の質問をした、

「しかし、アフリカ諸国はこんな案に賛成しますかね？　自分の国がなくなるということなんですよ」

「では、代案がありますか？　アフリカ諸国には、この案に賛成せず、連邦国家ができても参加しないという選択肢はあります。しかし、そんな選択肢を取る国があるでしょうか？　そんなことをすれば、万事に膨大な手間がかかってくるし、国際社会からの支援がほとんど得られなくなるかもしれないのですよ」

「南極の問題については、英国とかノルウェーとか、一部の領有権をずっと主張してきた国が、さらには米国やロシアや中国といった大国が、すんなりと受け入れるでしょうかね？」

「見てみましょう。国連が人道的な見地から、国を失うアフリカ大陸の人々を救おうとしているのに、自分たちの利己的な領土欲のために公然とその邪魔をして、全世界から眉をひそめられてもいいと思う国が、果たしてあるでしょうか？」

もうそれ以上の質問は出なかった。みんな狐につままれたような気持ちで、黙然と議場を後にした。

実は俊雄自身も、自分のこの大胆な行動には少し驚いていた。ついこの間まで、一介のルポライターという以上には何の肩書もなかった自分が、十億を超えるアフリカ人の運命を決め、広大な南極大陸の領有権を決める国際的な動きを、たった一人でリードしている。「こんなことがあっていいのだろうか?」と自問してみたが、「あってはならない」という理由は見出せなかった。「誰も何も提案しないのなら、自分が提案するしかない。当たって砕けろ(Go for Broke)だ」と彼は思った。

そして、世の中の大抵のことは、実は「案ずるより生むが易い」ものだ。「当たっても、必ずしも砕けるわけではない」のだ。

時をおかずして、「地軸変動危機対策委員会」のアンナ・テスラ委員長が、「この提案をそのまま委員会の提案にしたい」とまず言ってくれた。ガーナ出身の学者肌のこの女性とは、数年前に国連のナイロビ事務所で会ったことがあり、数日前にも改めて旧交を温めたばかりだったのが幸いした。

事務総長はこれを受けて、数日を経ずして国連総会に提議し、一挙に議決にまで持ち込んだ。「自分の国がなくなってしまいかねない」と心配したアフリカ諸国のうちの数カ国が棄権したが、「連邦国家に加入するかどうかはまだ決めないで良い」ということだったので、反対まではしなかった。南極大陸の帰趨《きすう》については、十五パーセントの領土権を与えられたチリとアルゼンチン、それに、本来なら領有権を主張したはずの英国とフランスとノルウェーも、あっさりと賛成した。ロシアは、国連事務局の根回しに対してしばらくは態度を保留していたが、結局は賛成した。米国、中国、日本、ドイツ、インドなどは、積極的に賛成した。

おそらくは、みんなもうヘトヘトで、「できるだけ手順を単純にしておかないと、何もできなくなってしまうのではないか」という恐怖心を持ち始めていたのだろう。

七

バンスルが国連加盟各国のリーダーにメールを送ってから七百二十時間（三十日）後、米国東部時間で三月八日の午後四時が、刻々と近づきつつあった。バンスルの予告によれば、この時間には二つのことが起きることになっていた。一つは、地球の自転が減速を始めることであり、もう一つは、広大なアンデス山脈の中南部に人間の入り込めない「バリア」が張られる事前警告のために、赤色のホログラフィー表示がなされることだった。

全世界の人たちが、「何か大きな揺れのようなものがあるのではないか」と固唾《かたず》を呑んでその時を待っていたが、人間に感じられるような大きな変化は何もなかった。強いて言うなら、ほとんどの人が、何か横向きに押されるような若干の違和感を感じていたが、目に見える世界は何も変わらないので、そのうちに全く気にならなくなった。

人々は「なあんだ」と思い、「エイリアンに騙されていたんだ」と考えた人もいたようだった。しかし数分もしないうちに、世界中の天文台から、実際の時間と暦の上の時間との間にズレが生じ始めたという報告が、櫛の歯を挽くように入り始めた。一時間後に、英国のケンブリッジにある「旧王立グリニッジ天文台」は「この一時間で地球の自転は一・七秒遅れた」という報告を出してきた。

もうこれからは、昼も夜もどんどん長くなるわけだ。これまでの感覚で一ヶ月、七百二十時間もすると、例えばロンドン近郊の北緯五十二度の場所では、昼が二十時間、夜が十六時間（一日が三十六時間）になる。今から二ヶ月、千四百四十時間もすると、昼が四十六時間、夜が二十六時間（一日が七十二時間）になる。そのうちに、地球の約半分は延々と昼が続き、あと半分は延々と夜が続く（日の出も日の入りもなかなかやってこない）という状態になる。

そうなれば、これまでの暦は何の意味もなくなることになる。全世界の公共機関では「今後は一切『日』や『月』という言葉を使うことはやめ、当面は全てを『時間』によってのみ表示する」ということにしてはどうかという話が、関係者の間で進み始めていた。

ところが、「日」や「月」を使わないとなると、色々と不都合があることがすぐに判明した。全てを時間だけで管理すると、ミーティングの設定等が極めて煩雑になるだけでなく、感覚的にもピンとこなくなってしまうということだ。それから色々な議論があったが、公的機関の間でも民間の企業でも、最終的に次のような合意がなされた。

「日時は今まで通り何も変えない。カレンダーもこれまで通りのものを使う。日が昇っているか沈んでいるかを一切気にしないようにするだけだ。昼であろうと夜であろうと『この時間には交通機関を動かし、あるいは止める』と決める。『仕事を始める、あるいはやめる』『店を開く、あるいは閉める』と決める。今から二百四十時間後は十日後であり、四月七日は四月七日だ。今からその日までに何回朝が来て何回夜が来ようと気にしないだけのことだ。全ての約束や時間管理はこれまで通りの『日時』で行う」

永久にそうしていなければならないというわけではなく、「そのうちに地球の自転も一応は規則正しく再開するのだから、これまでのような日常はまた取り戻せる。それまでの辛抱」というわけだ。

しかし、困ったのは農業だった。植物たちは太古の昔から、太陽光によって自らの存在を規定していた。太陽光が規則通りに得られないと、全てのリズムが狂ってしまう。農業に従事する人たちも同じことで、農作業のあり方をどう変えれば良いか、頭が痛かった。

勿論、影響をもたらすのは「日照時間」だけではない。昼夜の時間がどんどん長くなれば、必然的に熱気や冷気の蓄積も大きくなるから、一日の最高気温と最低気温の差がどんどん拡大していく。これは人間の身体にとっても辛いことだが、衣類や住居で温度調節ができない動物たちにはもっと辛いだろうし、植物にとっては死活問題かもしれない。多くの農学者の間では、「せいぜい三千時間程度のこの変動期間だけでも、多くの農業が壊滅的な打撃を受けるだろう」という悲観的な予測が広がっていた。

各国の問題をもう少し細かく見ていくと、自転が減速し、毎日の昼と夜がどんどん長くなっていく「最初の二千百六十時間」の変動の影響については、各国の懸念は共通だったが、「その後の九十六時間」に起こる「極点の移動」に関しては、国ごとに大きく違った。「その後には国がなくなってしまう」アフリカ諸国や太平洋諸島の国々は勿論、問題が数十時間に限られる米国と日本でも、人々はあまり安閑としてはいられなかった。

米国では、一時的にアラスカが北極点になる他、本土の北西部の広大な地域が、数十時間にわたって極寒の地になる。やがては素晴らしい温帯性気候を享受することがわかっていても、一時的な問題は凌がねばならないので、おそらく本土の人口の二十パーセント以上に及ぶであろうこの地域の人たちには、一時的に外出を禁止するとか、東南部に退避してもらわねばならなくなるかもしれない。日本も同じで、東北地方と北海道に住んでいる人たちが対象になるだろう。（カナダ西部やシベリア東部も同じだったが、一時的な我慢が必要となる人の数はさして大きくないと見積もられていた）

この対策を検討している中で、米国政府と日本政府からは、学者たちに対して、「自転が止まったその時点で、自分たちの国が昼側に位置しているのか夜側に位置しているのか」を算出せよという、矢のような催促があった。もし昼側にいるのなら、地軸変更が行われる九十六時間の問題はさして大きくはないが、夜側だと、問題は一層深刻だからだ。

学者たちは、とりあえず観測できたデータをベースにして、「きっちり二千百六十時間で自転が完全に止まるようにするには、異星人はどのようなやり方で減速させていくつもりなのだろうか」と推測することを迫られた。難題に次ぐ難題だ。

しかしながら、これについては、案ずるより生むが易かった。幸いにも、とりあえずの観測データが「減速開始から終了まで、異星人は一定の減速率を維持するはずだ」と推測できる根拠を示したからだ。この推測に従って計算すると、米国の西北部は幸運にも昼側、日本の東北部は不幸にも夜側になることが予測された。

一方、アンデス地域でのバリアの設置に関連しては、チリは人口のほとんど全て、ボリビアは首都ラパスを含む総人口の約四割、ペルーは首都リマは助かったものの総人口の約二割に当たる南部に居住する人々、三国合計で三千万近い人たちが移住を強いられることになったわけだから、一時は一体どうなることかと心配された。しかし国連事務局の必死の働きかけと、欧米諸国の迅速な資金援助の約束のおかげで、アルゼンチンを筆頭に、ブラジル、ウルグアイ、パラグアイも直ちに移住者の受け入れを決め、最終的には大混乱は回避できた。

異星人は約束通り、封鎖の三十日(七百二十時間)前に赤色のホログラフィーで長大な境界線を表示したが、それ以前に、境界線内に含まれるほとんどの都市からは多くの主要な資産が運び出されており、街は閑散としてきていた。そして、資産の移転や新しい居住の場を定めるのに手間取っていた人たちや、自分の住んでいるところが境界線の内側か外側かがはっきりしないためにぐずぐずしていた人たちも、この表示を見た途端に、我先にと境界外へと退避し、実際の封鎖がなされる数日前には、全ての街や村は無人になっていた。

もっとも、ローマ教皇の懇請や国連の強い働きかけがあったとはいえ、全人口のほとんど全てが国外に脱出せざるを得なかったチリと、その人口の約九割を受け入れたアルゼンチンとの関係が、一挙に決着できたわけではない。全ては「仮の取り決め」と位置付けられ、アルゼンチンに移住した千七百万のチリ人(残りの二百万人弱は主としてブラジルとパラグアイ、それに、メキシコとアメリカとスペインに移住)は、当面は永住権を認められたわけではなく、基本的に外国人として扱われた。チリ政府がブエノスアイレスに作った行政組織は、他国に国土を占領された国が外国に作る「亡命政権」のようなものだった。

こうして、あらゆる国が多くの目先の課題を抱え、全地球的な対策を考える余裕に欠けているうちに、時はどんどん経過し、旧来の日時に換算すれば三十日、異星人によって設定された自転減速期間の三分の一の時点が、すでに近づきつつあった。

そして、これだけの間でも、地球の気候は相当に変わり、どんどん予測し難いものになっていった。「長い昼」と「長い夜」は海面温度の上昇幅や下降幅を大きくして、これが今までになかったような猛烈な突風や豪雨を頻発させた。集中豪雨の発生する所が多くなると、その一方で日照りに苛まれる所も多くなるようだった。日本や韓国や中国の海岸地帯が、季節外れの集中豪雨に見舞われる一方で、その時点で夏季だった南半球では、空前の山火事が多数発生した。

しかし、最大の問題は氷河の融解が加速されたことだろう。氷河は作られるには膨大な時間を必要とするが、解け出すとあっという間だ。表面の氷塊はどんどん崩落していく。これは、今回の変動の前にも、地球温暖化によってすでに起こり始めていたことだったが、それが大幅に加速されたのだった。

氷河や氷山の融解は深刻な海面上昇をもたらす。これも地球温暖化によっていずれは起こると覚悟されていたことではあったが、そのスピードが早まるとなると、対策はすぐに行われなければならなくなる。ほとんどが北極圏になってしまう太平洋については、米国、日本、オーストラリア、ニュージーランドの四国がリーダーシップをとり、救済策がすでに作られつつあったが、その恐れのない大西洋やインド洋については、意表を突かれた形になった。

意表を突かれたといえば、世界中の静止衛星が使えなくなったのも打撃だった。静止衛星が「静止」しているように見えるのは、地球の重力と釣り合う遠心力を生み出す軌道上での衛星の航行速度が、ちょうど地球の自転速度と見合うように、赤道上の三万七千キロ上空に軌道を定めているからだが、地球の自転が遅くなると衛星はどんどん前に行ってしまい、静止衛星としての機能が果たせなくなってしまう。

静止衛星会社は、相当期間じっと我慢して、安定した新しい自転が再開するのを待つしかないが、新しい自転速度はこれまでの半分だから、今のままの軌道では引力に見合う遠心力が得られずに落下してしまう。これを防ぐためには、引力が弱くなるように今よりずっと高い（遠い）軌道位置に移さざるを得ず、そうなると電波の出力を強くしたり、地上のアンテナを大きくしたりせねばならない。結局、経済性が失われ、廃業に追い込まれるしかないだろう。

しかし、これで世界の通信網が麻痺してしまうかといえば、そんな心配はほとんどなかった。幸いにして、世界の通信網の大部分を支えているのは、もう衛星ではなく、光海底ケーブルだったからだ。今回の自転の減速も地軸の変動も、海底ケーブル網には何の影響も与えない。

位置測定に使われるGPSシステム用の衛星や、種々の観測衛星やスパイ衛星、低軌道の通信衛星などは、もともと地上から見れば動き回っている衛星だから、地球の自転速度が変わっても生死の問題にはならないが、それでも複雑な計算をこなしてソフトを一新しなければならない。それはそれで大変な作業だったが、技術者たちは何とかそれをやり遂げ、数日間の操業停止だけでサービスを再開させた。

話は国際政治の問題に戻る。

残念ながら、人間は誰でも、目の前に問題があればそれに捉われざるを得ず、どんなに大きな問題であっても、それが他人のことや将来のことであれば、後回しにしてしまう傾向がある。だから、心ある人たちは、そうした大きな問題について、常に声を上げ続けなければならないのだ。

誰の目から見ても、国際社会が今すぐに取り組まなければならない焦眉の問題は二つあった。一つはアフリカ問題であり、もう一つは食料問題だ。勿論、その二つはお互いに関連する。

今住んでいるところでは生きられない境遇に突き落とされようとしているアフリカの人たちは、十億人を超える。それなのに、彼らを移住させるのに残された時間はもう二ヶ月を切ろうとしている。どう考えてみても、これ以上の重要で緊急な問題はない。どんな人間でも「そんなの知ったことか！俺たちは自分のことで精一杯なんだ」とは、さすがに言えないだろう。

しかし、食料不足の問題もこれに負けず劣らず深刻だ。食料がなければ、人々は目の前でどんどん死んでいくしかない。昔はそういうことが日常茶飯事で起こっていたわけだが、今やその悪夢が蘇《よみがえ》ろうとしているのだ。

相次ぐ自然災害と環境の急変で、すでに世界中の農業が打撃を受け始めていたが、これから起ころうとしているのは、そんな生易しいものではない。

米国農務省や国連食糧農業機関は、以前から「共同体食料安全保障（Community food security, CFS）」という概念を打ち出し、「共同体の自立と社会正義を最大化する維持可能な食料供給システム」を作るのだと言ってきていたが、今はもうそれどころではない。とにかく問答無用で、これから数年間の食料を確保する（どう配給するかは後で考えればよい）。そのために何をしなければならないかを見極め、直ちに行動に移す。これがやるべきことの全てだった。

ジョン・ペリー大統領特使が主宰する「第二の諮問委員会」に国務省を代表して参画していたスーザンは、「この委員会のアクションプランをこの焦眉の問題に集約する」ことを提言して、認められた。

「調査をしたり、抽象的な宣言文を考えているような時間はもうありません。具体的な行動計画あるのみ」と、彼女は主張した。

そこまでは良かったが、勢い余って、こうも言ってしまった。

「世界の問題は、そのまま米国の問題です。米国の行動計画は、そのまま世界を救う行動計画であるべきです」

しかし、これには密かに眉を顰める人たちもいた。「米国政府の行動計画は、まず米国人を救うためのものであるべきだ」と堂々と反論する人もいたし、「彼女はたまたまエイリアンと直接会う機会を得たかもしれないが、ちょっと思い上がっているのではないか？（英雄気取りは程々にしろ）」と陰口を叩く人もいた。

そういう声は、回り回って彼女の耳にも当然入ってくる。彼女は傷つき、時には塞ぎ込むこともあった。

彼女は急に思い立って、今回のことが起こってから一度もコンタクトを取っていなかった、別れた夫のポール・サイモンにスカイプでコンタクトした。

「ややあ、久しぶりだな。何だか大変そうだね」と、ポールは思いがけなく優しい表情でスカイプの画面に出てきた。

「そうよ。たまたま別の用事でベネズエラに行ったばっかりに、とんでもない責任を負っちゃったの」

「いや、それは決して悪い話じゃないよ。そんなことでもないと、君は退屈しちゃうから」

「でも、一体どうしたらいいの。今アフリカに住んでいる十二億の人たちをみんな救うなんて不可能よ」

「勿論不可能さ。僕の試算では、どんなに頑張っても救えるのは七割程度だと思う」

「でも、そんなことは死んでも言えないわ。神様じゃあるまいし、救える人と救えない人をどうやって選別するというの？」

「勿論、人間は選別できない。これは、いつだったか君と議論したことのある『トロッコ問題』と似通ったところのある問題だけど、今回は、『ルールを作り、そのルールが自動的に助かる人と助からない人を振り分けた』ということにするしかないよ。計画はあくまで全員を救うという前提で作る。色々な見落としがあったり、想定外の出来事があったりして、この計画が完遂される可能性はまずない。そんなことはわかっている。しかし、みんなその目標のために頑張ったという事実は消えない。全員が救えなかったのは、誰かが悪かったからではなく、力が及ばなかっただけだ。不公正な決定や愚かな決定があれば、人はそれを非難するけど、能力が及ばなかったのは怪しからんとは言えないよ」

「トロッコ問題」とは、「ある人を助けるために他の人を犠牲にするのは許されるか？」という問いかけをベースにして、「功利主義と倫理の対立」や「異なった倫理観の対立」を扱う議論だ。もともとは「暴走する路面電車が多くの人を轢《ひ》き殺す惨事を防ぐために、ポイントを切り替えて別のところにいる少数の人を轢き殺しても良いか」という議論だったが、ポールとスーザンが昔議論した時には、こういうケースにした。「新たな土地での新生活を目指して三十人の集団が航海にでた。しかし、暴風雨に遭遇し、船は沈没寸前になった。船を軽くするために積荷は全て捨てたが、それでもあと二百キロ捨てなければ、船は沈没し、全員が死んでしまう。さあ、どうしたらよいか？」

スーザンは「まず『みんなのために自分が犠牲になる』という人を募り、希望者が多すぎても少なすぎても、あとはくじ引きで決める」という案を出したが、ポールは「それでは、立派な人を失ってしまうので、この集団は後々の試練に耐えられなくなる」と言って反対した。

最終的には、「いきなりくじ引きでも同じ問題が残る。先の短い老人から年齢順に犠牲になってもらうという案でも、リーダーとなれる老人を失うという問題がある。だから、まず『集団としてどうしても失いたくない人』を、自分と家族を除外して五人ずつ、全員に投票してもらい。そこで一定の票を得た人は除いて、残った人の中から年齢順に犠牲者を選ぶ」という結論で、二人の間では決着がついた。

議論の中では「体重の多い順」という案もでた。とびきり肥満体の人がいれば、一人で二人救えるかもしれないし、肥満体は今後とも食料を浪費する可能性があるからだ。ポールは肥満体の人がもともと嫌いだったらしく、この案に相当乗り気だったが、スーザンは「そんな風に個人の好みの問題が絡んでくるから、この案は良くない」と言って反対した。

アフリカの人々をどうやって救うかという問題については、ポールもスーザンも実務家だったから、「完全な公平を期すことは初めから不可能」とは割り切っていた。だから、「どうしたら、不満や怒りが残らないか」に焦点を絞って考えた。二人とも、輸送力と食料がネックになると見極めていたが、両方とも時間の函数《かんすう》であるという認識で一致していた。

ポールは、「まず、一時期の居留地と永住地の二段階に分けて、移動先を割り振ること」「次に、一時的な居留地までの移動方法を決めること」「次に、故地を離れてから永住地に移って最初の収穫が得られるまでに必要な食料の量を計算し、その供給元を決めること」「次に、食料以外の生活必需物資についても、同じように見極めること」「供給される食料や資材に対しては、最低限の対価は支払うものとし、その資金の供給元を別途決めること」の五点が緊要だとアドバイスした。

「なるほど、そのように供給元の問題と必要資金の問題を切り分けて、順を追って考えていかないと、堂々巡りになって、いつまでも結論が出ないわね」と納得したので、ポールとのスカイプ通話が終わるや否や、スーザンはすぐに俊雄に電話を入れ、「国連のERWGでも同じようなアプローチを取るべきよ」とアドバイスした。

ポールとスーザンの会話は、その後も三十分ほど続いた。まずはギーの近況、次にはポール自身の最近の仕事についてだった。

「今度のことがあったので、僕の仕事も百八十度変わったよ」とポールは言った。

「厄介だった核兵器の問題があっという間に片付いたし、ロシアは放っておいても大国になるし、『中国の脅威』もエイリアンの前には影が薄くなったし、シリアもサウジアラビアもエジプトもイスラエルも、地球上のどこか別の場所に移らなければならないし、僕が組み立ててきた米国の世界戦略はみんなどこかに吹っ飛んでいってしまったよ。ちょっとがっかりもしたけど、せいせいした気持ちでもあるんだ」

「じゃあ、もうアメリカに帰ってくるの？」

「いや、そうはならないと思うよ。僕は、これでもプーシキンとはかなり仲良くなったんだ。彼もKGB出身だし、頭はすごくいいから、僕と色々気が合うところがあるんだ。僕が彼のブレーンになったら、君は怒るかな？」

「うーん……。ちょっと嫌ね」

「君が嫌ならやめるよ。今でも君のことを愛しているしね」


「ありがとう。それはそうと、今はどこにいるの？」

「今日はコペンハーゲンなんだ。グリーンランドが広大な熱帯になるので、国の立ち位置を決めねばならず、デンマークも少し混乱しているよ」

「かつては大帝国だったのだから、大きな話には動じないはずなんだけどね」

「うん、でも、小さい国になった今の方が、国民は幸せで、何も変えたくはないそうだ」

「話は変わるけど、イスラエルはどうなるの？　イラクの北部にはどうにか人は住めそうだけど、イスラエルやヨルダン、レバノン、シリアは駄目みたいよ」

「僕らはもともと国をなくして世界中を放浪してきた民族だから、元に戻るだけさ。でも、今、アイスランドと交渉しているみたい」

『嘆きの壁』もアイスランドに引っ越すわけね。カーバ神殿はパプアニューギニアのようだから、ちょうど地球の裏側になるわね」

「しーっ。これはまだ内緒の話だから、誰にも言ったらダメだよ」

「わかった。ギーにも内緒にしとく。でも、アイスランドという国名は、いずれにせよ変えなきゃならないでしょうね。ウォームランドとか」

「うん、グリーンランドはまさに名前にぴったりの場所になるけど、アイスランドは変えないとね」


「それはそうと、ヨーロッパの気候が変調をきたしているという話を今日聞いたけど、そっちでも騒いでる？　英国がアイスランドになりそうだって言ってた」

「聞いているよ。昨日あたりから、英国の西岸を流れる北大西洋海流の流量が少なくなってきたという観測記録が出てきたそうだ。メキシコ湾から流れてくる暖流で、これがあるためにヨーロッパ諸国は高緯度でも暖かいのだけど、毎秒八千万トンとも言われている膨大な流量が減ってくれば、ヨーロッパは格段に寒くなるというわけだ」

「やっぱり」

「そもそも、何故メキシコ湾からの海流がヨーロッパまで来ているかといえば、それは地球の自転が生み出している『コリオリ』という慣性の力が働いているからなんだ。地球の自転速度が遅くなれば、この『コリオリ』も弱まるのは当然で、そうなるとヨーロッパの寒冷化は免れないと思うよ」

「でも、自転が減速するのは、あと二ヶ月とちょっとの間だけ。北半球はこれから春でしょう？『今年は春の訪れが遅いなあ』という程度で済まないかしら。そう祈るしかないわ」

「え？　何でそんな急にヨーロッパのことが気になり出したの？」

「私、今、アフリカの人たちを救うのに必死なの。アフリカの人たちが救えなければ、自分は何のために生まれてきたのかと思うぐらいよ。でも、そのためには、一時的な居留地の提供とか、資金の拠出とか、ヨーロッパの各国に頼まなきゃならないことが山程ある。各国が自分の国の問題に忙殺されるようになってしまうと、アフリカの話なんて聞いてもらえなくなるでしょうから、それが怖いのよ」

「うーん。そうかもね。『旧宗主国』なんていう言葉はもう死語に近いし、どこの国だって、政治家は選挙権のある自国民のことを他国民より十倍も百倍も大切にするものね」


ポールとの長いスカイプ通話が終わり、その後の俊雄との電話も終わると、スーザンは少し気分が晴れた。そこに兄のピーターから電話が入った。


ピーターは父の後を継ぎ、不動産会社を経営していたが、なかなか先を読む目があるらしく、事業は順調に拡大していた。その上、彼は新しい技術やサービスにも関心があり、フィンテック系のベンチャー企業に投資して相当稼いだ上、最近はバーチャル通貨に夢中のようだった。

これには、スーザンを通じて知り合ったポールの影響も若干あったようだ。ポールは完全なバーチャル通貨信者で、言い換えれば、米ドルの基軸通貨としての永続性にも懐疑的だった。彼は、「中国は全速で人民元建てのバーチャル通貨に移行し、それを支える技術を多くの発展途上国に広め、さらには、それを梃子《てこ》にして、まずは金にヘッジできるものを、そして、次第に純粋なバーチャル通貨を導入して、これを、今は中国依存を警戒している国々にも広げていくだろう。これが米国の実質的な世界支配に終止符を打つための最も有効な方策だからだ」と予言していた。

しかし、この日のピーターからの電話は、本業の不動産事業についてのことだった。彼は、「米国人は、熱帯化する現在の東海岸地域からアラスカへと、そして中西部、南西部や太平洋岸へと、大量に動くはずだから、不動産事業者にとっては空前絶後の大きなチャンスが到来する」と踏んでおり、どこにどう投資するべきかについて、スーザンの意見を聞きたかったようだ。

スーザンは、子供の時から兄とは離れ離れになって過ごした期間の方が長く、そんなに仲良しだったわけでもないが、それでも兄からの話は無碍《むげ》にはできない。しかし、この時期に、不動産での儲け話に付き合わされるのは、さすがに気が乗らなかった。

だから彼女は、気候変動についていては通り一遍の話しかしなかったが、「当分は、気候変動がめまぐるしく、働く場所も住む場所も簡単には特定できないと思うから、冷暖房の完備した気密性の高いモバイルホームを量産して、レンタルしたらどうかしら。大きな商売になると思うわよ」とだけは言ってみた。「これからは、米国の中だけでなく、世界レベルで、多くの人々が流浪の民のように移動しながら暮らさねばならないかもしれないのだから、大量のモバイルホームの在庫があれば、きっと助けになるに違いない」と、彼女は密かに思っていたのだ。

長い一日だったので、彼女はさすがに疲れ切っていた。二階の自分の寝室へ行く前に、ギーの部屋を覗いてみたら、彼はすやすやと眠っていた。ベッドの横には、最近祖母からプレゼントされた大きな地球儀があった。

「地球儀自体は北極も南極もない単なるボール状にしておき、別置きの架体にマグネットで自由に固定できるようにして、いったん固定したら自由にぐるぐる回せる。そんな地球儀を誰か作ってくれないかなあ」と、彼女は思った。

八

アフリカ連邦共和国は始動した。一部の特異な国を除き、多くの国の政府はなおも普通に機能しているので、国際法上は「二重統治構造」であると定義された。当面は、EUよりは相当緩やかな結合だった。とりあえずは、連邦に参加したのはアフリカの国家の七割程度でしかなく、あとはオブザーバーとしての参加だったが、この状況は早晩解消すると見られていた。

連邦共和国の暫定大統領には、スウェーデン、カナダ、バングラデシュの三国の推薦を受けた「ボツワナの現職大統領センツ・クーム」が、国連総会で満場一致で選出された。

ボツワナは南部アフリカの内陸国で、人口は僅か二百三十万、住民のほとんどは隣国の南アフリカにも数多く住むツワナ族である。この国は現在でも英連邦の一員だが、過去においてもアパルトヘイトのような差別政策は一度もなく、貧富の格差も比較的少ない。左、右、中道の三政党が鼎立《ていりつ》し、議会民主主義が定着している点で、アフリカでは特筆すべき国である。建国以来一度も政変やクーデターがなかったことでも高く評価されている。

エイズの蔓延《まんえん》には今なお苦しんでいるが、治安は良く、水道、電力、通信のインフラは整っている。自然保護に熱心なので、野生動物を見たい観光客の来訪が多い。世界有数のダイヤモンドの産地という幸運に恵まれていることもあるが、首都ハボローネには多くの研磨工場が作られて付加価値を上げており、一人当たりのＧＤＰは中進国並みだ。

センツ・クームは、一代でこの国を作り上げた初代大統領セレツェ・カーマの流れを汲む人物で、この国がかつて長年にわたって南部アフリカ開発共同体の議長国を勤めたときに、多くの異なった利害の調整に卓抜した能力を発揮して注目を浴びた。スウェーデンやカナダは彼の穏健な性格と調整能力を買ったのだろう。また、ボツワナは小国なので、他国の嫉妬を買わないと考えたとも思われる。

彼の内閣は暫定的なものであり、閣僚の全ては世界各国から弁当持ちで参画した外国人だったので、政府はニューヨークに拠点をおいた。そもそも、ボツワナの首都ハボローネ自体がしばらくすれば氷に閉ざされてしまうのだから、どうしようもない。

スウェーデン、カナダ、バングラデシュの三国は、同時に、「大統領特別補佐官」として自国から有能な人材を拠出することも約束し、その実名も提示した。この特別補佐官に、南アフリカ、ナイジェリア、エジプト、コンゴ民主共和国、及びエチオピアの代表を加え、さらに十省の長官を加えた合計十八人が、大統領を補佐する国政評議員会を構成する。全ての重要事項につき、大統領はこの評議員会の多数票決での承認を得なければならないとされた。（ただし、他の評議員会メンバーが二票を持つのに対し、十省の長官は一票しか持たない）

南アフリカの代表が評議員会のメンバーになったのは、ＧＤＰがアフリカ諸国の中で際立って大きく、G20にも入っているからだった。その他の四国については、人口が大きいことが理由だった。ナイジェリアはアフリカ最大の二億人、他の三国はいずれもほぼ一億人で、他国の人口を大きく引き離している。

国連の主要加盟国の協力のおかげで、十省の責任者にも有能な人材が揃えられた。

外務長官はノルウェー人（女性）で補佐はルワンダ人。内務長官はイギリス人で補佐はパキスタン人。財務長官はアメリカ人で補佐はオランダ人。法務長官はフランス人で補佐はタンザニア人（女性）。運輸長官は日本人で補佐はイタリア人。情報・通信長官はフィンランド人（女性）で補佐は韓国人。食料・物資長官は中国人で補佐はカナダ人。施設長官はロシア人で補佐はブラジル人。医療・保健長官はドイツ人で補佐はシンガポール人（女性）。青少年支援長官はインド人（女性）で補佐はオーストラリア人だった。

共和国のために安全保障の全責任を負い、併せて日常の治安（警察）活動に従事する「国連軍」も、直ちに組織された。国連に加盟する七十数ヵ国が参加し、建設部隊として活躍する工兵や、医師・看護師の免許を持った衛生兵を含む総兵力は五万を超えた。大変な人数のように思えるかもしれないが、これで十億人を超えるアフリカ人の安全を守るということになれば、一人で二万人以上の責任を持つことを意味する。この兵力は多すぎるどころか、少なすぎるかもしれない。

総司令官には、米国陸軍を数年前に退役したシンルイ元大将が担ぎ出された。シンルイ大将は日系で、将兵の人心掌握とロジスティクスに定評があった。シンルイはクーム大統領が直轄する「安全保障委員会」の委員長を兼ねる。中国、ロシア、英国、フランスの四国が、シンルイを補佐する有能な「特別参謀」を送り込むことで合意がなされており、国連総会でもその旨の議決がなされた。

同時に、ほとんど「見切り発車」の状態で、アフリカ全土で「民族大移動」が開始された。

これを「エクソダス（旧約聖書にあるモーゼに導かれたユダヤ人のエジプト脱出）」と呼ぶ人もいたが、今回は一民族ではなく全民族の移動なのだから、この呼び名は適切ではない。そもそも世界中の宗教の経典の一つでしかない、旧約聖書から言葉を選ぶのは時代錯誤だという人もいた。

アフリカ（現在のタンザニア）にある大地溝帯は、現在の人類（ホモサピエンス）の発祥の地だ。主な食料だった大型動物の減少で食糧難に直面したホモサピエンスの一部は、大胆にも海伝いに舟でスエズ方面に向かい、そこからユーラシア大陸のあらゆる場所へと拡散していったらしい。アフリカに残ったグループは、これまで通りの生活を続け、それ故に緩やかな進化をするだけで十分だったが、異なった環境に入っていったグループは、別のグループと頻繁に混血もして、自らをどんどん変えていかねば生き残れなかったので、進化のスピードが速かったと言われている。

そして今、その残留グループも、今回の気候変動には勝てず、ついに故地を捨てねばならなくなったのだ。

なぜ「見切り発車」をしたのか？　これでももう遅すぎるぐらいで、なおも「準備」をしている時間など全くなかったからだ。何故「まともな発車」ではなかったのか？　目的地も、資金も、必要資材も、何一つ保証されていないのに、とにかく「発車」しなければならなかったからだ。

連邦共和国はアフリカ全土を六つの地域に分け、時計の逆回りで地域番号をつけた。

第一地域は、北西アフリカで、モロッコ、アルジェリア、チュニジア、モーリタニア、ニジェール、マリ、チャド、中央アフリカ、等が含まれる。総人口約一億六千万だが、その約六十パーセントを占めるモロッコ、アルジェリア、チュニジアの三国では、海岸地帯を中心に引き続き居住可能地域として残る土地が十分あるので、この地域から北欧やロシアなどに退避する必要はなく、むしろ南部の国々からの避難民に一時的に居住地を用意することが求められる予定だった。

第二地域はナイジェリア一国だけとした。この国だけで人口が約二億に及ぶので、一国一地域としたのだ。国連の斡旋《あっせん》もあり、グリーンランドを領有するデンマークと現在交渉中であり、もしこの交渉がまとまれば、全国民が、アルジェリア、モロッコと欧州の何カ国かを経由地として、グリーンランドに向かう意向であるという。

第三地域はナイジェリアを除く西アフリカで、人口の多い順に並べると、ガーナ、カメルーン、コートジボワール、ブルキナファソ、セネガル、ギニア、ベナン、シエラレオネ、……と続く。この地域は総人口約二億二千万だが、国の数は圧倒的に多い。住民の一部は永住の地を南極大陸に見極め、直接海路で南米に向かいたい意向だったが、船の手配が覚束ないことがわかったので、大部分はジブラルタル経由でいったん欧州に渡り、その上で南極大陸に向かうか、北欧やロシアに永住の地を求めるかを考える方向へと変わりつつあった。

第四地域は南部アフリカで、人口順に並べれば、南アフリカ、アンゴラ、モザンビーク、マダガスカル（島）、マラウィ、ザンビア、ジンバブエ、ナミビア、ボツワナ、レソト、モーリシャスだ。この地域の総人口は約二億一千万だが、海路で直接南米か、インドか、インドネシアのスマトラ島か、西オーストラリアに向かうしか脱出の方策がないので、国連は全ての船をこの地域に向けて集結させようと必死の努力を続けている。この地域の住民が求める永住の地は、当然南極大陸である。

第五地域は、東・中央アフリカで、普通は西アフリカとみなされているコンゴ民主共和国は、脱出ルートが東向きの方が有利なため、便宜上この地域に入れられている。総人口はこれ故に膨れ上がり、合計で約二億七千万となった。人口順に並べると、コンゴ民主共和国、タンザニア、ケニア、ウガンダ、ルワンダ、ブルンジである。この地域の住民は、北上してエチオピアを通過し、ジブチから対岸のイエメンに渡り、アラビア半島南部をさらに進んでホルムズ海峡からイランに渡るか、エチオピアからスーダン、エジプトを通過し、スエズを渡ってさらに北上してイラクに入り、そこからコーカサス山脈を越えてロシアに入るか、トルコ経由で北欧に入るかのいずれかだ。

第六地域は北東アフリカで、総人口約二億八千万。ここに含まれる国を人口順に並べると、エチオピア、エジプト、スーダン、ソマリア、南スーダン、リビア、エリトリア、ジブチとなる。脱出経路は、ジブチ経由イエメンか、スエズ経由のどちらかとなる。狙っている永住の地は、カナダ、ロシア、及び北欧諸国であり、エジプトはカナダと直接交渉しているようだった。

アフリカ連邦共和国の運輸長官に選ばれた日本人の北山隆三《きたやまりゅうぞう》は、もともとは船舶部門を担当する日本の総合商社の米国駐在員だったが、仲立ちする人があってしばらくは国連の職員として働き、そこで卓抜した能力を認められた。その後は日本に戻ってコンサルタント会社を設立、国の海運戦略とか、シーレーンの防衛策とか、民間航空会社の長期戦略とか、高速鉄道の海外輸出戦略とか、多種多様な分野に取り組み、各方面の信頼を得ていた。

誰の推薦だったかはわからないが、思いがけなく白羽の矢を立てられた彼は、いったんは大いに張りきり、「まずは船の手配からだ」と気負い立ったが、すぐに状況が絶望的だとわかり、それから長く続く彼の「懊悩《おうのう》」と「呻吟《しんぎん》」が始まった。

問題の所在は明確だった。ありったけの船をかき集めるには、国が船主に圧力をかけて強制するか、莫大な金を懐に入れて交渉しなければならないが、その両方とも現状では不可能だった。いや、仮にそれが可能だったとしても、収容可能な人員は目標値に遠く及ばないことがすぐにわかった。

航空機による輸送も勿論考え、各国の保有する軍用機や、民間航空会社の旅客機や貨物輸送機も洗いざらい動員する計画を立てたが、それで対応できる人数は微々たるものにしかならなかった。結局は、公官庁や会社の幹部職員、病人や妊婦、乳幼児や高齢者、それも相当の運賃を支払うことのできる資産家の一族に、対象を限らざるをえなかった。

南極大陸を最終目的地とする人々に対しては、連邦共和国の外務省は、ブラジル、インド、インドネシア、オーストラリアの四カ国から、合計五十万人（ブラジルが二十万人、他の三国は十万人ずつ）について、最大六ヶ月間の居住許可をとりあえず取得していた（ただし、この四ヵ国が供与するのは土地だけで、住居や滞在費は全て居住者の負担となる）。第四地域の南部アフリカだけでも二億一千万人の脱出が必要なのに、五十万人では雀の涙にもならない。これが十倍の五百万人になったところで、やはり雀の涙に変わりはない。

しかし、「いや、突破口さえ開ければ、それを数十倍、数百倍にすることも決して夢ではない。とにかく始めることだ。始めなければ一人も救えない」と隆三は考えた。そして、とりあえず調達できた船を次々と南部アフリカの各港湾に送り込み、たちまち満載となった船を次々と目的地に向けて出航させた。

長く続いたコロナ禍のために開店休業状態になっていた豪華客船の多くが、通常の四倍の乗客を乗せて出航した。次が、シーズン待ちで係留されていた大型漁船と、受注待ちの貨物船だった。

乗客の手荷物は厳しく制限されたが、搭乗したのは比較的裕福な世帯だった。乗船資格は一定の旅費を払うことだけで、あとは早い者勝ちだったが、貧困層はこの旅費には手が届かない。しかし、とりあえずはそれ以外に乗客を選別する方法がないので仕方がなかった。このプロセスを取り仕切ったのは、イギリス人が長官を務める連邦共和国の「内務省」だったが、彼は一切の情実を排し、淡々と職務をこなした。少しでも情実が入れば、あっという間にその噂が広まり、暴動が起こりかねないのだ。

しかし、受け入れ先が確認できた僅か五十万人といっても、必要とされる船の数は膨大だった。大きな船なら千人の搭乗も可能かもしれないが、小さな船ならせいぜい二十人程度が限界だろう。そうなると、平均すれば一隻あたり五十人から百人がいいところだ。ということは、五十万人のためには五千隻から一万隻の船が必要ということになる。こんな数の船を一挙に手配したことなんて、これまでの人類の歴史の中であっただろうか？　北山隆三は、これまで考えていた「十億人の九割が陸路、一割が海路」という漠然とした目標を見直さねばならないと考え出した。しかし、二億一千万の人口を抱える南部アフリカから、陸路で、ジブチか、スエズか、ジブラルタルを目指すとすれば、もう明日にでも出発せねばならないのではないか？　責任感がひときわ強い隆三は、恐怖で背筋を凍らせた。

連邦共和国の運輸長官としての隆三の責任は、勿論船舶の手配だけではない。膨大な数の人たちが陸路で目的地を目指す場合のルートの選定や交通手段の選択、鉄道やバスやトラックの手配から道路の整備、自ら所有する乗用車やバイク、場合によれば農業用のトラクターなどで移動しようとする人もいるだろうから、そのための燃料の確保まで、やることは山ほどある。その全てに、これまた膨大な金がかかるので、その工面もしなければならない。

しかし陸路の場合、鉄道やバスの利用は局地的にならざるを得ない。最近、中国の援助で、アジスアベバとジブチの間や、アンゴラ、コンゴ、タンザニア等を東西に結ぶ鉄道などが次々に完工していたが、このような新しい路線をフルに使ってピストン運転をしても、運べる人数は限られている。世界中から膨大な数のトラックが集められてはいたが、様々な資材や、水や燃料のタンクの運送にも多くの時間がとられるので、その全てが人の輸送に使えるわけではない。

だから、ほとんどの人は、相当の距離にわたって徒歩での移動を強いられる。あまりにも膨大な数の人が、びっしりと密集して移動するのだから、歩行速度も遅くならざるをえない。強壮な人たちは老人や子供の倍の速度で歩けるとしても、家族で一緒に歩くとなると遅い速度に合わせなければならない。休憩時間も頻繁に取る必要がある。違った種族の人たちが次々に行進の列に入ってくるのだから、所々で小競り合いになるのも避けられない。頭の痛いことばかりだ。

限られた道路幅をどのように車と歩行者に割り振るかも難しい問題だった。隆三は、苦肉の策として、午前七時間と午後七時間は、南から北に向かう膨大な数の歩行者に全ての道路を占有させ、残りの時間（夜間及び歩行者全員の休息時間）は、体力の乏しい歩行者を運ぶ車と、物資を運ぶために逆方向に走る車に、時間を分けて交互に占有させた。歩行者の食事時間や休息時間も、グループごとに時間をずらすなど緻密にプログラムを組ませ、限られた道路幅が常に大量の歩行者で効率よく埋められるようにした。

物資の輸送と配給については、隆三は日本の自動車メーカーの「かんばん方式」と呼ばれる在庫圧縮システム等からもヒントを受け、保管時間を極力短くするように努力したが、そういうやり方をアフリカ全土の末端まで行き渡らせるのはやはり至難の業だった。

もっとも、陸路の場合は、最終的に五万人もの人員が投入されることになっている連邦軍（国連軍）の存在が極めて心強かった。米軍やNATO軍、ロシア軍、中国軍、それに日本の自衛隊などが、最新鋭の大型の重機を投入してくれたので、これが絶大な力を発揮した。あっという間に道を開き、川にぶち当たれば、たちまちのうちに橋をかける能力は、目を見張るものだった。黙々と行進する避難民は、要所要所で完全武装の兵士たちが警護役を務めてくれているので、ゲリラや盗賊に襲われる心配もない。種族間の小競り合いも大事に至る前に収めてくれる。避難民にも将兵と同じ水と食料が支給されるのも、夢のように有難いことだった。

通常の逃避行の場合は、ヤミ業者の口車に乗せられているケースが多いので、途中で約束が破られたり、想定外の官憲のチェックで前に進めなくなることがしばしばあり、行進の間中はいつもその心配に苛まれていなければならないが、連邦軍の指揮に従っての行進となれば、その心配が全くない。「法と秩序」が敵方に回った時と味方になってくれている時とでは、全てがこんなにも違うのだ。

陸路の行進は、目的地については何の保証もないままに、すでに始まっていた。アラビア半島のイエメンに渡るためにジブチを目指すエチオピア人。エチオピアとの協定に基づいて、とりあえずはエチオピア人が放棄した街や村に残された施設を目指すコンゴ人。海岸を目指す内陸部のアルジェリア人。アルジェリアとの協定に基づいて住民が去った跡の施設を使いながら、サハラ砂漠を突っ切ってアルジェリアの北海岸へ、そして最終的にはジブラルタル経由グリーンランドを目指すナイジェリア人たちだった。人口の多い国ほど行動が早かったのは、「膨大な数の全国民を退避させるのは至難の業で、早く始めなければ多くの国民を見捨てざるを得なくなる」ということを、彼ら自身がよく理解していたからだろう。

しかし、その頃、「ロシアのプーシキン大統領が『まずはアフリカ西海岸の小国の居住者を中心に、最終的には五千万人のアフリカ人を熱帯化するシベリアに受け入れる』ということを、数日後に迫っている国連総会で発表する」という噂が広まっていた。これを受けて、連邦共和国の内務省と運輸省は、とりあえず、セネガル、ガンビア、ギニア、シエラレオネ、リベリア、コートジボワール、ブルキナファソなどの北部の国々からの陸路の行進を、明日からでも進める旨の発表をすでに行っていた。脚力に初めから自信を持てる人は少なく、決断を逡巡する人が多かったから、各国政府と連邦共和国政府は、全員が一人残らず参加するように、あらゆる手段を尽くして宣伝に努めていた。

その他の諸国にも動きがあった。

イエメンは宗派対立で混乱状況にあったが、地軸が変動すると全土が人の住めぬ寒冷地になるので、もうそんな争いをしている余裕はなかった。幸いにしてスンニ派の教徒は、サウジアラビア人がインドネシアに移動する時に同行することを許されていたし、シーア派の教徒はイランが全員を受け入れると言明していた。ペルシャ湾沿岸のスンニ派諸国は、シーア教徒がホルムズ海峡を渡ってイランに入ることを支援すると約束していたし、一方イエメンの全勢力は、あらゆる宗派の人たちが、自国内を通過して隣国のオマーンに移動するのを支援すると言明していた。

コーカサス山脈に位置する三国、アゼルバイジャンとアルメニアとジョージアは、永住地のシベリアや北欧に向かう一定人数のアフリカ人に、一時的な居住権を与える意図を表明した。

モロッコとアルジェリアは、サハラ以南から避難してくるイスラム教徒のうち、一定数の人たちに対して永住権を付与する他、永住地の環境が整うまでの一定期間については、国連の要請に応えて、あらゆる宗派の人たちに、一時的な居住権を与えることも約束した。

ジブラルタル海峡の対岸にあるスペインも同様で、ロシアや北欧、グリーンランドの環境が整うまでの間、という条件で同様の約束をした。

もっとも、スペインについては、「あなた方は、かつて南米のインカ帝国やアステカ帝国の人たちを騙し討ちにし、財宝を根こそぎ強奪し、広大な土地を植民地にして好き放題をした。その上、北米に英国人たちが広大な農園を作ると、今度は西アフリカで残酷な奴隷狩りを大々的に行い、大西洋を渡ってその奴隷たちを売り捌いた。先祖がこれだけの悪行を尽くしたのだから、現在のスペイン人が多少の犠牲を受け入れるのは当然だ」という人もいた。

その昔、各地を荒らし回ったバイキングを祖先にもつスカンジナビア三国は、今は世界で最も調和の取れた社会構造を持つ国々だと言われているが、彼らも早々と、「現在の極北地域に相当数のアフリカの人々を永住者として受け入れる用意がある。この地域の居住環境が整うまでは、南部に設営する難民キャンプで一時的に居住してもらう方針だ」と発表した。

陸路で移動してきた人たちがアフリア大陸からユーラシア大陸に渡るには、ジブラルタル海峡、スエズ運河、それから、アフリカ大陸東北部のジブチとアラビア半島南西部のイエメンの間にあるバブ・エル・マンデブ海峡を渡るしかなかったが、その海上移動をどうするかも、決して生易しい問題ではなかった。

ジブラルタルでは、アフリカ側にあるスペインの軍港セウタから、ジブラルタル側のエウローパ岬にむけて中型船を毎日何往復もさせるルートと、海峡の幅が十四キロメートルと最も狭くなっているモロッコのアルカサル・エ・セリルと、ジブラルタル側のタリファ岬の間を無数の小舟で往復させる二つのルートを設定し、詳細な輸送計画を立てた。後者については、両側の岬から突貫工事で長大な桟橋を伸ばし、船で輸送する区間を半分近くまで縮めた。ジブラルタルの領有については、今なお英国とスペインの間には合意が成立しておらず、これにモロッコも絡むのだから交渉は複雑を極めたが、最終的には現地まで出向いた隆三の必死の説得が報われた。

ジブチとイエメンを繋ぐルートの設定も、ジブラルタルに負けず劣らず困難な仕事だったが、両国とも全ての自国民を移住させねばならない状況にあったために、避難民の問題を他人事とは受け取っておらず、これが話し合いを早く進展させる原動力になった。ここでも、ルートは二つ設定された。一つはジブチ市とアデンを結ぶ中型船による輸送ルートで、もう一つは、三十キロメートルあるバブ・エル・マンデブ海峡を直接渡る小舟による輸送ルートだった。後者については、早い潮流と強い季節風というハンディキャップはあったものの、長大な桟橋を突貫工事で作ったジブラルタルにも倣い、なんとか目途を立てた。

運輸問題に負けず劣らず重要な「食料とその他の生活必需物資の調達と供給の体制作り」は、中国政府が推挙した気鋭の若手官僚、劉克林の手に委ねられていた。劉の補佐はカナダ人の農政学者、ザック・ウォーカー博士で、二人の息はよく合っていた。

劉は北京大学で農学を学んだ後、米国のスタンフォード大学で「世界の食糧危機への対応策」を研究するチームのリーダーとなった経歴を持つ。中国に帰ってからは、トウモロコシ、大豆、小麦、コメの「四大農産物」の作付けを、土地と気候と季節に合わせて如何に組み合わせれば最高の収穫効率が得られるかを研究していたが、「食料不足に対応するためには芋類の比重を高めて五大農産物の一角に位置付けるべきだ」という意見をずっと以前から持っていた。

それ故に、杭州へのウイルス散布事件を知り、アフリカ大陸が極地化する可能性を身近に感じた直後から、劉は頻繁にアフリカに出かけ、その農業と食生活について、貪欲に情報を収集し始めていた。「現在、世界で最も生産量が多い穀類やトウモロコシ、豆類以外の主食の代表格は、寒冷地に強いジャガイモだが、熱帯地域では、ほとんど何も手をかけずに生育するキャッサバ（タピオカの一種）とか、ヤムイモ、タロイモといったものが主食になっているのだから、こういったものの収穫拡大と貯蔵・輸送方法の開発を図ることが、アフリカ大陸を失った将来の世界の食糧危機に対する一つの重要な対応策になるのではないか」と、彼はすでに考え始めていたのだ。

今回、中国政府が劉に白羽の矢を立てて、これから始まる世界的な食糧危機への対応策を練らせようと考えたのは、極めて妥当な人事だったと言えよう。

九

旧来のカレンダーでの二〇二二年四月七日と八日の二日間、ニューヨークで国連総会が開かれた。これまでにも数多くの臨時総会が開かれてはいたが、これらは全て、緊急な決定を要するものに議題を絞っており、ビデオで参加する人も多かったから、今回がこの大事件勃発以来初めての「全員参加の大会議」だった。

初日の定刻午前九時に会議は始まった。とはいえ、まだ真夜中で、この日は午後五時半頃が日の出だった。ニューヨークは快晴だったが、陽の高くなる頃は、人々はベッドに入る時間だった。

会の冒頭で、アフリカ連邦共和国のクーム大統領が演説をした。この人の誠実な性格を表すように、簡潔で淡々としたものだった。まず全世界の人々と国連という組織に感謝し、新しい共和国を代表して全力を挙げて職務に邁進すると誓った。それから、内閣を構成する十省の課題と現状の概略を説明し、「我々の仕事は、結果としてどれだけの命が救えたかで評価される」と明快に締め括った。

突然、住む場所も食べるものも、資産も収入も、生きていくために必要な全てを失う十二億の人々の命を救うためには、第一に「明日からの住む場所」、第二に「永住できる場所」、第三に「その場所にたどり着くための交通手段」、第四に「自ら入手できるに至るときまでの食料」、第五に「その間に最低限の生活を送るに足るその他の生活必需物資」を国際社会からの無償供与に頼るしかないと、クームは語った。そして「それが供給できる国は限られているが、いずれにせよ対価は払わねばならない。従って問題は、どうすればそのために必要な資金が準備できるかということに尽きる。資金なら、その意思さえあれば、どんな国でも拠出できるので、世界中の全ての国にそれをお願いするしかない」とした。

全体として悲壮感はあったが気負いはなく、責任の重大さを痛感しつつも「自分にできるのはお願いすることだけ」というへり下った姿勢に徹していた。聴く者は総じて彼に対して好感を持った。

その後には、内務長官と法務長官の短いスピーチがあり、それに続いてジョン・パークス財務長官が登壇した。彼は驚くほど大規模な資金の調達計画と、二年にわたる支出計画の概略を発表して、総会に「基本計画に対する承認」を求めた。

この「基本計画」とは、具体的には「国連の全加盟国に対して、各国の前年度のGDPの十パーセントを二年間にわたって拠出(贈与、または低金利の長期融資)してもらう」というものだったから、各国が応諾してくれなければそれまでだ。いくら総会で基本方針が承認されても何の意味もない。しかし、そんな巨額な非常拠出に応じてくれる国が、果たして現実にあるのだろうか? 各国が単純に「残念ながらそのような拠出には国民の同意がとれません」と回答してきたら、その瞬間に、こんな「基本計画」は吹っ飛んでしまう。プランBはない。これで万事休すなのだ。

二〇二一年の世界の名目GDPの総計は八十八兆ドルだったので、この十パーセントといえば八兆八千億ドルにも及ぶ。二年間で十七兆六千億ドルだ。会場からは大きな溜息が聞こえ、いくら何でもそれは無理だという雰囲気が会場を覆った。

仮にそういう要請を受け入れた国があったとしても、そんな現金が転がっているわけではない。だから、同等の金額を国債によって調達しなければならない。これを支えるためには、どこかで貨幣が増刷されねばならず、そうなると全世界が大幅なインフレに突入せざるを得ない。

支出計画の詳細を説明していく中で、財務長官は、この目標には「ある程度の安全率（セーフティー・ファクター）は含まれている」とも言い、「拠出は勿論金銭に限るものではなく、現物でも良い」とも言った。現物とは、例えば先進諸国で毎日廃棄されている膨大な量の加工食品や衣料品の類だ。

多くのスライドを使った財務長官の長いプレゼンテーションが終わると、聴衆は拍手でその労をねぎらったが、当然のことながら、それは儀礼的な拍手にとどまっていた。聴衆の本音は、「この現実から永久に目を背け続けることができれば、どんなにいいだろうか」という思いだっただろうが、勿論そんなことは誰も大っぴらには言えない。

この日の午後には各国のリーダーの演説があった。

まずロシアのプーシキン大統領が登壇し、とりあえず西アフリカの小国の住民から優先して、五千万人の永住を受け入れることと、シベリアの環境が整うまでは、カザフスタンやウズベキスタンなどの周辺国の協力も得て、一時的な居住の便宜も図ることを宣言して、満場の大喝采を受けた。プーシキンは、ロシアの現在の人口が一億四千万人強にしかならないことを話し、五千万人の移民受け入れが如何に大きなものであるかを強調した。

次にインドネシアのジョク・ウィドウ大統領が、インドネシア領のニューギニア島東部に、サウジアラビアと共同で新しいメッカを建設する旨を発表した上で、スマトラ島やスラウェシ島を南極大陸への移住を待つ一時的な居住者のために開放することも宣言して、これまた満場の喝采を浴びた。

その次はアルゼンチンのマリオ・フェルナンデス大統領で、「人道的な見地から、それまでのアルゼンチンの人口の三分の一を超える、千七百万人強の難民をチリからすでに受け入れた」と述べ、それが自国民に如何に大きな犠牲を強いる、苦痛に満ちた決断だったかを強調したが、それと同時に、二〇二〇年の自国の国家債務の不履行についてもあらためて釈明し、「如何に経済再建の努力をしても、先進諸国の財政支援がなければとてもやっていけない」と、泣き言を付け加えるのも忘れなかった。

その日の最後の演説は、デンマークのメル・フリーデンセン首相だったが、彼女は「グリーンランドにおける実質的な『共同国家』設立に向けてナイジェリア政府と協議している」と語り、その斬新で大胆な構想で聴衆を驚かせた。その内容は次のようなものだった。

「ナイジェリアは新憲法を制定し、新しい国家を作る（国の名称と緑・白・緑の国旗は不変）。この新憲法には、民主主義、基本的人権、信教の自由、言論の自由、男女平等、等々を『永久に侵さざるべき基本原則』と明記し、この原則の遵守を誓う者でなければ政権を担えないと明確に定める」

「デンマークはグリーンランドの全領域を、全土の五パーセント弱に相当する一部の地域を除き、全てこの新国家に無償で供与する。ただし、グリーンランド内の全ての金属資源と化石燃料の採掘権はデンマークが保有する。新ナイジェリア国家は、極寒の地になった故地における石油採掘施設などを引き続き堅持するが、この運営に関する権利は、新たに設立するデンマーク政府との合弁会社に移譲する」

「新国家の軍隊は、国家の内部秩序を守るために必要な最小限の規模に縮小する。警察を兼ねるこの軍隊以外には誰も武器の携行は許されない。悪名高いナイジェリアギャングはこれを機会に根絶し、今後とも私兵を組織した者は厳罰に処する。武器の国内生産は禁止し、輸出入はデンマークの承認なくしてはできないものとする。少しでも宗教上の対立があれば、直ちに国軍が介入して、憲法に定められた秩序を回復する。国ぐるみで産児制限計画をたて、人口の抑制に最大限の努力をする。国民生活に関連する全分野で、公正無差別な制度を確立し、特に教育の振興に努力する」

翌日も、午前中はアフリカ連邦共和国からの報告と、国連加盟各国への要請事項の説明に当てられた。運輸、食料・物資、情報通信、施設、医療・保健を担当する五人の長官が交々《こもごも》に演壇に上がり、窮状を訴えた。

運輸長官の北山隆三と食料・物資長官の劉克林の報告は、共に詳細を極め、実務的であると同時に迫力に富んでいた。

情報通信長官のアンナ・ケッコーネンは、前日の財務長官の報告の中に「米ドルと連動する独自の通貨をバーチャルカレンシーの形で発行し、流通させる」という話が含まれていたのを受けて、「地域内通信は、『金銭支払い機能』を含め、三世代前の古い2Gの携帯電話で概ね対応できており、端末の不足は世界中から集めた2Gの中古機を無償配布することで補えると思うので、誰もがこれを使って、初日からこのバーチャル通貨を利用できるようにする。このためのシステムは、すでにフィンランドとエストニアが共同で開発中だ」と語った。しかし、地域外通信にはまだ問題が残っているとし、「世界をカバーする低軌道衛星が役に立ってはいるが、現状では混雑が多いので、通信容量の割り当てをもっと大きくしてほしい」と強く要望した。

施設長官のイゴール・スクリアピンは、国連軍の工兵部隊の協力に謝辞を述べる一方で、近い将来、簡易テントと石油ストーブが圧倒的に不足するだろうとして、現在の十倍を超える数量の確保を要望した。

医療・保健長官のクラウス・ミューラーは、飲料水の供給の圧倒的な不足を訴え、地域を変わるごとに水が身体に合わないために病気になる人たちの数が、予想を遥かに超えていると報告した。また、「陸路の行進は猛烈に混雑していくはずなので、この中でもし感染症が発生すると、手に負えない事態になる恐れがある」と警鐘を鳴らした。

情報・通信関係を除いては、どれもこれもが悲痛な訴えで、聴衆はこの前代未聞の「民族大移動」の前途に、大きな危惧を抱かざるを得なかった。

午後には、カナダ、インド、オーストラリア、日本が演説した。G7のうちの五カ国、米国、英国、ドイツ、フランス、イタリアは、一ヶ月後に予定されている次回の総会で演説することになっていた。世界中が注目する中国の演説は、当初この日の午後に予定されていたのだが、「次回なら日程的に周主席が登壇できる」という理由で、突然「先延ばししたい」という要請が舞い込み、代わりに日本の石橋首相が登壇することになったという。日本では「こんな突然の要請は失礼ではないか」と息巻く者もいたが、石橋首相は「これは“too late, too little”というこれまでの悪評を覆すチャンスだ」と言って、すぐに受諾するよう指示したと伝えられている。

カナダのトレード首相は、新しく得られる広大な温帯域の領土に、最新技術に裏付けられた効率的な農業を導入し、世界の食糧不足の迅速な解消に大きな役割を果たしたいという決意を述べた一方、アフリカ難民の積極的な受け入れにも意欲を示した。ロシア同様「とりあえず五千万人」という目標に言及した上、現在のカナダ領土内でのエジプトの新国家樹立の可能性にも触れた。その話の中で、古代エジプトの遺跡を責任をもって保存するという抱負とともに、聴衆の中にイスラム教徒が多いことも意識してか、現在のスンニ派の最高学府とみなされているカイロのアル・アズハル大学をカナダに招致する予定だとも語った。

オーストラリアのモールス首相は、「南極大陸を目指すアフリカの人たちを、大陸の状況が整備されるまで全力で支援する」と語っただけでなく、「必要があれば、その規模を五千万人程度に拡大する用意もある」とし、さらに進んで、「その一部には永住権を付与することも検討する」とまで語ったので、聴衆は大きな拍手でこれを歓迎した。かつては、広大な国土を有するにもかかわらず、「白豪主義」を前面に掲げ、その後も永年にわたって移民の受け入れについては消極的だったオーストラリアも、ここへきて遂に方針の大転換を決意したかのようだったが、その裏では、国土の三分の一以上が灼熱の熱帯になることも深刻に意識されていたのかもしれない。「現在アフリカに住んでいる人たちは、四季の喪失によって一層灼熱度の増す『新しい熱帯地方』の気候にも耐えられるだろう」という漠然たる認識が、どうも各国の首脳にはあるようだった。
インドのマディ首相は、自国の人口がすでに極めて大きいことを理由に、「南極に向かうアフリカの人たちへの一時居住施設の提供」以上のことは、残念ながら何もできないと語ったが、自国の全土が温帯化することを受けて、全世界から有力な研究開発機関や先進企業を受け入れ、人類の生活水準の向上に大きな貢献をしたいという抱負を、熱っぽく語った。

日本の石橋首相は最後に登壇した。日本はアフリカから遠いし、こういう場での日本代表の演説は概ね退屈なものが多かったから、すでに時刻が午後五時に近かったこともあり、聴衆の一部は少しモゾモゾし始めていた。しかし、石橋首相が静かに語り始めると、この人たちも席に座り直し、満場の聴衆は静まり返った。

「我々は長い間、今から思えばとても楽観的でした。人々は様々な環境で生きていましたが、みんなが、一つの国の国民であったり、似たような境遇と思想・信条を共有するグループの一員であったり、場合によれば一つの利益共同体の一員であったりもしました。そして、それぞれのグループが、自分たちがベストと思うことをやっていれば、一時的な軋轢《あつれき》は色々あったとしても、世界はだんだんと良くなっていくだろうと信じていました。世界の正義は、自分たちが見つけ出し、自分たちが実現するのだと、それぞれの人たちが固く信じていました。しかし、その自信は、今や根底から崩れたのです」
そういう言葉で石橋は語り始めた。平易な英語だったが、これまでの各国代表の語り口とは相当違っていた。

「これまでの延長線上では、我々は、自分たちが『この地球という惑星の上に蠢《うごめ》いている、自分勝手な、取るに足らない、惨めな生物の一種でしかない』ことを、自ら認めざるを得なくなるでしょう。それが嫌なら、今のこの瞬間から、我々は変わらねばなりません。我々は、これまでとは違った信念に基づいて生きていかねばなりません。それは我々自身の選択です。誰から強要されるものでもありません。

遠い宇宙の彼方からきた、我々とは異なる知的生命体は、我々を生み育ててきた地球というこの惑星を、自分たちの好きなように変えようとしています。そしてそれに抗して、我々ができることは何もないのです。そのことをとやかく言ってみても仕方がありません。これまでもずっとそうだったように、我々は、与えられた『この世界』という環境の中で、とにかく生きていくしかないのです。

ところが驚いたことに、『我々にできることが如何に少ないか』を思い知らされた我々は、同時に、『我々にできることが如何に多いか』も教えられたのです。

我々が今すぐにできることでさえも、数限りなくあります。我々は毎日、大量の食べ物を食べ残し、それをゴミ箱に捨てています。それが食べられれば飢えずに済んだ人たちが世界の至る所にいるにもかかわらずです。多くの土地が住む人もなく打ち捨てられ、多くの施設が利用もされずに放置され、無駄なところに電灯が灯《とも》り、多くのお金が、投機を好む人たちの手で、意味もなく往ったり来たりしています。こんな状態は、変えようと思いさえすれば、すぐにでも変えることができるのです。

今できることは今すぐやりましょう。これからできることは何だろうかということを、今すぐ考えはじめましょう。

遠い宇宙からの来訪者は、我々がどんな生物かを興味深く見守っていることでしょう。我々はそれを見せてやりましょう。我々には『理性』というものがあり、『公正』を愛する心があり、困った人たちを決して見捨てないという『義侠心《ぎきょう》』があり、そして、そのためには自分の欲望を犠牲にすることも厭《いと》わないという『健気《けなげ》な心情』があるということを、彼らに十分に見せてやりましょう。我々は誇り高い生物であり、追い詰められれば驚くべき力を発揮することを見せてやりましょう。地球の地軸は変えられなくても、バリアは破れなくても、我々は、我々自身の意思で、我々自身の誇りを守ることはできるのです」

ここで石橋は少し間を置き、日本という国のことを話した。

「日本は島国であり、国が始まって以来、異民族の支配を受けることはありませんでした。しかし、国内の平和を優先させて長らく国を鎖《と》ざしていたため、気がつくと科学技術で一歩先へ行っていた西洋諸国が、世界中で植民地を広げ、目も眩むような高度な生活を謳歌しているのを知りました。日本人は、自分たちもそうあらねばならないと強く思い、遅ればせながら富国強兵に邁進し、西洋諸国に遅れじと近隣諸国の『植民地化』を志しました。

しかし、ここで多くの勘違いをしたために、近隣諸国に多大の損害と屈辱を与えた上、結果として自らを勝ち目のない戦争へと追い込みました。国民は塗炭の苦しみを味わい、多くの無辜《むこ》の人たちが、街を焼き尽くす低空からの焼夷弾《しょういだん》爆撃の中を逃げ惑い、遂には世界で唯一、核爆弾まで落とされました。日本民族は滅亡の崖っ縁まで追い詰められたのです。

しかし多くの日本人は、少なくとも私自身は、このことを人のせいにはしません。全て自分たちの判断が誤っていたからだと思っています。

我々人類は、過去の長い歴史の中で、多くの不公正で理不尽なことを繰り返してきました。そして、そういう時にはいつでも、その向こう側には多くの不幸な犠牲者がいました。素直に言って、一日早く近代化を成し遂げた欧米諸国は概ね加害者となり、遅れていた国は被害者となりました。そして我々日本人は、一日も早く被害者の立場から脱したかったが故に、無理をしました。

しかし歴史から学ぶべきは、誰かを悪者にして自己を正当化することではなく、過去に起こったことの要因の全てを理解し、そこから、現在と未来において、我々自身が自らの判断を誤らないための教訓を得ることだと、我々は考えました。自国民の不満を逸らすために、他国や他の民族に対する憎悪を煽り、子供たちにまでその憎悪を植え付けるような教育をすることは、決してやってはならず、もし今もなおやっている人たちがいるなら、直ちにやめさせるべきだと考えました。

我々は、もう二度と過去に行ったような間違いを繰り返したくないと考えています。少なくとも日本は、如何なる環境下においても、強く、正しく、美しく、自らが誇らしく思い、他国の人たちが尊敬する国でありたいと念願しています。

どうすればそうなれるか？　それは、過去に私の国が、そして多くの世界中の国がやってきたのと『反対のこと』をすれば良いのです。自分の国の外にいる人たちや、自分たちとは異なった民族を、苦しめるのではなく助け、憎むのではなく同胞として愛するのです。自分たちの欲望の充足を限りなく追求するよりも、もっと尊いものがあるということを、心の底から理解するのです。

世界中のすべての人たちが、強い立場にいる人たちも、弱い立場にいる人たちも、皆が等しく、『自分たちは人類の一員であって、それ以外の何者でもない』ことを、そして、『この世界の全ての人たちは自分たちの同胞であって、それ以外の何者でもない』ことを、強く心に刻み、同じ人類に属する他の人たちが、自分たちの近くで苦しみ、死んでしまうかもしれないのを、決して見過ごさなければ、我々は、人類の一員である自分たちを、いつまでもきっと誇りに思うことができるでしょう」

静かに話し始めた石橋も、徐々に声の調子を上げてきていたが、ここに至ってそれを一段と上げ、次のように断言した。

「今、ここに、日本国の首相として、私は申し上げます。我々はアフリカ連邦共和国からの要請を全て受け入れたいと思います。そのために日本という国が如何に貧しくなっても構いません。私たち日本人は、先の大戦直後は本当に惨めで貧しかったのです。あれ以下にはならないでしょう。

実のところ、私はこのことについて、まだ日本国民の了解を得ていません。一人の人間としての私の決意は確固たるものであり、その決意さえあれば、他の多くの日本人の心も動かせるはずだと私は信じていますが、もしかしたら、私は甘すぎるのかもしれません。

従って、明日帰国すれば、私は日本国民から今日の演説について難詰されるかもしれません。私は糾弾され、政権を失うかもしれません。その時には、新しい首相が再び国連を訪れ、私が今日申し上げたことを全て撤回するかもしれません。その時は申し訳ありません。私は、私自身で、全ての責を負い、世界中にお詫びをします。そして、それ以後は、政治の世界からは完全に離れ、世界の片隅のどこかで、一人で静かに自分の無力を恥じながら、人生の残りを全うすることを許して頂きたいと思います」

会場は一瞬息を呑み、それから人々は立ち上がり、嵐のような拍手で石橋の勇気ある演説を讃えた。聴衆の中には涙を拭う人さえいた。この二日間にわたる会議で、スタンディングオベーションの光栄に浴したのは彼一人だけだった。「日本がここまで言ってしまえば、ある意味で日本の民主主義の実質的な生みの親だったともいえる米国も、G7の他の国々も、中国も、ロシアも、協力を小出しにするわけにはいかなくなるだろう」と、多くの人が思った。

「この演説はある意味で画期的だ。彼は、この演説で『世界平和の本質』についてさりげなく語った。平和とは何か？　それは突き詰めれば、全ての人が心を一つにして、理不尽な暴力から全ての人間を守る手立てだ。世界中の多くの人々が、これまでも多くの独裁者たちが恣《ほしいまま》にした理不尽な暴力に虐げられてきたが、今回は、圧倒的な力を持った異星人から理不尽な扱いを受け、多くの人たちの生命が危機に晒されている。彼は、これに立ち向かう手立てについて語ったのだ。『ここで、まさか我々自身が、お互いに助け合うのを忌避するようなことはしないでしょうね。ましてや、内部で争うような馬鹿なことはしないでしょうね』と、釘を刺したのだ。国連では、年がら年中繰り返して『平和』という言葉が語り続けられているが、あるべき『平和』の理念について、ここまで踏み込んだ示唆をしたのは、この人が初めてかもしれない」そうコメントした政治学者もいた。

この政治学者はこうも言った。「彼は、無辜の自国民が米国の残虐な無差別殺戮の犠牲になったことにもわざわざ触れたが、これについて米国には一言も恨み言を言わず、どの国が何に責任を持つべきかといった議論をすることもなく、全て自国の判断が誤ったからだと語った。全ての地球人の運命が正体不明の異星人の手に握られている現在、彼は、全ての地球人の生命の安全は、等しく我々地球人自体の判断にかかっており、我々は決してその判断を間違ってはならないし、ましていわんや、他の誰かに頼ってはならないと、強く警告したとも言える」

石橋首相は、心の中では「帰国すれば大騒ぎになるだろう」と、当然覚悟していたものと思われる。何しろ、国家予算の半分近くにも達する巨額の拠出を、国会の承認も得ず、閣議決定すら経ずに、国連に対して約束してしまったのだから、正気の沙汰ではない。

しかし、首相にも作戦はあった。「帰国したらすぐにこの受諾案を国会に審議してもらう。そして、その前提として『否決されれば自分は首相を辞任し、新首相が国連に陳謝して前首相の発言を公式に取り消すべきだ』と明言する。これは国連総会での発言の通りだから、どこに対しても『食言』にはならないし、国会軽視にもならない。『国の信用を傷つけた』として首相に対する懲罰動議が出れば、進んでこれに応じ、妥当な決議がなされれば、如何なる懲罰も甘んじて受ける」というシナリオである。まさに「背水の陣」だ。

「何故そこまで極端なことをやらねばならないのか」という迷いは彼にも当然あったが、「現在の日本の弛緩した空気は、よほど思い切ったことをしないと変えられない」という思いが日頃から強かったので、あえて危険を冒したのだ。「日本に国連の要請を最終的に受けるつもりがあるのなら、早く受けても遅く受けても結局は同じことであり、日本の大胆な動きに刺激されて他国が条件付きで受諾してくれれば、他国と歩調を合わせるという大義名分で同条件とし、負担の軽減は計れる」という計算も勿論あった。

結果として、首相は賭けに勝った。

野党は「これは信じられないような首相の暴挙だ。倒閣の好機到来だ」と考えて責め立て、当初はマスコミも批判一色だった。与党内でも相当揉めた。しかし、首相はその全てを正面から受け止めて、危機を乗り切った。

首相は国連で行ったのと同じような演説を国会でも行い、テレビを通して国民に直接語りかけた。そして、世論の大勢はこれを熱烈に支持した。野党に対しても、マスコミに対しても、首相は膝詰めで自分の哲学を語り、逆に相手を問い詰めるほどだった。この迫力に押されて、「手続き面の不備」を問題にするのか、「国民の生活を犠牲にしてまでアフリカ人を救う」という「哲学思想」を問題にするのかで迷いのあった批判者は、むしろ守勢に立たされた。


海外の反響も予想以上だった。

二日も経たぬうちに、ロシアのプーシキン大統領は談話を発表し、日本の石橋首相の決断を称賛、「ロシアも連邦共和国の要請を基本的に受け入れる」と語った。ロシアの場合はGDPがさして高くない一方、供与する土地やサービスを金額に換算して相殺すれば、金銭的には大した負担にはならない。

一週間遅れて、中国政府も刮目《かつもく》すべき行動に出た。李国清首相が連邦共和国のクーム大統領と国連事務総長宛に書簡を送り、「若干の条件はつけるが、連邦共和国の資金支援の要請を基本的に受諾する」旨を通告したのだ。条件とは、「ほぼ全土が熱帯化し、農業を含むあらゆる産業が全面的な転換を強いられる中国の現状を国際社会は認識し、『アフリカからの一億人の移民を中国が受け入れる代わりに、五千万人の中国人が近隣の温帯地域に移住できるよう取り計らう』等の、建設的な『居住地再配分計画』を前向きに検討する」ということだった。これは、明らかに「温帯化する東部シベリアへの中国人の移住を国際社会が後押しする」ことを求めたものだった。ロシアは簡単には受け入れないだろうが、「国際社会」はこの条件を単純に無視するわけにはいかないだろう。

中国政府が行ったのはそれだけではなかった。周真平主席は臨時全人代を招集してそこで演説、「中国は如何なる犠牲を払っても、国際社会と協調して、アフリカの同胞を救う」と語り、十四億の中国人民に覚悟を求めた。周主席は、かつて米国のトランク大統領との対立がピークに達していた時には、「米国の圧力に打ち勝つための耐乏」を国民に求めたことがあったが、今度は、その目標を変えて同じ覚悟を国民に求めた形になった。周主席は、日本の石橋首相の国連演説についても触れ、それを評価すると明言したので、石橋首相の「賭け」は、微妙な「日中関係構築」に関連しても何がしかの成果を示した形になった。

ここに至るまでに、中国内部で行われていたに違いない多くの議論については、推測するしかない。しかし、例を見ないような厳しい議論があっただろうことは容易に想像できた。問題は、大きく分けると三つあった。第一に、全土が熱帯になることにより、農業生産体制の再構築が必要になること。第二に、「世界の工場」として大成功を収め、今後はその高度化に邁進する予定だった工業生産体制も、熱帯化によって再構築が迫られる可能性が高いこと。そして第三に、これまでにアフリカに注ぎ込んできた莫大な金と労力（具体的には施設と債権と人間関係）が全て無になってしまう可能性が高いこと。この三つの問題を一挙に解決するには、李国清首相がその書簡の中で具体的に示唆したような、「東シベリアを視野に入れた世界的な居住地再配分計画」をどうしても実現する必要があったのだろう。

内部事情に詳しい人が漏らしたところによると、最高実力者たちの秘密会議には人民解放軍の幹部も呼ばれ、「もし大量の中国人民が東部シベリアに静かに浸透（不法越境）したとして、ロシア陸軍がこの人たちを実力で排除した場合、人民解放軍はいかなる方法で越境者たちを守ることができるか？」という質問を受けたという。

現在の中ロ間には、共通の仮想敵である米国に一体となって対峙する仕組みが構築されているが、居住地問題についてのロシアの対応次第では、この仕組みをあくまで堅持する意味がなくなる。全ての核兵器が廃棄された今となっては、「米国と唯一拮抗《きっこう》する力を持つロシアの核兵力」ももはや存在せず、従って、それを頼りにすることもないし、恐れる必要もない。陸軍の動員力だけなら、十倍以上の人口を持つ中国の方がロシアより遥かに大きい。空軍力と陸軍の装備ではロシアの方がなおも相当優れているが、中国が追いつき追い越すことは決して難しくはない。米国の支援を受けることもあり得るし、サウジアラビアとインドネシアの政府と交渉し、現在のサウジアラビアが持つ世界有数の空軍戦力をそのまま譲り受ける手もある。

周真平主席の頭の中では、「何としても自分が全責任を持たねばならない中国の将来の姿」が、次第にその輪郭を現わし始めていたと思われる。

石橋首相の演説は、米国と欧州諸国の政府にも激震を与えた。G7会合は数日後に迫っていたが、石橋首相の先の国連演説には、日本の利益につながるような要素が一切含まれていなかったので、これを「狡猾なパフォーマンス」と批判することはできなかったし、日本と差をつける「良い対案」も思い浮かばなかった。結果として、「G7会合においては全会一致で、『連邦共和国の要請を基本的に受け入れる』と決めざるを得ないのではないか」という観測が、すでに流れていた。明らかに日本の石橋首相は、その驚くほど大胆で率直な演説で人々の心を揺り動かし、それを梃子にして、連邦共和国の財政基盤を一気に固めてしまったのだ。

十

国連総会が開かれていた二日間、速水俊雄は、自室のテレビ画面を食い入るように見詰めていた。

彼は、スーザンが伝えてくれたポール・サイモンのアドバイスのうち、ともすれば曖昧な形で一体化されて考えられがちな「土地や物資の供与」と「その獲得に必要な資金の供与」を、明確に切り分けて考えるというアプローチに膝を打ち、早速国連での上司のアンナ・テスラ女史を経由して、連邦共和国のクーム大統領とパークス財務長官に献策していた。それが効いたのかどうかは知らないが、クーム大統領の演説では、まさにその通りの提言がなされていたので、彼はとても嬉しかった。

二日間の総会を締め括る最後の瞬間に、日本の石橋首相が、格調の高い、しかも今後の資金獲得の起爆剤になるような演説をしてくれた時には、感動でほとんど胸が詰まりそうだった。実は「日本はG7のどの国よりも早く、具体的な形で資金拠出をコミットすべきだ」と郷原編集長経由で首相を焚き付けたのは、他ならぬ俊雄自身だった。勿論、石橋首相は別にこのアドバイスに従ったわけではなく、自身の信念に基づいて決断したのだと思うが、若干でも背中を押すことに役立っていたとしたら、こんな嬉しいことはないと彼は思った。

国連総会が閉幕してから三日後に、俊雄はスーザンから久しぶりに電話を受けた。

「トシの国のボスはなかなかやるわね」と彼女は言った。「どうせ従わなければならない結論なら、自分から言い出した方が得だというのは、誰でも理屈ではわかっているんだけど、実際にはなかなかできないのよね」

「ありがとう。僕も彼のことは誇りに思うよ。これを機に、日本という国も少しは変われるかもしれない」

「そうあって欲しいわね。ところで、あなたのボスの演説がプーシキンさんの気持ちを少し揺らしているって知ってる？」

「え？　まさか。それってどういうこと？」

「あのね。ポールってなかなかなのよ。最近はプーシキンさんと二人だけで密談もできるみたいなの」

それから彼女は、ポールとの最近のスカイプ通話の内容を、少しだけ漏らしてくれた。それはこういう会話だったらしい。

「パックス・ロマーナ（ローマ帝国の巨大な支配力の下で世界の平和が守られた時代を示す言葉）ならぬ、パックス・ショラーナ（「ショルの下での世界平和」を意味するスーザンの造語）の中での残る不安要因は、これからは米中対立ではなくて、中ロの対立ね。もう核兵器がないから、どっちにしても大したことにはならないだろうけど」

「そうだね。昔の僕なら喜んでいてもよかったのだろうけど、今は全く状況が違うから、僕は僕なりに色々考えているんだ」

「数万人規模の中国人が、東北地方（旧満州）の北の国境線を越えて、ほとんど無人のシベリア東北部に静かに浸透していく可能性はないとは言えないと思うわ。ロシアの警備兵がこの人たちに対してもし発砲すれば、下手をすると局地戦になる恐れもあるわよね。中国側の大義名分は『ネルチンスク条約、アイグン条約、北京条約といった過去の不平等条約は見直しが必要』ということになるのでしょうけど」

「中国が主張する『世界レベルでの居住地の再配分』というのは、アフリカ人に居住地を与えるという原則に世界中が同意した今となっては、それなりに筋の通る主張だとも言えるね」

「日本の首相は『日本人は人類の一部であり、それ以外の何者でもない』とまで言い切ってしまったし、世界中が大きく変わらざるをえないと思うわ」

「日本の首相の演説にはびっくりしたよ。あの国はいつもは面白くもおかしくもないことしか言わないのにね。それに、あの国にはシントイズム（神道）という『土地』と深く結びついた宗教があるのだろう？　だから僕はずっと、日本人というのは、突き詰めれば国家意識が非常に強い民族に違いないと思っていたんだ。先の大戦ではそれを如実に示したしね。それなのに、その国の首相が、突然『人類』が全ての価値の源泉だというんだから、これは驚きだよ」

「私も昔、日本に行った時に、大きなシントイズムのテンプル（神社）を見に行ったことがあるけど、その時に、『神々はあらゆるところに宿っている』って言われたわ。でも、あなたのように、それを『土地』に密着したものだとは解釈しなかった。『神々があらゆるところに宿っている』のなら、それは、全ての物も、全ての人も、等しく神の化身であるということを意味し、もしかしたら『人類愛』にも通じるかもしれないわよ」

「ほう、それは新解釈だね」

「でも、イッシュ・バッシュ（イシバシは言い難いので、これが石橋首相の世界での愛称になっていた）は間違いなく実在の日本人で、彼は『人類』という言葉を連発したわ。彼の宗教については知らないけど」

「正直言って僕は、彼が本当に子供のように純真な人間なのか、あるいは、全てを計算し尽くして言っているしたたかな人間なのか、わからないんだ」

「その中間ということもあるんじゃない？　本質的には純真な人なんだけど、ちゃんと計算もしているんだと思う」

「なるほどね。プーシキンも、イッシュ・バッシュについては同じようなことを言ってたよ。人間は捨て身になると計算もよくできるってね。そして、その後、少し考え込んでいた」

「え？　プーシキンさんのことがそこまでわかるの？」

「わかるさ。お友達だからね。彼も、中国とことを構えるとなると、日本は味方につけたいだろうしね。それもあってか、『イッシュ・バッシュとは早いうちに会わなければ』とも、言ってたよ」

「それはわかるけど、中ロの二者択一なら、日本は中国を選ぶと思うわ」

「二者択一とは限らないよ。『三性生殖』の権威である君が、まだそんなことを言ってるようじゃ困るね」

当然のことかもしれないが、世界の政治は大きく変わりつつあった。そして、それは決して悪い方向ではなかった。日本の石橋首相だけでなく、世界中の多くの政治家が、「人類」という言葉をより頻繁に使いだした。「公正」とか「合理的」という言葉も同じだった。その一方で、「国益」とか「民族」とかいう言葉は、かつての輝きを失いつつあった。

しかし世界の現実は、そんな感慨にふけっていられるほど生易しくはなかった。アフリカで、そして世界の至る所で、想像を絶する阿鼻叫喚が繰り広げられ始めていた。

連邦共和国の北山隆三運輸長官は、イタリア人のトスカニーニ副長官と手分けし、数人の部下と共に世界中を駆け回り、ありとあらゆる船を手配した。中には、金持ちが無償で貸してくれた瀟洒なレジャー用のヨットもあったし、小さな漁船もあった。そして、これらの船を、「陸路での脱出」という選択肢のないマダガスカル島を含む、南部アフリカの数多くの港湾に直ちに向かわせ、できるだけ多くの避難民を乗船させた。これらの船は、ブラジルのポルトアレグレ、サルバドール、ナタールの三都市と、インドのコジコーデ、スマトラ島のパダン、西オーストラリアのジェラルトンと何往復もして、そこに作られていた難民キャンプに、フル回転で避難民を運び込んだ。しかし、これだけやっても、退避させることができたのは結局、総勢で一千五百万人にも満たなかった。

これでは、雀の涙にもならない。例えば、二千七百万人にも及ぶマダガスカル島の住民の多くは、直接の遠洋航海には大きな期待をかけられなかったので、小さい船でアフリカ大陸の東海岸に渡り、そこから陸路で北へ向かおうとしたが、それさえもできず、結局島に取り残されてしまった人たちも、膨大な数に及んだ。

それだけではない。あまりに多くの船が慣れない港でひしめき合ったので、事故も数多く起こった。ノルウェーの大型貨物船とスリランカの中型漁船がモザンビークの沿岸で衝突した事故では、残念ながら、スシ詰め状態になっていた避難民の多くが命を落とした。

「やはり、アフリカの人口のほとんどは、陸路での脱出に頼るしかない」と早々と見切りをつけた隆三は、海路の運営は副長官のトスカニーニに任せ、自らは連邦軍から貸与してもらったヘリコプターを根城にして、村から村へと飛び回り、網の目のように張り巡らせた行進ルートを点検して回った。勿論、これは一人でできる仕事ではないから、十六人の幹部職員にそれぞれ責任を持たせて十六の班を構成し、これを各地域に派遣した。若い頃から実務でたたき上げてきた隆三は「総指揮官は自分自身でも実際に現場を経験しなければ駄目だ」という信念の持ち主だったので、彼自身も率先して、幾つかの班の活動に参加したのだ。

果たして、各地域、各ルートの運営の巧拙は玉石混交であり、地元のリーダーの力量も、運輸省の各班長の能力もまちまちだった。こういうオペレーションの成否は現場の能力を平準化できるかどうかにかかっているということはわかっていても、実際にその場に直面すると、結局は手も足も出ない。何分にも全てが初体験なので、指針になるようなものが全く何もないことを、あらためて思い知らされる。一日中声を嗄《か》らして叫び続けていても、結局はそれだけで一日が終わってしまい、系統だった指導が全組織に行き渡るなどということは、あり得べくもなかった。

通信は全体の統率に必須だったが、中央との連絡は低軌道衛星を使って何とかできても、横の連絡については、困難が絶えなかった。携帯電話は一応は使えても、繋がるか繋がらないかはその時々の運次第だった。韓国政府の推薦で情報通信省の副長官になっていた金恒順《キムハンスン》が、自ら考案した衛星ベースの臨時基地局（5G技術をベースとしながらも、ソフトウェア無線で三世代前の2Gの端末もサポートするもの）を次々に設置してくれたが、焼け石に水の感は拭えなかった。

民族大移動のルートは、アフリカ全土に網の目のように広がっていた。サハラ砂漠の南からモロッコやアルジェリアに移動する人たちは、ヘリコプターやドローンによる空からの補給にも助けられながら、何本もある昔からのルートを使ったが、ユーラシア大陸にわたるためにジブラルタルやスエズ、ジブチに向かうルートは、全て初体験に等しかった。はじめは毛細血管のように細く、それが次々に合流を繰り返して太くなり、目的地に近づくと、ついに数本の太いルートに集約されていくさまは、計画している時には壮大で感動的に見えたが、実際に避難民が群がり出すと、混沌たる魔界に変わった。

毛細血管の先端、つまり「奥地」に入れば入るほど、小さな集落への連絡は難しくなる。完璧を期すのは初めから不可能だとわかってはいたが、本当の難しさは、やはりその時になるまでわかっていなかったとも言える。「あそこの村はどうなったのか？　ここで落ち合うことに決めていたのに、誰も来てないじゃないか」「あの沼沢地の向こうにはいくつか集落があったはずだ。連絡はできたのか？」頻繁にそういうことを聞く破目になるが、いくら問うてみてもはっきりした答えは返ってこない。通訳を挟んでも、言葉すらよく通じない場合が頻繁にある。

集落の中には、長老が頑張っていて、いくら何を言っても聞く耳を持たず、誰も集落を離れようとしないところもあった。「父祖の霊を放っておくわけにはいかない」「家畜や家財を置いていくなんて」「呪術師のお告げには背けない」等々、理由はいくらでもあった。そういうところからは、飛び出してきた何人かの若者たちを吸収するのがやっとだった。

結果として、膨大な数の人たちが置き去りにされるのを、隆三は防ぐことができなかった。準備のために与えられた時間が、あまりに少なすぎたのだ。本当はあと六ヶ月、最低でも三ヶ月は欲しかったのだ。しかし、そんな言い訳をしてみたところで何の役にも立たない。こういう仕事は結果が全てだ。

この陸路による避難オペレーションを発動してから一週間もすると、隆三はそのことを悟ったが、もはやどうしようもない。彼の「懊悩」と「呻吟」は、次第に「絶望」と「憔悴」に変わっていった。九十日間が過ぎ、いよいよ地軸が変わりだし、アフリカ大陸が雪と氷に閉ざされ始めた頃には、まだ若かった彼の頭髪はすっかり白髪に変わっていた。

隆三とは異なり、食料・物資長官の劉克林と施設長官のスクリアピンの「懊悩」は、民族大移動の早い段階にはまだ始まっていなかった。避難民の移動中の食料や宿泊施設は「軍事行軍扱い」ということで、概ね連邦軍が手配し、管理してくれていたし、それぞれの地域住民が残していった家屋などで宿泊ができる。それに、アフリカの大地は概ね寒さとは無縁だったので、当面は衣料や毛布などの不足に悩むこともなかった。（出発が遅れた人々には寒さは移動中に襲ってきたが、これについては、すでに世界中からある程度集まってきていた中古の毛布や防寒衣料を随所で供給したので、特に大き

な問題は生じなかった）

彼らの「懊悩」は、地軸が移動し始め、避難民が決して温暖とは言えない場所を含めて、様々な難民キャンプで生活し始めてから始まった。

行軍中は連邦軍が水と食料を配給してくれることになっていたが、難民キャンプに到着した途端に状況は一変する。各国の難民キャンプの運営母体とは、「住居と水と最低限の燃料は受入れ国が供給するが、食料とその他の生活必需品は連邦共和国の食料・物資省が供給する」という取り決めがあったからだ。劉克林は十分な準備をしていたつもりだったが、供給元の各地で異常気象が農業を壊滅させてしまっていたので、約束されていた食料が一向に届かず青くなった。それ以来ずっと、劉は地獄のような毎日を送ることになる。

食べるものがなくなると、人間は誰でも殺気立つ。避難民とキャンプの運営者の間にはいざこざが絶えなくなり、暴力沙汰も頻発するようになった。難民キャンプの運営側にすれば「憤懣やるかたない」気持ちが抑えられない。せっかく好意で土地と施設を提供し、全て約束通りにやっているのに、何故自分たちが悪者扱いされねばならないのかというわけだ。

食料・物資省は、この事態に対応するために、衣料や生活必需品の供給を担当する部門を施設省に急遽一括移管し、食料調達に専念することになった。連邦軍として機能していた国連軍は、脱出作戦が完了した時点では二十分の一に規模を縮小することになっていたが、この縮小幅を見直し、各難民キャンプの警護と秩序維持の責任を果たしてもらうことになった。

劉の誤算は、世界中の農業崩壊のあまりの速さだった。食料の供給を担当する副長官を務めていたカナダ人のザック・ウォーカー博士は、日照時間や降雨量の変動による影響はよく計算していたが、洪水や虫害の凄まじさは計算外だった。

まず水害である。自転の減速が始まった三月初旬からの三ヶ月間で、河川の氾濫やダムの決壊による洪水被害は例年の十倍を超えた。かねてから心配されていた中国の四峡ダムもついに決壊し、広大な下流地域を水浸しにしてしまった。集中豪雨はある程度覚悟はしていたが、その規模が度を超していたので、従来の堤防のほとんどが役に立たなかった。随所で起こった土砂崩れが川の流れを変え、氾濫が予想外のところに広がったので、被害はさらに拡大した。

想定外の高潮による被害も痛手だった。自転速度の減速は月の運行にも影響をもたらし、潮の満干の差が異常に拡大し、想定外の高潮を招いたようだった。

しかし、このような世界的な水害以上に大きかったのは、イナゴの大繁殖による虫害だった。インド南部のデカン高原で、異常乾燥のためにイナゴの天敵だった鳥類が全滅したのがことの発端だったが、それだけなら、こんなにもひどい大惨事にはならなかっただろう。自転速度の減速がもたらした長い昼と長い夜が、ある種のイナゴに異常な生殖能力を与えたらしいということが、後の研究で明らかになった。

どんどん増殖して空前絶後の規模となったイナゴの大群は、あたりの農作物を食い尽くしつつ北上し、ヒマラヤ山脈に突き当たる前に東に進路を変え、バングラデシュとミャンマーとベトナム北部の農作物を食い荒らし、そこから北上して中国全土に広がっていった。インドでも、東南アジアの国々でも、中国でも、空中からの殺虫剤の散布は勿論、一部の田畠を焼き尽くしてイナゴの前進を止めようとするなど、あらゆる手を尽くしたのだが、四月の始めから五月中旬に至るまで、増殖の勢いは全く止められなかった。結局、この未曾有の虫害は、六月のはじめになって、やっと終息に向かった。

規模は小さかったが、同じようなイナゴの繁殖はメキシコでも起こり、米国中西部も相当な被害を受けた。

後々に出された統計によると、この虫害のためだけでも、インド、バングラデシュ、ミャンマー、ベトナム、中国、及びメキシコで、合計で一千万人に近い餓死者を出したと言われている。収穫前の農作物は勿論、貯蔵していた米や大豆、とうもろこしまで根こそぎ食い荒らされた人たちは、残されたイナゴの死骸を貪《むさぼ》り食ったが、その程度ではほとんど足しにはならなかった。


世界の食料事情は一気に逼迫した。穀物相場は天井知らずの上昇を続け、世界中で食品の値段は常軌を逸して高騰した。このような状況は当然低所得層を直撃するので、先進国であろうと発展途上国であろうと、世界中のあらゆる大都市では「食料品の配給」を求めるデモが激増し、各国政府は次々に非常事態宣言を出さざるを得なかった。

十一

　そのうちに、地球の自転が完全に止まる六月六日の午後四時（旧来の米国東部時間）となった。自転が止まるとすぐに、地球は今度は異なった方向へ低速でゆっくりと動き始めた。

　九十六時間かけて、太平洋のど真ん中に位置するクリスマス島と、同じ赤道上の反対側にあるコンゴの熱帯雨林が、それぞれ北極点と南極点の位置に移動する。この動きは、極めて緩慢なものだ。減速前の地球は二十四時間で三百六十度回転していたのに対し、その四倍の時間をかけて四分の一の九十度回転するだけなのだから、如何に低速かがわかるだろう。

　しかし、その間に、世界の気候は劇的に変化する。クリスマス島でいうなら、一日後には香港と同じぐらいの緯度となり、二日後には日本の北端の稚内《わっかない》と同じになり、三日後には北極圏に入る。つまり二日半もすれば日照時間が極端に短くなり、辛うじて太陽が見える時でも、低い位置以上には上がらなくなってしまうのだ。余熱のおかげで、気温が下がるのには多少の猶予期間はあるが、そのうちにその周辺は人の住めない極寒の地となる。美しいサンゴ礁もあっという間に死滅してしまうだろう。

　アフリカについても同じことで、できれば自転停止の三日後までに、遅くともそれから数週間以内に、つまり旧来の暦で六月九日から遅くとも六月中には、アフリカ大陸に住んでいるほとんど全ての人たちが、何らかの方法で暖かい地域に脱出していなければ、誰もが凍死するしかないということなのだ。

暖かい地域への脱出とは、具体的には、モロッコかアルジェリアかチュニジアの海岸地域に辿り着いているか、そこからジブラルタル海峡を越えてスペインに入っているか、チュニスから船でシチリア島に渡っているか、あるいは、エジプトを縦断し、スエズを越えてイラクまで到達しているか、ジブチからイエメンを横断してオマーンに入っているか、あるいは幸運にも船に乗れて、すでにブラジルやインド、インドネシアやオーストラリアの仮居住区に着いているか、あるいは最低でも、暖かい洋上に出た船上にいるかの、いずれかを意味する。

アフリカ大陸を縦断しての「民族大移動」は、向こう岸に向かって大河を泳ぎ渡ろうとする大集団に似ていた。何とか向こう岸にたどり着けた人もいるし、力尽きて途中で断念するしかなかった人もいる。時間切れになれば日が沈み、大河の水温が下がって、もはや泳げなくなるが、向こう岸を見ながらも、ついに時間切れとなってしまったような人が、今回の場合はあまりに多かった。

膨大な数の人たちが、行進の途中でその日を迎え、そのまま凍死していかなければならなかったのは、あまりに悲惨だった。しかしそれは、人間の力ではどうにもならず、目に見えぬ神に祈ってみても、目に見えぬ異星人の援助に期待してみても、状況は何も変わらなかった。

この数ヶ月の間、世界中の人々は、これでもかこれでもかと地獄絵図を見せつけられてきたが、その全ての中で、結局一番酷かったのは、実は、思いも及ばぬ規模にまで拡大した連続的な疫病の流行だった。これがもたらした惨禍は、二〇一九年末から二〇二一年末に至るまで猛威をふるい、世界中で四百万人以上の死者を出した新型コロナウイルスと比べても、比較にならぬほどに凄まじかった。

この一連の疫病による惨禍は、まずはアフリカ大陸を北へ向かって行進する避難民の集団の中で始まっていた。それも一カ所ではなく、数カ所でほぼ同時にだった。このほとんどは、コロナウイルスでも、全く新種のウイルスでもなく、経口伝染する既知のウイルスや細菌類によるものだったが、かなりの変異種ではあったらしく、従来の治療法や予防法はあまり効果がなかった。

航空機やヘリコプターだけでなく、中国と米国が提供した大量のドローンまで投入した連邦軍（国連軍）の「空陸一体の補給作戦」は、圧巻ではあったが完全というわけにはいかなかった。全世界から一気に驚くほど大量に調達した、あらゆる種類の穀物や、様々な食材、様々な加工食品を、小さいパッケージに分けて配給した「食料」と異なり、飲料や炊事、洗面や手洗い用に使われる「水」は、初めから空輸の対象外とされていた（ペットボトルでは需要のほんの一部すらも賄えない）。従って、必要とされる「水」のほとんどは、近隣地で調達され、大型のタンク車を使って供給されることになっていたのだ。

それ故、当然のことながら、毎日の生活に欠かすことのできない「水」が、避難民全員に行き渡るまでには長い時間がかかった。何しろ避難民の数が多すぎるのだ。このため、渇きに耐えきれなくなった避難民たちは、自分たちの土地では普通にやっているように、見知らぬ土地の河川や湖沼の水を貪り飲んだ。しかしここには、彼らの身体が抵抗力を持っていない、数多くの細菌類やウイルスが含まれていた。

大量の避難民の列が残していく大量の排泄物の処理も大きな問題だった。行軍訓練を受けていない一般の人々に「掘った穴の中に排泄し、汚物が一定量に達したら土を被せる」といった「基本」を励行させるのは無理だった。排泄された汚物の消毒などは勿論、事後の手洗いも徹底できない環境下では、経口感染の拡大は防ぎようがなかった。

しかも人々が発症するのは、様々な種族が混じり合った大集団の混乱状態の中でのことなのだ。連邦共和国医療・保健長官のミューラー博士と副長官のペギー・チュア博士は、早い時期からこのことを警告し、十分に準備はしていたつもりだったが、実際に伝染が始まると、すぐに「有効にこれを抑え込むのは不可能だ」と悟るに至った。多くの場所で避難民たちはバタバタと倒れ、緊急に張られた厳重な封鎖線の中で、むなしく死を待たねばならなかった。その一方で、封鎖線に行く手を阻まれた後続の避難民は、急遽ルートを変えて道無き道を歩まねばならず、そうなると飲料水や医療品の供給もままならず、それがさらなる感染源を作り出す結果となった。

ミューラー博士は後に、「少なくとも一千万人近い人々が、北を目指す大移動の最中に疫病で命を落とした」と報告している。


しかし、この悲劇は、これより一桁上の、より大きな悲劇の序章に過ぎなかった。新しい地軸による新しい自転が始まり、シベリアやスカンジナビア、カナダやアラスカで永久凍土がどんどん溶け出すと、そこここで、これまでは全く知られることのなかった古代のウイルスが蘇生し、相互に輻輳しながらユーラシア大陸と北米大陸の全域に広がっていった。

この未知のウイルス群は、伝染性も致死性も際立って高く、まさに「凶悪ウイルス」と呼ぶにふさわしいものだったので、人々は恐れ慄《おのの》いた。

コロナの終息で一息ついていた世界中の疫学者や医療関係者や医師や看護師は、再び修羅場の中に駆り出され、毎日が地獄のような状況になったが、彼らは長期間にわたって、それらのウイルスの正体をすら、なかなか摑むことができなかった。このウイルス群の振る舞いが、最近のウイルスのそれとは著しく異なっていたからだ。

この間の最大の被害者は、不意を突かれたロシア人で、以前から急激な減少が心配されていたロシアの人口は、食糧不足とこの惨禍を主な要因として一気に二十パーセント近くも減少した。

メキシコ海流の変調から異例の寒波に襲われて、活発な活動が封じられていた欧州でも対応が遅れ、全人口の三十パーセント近くがこのウイルスに感染した。そして、そのうちの二割弱、つまり全人口の六パーセント近くが命を落とした。カナダとアラスカからウイルスが拡散した北米大陸でも、状況は似たようなものだった。

この凶悪なウイルスは、当然のことながら、アジアの各地域や、中近東、中南米にも拡散し、農業崩壊でボロボロになっていた中国やインドも、これによってさらなる大打撃を受けたが、死者の数から言えば、北米、欧州、ロシアに居住していた白色人種の方が圧倒的に多かったようだ。おそらく有色人種の遺伝子の中には、この古代ウイルスに対する抵抗力が何らかの形で備わっていたのだろう。

ワクチン開発の成功でこの流行がやっと終息した二〇二三年の六月に、世界保健機構が発表した報告書によれば、このウイルスによって殺された人の数は世界中で合計五千万人を超え、そのうちの約七十パーセント以上が白色人種だったとされている。

このような傾向は、実は、二〇一九年中国発祥の初期（変異前）のコロナウイルスにも見られたことだったが、欧米人はこのことについて恨み言を言うわけにはいかない。

かつて南米で栄華を極めていたインカ帝国や、中米のアステカ帝国やマヤ帝国が、あっという間に崩壊してしまったのには、少数のスペイン軍の詐術と武力に屈したということ以上に、もっと大きな理由があった。それは、スペイン人にとっては当たり前で無害だった感冒等のウイルスに対し、現地の人たちが全く免疫を持っていなかったためだ。現地の人たちが接触したスペイン人からいったん感染すると、彼らの中で一気に感染が広まり、多くの人々がなすすべもなく次々に死んでいった。それと同じことが、時を隔てて、今、欧米人の身に降りかかってきただけのことだ。

しかし、悲劇というものに際限はない。地球人を襲った災厄は、ここでもまだ終わらなかった。新しい地軸での地球の自転速度が目標値に達して、それ以上の加速がなくなる予定だった七月二十五日の二週間前に、フィリピンの北部（かつては東部だったところ）を震度六の大地震が襲い、日本の太平洋岸とパプアニューギニア島の西部（かつては北部だったところ）沿岸を大津波が襲った。そして、その四日後には、今度は日本の首都東京を、震度七の超大型地震が直撃した。東京の建物は耐震性が高く、ビルなどの倒壊はそれほどひどいものではなかったものの、道路は至る所で寸断され、数日間にわたり都市の機能は完全に停止した。日本政府の発表では、死者は二万人を超え、被害総額は九千億ドルにも及ぶだろうとのことだった。

地球の自転の方向と速度が変われば、それは当然、地下に蠢いているマントルの流れに影響を与える。マントルの動きが変調をきたせば、至る所で辛うじて安定を保っていた地殻がその影響を受け、予測できない動きを始めることは避けられない。ずっと以前から多くの学者たちが警告してきていたことだったが、遂にそれが現実になりつつあると知って、人々は戦慄した。

日本は、今回の気候大変動に際しては大きな影響は受けていなかった。未曾有の洪水に対しても、長年の経験を生かしてかなりうまく対応していたし、海面上昇に対しても、津波対策として建設していた防潮堤などがそれなりに役立っていた。海に守られているため、イナゴの大群の侵略も受けなかった。その余裕を生かして、日本はこれまで国をあげてアフリカ支援に努力を傾注していた。

しかし、その日本も、地震と津波には大きな打撃を受けた。東京を直撃した大地震の余震はなおも毎日のように続いており、太平洋沿岸に住む人たちは、いつまた新しい地震が襲ってくるかと戦々恐々だった。そのために日本政府は、「この際首都の東京を見限り、より大地震の可能性が少なく、地中海性気候が期待できる南部の日本海沿岸に新しい首都を建設してはどうか」と考えるに至り、その可能性を真剣に検討し始めていた。

ちなみに、今回大災厄に見舞われたアフリカの人々は、先進各国の財務支援に突破口を開いてくれた日本の石橋首相の国連演説を本当に有難かったと思っていた。その後日本から送られてきた大量の中古乗用車やトラックや建設機械、衣料品や医療品や日用雑貨なども、どれも品質が良くて引っ張りだこだった。その上、日本は、南極大陸にもシベリアにも、多くの農業技術者や治水の専門家を送り込み、親身になって新しい国土の開発に協力してくれていた。だから、この日本が未曾有の大地震に襲われたことを知ると、アフリカ大陸出身の人々からは「自分たちには義援金を出す余力は全くないが、労働で復興を支援する道があるなら、何でも言ってきてくれ」というメッセージが、引きもきらずに送られてきた。多くの日本人は、このような言葉だけで、自分たちのこれまでの努力が報われたと満足していた。

この続けざまの大災厄の中で、世界の経済はどうなっていったか?

あらゆる国が、あらゆる方法で債務を膨張させざるを得なくなったが、その七割は米ドル建てで、残りはユーロ建てか中国元建て、さらに比重は小さかったが、一部は日本円建てか英ポンド建てだった。やらなければならない「収益の上がらない仕事」はいくらでもあったし、そのために、お金はいくらでも必要だったから、あらゆる通貨がどんどん増刷された。特に米ドルは極端なレベルまで膨張し、当然その価値は低下した。

いずれにせよ貨幣の価値がどんどん下がれば、インフレは確実に昂進していくのが当然だ。言い換えれば、インフレとは、生活必需品に対する手持ちの現金資産(債券や保険証券を含む)の価値が、どんどん低下していくことを意味する。見方を変えれば、膨大な資産を持つ人たちとほとんど資産を持たない人たちの格差を、抜本的に縮小させる「大規模な社会改革(革命)」であるとも言えそうに思える。

しかし、現実にはそうはならないのが普通だ。

貨幣を「仮想価値」の代表格だと考えれば、「実質価値」の代表格は、まずは「生命と生活を支えるもの」、つまり食料であり、医薬品であり、衣類やその他の生活必需品であり、必要最小限の住居スペースと電気、ガス、水道だ。そして、酒類やタバコやコーヒー、お茶や菓子類といった嗜好品、乗用車や家電製品のような諸々の耐久消費財がこれに続く。

そして次は、「人間がそれによって豊かさを感じられるもの」、つまり、趣味の対象となるものであり、贅沢品であり、芸術品であり、サイバー空間であり、非日常的な体験である。

「株式」は、基本的にはそのような「実質価値」を作り出す企業等への投資なのだから、当然、他の全ての「実質価値」と同等とみなされる。

深刻なインフレ下では、こういった「実質価値」の価格は全て暴騰するが、「生命と生活を支えるもの」については、政治的に抑止圧力が働き、自由市場は衰退し（ヤミ市場しか残らなくなり）、配給制などが主流になる。これに対し、株式や、絵画などの芸術品や宝飾品は、このような政治的圧力は働かないから、資産家は争って手持ちの現金資産をこれらに転換する。当然、価格は暴騰し、こうしてここに、本来の「実質価値」よりさらに大きく膨張した「新たな仮想価値」が生まれる。

このような経済の混乱は、実は過去には何度も起こっている。第一次世界大戦と第二次世界大戦の戦中、戦後がそうだ。今回の経済混乱は、破壊を食い止め、人々の生活を守るために、否応なくお金が使われたのに対し、過去の「戦争」に際しては、お互いに敵の施設を破壊し、敵方の人々を殺したり困窮させたりするために、これを遥かに超えるほどの巨額のお金が使われたのだから、全く酷いものだった。

後から考えてみれば、こんな無意味な自殺行為を自ら進んでやってしまった「ホモサピエンスという生物種の根源的な愚かしさ」には、唯々啞然とするばかりなのだが、それをやっている時には、お互いに「それしか選択肢がない」と信じ込んでいたのだから、救いようがない。

（もっとも、過去のケースでは、僅かながら救いもあった。米国のように自国の領土が破壊されなかった大国が存在したので、それが復興の支えとなったからだ。しかし今回は、米国も含め、どの国もそれぞれに満身創痍で、全世界を支えることができる国などどこにも存在しなかった）


その一方で、過去と現在の間には、財政や金融、物資の流通に関連しての大きな技術革新があったことにも注目されねばならない。

社会全体のデジタル化は、経済活動の煩雑さを大幅に軽減した。この影響は貨幣制度にも及んだ。日常の庶民の経済活動では、紙幣や硬貨を使わないデジタル決済が常識になり、これは次第に企業の国際決済においても常識となった。そして、当初は米ドルや中国元にリンクしていたそういうデジタル通貨も、ドルや元の先行きが不透明であるという認識が拡大していくと、「既存通貨とリンクしない純粋なバーチャル通貨」に、次第にその地位を譲っていった。

しかし、経済の急速なデジタル化は、大きな問題も内在していた。それは「サイバーアタック（ハッキング）という犯罪」の横行と、「先進デジタル技術を駆使した投機的な巨額取引」の拡大だった。これを防ぐには、国際的な連携に裏打ちされた強力な国家統制が必要である。そして、こういう統制を実効性のあるものにしていくには、きめ細かい監視体制と強権的な抑止能力が必要である。

例えば、いつでもどこからでも、防御体制の弱いところを狙って攻撃が仕掛けられるサイバーアタックに本気で対抗しようと思えば、事前にその予兆を検知して先制攻撃をかけ、主犯格の人間たちを拘束して組織を壊滅させなければならない。また、投機的な経済活動については、それを「不法」とする範囲を拡大し、経済法規だけではなく賭博法等も動員して実行者を逮捕していくことも必要である。

「経済の仮想化」は、もともとは「信用規模」を時間的にも空間的にも拡大し、リスクを取る人たちを支援し、多種多様な経済活動を活性化し、結果として「経済成長」を飛躍的に加速させるためのものだった。従ってこれまでは、その大きなメリットが評価され、全てが好意的に見られてきていた。しかし今や世界中で、人々が生きていくことすらが困難になり、「成長戦略」などという言葉は死語になってしまっていたから、国も個人も防御的な姿勢に転じざるを得ず、この状況は全く変わってしまった。

このような状況は、経済の世界だけでなく、政治の世界でも顕著になりつつあった。

自然災害や疫病の蔓延は、いつも最も弱い立場にいる人たちを徹底的に痛めつける。余裕のある人たちは、贅沢ができなくなって生活の不便が増すことを耐え忍ぶだけで済むが、そうでない人は、直接生命の危険にさらされる。そうなると、もはや「法を守る」という意欲などは跡形もなく消えてしまう。「自暴自棄」という言葉があるが、そうならざるを得ないような状況にまで追い詰められるのだ。

国民性によって、その絶望感の発散の仕方は多少異なるようだが、多くの場合、それは「ものがある場所を襲って奪い取る」という行動に繋がっていく。過激な若者のグループは概ね「無政府主義」

に走る。彼らは「とにかく現体制を粉砕しよう。後のことはその時に考えれば良い」と叫び、一部の群衆はそれに従う。

そうなると、政府も黙ってはいられない。こういう過激派や略奪者を憎む一般人たちは、彼らを強く取り締まってくれる「強いリーダー」を求め、そういう人物が現れると熱狂的に支持する。それは良いのだが、こういうリーダーには、「法が守られないなら、守られ得るような法に改める」という発想はほとんどなく、「法が守られないなら、守らないと酷い目にあわせる仕組みにすれば良いだけだ」という発想に走りがちだ。こうして、一般市民の「自由」と「人権」は知らず知らずのうちに大きく損なわれていく。

これまでだと、どこかの国でこういう傾向が顕著になっていくと、「国際社会」が介入し、経済制裁などを武器に、強権政治を牽制するのが常だったのだが、すでに「国際社会」にはこのようなことをする余裕もなければ意欲もなくなっていた。世界中がもうヘトヘトになっており、「最低限の体制さえ作れば、後はなるように任せるしかない」という気持ちになっていたのだろう。

しかし人間というものは、どん底にまでくると覚悟が決まって、ある程度平静になれるものらしい。「もうこれ以上は悪くなりようがない」と、投げやりな気持ちで考えることは、「だから、これから起こることは全て良いことばかりのはず」という、謂われのない楽観論にも通ずるものらしい。

「もうすぐ、異星人たちが実際に植民してくる」ということは誰でも知っていたが、不思議なことに「そうなると、もっと恐ろしい災厄が襲ってくるのではないか」と不安がる人たちは意外に少なかった。むしろ「異星人たちは、苦境にある我々地球人に、何らかの救いの手を差し伸べてくれるに違いない」という、これまた謂われのない淡い期待が、世界中に漠然と広まっていた。「本当に苦しい時には必ず救世主が現われる」と考える性も、人類の遺伝子の中に深く刻み込まれているものなのかもしれない。

十二

米国東部時間の七月二十五日の午後四時は、全ての地球人にとって特別な時刻だった。この時を境に、地球の自転速度の上昇はなくなり、毎日の日の出と日没は緯度によって常に一定（同じ時刻）となることになっていたからだ。もっとも、「毎日」という言い方は少しおかしい。正確には「毎二日」と呼ぶべきだ。地球の自転速度が昔と比べれば半分になったため、昼の長さも夜の長さも二倍となり、日の出も日没も二日に一回しかないのだ。

実はこのことを決めた時には相当の議論があった。一日が昔通り昼と夜から構成されるように、一日を四十八時間とし、一年を百八十二日（または百八十三日）にした方が、生物としての人間のリズムに合うはずだと主張する人たちが結構いたからだ。しかし、人間はそんなに寝溜めはできないから、一日四十八時間のうち、いつ起きていつ寝るかの「規範」を作るのは極めて難しいという意見が、最後には勝った。一日を二十四時間のままにしておけば、何よりもこれまでの暦をそのまま使えるのが魅力だし、「昼の日」と「夜の日」が交互に来るという奇妙な仕組みも、いったん慣れてしまえば当たり前のことになるだろうという意見が次第に支持されるようになった。

しかし何はともあれ、新しい秩序が固まるということは、人々を安心させるには大いに役立った。世界各地の気象が最終的にどんなものになるのか？ ここ数ヶ月悩まされ続けたような「予期せぬ気象変動」は、もう今後は起こらないと考えて良いのか？ それはまだ全くわからなかったが、「これまでのような極端に不安定な状態より少しはマシになるだろう」と、全ての人が考えたのは確かだった。

この記念すべき日に、速水俊雄は、米国北海岸（昔の西海岸）のアストリア近郊に急ピッチで建設されつつあった米国の新首都「ニュー・ワシントン（DC）」のスーザン・マクブライドの自宅で、夕食に招かれていた。

スーザンの自宅と言っても、実は父親のマクブライド上院議員の自宅であり、スーザンは息子のギーと共にここに居候を決め込んでいるだけだった。それに夕食といっても、供されたものは、スモークサーモンと、東洋風のピリ辛のタレを添えた鶏の唐揚げ、それに大盛りのシーザーサラダだけで、未だ仮普請とはいえ、やがては豪華に仕上がりそうな大邸宅にはそぐわない、質素なものだった。世界中が深刻な食糧難に悩まされている今、米国の裕福な家庭といえども、質素な食事に甘んじざるを得ない状況だったのだろう。

アストリアはオレゴン州の北西の角に位置し、コロンビア川の河口に面している。川を渡れば北側の対岸はワシントン州だ。西部開拓使の一端を彩る歴史のある町だが、付近には多くの国立公園もあり、風光明媚な地域としても知られている。米国のことをあまり知らない人は、旧西海岸にあるワシントン州（州を代表する都市はシアトル）と旧東海岸に位置するワシントンDCをしばしば混同したが、少なくとももうその心配はなくなる。
食事は質素なものだったが、スーザンは、父親が大切に管理しているワインセラーから、俊雄の好きな二〇一七年のシャブリを二本くすねてきて、早速栓を抜いた。チーズもフランス原産の深い味わいのものを選んで、クラッカーを添えて大量に盛り付けてあった。「お、バンスル並みの大盤振る舞いだね」と俊雄は歓声を上げた。「残念ながら、キャビアはないけどね」と、片目を瞑《つぶ》って少しだけケチをつけることも、勿論忘れなかった。良質のキャビアを生みだすカスピ海のチョウザメが、地軸変動後の世界でも生き永らえることができるかどうかは疑問なので、キャビアは今後益々高価なものになるだろう。

米国の首都が移転した時期にあわせ、国連本部もアフリカ連邦共和国政府もニューヨークから同じ場所に移転してきていたので、俊雄も、今は職場に近い安アパートを借りて一人暮らしをしていたが、翌日からはインド政府の要請に応えてニューデリーに出張することになっていた。
勿論、途中で日本に立ち寄り、家族と丸一日過ごす予定だ。十日前の東京を直撃した直下型の大地震の直後には、俊雄はすぐにナンシーに電話して安否を確かめたが、幸運にも住んでいるマンションは倒壊せず、同居している父親も含めて家族の誰にも怪我はなかったときいた。「停電が続き、スーパーもコンビニもすぐには営業再開は無理だろうから、食料品の確保には当分苦労しそう」という話があっただけだった。

そして、一方のスーザンも、三日後にはブリーゲン国務長官に随行して北京へ行くことになっていたので、その前に、周真平主席の個人的な資質について独自の評価をしているはずの俊雄の意見を聞いておきたいと思ったのが、わざわざ彼を夕食に招待した理由だった。

北京における米中の協議は、東シベリアへの中国人の移住に関する中露の交渉について、米国が何らかの役割を果たせないか模索するためのものだったが、実は俊雄のインド訪問も、ヒマラヤ地域の水資源の中印による共同管理について、国連が仲介の労を取る可能性の模索のためだったから、二人の間には共通項があったわけだ。二人とも、今回の出張の成否は、中国側の「将来の世界秩序」に関する考え如何だと思っていた。

ちなみに、地球の自転が完全に止まった六月六日に、バンスルは予告通り、ネパール北部（かつての東部）、ブータン全土、それにインド領のアルナーチャル・プラデーシュ州の約半分と、チベット（中国）の一角を包含する広大な地域を、バリアで完全に囲った。バリアの中に囲われた地域の水源については、中国は気になりながらも何もできないが、バリアの北端部分では、インドの協力を得れば、ある程度の調査や開発ができるはずだ。事ここに至れば、ヒマラヤの水源の管理問題でインドと角を突き合わせている意味はもはやないと、中国政府もついに割り切ったようだった。

実際問題として、「水」はずっと長い間中国のアキレス腱だったが、国全体が熱帯化すれば、この問題はもっと深刻になる可能性がある。ヒマラヤの氷が大量に溶け出せば、これをうまく利用できるかどうかが、農業の成否の鍵となる。うまく制御できねば、多くの災害を引き起こす恐れもある。

ところで、スーザンが俊雄をわざわざ自宅に招いたのには、別の理由もあった。一つはギーに会わせること。もう一つはその晩の八時に予定していた、元夫のポール・サイモンとのスカイプチャットに俊雄も参加させることだった。俊雄は、UNACMでの自身の提言に、スーザン経由で聞いたポールのアドバイスを大幅に取り入れた経緯もあって、彼には恩義を感じていたし、ポールの方も、東洋文明を深く理解していると思われる俊雄の中国観に興味があったようだった。

すでに八歳になっていたギーは、スーザン譲りの思慮深そうな青い瞳を、長い睫毛《まつげ》の奥で伏し目がちにした、物静かな少年だった。

しかし、その彼も、スーザンに促されて玩具《おもちゃ》箱の中から不思議な形をしたルービックキューブのようなものを出してくると、突然人が変わったようになり、驚くほどの素早い手捌きで、次々に異なった動物の形にしていった。初めは寝そべっている猫、次が翼を広げた鳥、それからカタツムリ、魚、蛙。新しい動物ができるたびに、ギーは嬉しそうに俊雄に見せ、声を出して笑った。

「ギー、世界の国の名前をどこまで言える？」とスーザンに聞かれると、一気に百カ国以上の国名を、それぞれの国の正確な発音で挙げ続け、「もういいよ」と俊雄が手で合図するまで、一秒も止まることはなかった。

「ポール、こうしてお目にかかるのは初めてですよね。色々アドバイスを頂いて、ずっと感謝してきました」と、俊雄はパソコン画面の向こう側のポールに、少しかしこまって挨拶した。

中国の周真平主席については、俊雄は短時間ながら北京で直接話をしたこともあり、その後も多くの書物を漁って、彼の生い立ちから現在に至るまでの政治的な苦闘を丁寧に読み解いていたので、そこから得た自分の考えを率直に開陳した。サンフランシスコを拠点に長い間、中国本土と幅広く商売をしてきた岳父のジェームス・チャンや、杭州のハイテク企業に勤めている義兄のテリー・チャンから仕入れた、「事情通の間で密かに語られている現代中国の生々しい側面」も、その中に適宜織り込むことを忘れなかった。

周主席の父親は、中国共産党が一九二一年に結党された時の五十数人の党員の一人で、長期間にわたり数々の重要な任務をこなし、党の大幹部として多くの貢献をしてきた。にもかかわらず、権力闘争に長けた他の実力者の策謀にはまり、無実の罪に問われ、長い年月を牢獄の中で過ごさねばならなかった。そんな中で息子の周真平は、全ての知識青年を僻地《へきち》に送って極貧の農民と同じ生活をさせる「下放」と呼ばれる制度の下で、十五歳の時から過酷な重労働に耐えてきた。彼の場合は特に「黒幇（悪者）の息子」という扱いだったので、その辛酸は言語に尽くせぬものだったという。彼はこの屈辱と苦難を深く心に刻み、言動に十分な注意を払いながら、あまり目立つことなく地方での統治経験を積み上げ、遂に今日の地位を築き上げたのだ。

「ですから、彼の心の内を知りたいのなら、彼が若い時から何度も何度も心の中で誓ってきただろうことに思いを馳せねばなりません」と、俊雄はスーザンとポールに言った。「彼にとっては、中国共産党が『自分の全て』なのです。この党の『結党の精神』を堅持し、この党が犯してきた愚かな過ちは全て自分が正し、父の無念を晴らし、『これが、世界に誇るべき中国と中国共産党の本来あるべき姿だ』と、国内外の全ての人に示したいのです」

俊雄はこうも付け加えた。

「彼は、欧米流の民主主義よりも、現在の中国のような一党独裁の方が、科学技術の振興にも、産業経済の発展にも、小康社会の実現にも、より良い結果をもたらしうると確信しており、この考えを変えさせるのは至難の業です。

紅衛兵が荒れ狂った過去の中国は、筆舌に尽くせぬほど残酷で理不尽なものだったので、それに比べれば現在の『人権の抑圧』程度は可愛いものだと彼は思っているでしょう。ですから、この点の批判には、真剣に耳を貸すつもりはないと思います。

だから、彼を説得しようと思えば、中国人民の立場に立っての合理的な損得計算やリスク計算を示し、彼が計算を間違って『これまでの功績を一挙に無にしてしまう』ような過ちを犯さないようにと、丁寧にアドバイスするのが一番だし、それ以外の方法はないでしょう。お説教や脅迫はダメです。あくまで心のこもったアドバイスをすること、これが全てです」

時折質問を交えながら、ポールは熱心に聞いた。彼の質問は全てポイントをついたものだったので、「今やポールは、彼が親しいプーシキン程度にまで、周真平のことをもう理解してしまったかもしれないなあ」と俊雄は思った。

現在の世界では、米国や西欧諸国、日本や韓国、台湾やインドのような民主主義国は、国の数でも国民の数でも全体の半分にも満たず、残りの国々では、多かれ少なかれ独裁的な権力を持った指導者が政治を動かしている。その中でも、世界の趨勢を決めるまでの権力を一手に握っているのは、中国の周真平主席とロシアのプーシキン大統領の二人だ。「だから、この二人の『哲学と人間性』が世界の運命を決めると言っても過言ではない」という考えで、三人は一致した。これは、良いとか悪いとか、好きだとか嫌いだとかいう問題ではないのだ。

　スカイプを介しての三人の会話は、それからどんどん哲学的な分野に入っていった。現実の国際政治に絡むような話は、最初の一時間のうちに全て済んでしまったが、哲学的な話はそれから二時間以上も続き、気がつくと午後十一時を回っていた。とは言っても、その日は米国では「ほとんどが昼の日」だったから、外はまだ明るい。「明日は午前十時の便だからそろそろアパートに帰って寝ておかないと」とも俊雄は思ったが、日本へ行くフライトでも、一日後に日本からインドに行くフライトでも、眠る時間は嫌というほどあるのだと思い直し、自分から話の腰を折るようなことはしなかった。それほどに、この会話は三人にとって楽しいものだった。

「考えてみると、昔はなんて無意味なことをやっていたんだろうとつくづく思うね。相対性理論のことを知る前に、ニュートン力学でこの世界のことは全部説明できると確信していたのと同じような気がするよ」そう言ってポールは溜息をついた。「バンスルという奴が、たまたま我々のところに漂着してくれたおかげで、だいぶ賢くなったのは事実だ。彼にはお礼を言わなくちゃ」

「あのね。実際に会ってみたらわかるでしょうけど、あいつは少し意地悪よ」と、スーザンが口を挟む。

「意地悪にしてくれなきゃ、真実を見誤るよ。大体において、この地球に生きている人たちは、何と言ったら良いのか、ナイーブ、いや、度し難いほどのロマンチストだからね」と、ポールは容赦ない。

「もう地軸の傾きもなくなり、極点も自転速度も思い通りの形になり、植民エリアにはバリアもちゃんと張れたんだから、数週間もしないうちに彼らは植民してくるのでしょうね」と俊雄。

「何人ぐらい来るの？」

「よくわからないけど、せいぜい三百人とか四百人ぐらいじゃないかと思うわ」とスーザン。

「その根拠は？　母船には三千人くらい乗っているんだろう？」

「根拠はわからないわ。バンスルがそういうようなことを言っていただけ。でも、私の勘では、彼らはその程度の少人数で纏まるのを好むんじゃないかという気がするの」

「それがおそらくは正解だと思うよ。君の勘はよく当たるからね」

「彼らは、四十人から五十人ぐらいが住むマチュピチュのような小さな空中都市（集落）を、アンデスのそこここに七つか八つぐらい作って、そこに分かれ住むんじゃないかしら。何故かそういうイメージが私にはあるんだけど。でも、こんな私の勘は、質量があって位置が特定できる素粒子しか知らなかった昔の物理学者の勘のようなものだから、今回は全然当たらないと思う」

「ショルたちは、無事に地球に到着したら、先住民の我々のところに何か言ってくるのかな？」

「日本では、そういう時は『引っ越し蕎麦』というヌードルを持ってきてくれるんですけどね」

俊雄が茶々を入れたが、スーザンはにべもなく否定した。

「それはないと思うわ。ライオンはシマウマにお土産なんか持ってこないもの」

しかし、そうは言いながらも、彼女の心の中には、「もう一度ぐらいは、バンスルから何か言ってくるのではないかしら」という秘かな期待が、多少はあったのは明らかなように思えた。

「でも、三百人もいたら、中には好奇心旺盛な奴もいるんじゃないかなあ？」と、ポールがぼんやりと中空に目を向けながら呟いた。彼は、自分自身の心理をショルの心理に擬《なぞら》えているかのようだった。

しかしスーザンは、ここでもにべもなかった。

「彼らは、地球や地球人のことなど、バンスルからの情報をベースに母船の中でとっくに勉強していて、視覚や聴覚で感知できる情報はみんなもう持っているから、わざわざ接触なんかしてこないと思うわ」

「確かに。地球人が色々質問なんかしたら、一々そんなのに答えるのは面倒くさいだろうし、うっかりバリアを付け忘れて、怪我でもしたら大変だしね。それに我々だって、彼らの嗅覚の対象として興味を持たれたら、少し嫌だな。味覚の対象とされるよりはマシだけど」

「味覚の対象にはされない（食べられはしない）でしょうけど、数千人は誘拐されて彼らのグラーニャにされるんじゃないかしら。（食生活を含めて）ショルの日常生活がどんなものかは知らないけど、彼ら一人の生活を支えるのに仮に五人のグラーニャが必要だとすれば、きっとそういうことになるわ。誘拐される人たちは可哀想だけど、我々に対抗手段がない限りは、どうしようもない。大昔、我々の祖先が神々に捧げた『生贄《いけにえ》』と同じだと考えて、耐え忍ぶしかないわね」

「それでも、仮に我々と彼らの間に何の交流もなく、お互いに何の干渉もしなかったとしても、すぐ近くに彼らが生活していると思うだけでも、地球人にとっては相当なプレッシャーにはなりますよね。信心深い人たちが『神様は何もかも見ている』と思って行いを慎むのと一緒で、我々も何事も慎重にせざるを得なくなると思いますよ」と、俊雄が少し観点を変えた話をした。

「そうよ。今でも、もう十分にプレッシャーはあるわ。今は、ひしめき合う難民の山、至る所での農業の崩壊と食糧難、続けざまに襲ってくる疫病、それに加えて地震や津波、全て超弩級《どきゅう》のあれやこれやで、とてもそれどころじゃないから、誰もあまり意識していないけど」と、スーザンがすぐに応じた。

ここへきて、ポールも俄然雄弁になった。

「いや、しかし、国際政治の場ではすでに影響は大ありなんだよ。我々には手も足も出ないほどの力を持った異星人がそのあたりにいるか、あるいはいるかもしれないというだけで、各国の首脳の心理は天と地ほども違ってくるんだ。これまでだと、ちょっとした国のトップは、例えばトルコの大統領だって、自分はお山の大将だと思うのが普通だったんだけど、今はもう違うんだ。圧倒的なお山の大将が別にいる。この大将には、ミサイルもテロも、脅しも駆引きも、何も通じない。手も足も出ないんだ」

話しているうちに、ポールはだんだん饒舌になってきた。

「どんな国のトップだって、植民者のショルたちの前では、もはや『その他多勢』の一人であるに過ぎない。単なる脇役だ。これまでは『国民の生命と財産、自由と尊厳は、どんなことがあっても、この自分が責任を持って守る』と自分に誓い、それで気持ちが高揚していたし、そのために、軍事でも外交でも、持てる限りの秘術を尽くそうとしていた。しかし今となっては、自分自身の無力を嫌でも認めざるをえないので、もうがっかりだ。かつては何事に対してもあんなにも旺盛だった意欲も、みんなもうすっかり萎《しぼ》んでしまったとしても、無理のないことだろうよ」

しかし、ここまできて、ポールは少し声の調子を変えた。

「でも、待てよ。ちょっと考えてみてくれよ。実はその方が、我々一般人にとっては、はるかに良いことなのではないかな？　政治家のエゴや軍人の名誉なんて、どんな時でも碌《ろく》なものではなかったじゃないか。各国のトップから、『力の信奉』とか『力への憧憬《どうけい》』とかが完全に消えて無くなってしまって、みんな揃って気を楽に持って、『まあ、こんなところでいいのでは？』と思ってくれたら、世界中で緊張は緩和し、間違っても戦争なんかにはならないだろうよ」

「そう、それを私は『パックス・ショラーナ』って呼んでいるのよ。『どうせショルがみんな決めるんだから』というわけ。これは災厄というより、むしろ福音だわ」

「でも、そのうちに、ある日突然ショルたちの気が変わって、やっぱり地球人には消えてもらおうと思ったら、どうしますか？」

「それはそれでしょうがない。どうせ抵抗のしようもないのだから、運命を受け入れるしかないわ。そんな確率は極めて小さいでしょうけど、いつかの『カルプソ』と呼ばれたウイルスのようなものを世界中に散布されたら、人類は三日もたたないうちに絶滅するしかないでしょうからね」

「それもそうだけど、それ以前に、もし『バンスルが偶然漂着した』という、今回のようなハプニングがなかったとしたら、我々人類は、どうなっていたでしょうかね。結局は自分たちで作り出した核兵器か何かで、遠からず自ら絶滅していたんじゃないかなあ。ポールはどう思います？」

「僕もそう思うね。何事もなく、今の世の中がそのまま続いていたら、相当高い確率で、五十年から最長でも百年以内には、人類はあっけなく絶滅していたと思うね。おそらくその原因は、核兵器よりも人工ウイルスの類だっただろうと、僕は思っている。その方が、作るのがはるかに簡単で安上がりだと思うからだ。そう考えてみると、バンスルは人類にとってはむしろ救いの神だったんだよ」

「バンスルは地軸の変動という史上空前の大災厄をもたらし、信じられないほど多くの人がそのために命を落としたけど、人類はまだ滅んではいませんよね。人間は、全てがうまくいっている時には、それがたまたまの幸運故だとは気が付かず、根拠のない自信過剰で『傲慢』になるのが常だけど、今回のことで、少なくともそれは消えましたね。人類はこれまでになく謙虚になり、それ故に、自分で自分を滅ぼしてしまうという『最悪のシナリオ』は避けられるのではないでしょうか」

そう言って、俊雄はこの話を締めくくった。


それから三人は、なおも延々と話した。今回のようなことがなかったら、誰も、どこでも、こんな話はしなかっただろうと思うと、三人はそれぞれに少し不思議な感慨を覚えた。

会話のテーマは、大別すると三つに集約された。一つは『国際社会の将来』。言い換えれば『国家というものの将来』であり、次には、それに関連する問題とも言える『民族と人口』の問題であり、そして最後は、『その全てに関係してくる科学技術の可能性』だった。


まず、「国家」というものについてだが、これについては三人の意見は微妙に分かれた。自らが日本人とベネズエラ人のメスティーサとの混血である俊雄が、熱心な「世界市民主義」の信奉者だったのに対し、スーザンはアメリカ合衆国への忠誠心が強いこともあってか、どちらかといえば既存の「国家」の機能を重視した。ちなみにポールはといえば、どちらにも深い思い入れはなく、この問題を「一つの現象」として眺めて、単純に面白がっているようだった。

俊雄は言った。

「国家とは、野生動物がマーキングをして自己主張する『縄張り』のようなものに過ぎないと、ある学者が言っていたのを聞いたことがあります。僕はなるほどと思いましたよ。確かに歴史を振り返ると、ほとんどの『国家の誕生』や『国境線の確定』は、武力抗争の結果以外の何ものでもなかったことがわかります。結局は『暴力』が全てを決めてきたのですよ。このような『暴力』の歴史を、人間はこれまで、多くの英雄譚で飾りたてて誇らしく語ってきました。でも、もうそんなことはやめた方が良いのでは？　縄張りを主張するなんて、ちょっと幼稚すぎると思うんですよね」

「そう、ほとんど野生動物のままだね」と、ポールはあっさりと賛同した。「内部の掟が相当厳しいところも、ボスに逆らっては生きづらくなるところも似ているね」

「そもそも今の世界では、自分の国というものがなければ誰も一刻も安心して生きていけないけど、個々の人間の国との結びつきというものは、人によってまちまちですよね。人間が自分の『仲間』だと感じるのは、まずは家族で、その次は自分の周辺にいて言葉も習慣も同じ人たち、つまり同民族ということになるでしょう。そして、その次が『国家』でしょう。『国家』というものは、それぞれの個人にとっては、その時々によって近かったり遠かったりする。自分の国が好きで、一心同体だと感じる時もあるけど、逆に嫌だと思う時もある。

『国家』に一番近い概念は『民族』かもしれないけど、現実はそう簡単ではないですよ。昔も今も、多くの民族を抱える国は多いし、多くの国に分断されている民族も多い。そして、多数派の民族がいつも徒党を組み、事あるごとに少数派の民族を差別したり、苛めたりする傾向があるというのも事実です。『国家は国民を等しく守り、全ての国民は国家に忠誠を誓う』というのは、言葉としては美しいけれど、本当に実現できているかどうかは疑問だし、納得できていない人も多いと思いますよ」

「トシの場合は、昔はベネズエラ人、それからアメリカ人、そして今は日本人と、色々と遍歴しているから、もしかしたら『国なんていう面倒くさいものは、なければない方がいい』と思っているかもしれないけど、現実には国に代わるものはすぐには見つけられないわ。今回は、トシのGo for Brokeがあった上に、ゆっくり議論している時間がなかったから、あっと言う間に『アフリカ連邦共和国』というものが成立したし、それなら『世界連邦（United States of One World）』というものが出来たっておかしくないという考えもあるかもしれないけど、やっぱり非現実的と言わざるを得ないわ」

「でもね。『将来の世界の理想型』としては、『世界連邦』構想は堅持しておいた方がいいと思いますよ。膨大な無駄が省けるし、国家間の戦争や軍備の拡張競争は確実になくなるのですからね。我々は『アフリカの人たちを救うために、世界中の国がそれぞれGDPの十パーセントを拠出する』というコンセンサスを確立するのに、薄氷を踏む思いをしたんだけど、もし『世界連邦』が出来上がっていて、世界中の軍事費が格段に下がっていたら、この程度のことは全く何ということはなかったんですよ」

「そして」と、俊雄はさらに言葉を継いだ。「何故それが実現できないのかも、はっきりと理解しておくことが大切ですね。例えば『独裁国家では独裁者が現体制を捨てるわけはない』とか、『イデオロギー国家は異なった考えを主張する人たちの存在は認めない』とか、『能力はあるが低い生活水準に甘んじるような連中とは、間違っても同じルールで競争したくないと考えている人たちは多い』とかね。そういう問題を一つ一つ丁寧に潰していくことこそが、今の我々にとって一番必要なのだと思いますよ」

「それには異存はないわ。私は現実主義者なだけ」

「現実的な道筋としては、アメリカ合衆国の各州の独立性をもっと高めたような『小ぶりな連邦国家』を、世界各地にいくつか作ることから始めたらどうですかね。　憲法と安全保障体制だけは一本化するけど、経済政策や税制、社会保障や医療や教育の諸制度、それに、それらを支える全ての法律や条例は、各州がそれぞれに異なったものを持ち、連邦国民は自分の好きな州を選んで、どこにでも住めるようにするのです。

香港問題で有名無実化してしまったけど、一時期中国が提唱した『一国二制度』ならぬ『一国多制度』というような形で、何とか定着させられないかなあ」

十三

俊雄とスーザンの間では「過渡的な世界連邦的組織のあり方」についての議論がそれからしばらく続いたが、それを黙って聞いていたポールが、ここへきて口を挟んだ。

「君たちは『国民』のことばかりに集中して議論しているけど、『領土』の観点も重要だよ。確かに『国民あっての国家』という考えの方が正しいのは間違いないのだけど、昔の国家はといえば、どんな国でも領土の奪い合いが最大の関心事で、そこに住む人のことは後回しだったものね。今だって、ちっぽけな島一つのことでも、二つの国家間で係争になると双方とも絶対に譲らず、目を吊り上げて罵り合っている。

それから、この領土が支える『人口』のことを、もう一度よく考えてみる必要がある。この『人口』とは、別にこれまでの『自国民』に限らない。『移民』でもいいし、『一時居住者』でもいいし、『一代限りの永住権保有者』でもいい。かつては『人口』の価値は、一にも二にも『兵隊の供給源としての価値』だったけど、今は違うよね。人口は生産力と消費力を意味する。特に消費力の方は重要だ。これが大きいと、他国はその国を重要な市場だとみなし、軽視できなくなる。

このように、『人口』は各国にとって引き続き極めて重要なんだけど、国民の経済力が一定限度に達すると、人口は減っていく傾向がある。『子供は作るとしてもせいぜい一人か二人にして、良い教育を受けさせる一方で、子育てに要するお金と時間は、もっと自分の楽しみのために使いたい』と考える人たちが多くなるからだ。

しかし、その一方で、これまでは食料と医療の欠乏のために乳幼児がどんどん死んで、自然に人口抑制ができていた途上国では、この辺が改善されただけで自動的に人口がどんどん増えていく。その典型がアフリカとインド圏で、この地域での今後数十年間の人口増加率は、爆発的になると推測されている。こうなると、世界の人種別人口構成率は今とは随分違ったものになるから、欧米の白人種や、今や白人に次ぐ地位を占めつつある東洋人は、心の中で密かに恐怖しているのが実態だと思うよ」

「確かにそうよね。これはとても深刻な問題だわ。誰も口にはしないけど」と、スーザンはすぐに反応した。そして、こうも付け加えた。「どう考えても、地球の人口はもうこれ以上増える必要はないし、今でも多すぎると思うわ。今回の食糧危機では世界中が嫌でもそれを感じさせられたけど、そんなことがなかったとしても、多すぎるのは間違いない。でも、そんなことを言ったら、人口が増えつつある発展途上国からは猛烈な反発が出てくるわよね。これはCO_2の排出問題でも同じなんだけど。彼らにしたら、『先進国は自分たちだけ散々いい目を見て、我々がやっと追いつこうとしたら今度は邪魔するのか』というわけ」

「先進国だって、やっぱり自国の人口だけは欲しいんだよ。もう兵隊はいらないけど、大きな国内市場を持っていることは、国際的な経済競争の上では極めて有利だからね」

「それに理由が何であれ、子供を生みたい人に生むなというのは難しいですよ。かつての中国は、いつも飢えに怯えていたから、政府が問答無用で『一人っ子政策』というものを推し進めましたけどね」

「人口の抑制には、信心深い人たちの反発も大きな難題だね。米国を見ているとよくわかるけど、延命治療の廃止（安楽死の許容）とか妊娠中絶とかも、こういう人たちが反対するのでいつまでも実現しない」

「人種間の人口バランスも重要で難しい問題ですよね。民族間で『それぞれ人口を一定限度に抑える』協定のようなものができればいいんでしょうけど、そんなことはできるわけない。『神様でもあるまいし、誰が、何の権利があって、そんなことを押し付けるのか』と言われれば、それ以上は進めません」

「人口の問題の深刻さは、それだけには止まらないよ。僕の予測では、現在の『民主主義』、つまり『同じ人間として生まれたからには、誰もが同じ一票を持つのは当然だし、多数の賛成票を得た政策が実現されるのが当然だ』とする、我々から見るとごく当たり前の考えに、深刻な疑問を持つ人たちが、これから次第に増えていくと思うんだ。つまり、人口問題がトリガーになって、民主主義や平等主義が、大きな危機に曝される恐れがあるということだ」

「米国の白人至上主義者はすでにそういう考えよ。でも逆に、ポピュリズムを嫌う知性派も、心の中では、『誰もが同じ一票で良いのか？』と深刻に思い始めているわ」

「そうだね。『人種による差別』は攻撃できても、『理性（判断力）の有無による差別』には、一理あると認めざるを得ないかもしれないね」

「でも、どうやって、『理性的な判断力に支えられた主張』と『基本的な判断力を欠いた主張』を区別できるのですか？　かつてプラトンは、民主主義は『衆愚政治』に陥らざるを得ないと見抜き、『哲人政治』を志向しましたが、結局『哲人』候補はどこにも見つけられず、断念しています。その後は、キリスト教やイスラム教の教義が全てを支配し、やっと『民主主義』という考えが芽吹いてきたと思ったら、今度はヒトラーやスターリンが独裁した『イデオロギー国家』の脅威に曝されました」

「脅威に曝されたのは一時的よ。結局は自由経済を保証する民主主義が勝利したわ」

「ヒトラーやスターリンは結局は打倒されたし、多くのイデオロギー国家は経済的に破綻したけれど、現在の中国は経済的に成功している上に、未だにイデオロギー国家として自国を位置付けています。周真平主席は、おそらく自分自身を、プラトンが夢想した『哲人』に擬えていると思いますよ」

「君たちは意外に思うかもしれないけど、僕は、実は『イデオロギー国家も悪くはない』と思っているんだ。国民に選択肢がないのは良くないけど、さっき君たちが議論していた『連邦国家の中の一つの州』だったらいいんじゃないかな？　嫌なら隣の州に引っ越せばいいだけなんだから」

「同じ考えを持った人たちが自由に集まって独立州をつくるというのには魅力を感じるけど、自分たちは小さく分かれている一方で、同じイデオロギーをベースにしたり、同じ民族意識を共有する『膨大な人口を持つ大きな州』が隣にあれば、嫌でも脅威を感じるわ。彼らが、いつか数を恃《たの》んで『連邦憲法の改正』を図るかもしれないもの。やっぱり『多数決万能』の原則に切り込まないと、問題は解決しないような気がする」

「そうだね。結局は『多数決』の問題だ。つまり『人口』の問題なんだ。人口で勝っている側は、少数派のことなどは眼中になく、何事につけ傍若無人に振る舞いかねないし、逆に人口で負ければ、『正義を実現するためには、やっぱり武力にものを言わせるしかない』と考えるに至るだろう。これはどっちも良くないよ」

こうなると、この議論はいくら続けても出口が見出せなかった。そこで、話題は再び『領土』の問題に戻った。

人口問題では煮え切らない議論しかできていなかったスーザンが、ここではまず口火を切った。

「いずれにせよ、人口の問題は領土の問題と表裏一体のものとして考えるべきよね。今度のアフリカのことは、嫌でもそのことに私たちの目を向けさせてくれた。でも、せっかく領土を持っていても、人手も資金もなくて開発できないケースが世界中には山ほどあるのに、どんな国も領土だけは死んでも手放そうとはしないわよね。まあ、どんな地下資源が眠っているかわからないので、売り渡すとか共同所有とかいう選択肢を取るのは難しいのでしょうけど、これは何とかしなければいけない」

「放っておいても別に維持費がかかるわけでもないので、しばらくは眠らせておけばよいと考えるのでは？　でも、世界連邦ができて、連邦内の全ての土地に不動産税をかけるようにすれば、みんなどんどん売りに出しますよ」

「現在は不動産に限らず、『所有』と『利用』を別々に考えるのが普通になっているのにね。中国なんかは、土地は全て政府の所有で、国民や企業は利用させてもらうだけなんだろう？　本当に世界連邦ができて、世界中の土地を全て所有したら、とてつもない効率化が図れるのは確かだね」

「昔は軍事力、平たくいえば暴力が全てを決めたわけだけど、『国際法』と『市場原理』で、土地とそこに住む人間の組み合わせを自由自在に設定する道はあると思いますよ。その昔、スターリンはウクライナに侵入して、ウクライナ人をシベリアや極東に強制的に追いやり、肥沃な農地やクリミアのような住みやすい土地にロシア人を入れるという悪虐非道なことをやったけど、『個人が自由意思による損得計算で住む場所を変える』という状況はあってよいし、今後はどんどん増えていくんじゃないですか？」

それからの議論はさらに哲学的になった。スーザンが土地と人間の精神的なつながりに言及したからだ。

「でも、土地と人間の関係って、そんな簡単に割り切れるものかなあ？　『祖先の霊が眠っているところには、よそ者に立ち入ってもらっては困る』と主張する人たちもいるでしょう？」

「ショルは、アフリカも、太平洋の島々もお構いなく、誰も立ち入れない極地にしてしまったけど、人間同士だと、各人の精神的な思い入れは尊重しなければならないだろうね。相手が神様（自然現象も含む）や異星人だと議論の対象にはならないけど、人間であれば色々と議論になる」

「でも、相手が人間以外の動物だと、人間の方が何でも勝手にやっているわよ」

「同じ動物でも、ペット適格の犬や猫やハムスターだと、勝手にはできませんよ。それから、イルカやクジラも特別扱いです。最近は『フォアグラはガチョウの虐待だから駄目』という議論もあるらしいですよ」

「要するに他の生物を自分たちの『仲間』とみなすかどうかという問題だね。今度やってくる異星人は、地球人は『仲間』、つまり『自分たちと近い種族に属する生物』と見做していないのは明らかだ。彼らから見れば、我々は『彼らにとってのハムスター』に及ばないのだ」

「肌の色の白い地球人の一種族だって、昔は随分独善的でしたよ。つい最近までは、相手の肌の色が少し違うというだけで『仲間』とはみなさず、自分たちの愛犬以下の扱いをしていたのですからね」

「肌の色って変なもんだね。僕たちユダヤ人は、アラブ人と同じセム系なんだけど、最近は『白人』で『だから悪い奴だ』と思われることが多いみたいだよ。それに、インド人やペルシャ人は元々はアーリア人だけど、ヒトラーの信奉者たちは別に彼らを崇めなかったよね。有史以前から、人類は混血を繰り返しているんだし、確かにトシの言うように、もうそろそろ『人種』とか『民族』とかいう概念は、意識の外に置いてしまうべき時期にきているかもしれないね。これからは、異星人の隣に住むことにもなるのだし、我々はみんな『人類（ホモ・サピエンス）』だということで、まとめて考える癖をつけて、それに基づいて行動した方がシンプルでいいと思うよ」

「そうですよね。だいたい『民族』とか『人種』とかいう言葉は定義が難しい。これからは、政治経済の問題も含め、ＡＩに色々な判断をしてもらうことになるのでしょうから、一つ一つの言葉（概念）の定義を明快に統一しておかないと、至る所で混乱が生じ、ＡＩも仕事にならなくなりますよ。『人間（ホモ・サピエンス）の集団』とか『人類』とかいうのなら、定義は簡単ですから、そういう『定義の定まり易い概念』に統一すべきですね」

これをきっかけにＡＩ論議が、さらには一般的な科学技術論議が盛り上がり、話はいつまでも尽きなかった。この面では、三人の間で悲観的な話は全く出ず、意見の相違もあまりなかった。

空になった二本のワインボトルを横目に見ながら、俊雄が「お父さんが秘蔵しているコニャックかなんかないの？」とせがんだので、スーザンはすぐに席を立ち、瓶を一本持って戻ってきた。「ジャジャジャーン」と言いながら彼女が俊雄の前に突き出したのは、まだ半分ぐらい残っているヘネシーのリシャールだった。これは滅多に飲めない代物だったから、俊雄は思わず「やったー」と声を上げた。自分の車はインドから帰るまでスーザンの家で預かってもらい、今日アパートに帰るのも、明日飛行場に行くのも、全てウーバに頼るつもりだったから、いくら酔っ払ってもいいと彼は思っていた。

ポールはといえば、今どの国のどこにいるのかさえも定かではなかったが、どうやら「長い夜の日」がやっと終わって、これから「長い昼の日」が始まろうとしている時刻のように思えた。随分興がのってきていたようで、時間を気にする様子は全くない。ポールは、他の動植物ほどは昼夜の区別に影響されなくなってきていた「人類」の中でも、ひときわ「太陽光の有無に対するレジリエンス(耐性)」の強い種類の人間なのだろう。

この頃、世界の科学者たちはどうしていたか？　一言で言えば「大忙し」だった。一部の理論物理学者を除いては、異星人の知識レベルとの圧倒的な格差に、がっかりしている余裕すらない状態だった。

食料やエネルギーの確保をはじめとして、人類が全体として生き残るために必要な新技術の開発を、次から次へと求められ、さらには、その生産方法から分配のシステムまで、ありとあらゆることについて、合理性を徹底的に追求しながら決めていくことが求められていた。そうしなければ、同種族の人間の多くの生命が、次々に失われていってしまうという極限状況下だったので、彼らとしても目一杯の使命感に燃えざるを得なかったのだと思われる。

農業については、世界中の治水システムが抜本的に改革される一方で、農業の工業化の中核となる「革新的な水耕栽培」も至るところで促進された。既得権益を主張する人が誰もいない全く新しい計画だったからこそ、何もかもを一から創り出すことができ、そのおかげで、多くのことがスムーズに運んだのだろう。

多くの国で、飢餓対策がそのまま失業対策にもなった。

様変わりした地球上の居住空間を再開発するためには、これまでには考えられなかったような膨大なエネルギーが必要とされたが、この必要に迫られて「核融合発電技術」の開発も加速され、その見極めもようやくつきつつあった。『超小型の太陽を自ら所有する』にも等しいこの技術が実用化されれば、人類は長年の宿痾《しゅくあ》だった「エネルギーの枯渇」という心配から解放され、石油資源などを巡る地政学的な紛争とも無縁になる。

また、無限とも言える安価なエネルギーが確保できれば、海水淡水化は容易になり、一定の条件下での人為的な降雨も可能になるかもしれないので、世界のあらゆるところで砂漠化が防げることになるだろう。

二〇一五年から世界をリードしてきた「持続可能な開発目標（ＳＤＧｓ）」という考え方は、相次ぐ桁外れの大災厄に直面した人類にとっては、「それどころではない」として打ち捨てられるのではないかと心配する人たちもいたが、結果はむしろ逆だった。「どうせ全てを作り直さねばならないのなら、今度こそは『持続可能』な方向で作り直そう」と考える人たちの方が多かったからだ。

科学と哲学の接点にある幾つかの困難な命題に関しても、人類全体が生存の極限状況に置かれたが故に、一部の国では、かなり明確な指針が打ち出されるに至っていた。

あまりに多くの死と向かい合わねばならなかったので、「無用に形式的な生命を維持するよりは、安楽で尊厳を失わない死を保証することの方が、人間にとってはずっと重要だ」という考え方も一般的になっていた。その結果、そのために必要なモルヒネのような「麻薬類」の使用方法も、次第に洗練されたものになっていった。

ナチスが濫用したために、「非人道的な悪魔の所業」と決めつけられていた「優生保護政策」も、大昔に米国のインディアナ州で施行された頃の原点に戻り、ある程度の市民権を与えられた。

このことは、「極限状況における『人道』の方が、平時における『人道』よりも合理的だ」と判断する人たちが、着実に増えつつあったことを示したとも言える。地球人たちは、「安楽死」や「堕胎」の妥当性について、これまでずっと不毛な議論を続けてきたが、ここへきてやっとショルたちのレベルに追いつき、「意識ある者の絶対的な自由意思を最大限に尊重する」という、不動の価値観に到達したようだった。

これに対し、最先端を走っていた理論物理学者たちが、残念ながら一様に落胆していたのは仕方がないというべきだろう。これまでは「自分たちが宇宙の謎を極める最前線にいる」という高揚感があったのだが、それが失われたからだ。量子力学のように、その本質の理解について、物理学者の間でもなお様々な意見が交錯しており、合意の形成がなされていない分野では、異星人がどのような結論に達したかは大いに気になるところだったが、それを確かめる術もないとなると、フラストレーションは限りなく大きかった。

しかし、その一方で、「我々もショルの成功に倣い、一日も早く人工知能（ＡＩ）をシンギュラリティのレベルに到達させ、このＡＩに自らの能力を指数関数的に拡大させていくべきだ。そうすれば遠からず、我々自身もショルと同じ立場に立てる」と主張する人たちも現われ、日増しに人々の支持を集めつつあった。

特に「量子力学」には熱い視線が向けられた。常に課題を見つけ出し、その解決のために独創的なアイデアを生み出す能力を持つような高度なＡＩは、膨大な演算能力を必要とするので、現在のコンピューターではとても無理だ。どうしても、消費電力あたり数千倍の能力を持つ「量子コンピューター」が要る。

しかし、「量子力学」に対する期待は、勿論それだけの理由によるものではなかった。現在のショルが持っているような超絶的な技術を手にするためには、「何事についても量子の振舞いをベースにして考える」ことが基本になっていなければならないはずだ。多くの科学者たちが、そう考え始めていたのは間違いない。

ショルが編み出した「クォールへの統治権の移譲」の可否についても、三人の間ではこの日多くの議論があったが、三人とも基本的に「大賛成」だった。

「クォールは人間をはるかに超える高い生産性を発揮して、人間の労働の必要性をなくし、その生活水準を飛躍的に高める（だから万事クォールに任せるべし）」ということについて、意見が一致しただけではなかった。「クォールは人間の弱点を完全にカバーする」という「より本質的なポイント」についても、完全に合意したのだ。その前の議論で暗礁に乗り上げていた「世界的な人口抑制と民族別の人口比率の安定化」という問題についても、「厳正中立なクォールなら、みんなを納得させられるかもしれない」という意見が出た。

この議論の中で、ポールは言った。

「君たちは、ノイマンのゲーム理論に関連してよく引き合いに出される『囚人のジレンマ』というのを知ってるかい？　こういう話だ。ある重大事件の容疑者として二人の男が微罪で逮捕された。検察はこの二人を隔離して、個別にこういう司法取引を持ちかけた。『相手が黙秘し、お前が自白したら、お前は釈放』『相手が自白し、お前が黙秘したら、お前は懲役十年』『二人とも黙秘なら、二人は懲役一年』『二人とも自白なら、二人は懲役五年』。結果はどうなったか？　二人とも自白して、懲役五年を受け入れた。どう考えても、二人とも黙秘して懲役一年で済ませるのが一番得策なのに、相手が自白しないという保証がなく、その時には懲役十年を喰らうリスクがあるから、どちらもその選択肢は取れなかったのだ。

このように、人間というものは、お互いが信用できないので、合理的な判断ができず、いつも損ばかりしている。際限もない軍拡競争とか最悪時の戦争とかはその典型だ。全ての人間が、ＡＩに全ての決定権を委ねてしまっていたら、ＡＩは合理的な判断しかできないように作られているので、常に最適解を選択してくれるし、人間同士にあるような『終わりのない疑惑の連鎖』にも、全く無関係でいられる。早くそのような世界を作るべきだね」

その後も延々と続いたAIについての熱い議論が一区切りついたところで、画面の向こうで体を大きく反らせて伸びをしながら、ポールは言った。

「結局のところ、俺たちはこれから何をすればよいのかなあ」

「まずは、プーシキンさんに『良い人』になってもらうことよ」と、これに対してはスーザンが即座に答えた。現実主義者の面目躍如たるものだ。

しかし、それまでの会話の端々から、ポールがすでに政治の世界には興味を失いつつあるのを彼女は見抜いていた。「この人は、これから、世界各国が遵守すべき『AI開発憲章（AIが絶対に逸脱してはならない倫理規範）』を起草するような仕事にのめり込むことになるだろう」と彼女は思っていた。

ポールなら、アイザック・アシモフの「ロボット三原則」を数百倍にも拡大して、かつどこから見ても抜け道のないほど緻密にした、彼独自の「憲章草案」が作れるだろう。そして彼は、それだけでは決して満足せず、これまで欧州とイスラエルでスカウトしてきた天才ハッカーたちを指揮して、「将来のAIが、どんな場合でも、この憲章に規定されたことを逸脱できないような仕組み」を作ることに没頭するだろう。

スーザンはといえば、その人生設計もあくまで現実的だった。彼女は明らかに、「抜本的な国連改革」に強い意欲を持っていた。

第二次世界大戦後に、米英仏ソの戦勝国によって拙速に作られ、一部では「暇な人たちの溜まり場」のような様相さえ呈し始めている現在の国連の実態に、彼女が満足していないのは明らかだった。「今回の非常事態に際しては、国連は非常に大きな役割を果たしたが、人材の層は極めて薄く、実態は極めて危ういものだった」と彼女は考え、すでに様々な改革案を頭の中に描きつつあったようだ。大国も小国も押しなべて同じ一票を持つという現在のシステムについても、五大国が持つ拒否権についても、彼女は機会を捉えて異議を申し立てるつもりだった。

そういう様々な活動は、スーザン自身の次の飛躍にも当然つながる。彼女の心の中には、「将来の米国の国連大使のポジション」が、すでに十分意識されていた。彼女はいつも、「大きな仕事をしていなければ、生きている意味がない」と考えていたし、「ポジションに裏打ちされた一定レベルの権限がなければ、大きな仕事は何もできない」ということも、十分に知っていた。

これに比べ、俊雄の計画は単純でささやかなものだった。現在の仕事には満足していたが、それを通じて親しくなったアフリカ連邦共和国の北山隆三運輸長官から打診された『連邦共和国の青少年支援局（教育局）副長官』のポジションには、少なからず魅力を感じていた。

実年齢とは全く無関係に、すっかり白髪になってしまっていた北山隆三にも、まだまだやるべき仕事は残っていた。それは、アルジェリア、モロッコ、スペイン、オマーン、イランなどの中継地の海岸にある難民キャンプに、今なお足止めされている多数の人たちを、ブラジルやインド、インドネシアにある一時居住地経由で、最終的に南極大陸まで運ぶという仕事だった。

しかし、責任感の強い彼も、さすがに今は精魂尽き果てたようで、来年には第一線を退きたいという意向を固めており、その穴を埋めてもらう「日本からの連邦共和国への派遣人材」を探していたのだ。「人材派遣国としての貢献の継続」ということなら、別に運輸関係に拘《こだわ》る必要はない。

実は、俊雄のところには、毎朝新聞の郷原昭三からの強い推挙があったらしく、一昨日石橋首相から直接電話があり、「最近の地震で亡くなった数人の衆議院議員の補欠選挙に、民自党から立候補してくれないか」という打診があった。しかし俊雄は、これには全く心が動かなかった。

北山隆三の打診の方に心が動いていたのには、勿論それなりの理由があった。

「情報・通信技術を駆使する一方で、高等教育に携わる『教官』の役割を『研究者』の役割から分離させて、個々の学生に寄り添ったアドバイザーとしての機能を持たせるようにすれば、どんな境遇に置かれた学生たちにも、世界最高峰の教育を与えることができるはずだ」と、常日頃から彼は考えていたからだ。もしアフリカ連邦共和国でこの新しい教育制度を定着させることができれば、どんなに素晴らしいことだろう。

「これから何が起こるか見当もつかない現在の世界で、教育にだけは決して手を抜いてはならない。若い人たちの知性的で拘りのない発想こそが、人類の未来への唯一の希望なのだ」そう彼は考えていた。そして、そのことこそが、ここ数年にわたって働きづめで働いてきた彼の心の中に根付いた、一つの確固たる信念だった。

第二部　了

エピローグ

混乱と不安は継続していたが、新しい地軸による地球の「規則正しい自転」が始まって、人々は徐々に新しい生活のリズムに慣れ始めていた。しかし、そうは言っても、異星人たちがいつどんな形で植民してくるのかについては、全く想像がつかず、毎日が何となく落ち着かなかった。もうすでに「規則正しい自転」が始まってから二ヶ月近くがたち、九月下旬になっていたので、多くの人々が「未だに何の連絡もないのはおかしい」と感じ始めていた。

そんなある日、国連に加盟している世界各国の指導者たちは、彼らや彼らの前任者たちが以前に受け取ったのと全く同じように、突然、異星人からの一通の短いメールを受け取った。

それにはこう書かれていた。

今からちょうど五千五百二十時間前に、皆さんにメールを差し上げた、惑星クールのショル、バンスル・モルテです。

我々は結局、この惑星には植民しないことに決めました。従って、私自身も、数時間以内にこの惑星を離れます。少なくとも、あなた方の時間で今後の数千年から数万年の間は、我々が皆さんの太陽系に接近することはないでしょう。

アンデスとヒマラヤに私が設定したバリアも、数時間以内に撤去しますので、これからは、皆さんはこの地域に自由に入ることができます。

＼＼＼＼＼＼＼＼＼＼＼＼＼＼＼＼＼＼＼＼

この日の夜、南米大陸の東部（かつての北部）からカリブ海周辺に住む数千人の人たちが、「たまたま空を見上げていると、豆粒大の光の塊が突然現れ、しばらくすると、地上からの一条の光がその光の塊に吸い込まれ、やがて全てが消えた」と、周囲の人に伝えた。付近を哨戒中だった米国空軍の数人のパイロットからも、似たような報告があった。

この光の塊が、おそらく「ショル」の母船「ミュール」で、一条の光は、バンスルという異星人を乗せた小型船「シャール」だったのだろうと、人々は推測した。

数日後に、アルゼンチンに移住していたチリの人々の一団が、かつて自分たちが住んでいた南アンデスの最高峰アコンカグアの山嶺にこわごわ踏み入ってみたところ、以前には行く手を阻まれた「不思議な反発力」はどこにも感じられず、普通に入り込めたという。彼らによれば、土地は蒸し暑く、以前とは比べ物にならない多くの植物が繁茂していたが、峰をどんどん登っていくと、次第に涼しく快適になり、至る所で、谷間を覆い尽くすほど大量のラン科の植物が、見たこともない大きな紫色の花を咲き誇らせていたという。

さらに数日後には、「チリ亡命政府」の官僚と実業家七人で構成された調査団が、サンチャゴの西（かつての南）に位置する港湾都市コンセプシオンに船で入り、何の支障もなく無人の市内を巡察した。若干の小動物が我が物顔に道路を走ってはいたものの、退避した際に残してきた諸設備にはほとんど何の損傷も見られなかったと、彼らは報告した。

「異星人は去ったのだ」と、やがて世界中の多くの人たちが理解した。

しかし、地軸の変更と自転速度の減速がもたらした気候の大変動は、勿論元には戻らない。海流や季節風の変化や、地底深くのマントル流の変化等が、次第にもたらしてくるであろう先々の問題も、未だに誰も全く予測できない。

地球の自転が遅くなりはじめ、やがて止まり、地軸が変わり、また新しい自転が始まるまでの間には、地球上のすべての場所で気候が目まぐるしく変わり、これまでとは桁違いの、暴風、豪雨、豪雪や、洪水、濃霧、山火事などの自然災害が日常となっていたから、新しい現実がどんなものであれ、「もうこれからの変化はそんなに大きなものにはならないだろう」と思えることは、人々の心に何がしかの安堵をもたらした。

「バンスルと名乗る異星人が通告してきたことは、これまで全てその通りに正確に実現されてきたから、今回も間違いはないだろう。これから数千年か数万年の間には、異星人が戻ってくることはもうないだろう」そう人々は考えた。今回の短いメールを受け取るまでは、異星人はこちらから何を言ってもナシの礫《つぶて》だったものの、いつまた突然何を言ってくるかは全く予測できなかったので、常にその不安が付きまとっていたが、これからはその心配はもうしなくてよくなったのだ。

すべての人々が、この点ではホッとしたはずだったが、その一方で、何とも形容し難い「虚脱感のようなもの」も大きかったようだ。というよりも、各国の政府も人々も疲れ切っており、「これを機会に、色々なことを考えるのはもうやめよう」という気持ちが、世界中の至る所に広がっていたかのようだった。

まだ統計は整っていなかったが、関係者の必死の努力にもかかわらず、人類は総人口のおおよそ十五パーセント近くに当たる、十一億人強を失ったものと考えられていた。

最大の被害者はやはりアフリカ大陸に住んでいた人たちで、多くが移住のタイミングを失して大陸に残ったまま、餓死したり凍死したりした。旧南極大陸やシベリアや北欧やカナダに何とか移住できた人たち、その途中の難民キャンプに長期間ひしめいていた人たちも、食糧不足や雪解けの洪水で、すでに多数の死者を出していた。結局、アフリカの総人口十二億の中で、救えたのはその半分にも満たない、五億人強にしかならなかった。

アフリカ大陸以外でも、変動期間中に地球上のあらゆる場所を襲った相次ぐ自然災害と、それに起因する農業の崩壊が招いた深刻な食糧不足により、死に追いやられた人々は膨大な数に及んだ。

その延長線上で多発した疫病、特にシベリア等の永久凍土から蘇った古代のウイルスによる疫病も、信じられないほど多くの人々を殺した。食糧不足で疲弊していた人々の体力と、混乱した世界の医療体制は、このような脅威の前に惨めなまでに無力を露呈し、相次ぐパンデミックと有効に戦えなかった。

しかし、死亡原因はそれだけではなかった。このような未曾有の試練の中にあってさえ、人々はお互いに殺しあった。怒りや不安に駆られた人々が起こした暴動や騒乱に巻き込まれて死んだ人は数限りなかったし、色々な場所で国境を超えての食料の奪い合いも起こり、これが正規軍同士の銃撃戦に発展することも稀ではなかった。ある調査機関は、「この時期に、自然災害や飢えや病気ではなく、人間の暴力によって殺された人たちの数も、五百万人を超える」と推定した。

さらなる大惨事をも招きかねない「大国間の駆け引き」もまだ続いていた。

中国とロシアという二つの軍事強国は、共に独裁国だったから、国民の命運を一身に担う二人の独裁者の決断次第で、いつどのようなことが起こってもおかしくなかった。

しかし、悪いことばかりでもなかった。

全てが大きく混乱する中にも、辛うじて「人道」と「公正」という理念を堅持した地球人たちは、「人類の将来をどのように構築すべきか」について、微かな手がかりを得たようでもあった。

「人類」を代表する「国際社会」には、「口先だけの『支援』でごまかして、アフリカの人たちの命運は成り行きに任せる（我関せずを決め込む）」という選択肢もあったわけだが、実際にはその選択肢は取られなかった。「国際社会」は、絶望的に短い時間しか与えられていなかったにもかかわらず、また、各国がそれぞれに自分自身の大きな問題を抱えていたにもかかわらず、死力を尽くし、可能な限りのアフリカ人救済策を一致協力して遂行した。

「人道」という言葉の定義は必ずしもはっきりしたものではなく、「人間が自ら同一種（仲間）とみなした個体間に働く『理性と感情のパッケージ』に過ぎない」と断ずる人もいたが、とにかく地球人が「人道」と呼んでいた「一つの考え方（理念）」が、「利己の追求」という生物としての生存本能を、とりあえずは凌いだのだ。

異星人に強制されたものだったとはいえ、核兵器の廃棄は望外の収穫だった。辻褄が合わないのにどうしてもやめられなかった核兵器が、あっさりと世界から消えたので、「偶発的な人類滅亡の可能性」は、かなり遠のいた。「異星人に見下されて生きているのは辛いだろうけれど、人類が自分たちで作った核兵器で滅亡してしまうよりはマシだった」と、多くの人が考えていたようだ。後は、「どうやって新たな野心を挫き、再開発の芽を摘むか」だけが人類に残された課題だったが、いったんできた「良い流れ」が逆戻りする可能性は少なかった。人々はすでに、「核兵器を廃棄したのだから、他の兵器も廃棄したっていいじゃないか？　要するに、『力』はもはや、何の究極的な意味も持たないのだ」と考え始めていた。

宗教界は、表面上は平静さを保ちつつも、内実は相当に混乱していた。しかし人々の倫理意識は、このような限界状況下で、むしろ研ぎ澄まされたかのようだった。多くの人々の心から「力への憧憬」が消え去り、全てに平穏であることが希求された。

それ以上に、「宇宙の真理を理解するという点では、自分たちが最前線にいるわけではない」ということを、嫌でも認識させられた地球人たちは、総じて謙虚になった。物質的にはいくら豊かになっても異星人のレベルにはとても及ばないことが明らかになったので、人々は『精神的な充足感』をより重視するようになった。そして、「自分たちが今ここに生きている意味を探求することが、宇宙の真理の探究よりももっと重要だ」と考えるに至っていたように思われる。言い換えれば、地球人たちは以前ほど独断的《ドグマチック》ではなく、もう少し哲学的になり、「現実の中で理想を追求することの大切さ」をよりよく理解するようになっていた。

今回のことを契機として、社会学や政治学、そして経済学の分野での人間の考え方も、大きく変わったと思われる。特に変わったのは、「国」というものの存在意義だった。人は何か「長い悪い夢」から目覚めたかのように感じ、「これまでは、何故あんなにも国というものに固執していたのだろうか？」と、自分自身の過去を訝しく思うまでになっていた。「地政学」という古典的な学問分野は消滅しつつあった。

　国がなくなれば戦争はなくなり、軍備も必要なくなる。軍備が必要なくなれば、各国（将来は『各州』と言い換えるべきかもしれないが）の財政は軒並み飛躍的に良くなり、経済学は「新しい革袋に入った美酒」に生まれ変わる。豊かな財政は、究極の社会保障である「ベーシック・インカム」を可能にするかもしれない。


　バンスルからの久しぶりのメッセージを各国首脳が受け取ったその日には、スーザンはモスクワに、俊雄は人口が急増しつつあるパプアニューギニア南部（昔の西部）にいたが、すぐにビデオ回線で連絡を取り合った。


「ちょっと驚いたね。何だか拍子抜けというか、変な感じだよ」

「ホッとした？　それともちょっとがっかりした？」

「正直に言うと、僕には特にホッとしたという気持ちはないね。でも、がっかりなんかするわけはないよ。人類にとっては、とにかくこれ以上のリスクは無くなったのは確かなんだから、良いことだったには違いないよ」

「私もおそらくトシと同じような気持ちなんだと思う。ショルが我々の近くに居続けないからといって、その存在が消えて無くなったわけではないんだから、ほとんど同じことだわ。それに私たちも、この宇宙の実態についてここまで知ってしまったからには、もう以前のように無邪気にはなれない」

「教えてもらえることは、もうみんな教えてもらった感じだしね」

「そうね。後はもう、自分たちで考えるしかない」

「ショルたちはもう来ないだろうけど、全く別の天体から全く別の異星人が、何かの事情でまた我々の地球のような辺境の惑星に、ふらっとやってくるということはないかな？」

「ないとは言えないけど、確率から言うと相当低いのではないかしら。あったとしても、数千年後とか、いえいえ、数万年後ぐらいだと思うわ」


「それはそうと、バンスル自身はどういう気持ちだったのかなあ？」

「メールの文面は素っ気ないけど、内心ではきっと随分悔しかったのでしょうね」

「最後まで粘ったけど、ダメだったんだろうね」

「植民構想に共感を持ってくれるパック（第三性）が現れなかったのかな」

「リューというパム（第一性）に浮気されたのかも」

「ショルの世界には、単純な浮気なんてものはないと思うわ。もっと複雑なんだと思う。リューが好きになったパックが、バンスルとは合わないタイプだったのじゃあないかしら。『え？　未知の惑星に植民？　冗談きついよ』なんて言われちゃったりして。あるいは、バンスルと気が合っていたパックには、別に好きなパル（第二性）がいたりして」

「ややこしいね。我々には『三角関係』というトラブルが時々あるけど、彼らの場合は『五角関係』とか『七角関係』とか、複雑を極めるのだと思うよ」

「やってられないわね。彼らの恋愛小説なんかは、複雑すぎて、読みだした途端に頭がこんがらがりそう」

「やってられないよ。僕なんかは、二性生殖生物に生まれて本当に良かったと、つくづく思ってるよ」

「でも、そんなことだから、私たちの子孫は宇宙空間の覇者にはなれないのよね」

「別に覇者になんかならないでもいいさ」

「それはそうね」

「それはそうと、植民についてのミュールの中での意思決定プロセスにも興味があるね。バンスル一人じゃ手も足も出なかったのだと思うけど」

「クォールが全てのショルの意見を聞いた上で、論理立てて決めたのでしょうね。クォールの判断は百パーセント合理的で恣意を交えないから、誰も反論できないのでしょう。少なくとも現在の地球人の民主主義よりは上手くできていると思うわ」

「そうだね。クォールは、『自分たちをつくったショルの希望をできるだけ叶える』という命題は持っていても、それ以外には何の先入観もないし、勿論自分の『好み』なんてものもないんだよね。だから全てを計算だけで決める。その計算は緻密で隙がないから、結局は平均値としてベストの選択をするのだと思うよ。そして、そう考えるから、ショルたちもクォールの決定には異議を挟まない。

僕も、最初に『サンディエゴと杭州へのウイルス散布』の話を聞いた時には、なんてひどいことをやるんだと本気で怒りがこみ上げてきたけど、よく考えてみると、あれがなかったら地球人たちは最後まで本気にならず、結果としてもっと大量の人が命を失うことになっていたと思うよ」

「そうね。アフリカの人たちは、ほとんど救えなかったと思うわ」

「しかし、そういったことも含めて、ほとんど全ては、バンスルではなくてクォールが決めたのだと思うよ。バンスルはただ生きていて、やりたいことをやっていただけだと思う」

「それは間違いないわね」

「クォールを、ほんの少しの間だけでも地球人に貸してくれていたら、我々だってもっと多くの人が救えたのにね」

「そんな交渉すらもさせてくれなかったんだから、本当に情けなかった。そんなこと、顔には出さなかったと思うけど、私は、本当に、本当に、打ちのめされたのよ」

「残念ながら、せっかくの君の交渉力も全く役に立たなかったね。彼らは僕たちから何も得ようなんて思っていなかったんだから、仕方がないよ」

「そうね。『何もいらないけど、何もやらないよ』っていうことだったのよね。つまり、根っ子のところは『無関心』だったわけなのよ」


それから二人は、少しだけ感傷的な気持ちになった。「哲学的な気持ち」と言ってもいいかもしれない。「哲学」というものは、もともとは「感傷的な気持ち」が呼び起こすものなのではないだろうか？　「感傷」が「諦観」を呼び覚まし、その「諦観」が「哲学」を求めるのでは？

「こうなってみると、バンスルのセルヒオにもう一度会ってみたいという気もするね。これまでは、もう二度とあんな奴の顔なんか見たくないと思っていたけど」

「そうね。あいつ一人の勝手な思いつきで、あんなにもたくさんの地球人が殺されてしまったんだから、地球人から見れば『引き裂いても飽きたらない極悪人』ということになるんでしょうけど、ショルの価値観から言えば、何てこともないのよね。銀河系の中心に近い彼らの母恒星ウルに比べたら、我々の太陽なんて『辺境』もいいところに位置しているんだから、この地球で起こったことなんて、彼らにしたら『辺境で起こった小さな出来事の一つ』に過ぎないんでしょうね」

「そうだね。地球を揺るがしたあの空前の『民族大移動』だって、彼らの目から見たら、辺境の小さな湖の水面を少しだけ揺らした『さざ波』みたいなものなんだろうよ」

「そうね。『さざ波』だったのよね。だから、あいつを憎んでみても仕方がないんだわ」

「要するに世の中のことなんて、全て『ものの弾み』だと考えるしかないんだろうね。量子の世界の『不確定性』とは、そういうことを意味するんだと、誰かに教えてもらったような気がする」

「とにかく、『絶対的な善』とか『絶対的な悪』とかいったものは、結局はどこにもないのでしょうね。あいつは私たちに、少なくともそれだけは教えてくれたような気がするわ」


それから二人は、バンスルが作り上げた可哀想なグラーニャ集団に思いを馳せた。もしかしたらバンスルは、みんな綺麗さっぱり殺処分にしてしまったかも知れなかったが、二人には、何となくその可能性は少ないように思えていた。

「おそらくは、そのまま置き去りにされたんだろうと思うよ。グラーニャたちは、昔の記憶は消されてしまったものの、身についた『生きる術』は何も失われていないのだから、普通に生きていくことはできるのだと思う。メレックで送られてくる指示は何もないので、毎日が日曜日みたいなものなんじゃないのかなあ。特に自分でしたいと思うものは何もなく、ただ惰性で毎日を暮らしているんだと思う」

淡々とした口ぶりでそう言いながらも、何かを思い詰めているかのような俊雄の表情を見て、スーザンは彼の心の中がすぐに理解できた。俊雄は、カナイマで一瞬すれ違った、彼の母親と思しきメスティーサの中年女性のグラーニャを探し出し、何とかして記憶を呼び戻すように、力を尽くそうと決意しているに違いなかった。

それがわかったので、スーザンはすぐに提案した。

「できるだけ早い時期に、二人で一緒にベネズエラを再訪しない？　最近は以前に比べれば時間のプレッシャーもかなり減ってきたし、『ショルのことを話してくれ』というお呼びもこれからはずっと少なくなるでしょうから、二人ともその余裕は十分あると思うわ」

この年の世界中の大混乱の中で、ベネズエラの状況はむしろ改善していた。アメリカも混乱したが、中国とロシアはもっと混乱していて、他国の面倒を見る余裕などなかったから、後ろ盾を失ったマドゥーロ政権は、国際社会の経済的支援を素直に受け入れるなど、柔軟姿勢に転じるしかなかったものと思われる。

スーザンは、その後も連絡を取り合っていた旅行業者のエドリアンに、思い出深い「ラ・カスティリャーナ・ホテル」の予約と、ジョーに代わるボディガードと、ギアナ高地への小旅行のアレンジを頼むつもりだった。

思えば、あのラ・カスティリャーナのロビーで、もし彼女が偶然俊雄と出会っていなかったら、俊雄はギアナ高地まで足を延ばすことはできなかっただろうし、もしスーザンが一人だけだったら、バンスルは「地球人との全ての交信を彼女一人に任せる」という決断は恐らくできず、複数のルートを色々と考えたことだろう。そうなると全てのことに色々と時間がかかり、地球人の対応も後手にまわり、被害はもっと大きくなっていたかもしれない。

俊雄は、ベネズエラ行きのあとは、国連からの派遣スタッフとして、旧南極大陸に新たに建設されたアフリカ連邦共和国の新首都「アフロポリス」にすぐに赴任することが決まっていた。だから、ベネズエラに出発する前に、日本からナンシーとひかるをニュー・ワシントンに呼び寄せ、自分とスーザンがベネズエラに行っている間は、スーザンの家で二人をしばらく預かってもらうつもりだった。「次世代を担う八歳のギーと六歳のひかるを、いつかお見合いさせよう」という話は、長い時間を「戦友」として共に戦ってきたスーザンと俊雄の間では、何度も語られてきていたからだ。

「もしも二人の気が合っちゃって、結婚して子供でもできちゃったら、すごく面白い子供になるわよね。中国（主として客家）、スコットランド、ユダヤ、日本、カラマコート、ドイツ、フランス、ロシア、スペイン、それに、マンチュリア（ナンシーの父方の祖母が、当時中国大陸を支配していた満州族の王族の端くれ）、アルメニア（ナンシーの母方の祖母が、サンフランシスコに住んでいたアルメニア人の商人の娘）と、様々な民族に引き継がれていた遺伝子が混ざり合うんだものね。インド系とアフリカ系が欠落しているのはちょっと残念だけど、これこそ新しい地球人よ」

「それに、『ドラえもん』という日本製の猫型万能ロボットの遺伝子も少し入るかもしれないよ。おしゃべりで自己主張の強いひかるが、ギーに『あなたはすごく賢いんだから、ドラえもんにできることぐらいなら、何でもできるでしょう』って、プレッシャーをかけ続けるに違いないからね」

しかし二人には、それ以外にも考えていることがあった。それは、若い日のカウアイ島の小さな入江でのあの思い出を、今は自由に訪れられるようになった陽光溢れるカナイマの河畔で、数時間だけでも再現させることだった。あのカウアイ島の入江は、今はもう、暗黒の北氷洋の氷の下なのだから。

了

あとがき

私は現在の世界をそんなに悪いものだとは思っていません。百年前とか二百年前と比べれば、人間の生活はずいぶん良くなっており、少なくとも悲惨な毎日を理不尽に強いられている人たちの数は、劇的に減っていると思っています。しかしながら、その一方で、「世界中で色々な矛盾が徐々に蓄積されており、このままではいつかは大きな破綻を招かざるをえないのではないか」という不安が、どうしても拭えません。こういう状態では、「自分たちの世代は、結局、自分たちの孫たちの世代に何も良いものを残せなかった」ということになってしまい、何とも心残りです。

ところが「では、何をどうすれば良いのか？」と問われても、現実的なアイデアは一向に浮かびませんし、そういうことを議論する場所すら見当たりません。そこで、思いついたのは、一つの仮想現実の物語を作り、その中で、次のようなことを深く考え、読者にも一緒に考えてもらうことでした。

•仮に、明日、人類に未曾有の危機が襲ったとしたら、我々は何をどうするべきか？　我々に本当にそういったことができるのだろうか？
・「生命の尊厳」とか「自由」とか「平等」とか「人道」とか「民主主義」とかいった現代人の価値観は、本当にゆるぎないものなのだろうか？
・我々人類が目指すべき「究極的な将来の世界」とは、一体どういう世界なのだろうか？

一七三五年にアイルランドで出版されたジョナサン・スウィフトの『ガリバー旅行記』は、巨人国とか小人国とかの「荒唐無稽な全く異なる世界」の観点を通して、当時の英国が誇りとしていた道徳や慣行を鋭く風刺し、「子供から政治家に至るまでのあらゆる階層の人たちがそれぞれの観点から楽しめ、かつ学べる本」として、大人気を博しました。私は、これに似たことを現代でも試みられないかと考え、それには、大胆な前提をベースとした近未来小説とかSF小説が良いのではないかという考えに至りました。

私は、若い頃の一時期、SF小説に大きな興味を持ったことがあります。SFマガジンを愛読し、アーサー・C・クラーク等の巨匠の斬新な発想に感動を覚えたものです。しかし、その一方で、「科学的にすでに実証されたこと」に矛盾する筋書きや、論理的なアンバランスが過ぎる筋書きには白けることが多く、もしも将来自分がSF小説を書くようなことがあれば、この種の「荒唐無稽さ（ファンタジー）」はできるだけ排除しようと考えていました。

SFの定番である「地球外の知的生命体」については、私は「この広大な宇宙の中で、地球人が最も進化した生命体である」などということは確率上あり得るべくもなく、「地球人をはるかに超える知的水準に達した異星人は勿論多数存在するが、地球からあまりに遠い天体にいるために、往来は勿論、通信もほぼ永久に不可能であろう」、あるいは「こういう知的生命体は、一定の時期が来れば、何らかの理由で絶滅してしまう宿命を負っているのだろう」という考えでした。ですから、「異星人」をテーマにしてSF小説を書くなら、思い切って舞台を拡大して、「何万光年、何百万光年もの彼方から、長い時間を旅して、たまたま地球の近辺に辿りついた」という設定にするのでなければ意味がないとも考えていました。そうなると、その異星人たちの持つ科学技術力は、現在の地球人には想像もできないような、全く桁違いのレベルのものでしかありえません。この本はそれを前提にしています。

その一方で、私は人類の歴史について学ぶことが好きで、それ故「人間の愚かしさ」を嫌というほど見せつけられてきましたから、「人類は自らの愚かさを克服する前に、核兵器とか人工ウイルスとかいった破壊的な技術を開発してしまい、そういった技術で早晩自らを滅ぼしてしまうしかないだろう」という「悲観的な確信」を持つに至っていました。ところが、人生も終わりに近づいたと意識し始めた最近、人工知能（AI）についてよく考える機会が得られ、このことが私に一縷の希望を与えたのです。つまり「AIのみが人類を破滅から救い得る」という考えです。この考えをベースとして、私は数年前に、おおよそ百年後の世界を視野に入れた『AIが神になる日』という本を書きましたが、その時点からすでに「ここで書き足らなかったことはSF小説という形式で書く方がいいだろう」と考えるに至っておりました。

一方、「破滅型」の近未来小説の定番は、「核戦争または核を使ったテロ攻撃」「凶悪な人工ウイルス」「未曾有の天変地異」の三つですが、そろそろ種切れです。実は、私は、ずっと以前から、メルカトール式の世界地図を見る度に「何らかの理由で地球の自転のあり方が大きく変わったら、新しい世界地図はどんなものになり、人類は一体どんな大災厄に見舞われるのだろうか？」という考えに取りつかれていましたが、たまたま、ある時、私が関与している「高ＩＱ者認定支援機構」で知り合った大西拓磨さんという二十一歳の天才青年にこの話をしたら、「その地軸変動後の世界地図を僕が書いてあげてもいいですよ」と言ってくれたので、その場でお願いし、「これを軸にして、これまでになかったタイプのＳＦ小説を書いてみよう」という決心をしてしまいました。

日本語のＳＦ小説といえば早川書房ですから、同社に「仮想近未来のシミュレーション小説」とも言えるこの「新しいタイプのＳＦ小説」の出版を決めて頂いた時にはとても嬉しく思いました。日本でこの小説が幅広い読者を獲得し、さらには同社のご協力で早い時点で英訳版も出版できることを私は強く願っています。ここに至るまでに大変お世話になった山口晶さんと塩澤快浩さんには、この場を借りて厚く御礼申し上げます。また、私のイメージにかなった挿絵を描いてくださった撫荒武吉さんにも、大変感謝していることを申し添えます。

第一線を引かれても未だ忙しい毎日を送っておられる元駐米大使の藤崎一郎さんとは私はたまたま姻戚関係にあったため、早い時点で無理をお願いして原稿を読んで頂き、「米国政府内での仕事のやり方や国際政治の現場の視点から見て、何か変なところはありませんか？」とお尋ねし、いくつかの貴重なコメントを頂きましたが、「全般的に違和感はありませんよ」と言って頂けたのでほっとしました。また、元ＮＴＴドコモの社長（工学博士）で、その後長年にわたってＪＡＸＡ（宇宙航空研究開発機構）の理事長を務められた立川敬二さんにも、長年のお付き合いに甘えて原稿を読んで頂き、「科学技術の観点から変なところはありませんか？」とお尋ねしましたが、「変なところはないですよ。とても面白いから早く本にしなさいよ」と激励して頂きました。

「未来技術についていささかなりとも語るからには、どなたか量子力学に詳しい先生からアドバイスを頂くのは必須だ」と考え、気安くご相談できる先生がどこかにおられないかと色々と探していたところ、長年にわたりネット上に「サイエンスエッセイ」を掲載しておられた井元信之先生という方が、現在も東大と阪大で量子工学の先端分野に取り組んでおられることを知りました。この先生の相当以前のエッセイの中には「地球の自転を止めたとしたら」とか「三性生殖の生物が存在したら」とかいう、まさに私が今回題材として取り上げようとしていたことについて記載があったので、私は不思議なご縁を感じ、全く何のご面識もなかったにもかかわらず、失礼も省みずに直接メールで原稿をお送りし、アドバイスをお願いしましたところ、幸いにも先生からすぐにご返事が頂けました。「ＳＦ小説なので、多少荒唐無稽であることは許されると思うが、すでに証明されている事柄に照らして絶対に不可能であることは書きたくないので、そういうものがもし含まれていればご指摘頂きたい」という私からのお願いに対しては、「絶対にあり得ないと言い切れることはどこにも書かれていないと思う」というコメントを頂き、ほっとしました。

執筆中にはその他の多くの方々からも数々の貴重なアドバイスを頂きました。私の伊藤忠商事勤務時代の親しい同僚であり、合わせて五十年近くニューヨークに住んで世界各国と手広くビジネスをしてこられた北村隆司さん（この小説の主人公と同じく奥様は「客家」系米国人）からは、この物語の展開に必要な実に多くの貴重な情報を頂きましたし、同じく伊藤忠の大先輩でメキシコシティーとロサンジェルスに長年住まわれた藤圭之介さん、証券アナリストで多くの著作もある安間伸さん、経済・金融がご専門のブロガー「のとみい」さん、日本のサイバーセキュリティーの草分けの鎌田敬介さんからご紹介頂いた、黒田知幸さん（地学ご専攻）、谷本哲浩さん（物理ご専攻）、沖本隆一郎さん（UFOの熱烈な愛好家）、等々の皆様からも、多くの貴重なアドバイスを頂きました。この場をお借りして厚く御礼を申し上げます。

この本は「哲学や心理学にも大きな影響を与える未来の科学技術」と「現実に根ざした国際政治経済についてのシミュレーション」が並列して語られているところがユニークですが、一方では「その両方に等しく興味を持ってくれる読者がそんなに数多くいるだろうか」という不安も拭えません。読者の中には、読んでいるうちにそのどちらか一方が面倒くさくなる人もいるのではないかという心配もしています。しかし私は「人間を無理に理系と文系に分けてしまう傾向のある日本の教育システムや企業の人事政策」に以前から大きな疑問を持っており、この本がその弊害を払拭する一助になりえたらと秘かに期待しているところもあります。特に若い読者の中に、このような本を読んだことを契機にして「科学技術と政治経済の双方を総合的に俯瞰する」意欲と能力を持つ人たちが増えてくれれば、私にとっては望外の幸せというしかありません。

「この本を一冊最後まで熟読してもらえれば、現代社会を生きていく上で必要な教養のほとんどが、そこに凝縮されていることがわかってもらえるはず」と私は秘かに考えており、この本を単なるSF小説とは見做さずに、個別のセミナー等の教材にしていただくようなことがもしあれば、とても嬉しいと思っています。そういう機会があれば、私自身も是非そういったセミナーに参加して、若い人たちと大いに議論を交わしたいものです。

最後に、この本があくまで「グローバルスケール」で書かれていることについてもご注目頂ければ幸いです。この物語の主人公の一人は、父が日系米国人、母がメスティーサ（ヨーロッパ人と先住民の混血）のベネズエラ人ですし、日本の首相は国連で歴史に残る演説をします。また、アフリカに派遣された日本人の運輸の専門家が大活躍もします。しかし、ここで「日本という国」や「日本人」が語られる時には、あくまで外国人の視点からの語り口になっていることをご理解下さい。我々日本人は世界の人々の中ではかなりユニークな特性を持っていますが、我々自身は常に「世界の一部としての日本と日本人」を意識しているべきだというのが、常に変わらぬ私の持論です。

二〇二一年九月　東京にて　　　松本徹三

本書はフィクションです。

2022年《ねん》　地《ち》軸《じく》大《だい》変《へん》動《どう》

二〇二一年九月二十日　印刷
二〇二一年九月二十五日　発行

著者　松《まつ》本《もと》徹《てつ》三《ぞう》
発行者　早川　浩
発行所　株式会社　早川書房
郵便番号　一〇一 - 〇〇四六
東京都千代田区神田多町二ノ二
電話　〇三 - 三二五二 - 三一一一
振替　〇〇一六〇 - 三 - 四七七九九
https://www.hayakawa-online.co.jp
定価はカバーに表示してあります

印刷・株式会社精興社　製本・大口製本印刷株式会社

ISBN978-4-15-210052-8 C0093

乱丁・落丁本は小社制作部宛お送り下さい。
送料小社負担にてお取りかえいたします。